신현덕 제4소설집

너물

신현덕 지음 I

신세림출판사

너물

신현덕 제4소설집

　제3소설집인『여성 상위시대』를 발행한지 1년이 채
되지를 않았는데, 제4소설집인『뇌물』을 또 다시 펴내게
되었다. 그간 우리 사회에 여러 가지 문제점들이 계속
발생하고 있었기 때문에 그러한 문제들에 대하여 무엇
인가를 쓰지 않고는 견딜 수 없다는 절박한 심정에서 소
설을 쓰다보니 13편의 작품이 모아졌기 때문에 이번에
또 하나의 소설집을 감히 또 펴내는 바이다.

　나는 내가 쓴 소설이 제대로 된 소설인지 여부에 관한
것을 되돌아 볼 틈도 없이 앞으로만 나아가고 있는 셈
이다. 이번 소설집을 펴내기 전에『아내의 자리, 함께 한
삶』이라는 자전적인 수필집을 펴낸 바 있다. 내가 아내
와 함께 살아온 60년에 가까운 삶을 한번 정리해 본 작
품이다. 그러다 보니 이번에 펴내는 나의 소설집은 내가

나이 80에 소설가로 등단한 후에 다섯 번째로 펴내는 작품집이라 할 수 있을 것이다.

다작(多作)이 반드시 좋은 것만은 아니겠지만, 그래도 쉬지 않고 계속 쓰다보면 역사에 길이 남을 명작(名作)도 쓸 수 있게 되는 것 아니겠는가? 명작을 쓰겠다고 작정하고 작품을 쓰는 작가가 어디에 있겠느냐마는 그래도 작가라면 누구나 명작 한 편 쯤은 쓰고 싶은 욕망을 갖게 되는 것도 이상할 것 없다고 나는 생각한다. 나도 그들처럼 내가 쓰는 작품 중에 명작이 나오기를 기대하면서 가능한 한 계속 글을 써나갈 생각이다.

2016년 1월 15일

안산 우거(寓居)에서 신 현 덕

차례

너를

1 뇌물

뇌물은 주는 사람과 받는 사람이 있어야 성립되는 것이다. 준 사람만 있고 받은 사람이 없으면 뇌물이 될 수는 없을 것이다. 뇌물은 비밀리에 주고받는 행위이다. 뇌물을 당좌수표나 통장으로 받는 배짱 좋은 사람도 더러 있지만 그것은 뇌물을 받는 정도가 아니다. 뇌물은 특정한 이권과 관련이 있다. 이권을 주고받는 반대급부가 있어야 한다는 뜻이다. 그런데 경우에 따라서는 이권이 개입되지 않는 뇌물도 있다. 문제가 생길 때 도와줄 수 있는 사람을 확보하기 위하여 상시에 그에게 뇌물을 주는 경우도 있다. 왜냐하면, 평상시에 그에게 뇌물을 주어 친밀한 관계를 유지하다 보면, 문제가 생길 때 그의 도움을 받을 수 있을 것이다. 그렇지 않고 평상시에 그러한 사람들과 친밀한 유대관계를 맺지 않고 있다가 일이 터졌을 때에 그를 찾아간다면, 문제도 쉽게 해결되지 않을 뿐만 아니라 문제해결을 위한 뇌물의 액수가 엄청나게 커질 수 있다. 뇌물은 자리와 관련이 있다. 이권이 개입된 자리에 앉아 있으면 본인이 제아무리 청렴하려 해도 뇌물을 주려는 유혹에서 결코 안전할 수 없을 것이다.

뇌물이 없는 사회가 될 수 있다면 얼마나 좋으련만, 그러한 사회의 실현은 다만 이상에 불과한 것이지 우리가 사는 현실은 그렇지가 않다. 초등학교 교사의 촌지가 문제로 되는 것도 비록 작은 뇌물이지만, 학교라는 신성한 사회에서는 결코 용납되어서는 안 된다는 것이기 때문이다. 그러한 의미에서 초등학교에서는 조그만 감사표시도 용납되지 않는다고 한다. 외국에 다녀온 기념으로 드리는 작은 기념품도 초등학교 교사는 받기를 거절하고 있다. 학생이 주는 그러한 작은 기념품이 뇌물이라 할 수 있을 것인가? 사제 간에 학생이 담임선생에게 주는 작은 선물도 뇌물이라고 받지 않는다면, 그 사회는 얼마나 삭막한 사회인가? 그렇다고 해서 초등학교에서 촌지를 허락하라는 말은 아니다. 초등학교의 촌지 같은 문제는 상식선에서 하면 되는 것이 아닐까?

학생들의 특활반 활동을 하는 경우에도 부모가 어떤 형식으로든지 뇌물을 주는 학생에게 특별히 관심을 갖게 되는 것은 너무나 당연한 일이 아니겠는가? 체육이나 예능방면은 재능이 있는 사람만이 두각을 나타낼 수 있는 분야인데, 재능도 없는 자녀가 돈으로 그러한 재능을 살 수 있을 것인가? 돈을 받고 능력 없는 운동선수 지망자를 장학생으로 뽑았다든가, 돈을 받고 예능분야 지망학생을 불법으로 입학시켰다는 이야기가 심심치 않게 흘러나오곤 한다. 그러한 재능 없는 예체능계 지망생이 설사 돈의 힘으로 장학금이나 입학자격을 얻었다하여 끝까지 무사히 밀고 나갈 수 있을 것인가?

실력이 없는데 부모의 재력으로 얻어낸 자리에 앉아 있는 사람은 그 자리를 유지하기 위하여 윗사람에게 뇌물을 바치게 된다. 뇌물은 혼자만 챙기는 것이 아니라 상납제로 되어 있는 경우가 많다고 한다. 자리에 따라서, 또는 담당하는 업무에 따라서 차등적으로 뇌물을 받는다고 한다. 사업을 하려는 사람은 뇌물담당직원을 별도로 뽑아야 한다는 말까지 있을 정도이다. 뇌물은 현찰로 주기 때문에 뇌물을 전달하는 직원이 중도에 배달사고를 내는 경우에도 업주는 알 길이 없다. 뇌물의 증거를 남기지 않기 위해서는 그 직원의 양심이나 정직함을 믿을 수밖에 없는 것이다. 뇌물을 준 기록을 남기는 사람도 있지만, 그것은 뇌물을 주고받는 사회에서는 정도가 아닐 것이다. 나중에 그 기록을 다른 목적에 사용할 필요가 없다면, 뇌물의 기록 같은 것은 없애버려야 하는 것이다.

최근에 모 기업인이 자살을 하면서 뇌물을 주었다는 명단을 작성해 둔 것이 발견되어 전국을 시끄럽게 하고 있다. 뇌물을 줄 때에는 목적이 있었을 터인데, 비록 고인이 되었다 하더라도 이제 와서 공개하여 그러지 않아도 조용할 날이 없는 우리 사회를 시끄럽게 만들고 있는 이유는 무엇인가? 뇌물을 주었다고 주장하는 국무총리는 사표까지 냈는데, 그를 낙마시키려는 것이 뇌물을 준 목적이었다는 말인가? 그럴 목적이었다면 뇌물은 왜 주며 총리는 왜 그런 뇌물을 선뜻 받아 챙겼다는 말인가? 뇌물을 받은 총리는 결과가 그렇게 될 줄을 몰랐다는 말인가? 아무리 뇌물은 비밀리에 주고받는 것이라지만, 그러한 뇌물을 왜 받았으며 준 쪽에서 주었다고 주장하는데, 받은 쪽에서는 안 받았다고 거짓말을 계속하다가 결국은 사직하는 초라한 신세가 된 것이 아니겠는가?

준 쪽에서는 뇌물을 주었다고 주장하지만 결정적인 증거도 없으니 끝까지 안 받았다고 주장할 일이지 중도하차는 왜 하느냐 말이다.

아마도 뇌물이라는 것은 아무나 받는 것이 아닌 모양이다. 박문휘는 뇌물에 실로 도가 튼 달인이라고 할 수 있을 것이다. 그가 일생을 통하여 받은 뇌물의 액수는 실로 어마어마한 액수가 될 것이다. 그러나 아무도 그가 누구에게서 얼마를 언제, 어떻게 받아서 챙겼는지를 아는 사람은 없는 것이다. 그만큼 그는 용의주도하게 증거가 될 만한 것은 아무 것도 남긴 것이 없었다. 그는 말단공무원일 때부터 요직에 앉아서 뇌물을 챙겼다. 요직이기 때문에 뇌물로 챙기는 액수가 봉급의 수십 배에 해당했다. 이러한 요직에서 물러나서 진급을 하게 되면 뇌물을 챙길 수 없다는 생각에서 한자리에서 10년 이상을 진급을 하지 않은 채 그대로 머물기로 했다. 진급을 하지 않고 한자리에서 그대로 머물 수 있다는 것도 문휘와 같은 비상한 재주가 없이는 도저히 불가능한 일이라고 할 수 있을 것이다. 진급을 못하고 한자리에 그러한 오랜 기간 동안 눌러 앉아 있다 보면 무능한 공무원이라고 한직으로 좌천될 수도 있는 것인데, 그는 교묘하게 요로에 뇌물을 주어 그 자리를 별 탈 없이 10년 이상 보전하면서 막대한 액수의 뇌물을 챙길 수 있었다.

그는 나도 잘 아는 사람으로 처음에는 김포공항에 근무하고 있었는데, 내가 미국유학을 간다는 소식을 들은 그가 나의 출국 전에 공항까지 나와서 인사차 나를 만난 일이 있었다.

"자네, 미국유학을 떠난다고? 축하하네. 공부 잘 하고 오게."

"고맙네. 이렇게 나를 공항에서 만나주니. 공항에 근무하고 있다는 말은 들었어. 나중에 공부하고 돌아오면 또 만나세. 그때까지 공항에 있을 것인가?"

"아마도 그렇겠지. 잘 다녀오게."

"고맙네. 잘 지내게."

그 사람과는 각별히 친했던 사이는 아니었지만, 미국 유학 가는 나를 공항에서 만나주니 고마운 일이었다. 당시는 취직난이 어려운 때라 무슨 일을 하는지는 알 수 없지만, 공항에서 일을 할 수 있다는 것은 부러운 일이었다. 나는 그와 헤어진 후 미국행 비행기를 탔다. 12년간의 미국생활을 무사히 마친 후에 나는 귀국을 했으며, 그를 어떤 자리에서 다시 만날 수 있었다.

"오래간만이네. 공부 잘 하고 돌아왔어?"

"고맙네. 자네는 아직도 공항에 근무하고 있나?"

"그래, 나는 자네가 10여 년 전에 떠날 때 근무하던 그 자리에 그대로 앉아 있네."

"어떻게 10여 년이 지났는데 진급도 하지 않고 같은 자리에 그대로 앉아 있지? 재주가 좋은 것이냐?"

"그게 아니라, 아마도 무능해서 그런 것이겠지."

그가 농담으로 하는 말인 것 같은데, 그야말로 참으로 비상한 재주를 갖고 있는 사람 같았다. 어떻게 진급도 하지 않고 같은 자리에 10여 년이나 그대로 앉아 있을 수가 있다는 말인가? 나중에 들은 말인데, 그 자리가 이권이 많이 개입된 자리라는 것이다. 그러다 보니 진급을 하지 않고 그 자리에 그대로 머물러 있는 그야말로 비상한 재주를 갖고 있는 사람임에 틀림없을 것이다. 그가 어떻게 그 자리를 지키고 있는 지 구체적인 것은 알 수 없지만, 참으로 신기한 일이라 할 수 있을 것이다.

일반적으로 이권이 개입된 자리에 앉아 있는 사람은 자신이 챙긴 금전상 이익을 독식할 수는 없는 것이다. 뇌물로 챙긴 이익을 관례대로 상납을 하고 자신의 몫도 챙기려면 소액의 뇌물을 갖고는 턱도 없는 일일 것이다. 그러다 보니 받는 뇌물의 액수도 자연 커질 수밖에 없는데, 어떻게 소문나지 않게 고액의 뇌물을 챙기느냐가 관건이라 할 수 있을 것이다. 그가 어떤 방법으로 뇌물을 챙기는지는 알 수 없지만, 아직까지 자리를 보전하고 있는 것을 보면 뇌물을 챙기는 비상한 재주를 갖고 있는 것만은 틀림없는 사실인 것 같다.

세관이기 때문에 아마도 밀수품으로 압수한 물품들이 엄청난 양으로 증가하고 있으므로, 이를 수시로 처분하여 국고에 환수해야할 문제가 생길 것이다. 그런데 문제는 밀수품으로 압수한 물품의 정확한 양과 액수를 정확히 알 수 있는 사람은 아무도 없다는 사실이다. 정식으로 무역거래에 의하여 수입된 물품이 아니기 때문에 밀수품의 실제 가격은 세관의 판정에 맡길 수밖에 없을 것이다. 또한 밀수품을 처분한 액수의 얼마를 국고에 환수할 것이냐 하는 문제는 세관에서 정하는 바에 따를 수밖에 없는 것이다. 바로 이런 점에서 문제가 생길 수 있을 것이다. 세관에서 제아무리 정확하게 밀수품의 가격을 산정해 낸다고 할지라도 이를 검사할 능력을 가진 상급기관은 존재하지 않는 것이다.

그러다 보니 밀수품을 처분하여 얻어진 수익의 일정부분은 국고에 환수시키고 그 나머지에 해당하는 액수를 자체적으로 분배 해도 아무도 이의를 제기하는 사람은 없게 된다는 것이다. 처리한 밀수품의 일정액은 상납형식으로 배분하는 것이 일종의 관례처럼 되어버릴 수밖에 없는 이유이다. 만일 수사당국에서 이러한 관행에 칼을 대어 손질하려 하는 경우에도 그것이 가능하지 않은 이유는 수사당국이라고 해서 뇌물에서 자유로울 수 없음으로 소신껏 수사를 할 수 없다는 점 때문이다.

오죽했으면 관료사회의 부패상을 학문적으로 밝혀내기 위한 '뇌물학'이라는 학문까지 영국에서 생겨났겠는가? 권력과 뇌물과의 관계에 있어서 강력한 권력일수록 정비례해서 뇌물의 액수가 커진다는 것이다. 관료사회가 있는 한 뇌물은 언제나 존재한다는 것이다. 누구나 뇌물을 챙기고 있는데, 어떻게 해서 일부의 사람만이 뇌물수수로 문제가 되는 것인가? 뇌물은 준 사람과 받은 사람이 있어야 하는 것인데, 준 쪽에서는 뇌물을 준 사실이 있다고 주장하지만 받은 쪽에서는 그런 일이 없다고 부인하는 경우에는 어떻게 되는 것인가? 뇌물은 돈으로 주는 경우가 가장 보편적이다. 사과상자 하나에 5만원 권 지폐로 2억 원이 들어 갈 수 있다고 한다. 뇌물을 준 쪽에서 하는 말이다.

"사과상자 하나에 든 돈을 운전기사를 통해서 상대방 운전기사에게 모월 모일에 분명히 전달했습니다."

"그런 것 받은 일 없습니다. 아마도 사무착오가 아닙니까?"

"사무착오라니요? 댁의 운전기사가 배달사고를 낸 것은 아닙니까?"

뇌물을 준 사람과 받은 사람 간에 말이 이쯤 나오게 되면 보통 심각한 문제가 아닐 수 없을 것이다. 당좌수표나 물품으로 뇌물을 주는 경우에는 증거로 남을 수 있지만, 현찰을 주는 경우에는 현찰을 뇌물이라고 입증하는 방법이 없다는 것이다. 뇌물로 받은 현찰을 다 써버리는 경우에는 물론이지만, 뇌물로 받은 현찰을 그대로 갖고 있는 경우에도 그것을 자신이 준 뇌물이라고 입증할 방법은 없는 것이다. 더욱이 사과상자와 같은 것은 언제나 버릴 수 있기 때문에 증거가 될 수 없다는 것은 말할 필요도 없는 것이다.

두 사람 간의 뇌물죄가 성립하기 위해서는 두 사람이 모두 뇌물을 주고받은 사실을 인정하면 되는 것인데, 그렇게 하는 것이 간단한 문제가 아니다. 왜냐하면 뇌물을 준 쪽에서는 뇌물을 주었다고 주장하지만, 받은 쪽에서는 뇌물을 받은 일이 없다고 끝까지 부인하는 경우에는 어떻게 될 것인가? 뇌물을 받은 사람들이 집권당의 권력층에 있는 사람들의 경우에는 상식에 어긋나는 말로 뇌물을 받은 사실을 부인하고 있는데, 그러한 그들의 거짓말이 뇌물수수의 의혹을 더욱 크게 만들고 있으니 하는 말이다.

어떤 정치인의 경우에는 금방 거짓말로 들어날 말을 서슴없이 내뱉다가 그의 말이 모두 거짓말이라는 것이 밝혀지자 스스로 자리에서 물러났다. 그는 뇌물을 주었다는 사람을 알지도 못하며 만나본 적도 없다고 했지만, 나중에 밝혀진 바에 의하면, 거의 한 달에 한번 정도 만난 가까운 사이라는 것이었다. 뇌물을 받았는지 아니면 안 받았는지는 알 수 없지만, 그가 자리에서 물러난 것은 자신이 뇌물을 받았다는 사실을 자인한 것이나 마찬가지가 아니겠는가? 자신의 정치적 입지 때문에 할 수 없이 자인하고 물러났지만, 검찰수사나 재판정에서는 자신의 무죄를 끝까지 주장할 필요가 있는 것이 아닐까?

뇌물을 준 사람이 나중에 뇌물을 준 사실을 공표하여 뇌물을 받은 사람을 괴롭히는 것은 뇌물을 주는 정도는 아닌 것 같다. 뇌물을 줄 때에는 뇌물을 받는 사람이 자신에게 도움이 될 수 있다는 판단 하에 뇌물을 준 것이었을 터인데, 나중에 뇌물을 준 것이 자신이 목적했던 대로 되지를 않았다고 뇌물을 받은 사람의 인적사항을 밝혀내서 얻게 되는 이익은 무엇이겠는가? 이익이라기보다는 뇌물을 준 쪽이나 받은 쪽이나 모두 처벌을 받게 되는 것이 현행법의 규정이라면 뇌물수수 사실을 공표하는 것이 무슨 실익이 있다는 말인가? 더욱이 최근에 일어난 사건처럼 뇌물을 준 사람이 자살을 하면서까지 뇌물을 받은 사람의 명단을 공표하는 이유는 무엇인가? 아마도 그 사람은 뇌물수수의 기본원칙도 모르고 뇌물을 준 것은 아니었을까? 아마도 이 문제는 해결되는 경우보다는 해결되지 않는 경우가 더 많을 공산이 더 큰 사건이라 할 수 있을 것이다.

뇌물의 성립여부는 대가성이 있느냐 또는 없느냐에 달려있다는 말이 있지만, 그것은 하나마나 한 말이라 할 수 있다. 뇌물을 주는 사람이 대가성을 기대하지 않고 주는 경우가 있겠는가? 당장의 대가성은 아닐지라도 먼 장래의 대가성을 염두에 두고 뇌물을 주는 것이라고 보아야 할 것이다. 식당에 가서 음식을 나르는 일을 하는 사람에게 주는 팁도 음식을 다 먹고 난 후에 주는 것보다는 미리 주는 것이 더 낫다는 것은 누구나 다 알고 있는 상식이다. 돈을 미리 주는 것이 그가 공짜로 가져다 줄 수 있는 음식이 있다면 가져다 줄 것이 아니겠는가? 내가 돈을 주고 먹는 음식점에서도 그런 것인데, 하물며 뇌물에 대한 대가가 분명히 돌아올 수 있는 경우에 뇌물을 주고받는 일을 마다할 사람이 어디에 있겠는가?

이러한 의미에서 볼 때 뇌물수수는 이권이 개입하는 경우에는 반드시 뒤따르게 되는 수순인 것이다. 특정한 제품을 판촉하려는 경우에도 맨입으로 판촉을 해주는 경우는 없는 것이다. 제품의 몇 퍼센트를 뇌물로 주어야 판촉을 해주는 것이 관례처럼 되어 있는 것이다. 정액제를 실시하고 있는 경우에도 일정한 비율의 할인을 요구하는 것을 당연한 일로 받아들여지고 있다. 도서의 경우에는 10퍼센트의 할인액을, 의약품의 경우에는 30퍼센트의 할인액을 요구하는 경우도 있다.

원가 2,000원이 든 의약품의 경우 한 업소에서는 제품가격을 10,000원으로 정했다고 하자. 거래선에서 30퍼센트의 할인을 요구하는 경우 제품가격이 7,000원이 되어 2,000원의 원가를 빼고도 5,000원의 이익이 남게 된다. 다른 업소에서는 2,000원의 원가에 30퍼센트에 해당하는 600원의 액수만 원가에 포함시켜서 제품 1개의 판매가격을 2,600원으로 정했다. 거래선에서 제품 1개의 판매가에서 30퍼센트의 할인을 요구하는 경우 원가 이하로 되어 제품을 판매하면 판매할수록 손해를 보게 된다. 이런 경우에 거래선에서는 제품 1개의 판매에서 3,000원의 이익이 남는 제품가격이 10,000원이 되는 제품을 팔려고 할 것이지, 이익이 별로 남지 않는 1개의 가격이 2,600원에 불과한 제품은 당연히 팔지 않으려고 할 것이다. 제품가격을 왜 10,000이나 되는 고가로 정했느냐고 업소를 비난한다고 해서 이 문제가 해결되는 것은 아닐 것이다. 저가의 가격보다는 고가의 가격을 정한 업소가 경쟁에서 이길 수밖에 없으니 하는 말이다.

이러한 판매관행이 잘못되었다고 비난만 하고 있을 수는 없는 것이다. 동일한 제품이라면 이익이 많이 남는 쪽을 택하는 것이 결코 잘못된 일이라고 비난할 수 있는 것은 아니다. 뇌물수수의 경우에도 마찬가지라고 할 수 있을 것이다. 뇌물을 주더라도 어떤 일을 성사시키는 것이 필요한 일이지, 경쟁사회에 있어서 뇌물을 주는 것은 잘못된 일이라는 생각에서 손 놓고 있다가는 아무 일도 성사시킬 수 없는 것이다. 이렇게 본다면 뇌물수수야말로 생존경쟁에서 살아남기 위한 수단방법 중에 하나임으로 뇌물수수가 무조건 잘못된 일이라고 그러한 행위를 한 쌍방을 처벌하는 것만이 능사는 아닐 것이다.

불행하게도 이 세상에는 상식이나 법의식이 통하는 경우보다는 그렇지 않은 경우가 더 보편화되어 있는 것 같다. 요란하게 시작된 뇌물수수 사건에 대한 수사도 증거불충분으로 인하여 결국에는 흐지부지하게 끝나버리는 경우가 대부분이다. 그러다 보니 뇌물수수 사실을 끝까지 부인하면서 견디어내는 쪽이 이기기 마련인 것이다. 뇌물수수 사실을 입증할만한 증거가 없는 한, 재판에 회부되는 경우에도 유죄판결을 받게 되는 가능성은 거의 없다고 해도 과언이 아닐 것이다.

모 정치인이 뇌물수수혐의로 검찰에 소환되었다. 뇌물액수는 1억 원이라는 말도 있고, 2억 원이라는 말도 있어서 그 정확한 액수는 알 수 없다. 뇌물을 주었다는 상대방은 2억 원을 주었다는 메모를 남긴 채 자살을 해서 뇌물을 주었다는 사람을 더 이상 조사할 수 없게 되었다. 특히 망자의 측근들이 유언장을 부풀렸다는 말도 있고 증거가 될 만한 자료를 없애버렸다는 말도 있다. 이에 반하여 뇌물을 받았다는 정치인이 그런 일은 절대로 없었다고 부인하고 있다.

"강의원께서 김회장의 뇌물을 받았다는 증거를 확보하고 있는데, 왜 뇌물을 받았다는 사실을 부인하십니까?"

"검찰에서 확보하셨다는 증거가 무엇인지 알 수 없지만, 그 증거라는 것이 무엇인지 한번 제시해 보시기 바랍니다. 내가 뇌물을 받은 일이 없는데, 어떻게 증거라는 것이 있을 수 있습니까?"

"그렇다면 검찰에서 거짓말을 한다는 말입니까?"

"그렇지 않으면 무엇입니까? 있지도 않은 증거를 있다고 협박하면서 유도심문을 하는 이유가 무엇입니까?"

강의원의 날카로운 질문에 검찰은 당황할 수밖에 없었다. 강의원에게 은근히 겁을 주어서 뇌물을 받았다는 사실을 자백 받으려고 유도했던 것인데, 이러한 어수룩한 유도심문 작전은 초장부터 헛수고가 되어버린 셈이다. 강의원처럼 배짱 좋은 정치인을 검찰에서 과소평가한 것이다. 잡범도 아니고 경력 있는 정치인을 심문하는 작전치고는 허술하기 짝이 없는 방법이었다. 그래가지고 강의원의 뇌물수수 사실을 제대로 밝혀낼 수 있을 것인가? 이미 저울의 무게가 강의원 쪽으로 기운 셈이다. 시간을 끌어서 강의원을 더 심문해보았자 강의원이 이미 판정승을 받은 것이나 마찬가지인 것이다.

"김회장으로부터 2억원을 받았다는 말이 있는데 사실입니까?"

"증거가 있다면서요? 증거에는 뭐라고 나와 있습니까?"

"그것을 모르니까 강의원에게 직접 물어보고 있는 것이 아니겠습니까?"

"내 대답은 마찬가지입니다. 뇌물을 받은 일이 없으니 하는 말입니다."

"김회장 측근의 말에 의하면 강의원에게 사과 한 상자 분량의 돈을 전달했다고 하던데 사실입니까?"

"그런 사실 없습니다. 나에게 그 사람을 대질시켜 주시지요."

"그러면 왜 강의원의 집에서 돈을 넣어온 사과상자가 발견된 것입니까?"

"그 상자가 돈을 넣어온 것인지 어떻게 압니까? 사과를 사먹고 남긴 상자일 수도 있지요. 사과상자라고 해서 모두 돈을 넣어서 뇌물로 준 것이라는 증거가 있습니까?"

강의원의 답변에 검찰은 다시 말문이 막힐 수밖에 없었다. 그러나 뇌물을 강의원에게 주었다는 김회장이 메모를 남기고 있으며, 대부분의 국민들도 강의원이 뇌물을 받았다고 믿고 있는 상태에서 증거가 없다는 이유로 이 문제를 그대로 덮게 된다면 검찰의 체면이 무엇이 되겠는가? 어떠한 방법으로든지 강의원이 꼼짝 못할 증거를 찾아내서 진실을 밝히지 않으면 아니 될 처지에 놓여 있는 것이다. 그렇다면 그러한 증거를 어떻게 찾아낼 수 있다는 말인가? 강의원이 뇌물을 받는 현장을 찍은 CCTV도 없지 않은가? 뇌물을 주었다는 자가 있기는 하지만 강의원이 그러한 일이 없다고 부인하고 있는데, 어떻게 그 사실을 입증할 것인가?

뇌물수수에 있어서는 당사자들의 입증이 결정적인 역할을 한다고 보아야 하는데, 이번 뇌물수수 의혹의 경우에는 뇌물을 주었다는 김회장은 이미 고인이 되었으니 뇌물을 주었다는 사실을 입증할 위치에 있지를 않다. 그가 강의원에게 뇌물을 주었다는 사실은 그가 죽기 전에 남겼다는 메모밖에 없는 것이다. 그 메모에는 구체적으로 강의원에게 뇌물을 주었다는 증거는 아무 것도 없이 돈을 준 사람 명단에 강의원의 이름도 포함되어 있으니, 이것만으로는 뇌물수수 사실을 입증할 증거로는 불충분한 것이다.

강의원측에서는 자신에게 뇌물을 주었다는 김회장이 이 세상 사람이 아닌 이상 자신이 뇌물수수 사실을 부인하게 되면, 그 사실을 입증할 방법이 없다는 것을 잘 알고 있기 때문에 끝까지 부인을 하면 자신이 뇌물을 받았다는 사실을 입증할 방법은 없는 것이다. 김회장의 뇌물을 강회장에게 전달한 사람이 설사 있다 할지라도 강의원이 이를 끝까지 부인하는 경우에는 검찰이라 할지라도 결정적인 증거가 없는 한, 그 진위를 밝혀낼 수 없는 것이다. 결국 검찰로서는 증거불충분으로 강의원에 대한 수사를 중단할 수밖에 없는 처지에 놓이게 되었다. 검찰로서는 참으로 곤혹스러운 일이기는 했지만 강의원에 대한 더 이상의 수사를 종결하기로 했다.

강의원은 검찰의 수사종결로 일단은 뇌물수수 의혹에서 벗어날 수가 있었다. 그러면 이 사건에 있어서 강의원은 자신의 주장대로 고인이 된 김회장의 뇌물 2억원을 받은 일이 없다고 해야 할 것인가? 진실에 관한 것은 강의원만이 알고 있는 것이지만, 이 경우에 증거는 없지만 강의원이 돈을 받았다고 보아야 할 것이다. 그 이유는 이 사건에 있어서 강의원의 일방적인 의견만이 받아들여진 셈이었기 때문이다. 강의원의 주장에 대한 상대방의 반론은 있을 수 없기 때문이다. 고인이 된 김회장의 증언이 없는 한 다른 측근들의 주장은 강의원의 주장에 비하면 신빙성이 떨어지는 것이라 할 수 있을 것이다.

김회장이 생전에 강의원에게 뇌물을 준 것이 사실이라 할지라도 자신이 뇌물을 준 사실을 죽음으로 밝히고 있다는 사실이 개운하지가 않다. 무슨 정치적인 의도는 없는 것인지. 뇌물을 주고받는 경우 쌍방 간에 그 사실을 비밀에 붙이자는 묵약이 되어 있었을 터인데, 그러한 묵약을 무시하고 사실을 밝히는 이유는 무엇인가? 바로 이 문제에 대한 것을 상세하게 검토해보아야 이번 뇌물수수 문제를 밝혀낼 수 있는 단서라도 밝혀낼 수 있는 것이 아니겠는가? 김회장의 행동은 뇌물을 준 사람으로서 정상적인 행동은 아닌 것이다. 뇌물을 받는 입장에서 볼 때 뇌물을 주는 사람이 나중에 뇌물을 주었다는 사실을 밝히겠다고 한다면 뇌물을 받을 사람이 어디에 있겠는가? 뇌물을 받더라도 후환이 없다고 판단되는 경우에만 뇌물을 받는 것이 너무나 당연한 일이 아니겠는가?

뇌물수수의 경우 뇌물공여자나 뇌물수령자나 모두 처벌의 대상이 되는 것이다. 이런 사실을 잘 알고 있는 뇌물공여자가 뇌물을 주었다는 사실을 밝히는 경우란 극히 예외적인 경우가 아니고서는 있을 수 없는 일이며, 그러한 예외적인 경우에도 뇌물수령자의 이름을 밝힐 때는 누구나 납득할 수 있는 정당한 사유가 있어야 할 것이다. 이번 사건의 경우처럼 뇌물공여자는 곧 자살을 할 것이니 죽은 사람은 처벌할 수 없다는 이유로 죽기 전에 뇌물수령자 명단을 공개하는 것은 분명히 비겁한 행동인 것이다. 죽기 전에 명단을 공개하지 않으면 아니 될 무슨 절박한 사태라도 발생했다는 말인가? 뇌물수령자가 잘 되는 것을 눈을 뜨고 볼 수 없어서 저지른 복수극인가? 어떠한 경우에도 망자의 행동은 뇌물을 주고받는 세계에서는 정도를 가지 않은 행위임에 틀림이 없을 것이다. 그의 뇌물수령자 명단을 근거로 하여 설사 수령자들의 뇌물수령 여부를 밝혀낸다고 하여 무슨 실질적인 소득이 있다는 말인가?

정치권에서는 이 문제를 정치문제화하려는 의도를 갖고 이전투구를 하는 양상을 보여주고 있다. 정치인들의 경우 뇌물수수에서 자유로울 수 있는 사람이 어디에 있겠느냐 마는 자신만은 깨끗한 정치인이라고 주장하려는 정치인이야말로 과연 뇌물을 받아 챙기는데 있어서 달인이 아니고 무엇이겠는가? 정치인들이 제아무리 뇌물수수 문제를 정략적으로 풀어가려고 꼼수를 연출하고 있을 지라도 뇌물수수의 진실이 밝혀지는 것은 아니다. 그들이 문제의 본질을 왜곡하고 있는 동안에 뇌물수수의 진실이 밝혀지기보다는 오히려 자꾸만 미궁 속으로 빠져버리게 되는 것이다. 정치인들은 이 문제의 해결에 있어서 아무런 도움도 되지를 않는 것이다. 문제의 핵심은 왜 뇌물공여자가 자신의 목숨을 버리면서까지 뇌물수령자의 명단을 공개했으며, 그러한 비겁한 명단공개 행위가 고인에게 과연 무슨 이익이 있는가 하는 문제이다.

뇌물은 나중에 공개하여 뇌물을 받은 사람을 궁지에 몰기 위하여 주는 것은 아닐 것이다. 뇌물은 어디까지나 돌아오게 될 반대급부를 기대하면서 비밀리에 주고받는 것이다. 설사 기대했던 반대급부가 돌아오지 않았다고 해서 뇌물을 받은 사람을 공개해서 복수하려는 행위는 비겁한 행위일 수밖에 없을 것이다. 그렇게 돈이 아까웠다면 뇌물을 주는 일과 같은 어리석은 일은 하지 말았어야 할 것이다. 뇌물수수에 있어서 달인이었다면 그러한 일종의 배신행위를 크게 문제 삼아서는 안 될 것이다. 무엇 때문에 뇌물을 주는지도 알지 못하면서 뇌물을 주는 사람이라면 뇌물을 문제해결의 수단으로 이용해서는 안 될 것이다.

뇌물수수에 있어서 액수가 문제되는 경우가 있다. 소액의 뇌물보다는 거액의 뇌물이 문제가 될 수가 있지만, 액수의 다과는 뇌물이냐 여부를 결정하는 기준이 될 수 없는 것이다. 예전의 자동차면허증은 수첩처럼 꺾을 수가 있어서 그 안에 5,000원권 지폐 한 장을 넣고 다니다가 교통위반을 하여 교통경찰에게 걸리게 되는 경우에, 면허증을 보자고 하면 돈이 든 면허증을 제시하면 경찰이 돈만 챙기고 위반사실을 무시해버리는 것이 하나의 관행처럼 되어 있던 적이 있었다. 현재의 면허증은 카드형식으로 되어 있어서 그런 방법으로 뇌물을 주려고 해도 불가능해졌다. 이제는 우리 국민의 법의식도 높아져서 위반사실에 대한 범칙금을 내라면 낼 것이지, 이전처럼 불법으로 문제를 해결하려 하지는 않는다.

미국에 여행간 한국인이 차량으로 고속도로위를 달리다가 교통위반을 하여 고속도로 경찰차가 윙하는 경적음을 울리면서 뒤따라 와서 차를 고속도로변에 세우라고 하여 그렇게 했다. 경찰의 면허증제시 요구에 면허증을 제시하면서 한국식으로 5달러인가, 아니면 10달러를 끼워주었다. 경찰이 그에게 주의사항을 일러준 후 면허증을 되돌려 받은 후에 고속도로를 달려가고 있었는데, 뒤에서 윙하는 경적음과 함께 그 고속도로경찰이 뒤따라오며 또 차를 세우라는 것이 아니겠는가? 의아한 생각이 들어서 경찰이 지시하는 대로 했더니 경찰이 자신이 주었던 돈을 되돌려주면서 그냥 가라고 하는 것이 아니겠는가? 경찰의 행동에 놀란 한국인은 미국에서는 적은 액수의 뇌물도 통하지 않는다는 것을 처음으로 깨달았다고 한다. 미국의 고속도로 경찰은 도로이용자를 단속하려는데 목적이 있는 것이 아니다. 속도위반을 해서 걸리게 되는 경우에도 단속을 한 경찰관이 벌금을 과하는 대신에 최고속도가 얼마인지 확인해준 후 앞으로는 그 속도 이상으로는 달리지 말라는 주의사항을 일러준 후에 안전운전을 하라고 하면서 그대로 보내준다. 우리나라에서는 여간해서는 발견하기 힘든 현상이다. 고속도로 경찰의 임무는 중도에 기름이 떨어진 운전자에게 기름을 대주거나, 고장난 차를 수리하는 일을 도와주는 등 고속도로 운전자의 조력자와 같은 친절한 존재인 것이다.

미국처럼 뇌물이 통하지 않는 국가가 될 수 있다면 얼마나 좋은 일이겠는가? 물론 미국에서도 거액의 뇌물사건이 재판에 회부되어서 큰 문제가 된 적이 있기는 하지만 우리나라처럼 시도 때도 없이 뇌물을 주었다느니, 안 받았다느니 하는 문제를 갖고 온 나라를 시끄럽게 만드는 국가도 지구상에 그렇게 많지는 않을 것이다. 미국에서는 뇌물을 받는 것이 예외적인 일로 여겨지는데 반하여, 우리나라에서는 뇌물을 받는 것이 얼마든지 용인되어 있는 것 같다. 뇌물을 받은 사람이나 준 사람이나 자신의 행동을 부끄럽게 생각해야 함에도 불구하고 오히려 당당한 일이나 한 것처럼 뻔뻔한 행동을 서슴없이 하는 것을 보면 참으로 기가 찰 노릇이다. 받은 쪽에서는 그런 일이 없었다고 극구 변명이나 하는가 하면, 준 쪽에서는 목숨을 내놓고 뇌물을 준 사실을 밝히겠다고 뇌물수령자명단을 죽음으로 밝히는 경우는 우리나라가 아니면 세계의 어느 나라에서도 발견할 수 없는 희귀한 존재가 아니고 무엇이겠는가?

 뇌물문제를 다루다 보니 우리는 마치 별천지에서나 살고 있는 듯한 묘한 느낌이 든다. 그것은 바로 뇌물수수에 대한 법의식의 차이 때문에 그런 것 같다. 미국 같은 국가에서는 뇌물수수 같은 행위가 법적으로 용납되지를 않는데, 우리나라 같은 경우에는 뇌물수수가 법을 위반한 것이라는 것을 잘 알면서도 그럴 수도 있는 일이 아니냐는 관용을 베풀어서 쉽게 범법자를 용서해 주려는 경향이 농후한 편이다. 우리나라처럼 법과 도덕과의 경계선이 모호한 국가도 드물 것이다. 법위반과 도덕률의 위반을 혼동하는 경우까지 생기는 것 같다. 법을 위반하여 죄를 진 사람도 얼마 지난 후에는 별일이 없었던 것처럼 그의 행위를 불문에 붙이고 사회의 일원으로 받아들이려는 경향이 농후하기 때문에, 무슨 죄를 지었건 간에 용서받을 수 있는 곳이 우리 사회인 것 같다. 그러다 보니 뇌물수수와 같은 일종의 파렴치한 죄도 별 문제없이 우리 사회에서는 받아들이려고 하는 것은 아닌가 하는 엉뚱한 생각이 들게 되는 것이다. 이러한 현상은 뇌물을 주고받은 사람들에게 좀 더 노골적으로 나타나고 있다고 보여지기 때문이다. 우리나라의 지나친 관용성은 부족사회의 시대로부터 전래되어 온 미풍양속의 하나라고 볼 수도 있지만, 무조건 관용하는 너그러운 태도,

심지어 죄를 지은 사람들에게까지 관용을 베푸는 것이 반듯이 좋은 일인 것만은 아닐 것이다.

정상적으로 이루어질 수 없는 일을 성사시킬 수 있는 한 방법이 뇌물을 주는 것이다. 뇌물은 단지 일을 비합법적인 방법으로 성사시킬 수 있는 한 방법일 뿐이지 일을 확실히 성사시킬 수 있다는 것을 보장할 수 있는 방법은 아닐 것이다. 그렇다 보니 뇌물을 준 일이 뜻대로 성사되지 않을 수도 있을 것이다. 뇌물을 준 사람 쪽에서는 뇌물의 액수에 상당하는 반대급부가 돌아오지 않을 경우에는 서운한 느낌이 들게 될 것이며, 심지어 배신감 같은 느낌이 들게 되는 것은 인간이기 때문에 너무나 당연한 일이라 할 수 있을 것이다. 뇌물을 주었지만 뇌물의 효과가 전혀 나타나지 않는다고 하여 뇌물을 받은 사람들에게 자초지종을 따질 수는 없는 것이다.

뇌물을 준 사람은 뇌물을 준 돈의 효과가 전혀 나타나지 않는 경우에 뇌물로 준 돈이 사람이기 때문에 아깝게 느껴질 수도 있을 것이다. 뇌물을 주는데 이골이 난 사람의 경우에는 뇌물을 주기 위한 액수의 돈을 별도로 떼어놓은 다음에, 그중의 일부를 일단 뇌물로 써버린 경우에는 뇌물의 향방에 대해서는 더 이상 문제 삼지 않기로 하는 것이 프로의 경지라고 할 수 있을 것이다. 뇌물을 준 경우에는 어떠한 경우에도 뇌물을 준 사람의 인적 사항을 구체적으로 밝혀서는 안 될 것이다. 뇌물을 주는 이유는 뇌물을 주어서라도 안 되는 일을 될 수 있도록 만드는데, 그 목적이 있는 것이다. 그 일이 성사되지 않았다고 하여 뇌물을 준 사람에게 분풀이를 하는 것은 뇌물을 주는 정도가 아닌 것이다. 뇌물을 주더라도 성사가 되지 않는 일은 다른 방법을 사용할지라도 결코 성사될 수 없는 일이라고 해야 할 것이다.

이 세상에는 사람의 노력으로 성사될 수 있는 일과 제아무리 최선을 다 해서 노력을 해도 결코 성사가 될 수 없는 일이 있는 법이다. 이러한 점에서 볼 때 뇌물만 주면 무슨 일이든지 성사될 수 있다고 믿고 있는 사람처럼 어리석은 사람은 없을 것이다. 이러한 원리를 제대로 알지 못하고 성사가능성이 없는 일에 사활을 걸었다면, 그것처럼 어리석은 일은 없을 것이다. 뇌물을 주기 전에 일의 성사여부를 확실하게 알아본 다음에 뇌물을 주어야지 감만으로 뇌물만 주면 자신이 원하는 대로 일이 성사될 수 있으리라는 막연한 생각으로 뇌물을 주는 사람이 있다면, 그런 사람이 이상한 사람인 것이지, 되지 않을 일이라는 것이 분명한대도 뇌물까지 주면서 부탁을 하는 어리석은 사람의 뇌물을 마다할 필요가 어디에 있다는 말인가?

뇌물을 주는 사람은 다급한 마음에서 주는 것이라고 보아야 할 것이다. 자신이 추진하는 사업이 한 번도 성공을 거두지 못하고 계속해서 실패만 거듭하는 경우에 그러한 사업을 추진하지 않으면 안 되는 사람의 심정은 과연 어떠한 것일까? 그러한 사업은 더 이상 추진을 하지 말고 당장이라도 접으면 되지 않느냐고 제3자의 경우에는 쉽게 말을 할 수 있겠지만, 당사자의 경우에는 그렇게 한 순간에 쉽게 결정을 내릴 수 있는 일이 아니라고 해야 할 것이다. 바로 이점에 있어서 문제의 심각성이 있는 것이다. 뇌물을 쓰는 한이 있더라도 일을 성사시킬 것인가? 아니면 뇌물이라는 최후의 방법을 강구하지 않고 그대로 사업을 이 상태에서 접어버리느냐 하는 양자택일의 기로에 서있게 되는 것이다. 이러한 양자택일의 선택은 결코 용이한 일이 아니라는데 문제가 있는 것이라 하겠다.

양자택일의 선택을 해야 하는 사람에게는 올바른 선택이 사활을 건 문제라고 할 수 있을 것이다. 뇌물을 주더라도 사업이 성사될 수 있다면야 무엇이 문제이겠느냐마는 만일에 뇌물을 주고도 사업의 성사가 요원한 일로 끝나버리게 된다면, 뇌물을 주지 않았던 것만 못했다는 생각이 들 때의 실망감을 어떻게 감당할 수 있겠는가? 앞으로 사업이 어떻게 전개될 수 있느냐를 역술인의 경우처럼 훤히 알고 있다면 문제가 없겠지만, 대부분의 사람들의 경우에는 자신의 운명이 어떻게 될지를 알지 못하기 때문에 초조해지기 마련인 것이다. 사업을 하는 사람 중에 상당수가 역술인을 찾아가서 자신이 추진하고 있는 사업의 성패를 미리 알아보려고 한다는데, 그것처럼 어리석은 일은 없을 것이다. 역술인에게 알아보는 것이 일시적인 마음의 위안을 가져다주는 것인지는 알 수 없지만, 그러한 방법은 문제해결에 있어서 아무런 도움도 되지 않는 것이라 할 수 있을 것이다.

사업의 성사여부는 사업을 하는 사람의 능력여하에 달려 있는 것이지 역술인의 예언에 좌우되는 문제는 아닌 것이다. 역술인이 예언한대로 모든 일이 순조롭게 풀려갈 수만 있다면 얼마나 좋겠느냐마는 세상일이라는 것이 아마도 그들의 예언대로 풀려가는 것만은 아닌 것 같다. 사업에 크게 성공한 사람들의 경우를 보면 남의 말을 듣거나 남들의 생각에 의존하는 사람이라기보다는 어떻게 보면 독선적이라고 할 수 있을 정도로 자신의 소신을 끝까지 밀고 나가서 성공한 사람들이 대부분이라 할 수 있을 것이다. 일부의 사람들에게는 도저히 성사될 수 없다고 생각되는 문제도 과감하게 밀고 나가서 성사시킨 사람들이 사업에 크게 성공한 사람들이라 할 수 있을 것이다.

이러한 사람들에게는 사업을 성공시키기 위하여 뇌물을 주어야 한다고 판단되는 경우에는 두말없이 뇌물을 주는 한이 있더라도 자신이 목표로 하는 사업을 성공시킨 사람들이다. 그들에게는 뇌물을 주느냐 아니냐가 문제로 되는 것이 아니라 뇌물을 줄 필요가 있다면 더 이상 묻지 않고 그냥 뇌물을 주면 되는 것이다. 뇌물을 주고도 성사가 되지 않았을 경우에는 더 이상 뇌물을 주는 방법을 단념하고 다른 방법을 강구하는 것이 진정한 사업가라 할 수 있는 것이 아니겠는가?

2 문제아

　김달수는 40대 중반의 한창 나이에 있는 성공한 기업인으로 알려져 있다. 그가 거느린 회사만 해도 30여 개나 되는 외형상으로 보면 재벌기업에 상당하는 규모를 갖고 있는 기업의 경영책임자이다. 그가 어떻게 젊은 나이에 자신의 기업을 단시일 내에 거대기업으로 키웠느냐 하는 것은 아직도 신비의 베일에 싸여있는 셈이다. 정부의 강력한 지원을 받고 있다는 말도 들리지만, 아직 확실한 것은 알려진 바가 없다. 그의 기업인으로서의 성장배경에 대한 것은 다만 추측만 할 따름이다. 그가 성공한 젊은 기업인으로서 경제계에 막대한 영향력을 미치고 있는 것만은 틀림없는 일이라 할 것이다. 그는 금융업과 유통업에 있어서 선도적인 역할을 하고 있다.

　그는 일찍이 남들이 투자하면 다 망한다고 말해지고 있는 증권에 성공적으로 투자하여 막대한 수익을 올렸는데, 그 돈을 종자돈으로 하여 대금업과 유통업에 투자하여 괄목할만한 성공을 거둠으로써 장안의 돈을 모두 긁어모았다는 소문까지 퍼질 정도가 되었다. 그가 얼마나 많은 돈을 갖고 있는지에 대한 것은 국세청에서도 잘 모르고 있다. 그의 재산이 실제로 얼마나 많으냐 하는 것은 김달수 자신도 잘 알지 못할 정도이니 그가 우리나라 유수의 거부임에는 틀림없는 것 같다.

그런데 그가 기업경영에 있어서 놀라운 성공을 거둔 것과는 달리 성격상으로 많은 문제를 갖고 있는 문제아임에는 틀림이 없는 것 같다. 어른이 된다고 해서 모두 다 어른인 것은 아니다. 어른다워야 어른이라 할 수 있을 것이다. 김달수가 돈 버는 재주 하나만 본다면 그 재주가 워낙에 뛰어나기 때문에 감히 아무도 그를 따라갈 수 없다고 해도 과언이 아닐 것이다. 그런데 기이하게도 그의 이러한 탁월한 재능과는 대조적으로 일상생활을 영위해 가는 그의 모습을 면밀하게 관찰해 본다면, 문제가 많은 것 같다. 그의 행동과 언어가 마치 중증 정신질환을 앓고 있는 사람 같기 때문이다. 마치 '지킬박사와 하이드'라는 소설 속에 나오는 2중인 격자처럼 그의 사생활에서 보여주고 있는 그의 전혀 다른 모습은 참으로 문제가 많은 것 같다. 아마도 그는 성공한 기업인이기도 하지만, 성격적인 결함을 갖고 있는 문제아인 것이다.

히틀러나 스탈린과 같은 독재자들이 부하들에 대한 의심이 많아서 신임하는 부하들을 전부 제거해버렸다고 하는데, 이것은 독재자들의 성향이 부하들을 믿지 못하기 때문이라는 것이다. 스탈린의 전기를 보면 그가 함께 사진을 찍었던 측근의 부하들을 한 사람의 예외도 없이 전원 제거해버렸다는 사실을 밝히고 있다. 자신의 신변보호를 위해서라고 변명할 수 있을지 모르지만, 결국은 부하들을 믿을 수 없었기 때문일 것이다. 사람을 믿지 못하는 것보다 비극적인 일이 또 어디에 있겠는가?

거부가 된 김달수도 신변보호를 위한 경호문제에 특히 신경을 쓰게 되었다. 서울시 외곽에 위치하는 500평의 대지위에 2층으로 된 200평의 양옥에 거주하고 있는 그는 거금을 은행에 예치하는 대신에 자택의 지하에 지어놓은 거대한 은행금고에 버금가는 금고에 현금과 금괴 등의 귀중품을 자체 보관하고 있었다. 이러한 막대한 재산과 자신과 가족의 신변을 보호하기 위하여 처음에는 경찰출신의 경호원을 채용하여 경호업무를 맡겼지만, 원래 의심이 많은 김달수는 유능하다는 경찰출신 경호원도 믿지를 못하게 되어 스위스인 경호원을 채용하기 위하여 해외업무담당 상무이사와 상의를 했다.

"내가 그동안 국내에서 금융업과 유통업에 손을 대어 괄목할만한 성공을 거두었는데, 이제는 벌어들인 재산을 제대로 지키기 위한 수성문제에 좀 더 신경을 쓸 단계에 이른 것 같소. 스위스인 경호원이 믿을 수 있다고 하던데 상무님이 자세한 것을 알아봐 주세요."

"잘 알겠습니다. 회장님. 제가 아는 바에 의하면 스위스인 경호원의 충성심은 세계적으로 널리 알려져 있을 정도라 합니다. 로마 교황청에서도 교황의 신변보호를 위하여 스위스인 경호원을 채용하는 것이 오래된 관례라는 말을 들었습니다. 당장 상세한 것을 알아보겠습니다."

김달수가 스위스인 경호원을 채용할 수 있다면 경호문제에 대하여 더 이상의 신경을 쓸 필요가 없을 것이다. 그런데 문제는 김달수가 스위스인 경호원을 채용하는데 있는 것이 아니라, 스위스

경호원을 채용하면 경찰출신 경호원을 채용했을 때 갖고 있던 불안심리를 완전히 극복할 수 있느냐 여부에 관한 것이 문제인 것이다. 김달수의 경우처럼 사람을 믿지 못하는 성향이 있는 사람의 경우에는 경호원이 경찰출신이냐, 아니면 스위스인이냐 여부에 있는 것이 아닌 것 같다. 사람을 이유 없이 의심하는 것도 일종의 정신질환이라 할 수 있을 것이다. 독재자들이 심복부하들을 믿지 못하여 전부 제거했듯이 김달수의 의심증도 가히 중증이라 할 수 있기 때문에 스위스인 경호원을 채용한 후에도 별로 나아진 것이 없었다. 그는 독재자들처럼 경호원을 제거하는 대신에 경호원을 수시로 갈아치우기 시작했다. 스위스인 경호원을 채용한 후에도 수시로 경호원을 갈아치웠기 때문에 경호비용만 해도 마침내 천문학적인 숫자에 이르게 되었다.

경호업무는 비밀업무도 포함하기 때문에 경호원은 심복과 같은 위치에 있다 하겠다. 경호원들은 경호업무에 있어서 상당한 기간의 경력을 요하는데, 그 이유는 그러한 경호원들만이 피경호인의 신상에 관한 사항을 모두 파악하고 있다고 볼 수 있기 때문이다. 그러므로 경호원을 자주 교체하는 것이 효과적인 경호를 위하여 바람직한 일이 아니라고 해야 할 것이다. 이러한 점에서 볼 때 김달수의 빈번한 경호원교체는 김달수의 성격상의 문제점을 단적으로 나타낸 첫 번째의 대표적인 측면이라 할 수 있을 것이다.

김달수의 두 번째 성격상의 문제점으로 들 수 있는 것은 단순한 허세의 경지를 넘어서는 병적인 과시욕이라 할 수 있을 것이다. 누구나 약간의 허세는 다 있는 법이다. 많이 배우지 못한 사람이 남들처럼 많이 배웠다는 것을 나타내고 싶은 욕구는 너무나 자연스러운 인간의 허세라 할 수 있을 것이다. 그러나 이 경우에도 도가 지나치면 문제인 것이다. 모 재벌회사의 정모회장처럼 생전에 자신이 못 배웠다는 사실을 공개적으로 나타내고 때로는 무식한 행동까지 했기 때문에, 사람들은 오히려 그의 솔직함을 인정하고 그의 그러한 처신을 자연스럽게 받아들였다고 한다. 그 회장처럼 무식하면 무식한대로 행동하는 것이 오히려 자연스러운 일이라 할 수 있을 것이다. 무식함에도 불구하고 유식한 척, 모르면서도 아는 척하는 것보다는 그 얼마나 솔직담백한 일인가.

행정대학원이나 경영대학원과 같은 전문특수대학원의 경우에는 특별과정이라는 것이 있어서 대학을 졸업하지 못한 사람에게도 단기특수과정의 교육을 이수하게 하여 석사학위에 준하는 학위를 수여하여 대학원 졸업생으로 인정해주고 있다. 이러한 사람들의 경우에는 대학원에 진학하기 전의 학력수준이 무엇이었든간에 관계없이 그의 최종학력은 대학원 졸업으로 인정을 받게 되는 것이다. 김달수의 경우도 소싯적에 돈벌이를 하느라 제대로 밟은 학력이라는 것이 별로 없었는데, 거액의 자산을 확보하고 있는 기업의 회장이 된 현재 무엇인가 자신의 학력을 과시하고 싶어지는 것은 너무나 당연한 일이었던 것이다.

김달수는 경영대학원에서 자신과 같은 사람에게도 석사학위를 수여해준다는 사실을 알아낸 후에 경영대학원의 단기특수과정에 입학하여 경영학석사학위를 받게 되었다. 돈이 많은 김달수회장인지라 거액의 기부금을 대학원발전기금으로 내놓았으며, 경영대학원을 졸업한 후에는 경영대학원 총동창회장에 추대되어 거액의 동창회후원금도 기꺼이 내놓아서 그의 재력과 학력을 과시할 수 있는 기회를 갖게 되었던 것이다. 그의 새로 찍은 명함에는 기업체의 회장이라는 직함과 함께 경영대학원 총동창회장이라는 사실을 대문짝 같이 과시할 수 있게 되었다. 자신도 이제는 학력이 대학원 졸업생으로 상향조정된 셈이다.

그를 잘 알지 못하는 사람들은 그가 대학원 졸업생이라고 하니 그의 말대로 그의 학력을 인정해주려고 하면서도 그와 함께 좀 더 지내다보면 그의 말이 어딘가 허술한 점이 있다는 것을 곧 알 수 있게 되는 것이다. 왜냐하면, 그가 대학과정까지 오는데 쌓아 올린 기초지식이 없이 경영대학원에서 단기특수과정을 이수하여 대학원석사학위를 수여받은 것이기 때문에, 학문의 연결성이 결여되어 있다고 해야 할 것이다. 이것은 일견 별로 대단한 일이 아닌 것처럼 보이지만, 정규대학과정을 졸업한 사람이 대학원에 온 경우와 김달수회장처럼 엉뚱하게도 중간에 모든 과정을 다 잘라버리고 대학원과정만 마친 경우와는 사정이 완전히 다른 것이라 할 수 있을 것이다. 그러다 보니 김회장이 무슨 문제에 대하여 대학원 동급생들과 토론을 하는 경우에도 김회장의 발언은 도대체가 무슨 말을 하고 있는지를 전혀 알 수 없기 때문에, 김회장은 어떠한 경우에도 토론에 참여하지를 말고 그러한 기회가 있다 하더라도 그러한 자리를 가급적 피하는 것이 자신의 체면을 지키는 일이라는 것을 명백히 깨달아야 하는 것이다. 가만히 있으면 중간쯤은 갈 수 있는 일이니 긁어 부스럼이 될 수 있는 일은 아무리 학력을 과시하고 싶은 경우가 생기더라도 김회장은 그 자리를 적극적으로 기피하는 것이 신상에도 좋은 일이 될 것이다.

김회장의 학력에 대한 과시욕은 일정한 한계가 있기 때문에 그 정도로 만족하기로 했지만, 그의 병적인 과시욕은 이것만으로 그치는 것은 아니었다. 그는 회사의 재력을 과시하기 위하여 수시로 대규모 홍보행사를 개최하고 있다. 행사비용만 하더라도 어마어마하게 들어가고 있는데, 그는 전혀 개의치 않고 있다. 그의 측근이 이러한 대규모행사를 개최하는 의중을 알아 본 일이 있었다.

"회장님께서 회사홍보를 위한 대규모행사를 자주 개최하고 있으신데, 저희 회사는 이제 그러한 홍보행사를 하지 않아도 고객들에게 잘 알려져 있는 수준에 와있다고 판단됩니다. 그러한 행사의 개최가 회사운영에도 부담이 되고 있는데, 회장님께서는 이러한 홍보행사를 앞으로도 계속하시려는 것입니까?"

"김전무, 지금 무슨 말씀을 하고 계시는 것입니까? 회사의 매출은 홍보와 정비례한다는 이치를 모르고 하시는 말씀은 아니시겠지요? 홍보를 계속하지 않으면 회사의 매출이 급감하게 되는 현상을 막을 수 있는 무슨 뾰족한 방안이라도 있다는 것입니까?"

"회장님께서 경영대학원까지 나오셨으니 드리는 말씀인데, '수익체감의 법칙'이라는 것이 있지 않습니까? 신규투자를 하는 경우에 일정기간동안에는 그 효과가 극대화되지만, 일정기간이 지난 후에는 투자액에 비례해서 투자효과가 증대되는 것이 아니라, 투자액에 반비례해서 오히려 줄어들게 된다는 경제법칙이 아닙니까? 이제 우리 회사가 홍보를 위하여 투자해야할 액수는 이미 상한선을 경과했다고 볼 수 있습니다."

"그렇다면, 김전무님 생각에는 회사홍보를 더 이상 하지를 않더라도 이미 홍보를 한 효과가 앞으로도 지속될 수 있다는 말씀입니까?"

"제가 수집해놓은 자료에 의하면 그렇게 될 수 있는 가능성이 충분히 있다는 것입니다. 회장님께서는 지금처럼 회사홍보비용을 계속해서 늘려 가실 필요 없이 홍보비용을 한꺼번에 삭감하시지를 마시고 홍보효과를 보아가면서 점차적으로 홍보비용을 삭감해가는 방향으로 가는 것이 바람직하다고 판단됩니다."

"김전무님 말씀대로라면 홍보비용을 삭감해가더라도 홍보효과가 줄어들지 않고 현재와 같은 상태를 그대로 유지해 갈 수 있다는 말씀이지요. 김전무님 말씀대로 그러한 방법을 한번 시도해보도록 합시다."

김회장은 늦깎이로 경영대학원의 물을 먹었기 때문에 김전무가 무슨 말을 하는지를 알아들을 수 있었으며, 회사홍보에 소요되는 막대한 비용을 상당히 절감할 수 있었던 것이다. 김전무의 조언이 없었다면 김회장이 홍보비용 절감에 대한 대책을 강구하지도 않았을 것이며, 김회장이 경영대학원을 졸업하지 않았다면 김전무의 말이 무엇인지를 이해할 수도 없어서 결국 회사의 손실을 계속 방치해 두었을 것이다. 이러한 점에서 볼 때 '아는 것이 힘'이라는 말을 실감할 수 있을 것 같다.

김회장의 세 번째 성격상 결함은 사람들에게 자신이 부자라는 것을 과시하려는 데 있다 하겠다. 그는 사실상 거부이기 때문에 그가 거부라는 것을 부인할 수는 없을 것이다. 그러함에도 불구하고 그 자신이 부자라는 사실을 구태여 사람들에게 과시하려는 이유는 무엇일까? 아마도 그 이유를 찌들게 가난했던 그의 어린 시절에서 찾을 수 있는 것이 아닐까? 그는 어린 시절부터 돈에 한이 맺혀서 이를 악물고 돈을 벌었을 것이다. 돈을 많이 벌게 되면 원 없이 돈을 쓸 뿐만 아니라 내가 부자라는 것을 사람들에게 과시해야 하겠다는 생각을 은근히 마음속에 키웠을지도 모르는 일이다. 막상 성인이 되어 김회장이 많은 돈을 거머쥐게 되자 어린 시절부터 몸에 배었던 습성을 은연중에 자신도 모르는 사이에 사람들에게 나타내게 된 것이 아니었을까?

부자가 부자라는 사실을 과시하는 것이 무엇이 잘못되었을까마는 부자의 그러한 과시욕은 사람들에게 역겨움을 줄 수도 있는 것이다. 남보다 잘난 사람이 겸손해야지, 그렇지를 못하고 잘난 채를 한다면 사람들이 그에 대하여 역겨움을 느끼게 되는 것과 마찬가지 이치인 것이다. 부자가 일반인과 구별되는 다른 점은 부자이기 때문에, 다른 사람들, 특히 사회적인 약자들을 위하여 거액을 기꺼이 내놓을 줄 알아야 부자인 것이지, 자기 혼자만의 욕심을 위하여 부자라는 것을 과시나 한다면 누가 그를 참부자로 인정해 줄 수 있다는 말인가? 부자들은 자신을 부자라고 과시하기 이전에 이러한 문제를 한번쯤 생각해 볼 필요가 있는 것이 아니겠는가?

김회장은 자신이 부자라는 것을 과시하기 위하여 이미 말한 바와 같이 서울시 외곽에 있는 500평의 대지에 200평의 2층 양옥을 짓고 호화로운 생활을 하고 있다. 자신의 돈과 금괴 등 귀중품을 은행에 맡기는 대신에 자신의 저택의 지하에 은행금고에 버금가는 규모의 금고를 지어 스위스인 경호원을 채용하여 경비를 서게 하고 있다는 사실은 이미 살펴본 바와 같다. 그가 매일 먹는 음식도 대부분 외국에서 수입해 온 영양가 높은 음식들이다. 자신의 저택에서 자주 가든파티나 무도회까지 개최하여 정부의 고관과 경제계 인사들과 교류하고 있다. 최고급외제차를 타고 있으며, 어린 남매는 어릴 때부터 미국에 조기유학을 보냈다. 그가 사는 모습을 보면 마치 외국이나 별천지에서 살고 있는 것 같다. 대한민국 국민의 1퍼센트 미만의 상류부유층만이 감히 이러한 생활을 할 수 있을 뿐이다. 김회장의 생활은 일반국민의 생활과는 전혀 동떨어진 생활이라 할 수 있을 것이다. 그가 돈을 벌 수 있게 해준 사람들은 소비자인 국민인데, 그가 돈을 벌게 해준 국민들과는 전혀 관련이 없는 생활을 하고 있는 셈이다.

그가 자신이 부자라는 것을 과시하건 말건 그를 키워준 국민과는 아무런 상관이 없는 문제인 것이다. '올챙이 때 일을 생각하지 못 한다'는 말이 바로 이러한 경우를 두고 하는 말일 것이다. 김회장이 거부로 성장했으며 경영대학원까지 졸업하여 젊은 나이에 자기가 원했던 모든 것을 성취했지만, 그의 삶이 과연 값진 일이었던가 하는 문제는 아직도 의문의 여지가 있다 하겠다. 그는 결국 많은 돈을 벌어서 거부가 되었지만, 번 돈을 어떻게 써야 하는 것을 알지 못하고 있기 때문에 그는 '미숙아' 또는 '문제아'라고 할 수 있는 것이다. 칼을 쓸 줄 모르는 아이에게 칼을 쥐어주는 것처럼 위험한 일이 없듯이, 김회장에게 주어진 막대한 부는 쓸모없는 녹 쓴 칼과 같은 것이 아닐까?

우리 사회에는 김회장과 같은 성공한 문제아들이 허다히 많이 있다고 할 수 있다. 이러한 문제아들 때문에 우리 사회가 언제나 시끄러운 것 같다. 문제아냐 아니냐는 사람의 외형만 보아서는 결코 판단을 내릴 수 없는 문제라고 할 수 있을 것이다. 점잖은 사람들이 왜 성범죄를 범하게 되는 것인가? 그가 겉으로는 점잖은 어른처럼 보였지만, 사실은 문제아였기 때문에 그러한 결과가 생기게 된 것일 것이다. 우리 사회에는 너무나 많은 '애 어른(a grown-up child)'이 있는 것 같다. 이러한 어른이 반드시 문제를 일으키는 것은 아니지만, 그들은 잠재적인 문제를 일으킬 수 있는 예비 집단이라 할 수 있을 것이다.

이러한 문제아인 어른들은 극도로 자기중심적인 인간들이라 다른 사람에 대한 배려 같은 것은 전혀 고려에 넣지 않고 있는 인간들이라 할 수 있을 것이다. 그들이 사회적으로 별 영향력을 미칠 수 없는 미미한 존재라면 별 문제가 없겠지만, 실제에 있어서는 이러한 인간들이 사회지도급 인사라는 것이 문제가 될 수 있는 것이다. 우리는 일반적으로 사회지도급 인사들을 존경받을 만한 사람들이라고 여기는 것을 당연한 일로 받아들이려는 경향이 있다. 그런데 이러한 지도급인사들이 실제에 있어서는 함량미달의 인간들이라면 그러한 인사들과 접촉을 해야 하는 사람들에게는 고통이 될 수밖에 없는 것이다. 사회지도급인사들이라 그들을 문제아로 낙인을 찍어서 사회로부터 격리시킬 수도 없는 노릇이라 실로 난감해질 수밖에 없는 것이다.

강준호가 20여 년 전에 전체 입주자가 300여 세대에 미치지 못하는 구형아파트의 재건축문제와 관련하여 겪었던 박회장이라는 사람은 참으로 희한한 성격의 소유자였다. 그러한 사람은 그 전에도 겪어본 일이 없었으며, 그 후에도 만나본 일이 없었다. 강준호가 살고 있던 아파트는 마포아파트로서 철로 변에 철도부지의 일부를 차용하여 지어놓은 6개동의 6층 아파트 단지로서 엘리베이터도 없는 구형아파트였다. 이미 지은 지 20년이 가까워지고 있던 이 아파트의 재건축 논의가 활발해지면서, 입주자간에 재건축을 찬성하는 측과 재건축을 반대하는 측이 첨예하게 대립하기 시작했다. 박회장이라는 사람은 영관장교로 제대한 사람으로서 청와대의 경호원이었다고도 하고, 차량반 소속이었다는 소문도 나있었다. 여하튼 그가 거물이었다는 말 같았다.

그는 2층에 2개의 아파트와 3층에 1개의 아파트를 연결해서 사용하고 있었기 때문에 마포아파트에서는 가장 큰 평수에 살고 있었다. 좀 모자라는 박회장이라는 사람은 자신이 이 아파트 내에 3개의 아파트를 소유하고 있으며, 독립유공자이며 전직이 청와대 출신이라는 것을 내세워서 한창 거들먹대고 있었다. 아파트의 자치회장으로서 자신이 아파트 문제를 마음대로 좌지우지할 수 있다는 착각을 노골적으로 나타내고 있던 그가 아파트 재건축문제가 본격화되자 처음에는 찬성도 반대도 아닌 모호한 입장에 서있었다. 들리는 말에는 재건축을 하게 되면 건설회사 측에서 무료로 아파트를 지어서 입주자들에게 분양해준다고도 했다.

6층에 아파트 2채를 갖고 있으며 대학교수직에 있던 강준호는 재건축논의가 시작되면서 떠돌기 시작한 재건축하는데 돈이 한 푼도 들지 않는다는 말을 믿을 수가 없었다. 누가 흘린 엉뚱한 말이었는지는 알 수 없었지만, 재건축이라는 것이 무엇인가 처음부터 잘못되어 가고 있다는 것을 감지할 수 있었다. 개인적으로 새 집을 지으려면 많은 돈이 들어가는 것이 당연한 일임에도 불구하고, 고층아파트로 재건축을 하겠다는데 어떻게 돈을 한 푼도 내지를 않아도 된다는 말인가? 대지의 면적이 건평보다 넓어서 입주자들이 그러한 대지를 분할해서 소유하고 있을 경우에는 건축비용을 조금 내거나 무료에 가까운 비용으로 재건축을 할 수도 있을 것이다. 그러나 마포아파트와 같은 경우에는 아파트소유의 대지는 전혀 없으며, 철도부지를 일부 차용하여 아파트를 지은 것이니 무료로 재건축을 할 수 있다는 것은 전혀 근거가 없는 이야기였다.

이 아파트는 원래 아파트를 지을 수 없는 땅에 아파트를 지은 것이니, 청와대의 압력에 의하여 아파트의 건축이 가능했다는 말까지 흘러나왔다. 청와대에 근무했다는 박회장이 청와대에 청탁을 넣어 아파트의 건축이 가능했다는 말까지 들렸다. 아마도 무료로 재건축을 할 수 있다는 말도 박회장 측에서 흘린 것이 아닌가 하는 의심마저 들 지경이었다. 재건축논의가 시작되었던 초기에는 재건축을 어떻게 하는 것이냐 하는데 대한 것을 아는 사람들은 아무도 없었다. 그런데 나중에 지나고 보니 재건축이라는 것이 그렇게 복잡한 절차를 요하는 것도 아니었다.

재건축을 하기 위해서는 주택소유자(구분소유자라 함)의 80퍼센트의 동의에 의하여 재건축을 하겠다는 '재건축결의'를 한 후에 관할구청의 허가를 받아 재건축조합을 설립해야 한다. 재건축결의는 집합건물법이 정한 법정요건으로서, 재건축결의에는 재건축에 드는 비용과 분양방법 등을 재건축전에 구체적으로 정하여 그 후에 생길 수 있는 분쟁의 가능성을 최소화하려는 데 그 목적이 있는 것이다. 이러한 절차를 밟아서 합법적으로 출범한 재건축조합은 재건축을 담당할 건축회사를 정하고 재건축조합원을 일정한 이주비용을 주어 재건축이 끝날 때까지 이주를 시켜야 한다. 재건축에 반대하는 조합원이 있을 경우에는 그들을 상대로 재건축조합이 소송을 진행하거나 반대자들이 10명 이내의 소수로 줄어든 경우에는 원할한 재건축사업의 추진을 위하여, 법원의 조정을 거쳐서 감정가로 아파트를 재건축조합과 반대입주자 간에 서로 사고파는 절차를 거쳐서 재건축조합이 반대입주자들의 요구사항을 들어주어 재건축사업을 마무리 짓기 전에 반대입주자들의 문제를 해결해야 할 것이다. 재건축사업은 새로 지은 아파트에 입주하기를 원하는 사람들에게 아파트를 분양해주고 그 대금을 회수하게 되면 성공적으로 끝나게 되는 것이다.

그런데 마포아파트의 경우에는 이러한 재건축의 법적인 절차가 순조롭게 진행되지를 않아서 재건축조합과 반대입주자간의 3년여의 지루한 소송 끝에 최후까지 남은 10여 명의 반대입주자들이 감정가로 반대입주자 소유의 아파트를 조합에 팔고 나감으로써 비로소 마무리를 하게 되었던 것이다. 그런데 이러한 과정을 거치는 동안에 박회장이 보여주었던 돌발적인 엉뚱한 발언이나 행동은 조합원들의 빈축을 사기에 충분했다. 처음부터 다른 곳으로 이사가는 것을 원하지 않았던 강준호는 처음부터 재건축반대 입장에 서있었다. 집수리전문업체의 정사장이 재건축반대 입주자들의 비상대책위원장을 맡고 있었다. 그의 말에 의하면, 현재의 재건축조합 집행부는 60~70대의 노인들이 맡고 있기 때문에 재건축추진을 위한 박력도 없고 비전도 없어서 재건축사업의 추진이 어렵다는 것이었다.

강준호의 생각도 재건축조합 집행부의 의도대로 제대로 추진

될 것 같지 않다는 판단 하에 아파트의 개별난방을 위한 바닥에 코일을 까는 일을 정사장에게 맡기기로 했다. 재건축 말이 나오기 시작하면서 상당수의 입주자들이 집을 비우고 이주해 갔기 때문에, 겨울철의 난방문제가 보통일이 아니었다. 300세대 미만의 전입주자들이 살고 있을 때에도 중앙난방식으로 스팀난방을 하고 있던 구닥다리 마포아파트의 경우에는 겨울에 난방도 제대로 들어오지를 않았으며, 여름에는 온수도 제대로 나오지를 않아서 말이 아파트이지 아파트의 효용가치가 전혀 없는 아파트였다. 그뿐만 아니라 날림으로 지은 아파트라 지은 지 20년이 가까이 되자 서민아파트처럼 완전히 낡아버려서 재건축을 하지 않을 수 없게 되었던 것이다.

재건축초기의 집행부는 '재건축결의'라는 것이 무엇인지를 전혀 알지를 못했기 때문에 재건축결의 없이, 법률에도 규정되어 있지 않은 입주자들의 '재건축동의서'라는 문서를 받아서 그것을 마포구청에 제출하여 재건축조합 설립허가를 받았던 것이다. 당시에는 마포구청의 건축담당이 재건축결의가 무엇인지를 몰랐던 것 같다. 그렇지 않고서야 어떻게 재건축동의서만으로 재건축조합 설립허가가 나올 수 있다는 말인가?

재건축과 같은 문제에 앞장서는 것도 주부들이라 재건축논의가 본격적으로 시작되면서 재건축 찬성 측 주부들과 재건축 반대 측 주부들이 오전과 오후로 번갈아가면서 마포구청에 가서 시끄럽게 시위를 해대니 도저히 구청업무를 처리할 수 없다 하여 마포구청 건설국장의 주선으로 조합과 반대입주자간의 모종의 합의를 모색하기 위하여 양측의 대표자들을 구청으로 불러들였다.

입주자 측에서는 당시에 입주자 자치회장이었던 박회장과 몇 사람의 대표자들과 함께 강준호도 입주자 대표의 한사람으로 건설국장이 소집한 회의에 참석하기로 했다. 입주자대표자들은 그 회의에 참석하기 전에 무슨 말을 어떻게 할 것인가를 서로 의논하여 입을 맞추기로 했다.

재건축조합 측에서 나온 사람들과 자리를 함께 한 입주자대표들은 건설국장이 이러한 자리를 모처럼 마련한 목적에 관한 언급을 들었다.

"여러분을 이 자리에 모신 이유는 마포아파트 주부들의 시위로 마포구청 업무가 거의 마비되다시피 하였기 때문에 그 해결책을 모색하기 위해서입니다. 재건축조합과 입주자들 간에 무슨 의견의 차이가 있어서 그런 것인지 허심탄회하게 이 자리에서 서로 의견을 나누어 본 다음에 그 해결책이 무엇인지 찾아내 보도록 합시다."

이렇게 운을 뗸 건설국장의 의도는 자신이 재건축조합과 입주자들 간의 의견차이가 있으면 이를 중재해 주겠다는 것이었다. 그런데 최초로 의견발표라고 나선 박회장의 발언은 너무나 엉뚱하고 어처구니없는 말이라 아연해질 수밖에 없었다. 그 사람이 이 자리에 왜 와있느냐 하는 것조차 의심이 날 지경이었다.

"나는 아파트 자치회장으로 있는 박회장입니다. 나는 재건축을 반대하기 위하여 이 자리에 와있는 것이 아닙니다. 내가 알고 싶은 것은 재건축을 하는데 얼마나 비용이 드는가 하는 것입니다."

이러한 박회장이라는 사람의 발언을 들은 입주자대표들은 모두 놀라움을 금할 수 없었으며, 강준호는 도대체가 박회장이라는 사람이 제정신으로 하는 말인지, 제자신도 무슨 말을 하는지 모르고 하는 말인지 의심이 날 지경이었다. 그의 발언은 이 모임에 오기 전에 입주자대표들 간에 미리 상의한 일도 없었던 발언이 아닌가? 회의벽두부터 초를 치는 발언을 서슴없이 해서 회의분위기를 김이 새게 엉망으로 만들어 놓은 박회장이라는 사람의 정신상태는 정상적인 것인가? 강준호가 박회장의 발언에 대하여 한마디 하지 않을 수 없었다.

"박회장의 질문사항 같은 것은 구태여 건설국장님께서 소집한 회의까지 와서 발언하지 않아도 되는 내용이 아닙니까? 재건축조합에 물어보면 될 일을 갖고 무엇 때문에 여기까지 힘들게 와서 엉뚱한 말씀을 하시는 것입니까? 첫 번째 발언자로 나서서 해야 할 정도로 중요한 문제도 아니지 않습니까?"

"강교수님께서 갖고 계신 의견은 무엇입니까?"

건설국장이 강준호에게 대안을 물었다.

"나는 재건축을 반대하는 입장에 서있습니다. 아파트를 지은 지 20년이 지났다 하여 많은 비용을 들여서 아파트를 새로 짓는 대신에, 아직도 뼈대가 튼튼하다는 안전진단이 나온 현재 아파트를 그대로 수리해서 쓰는 것이 비용도 절감되고 입주자에게도 득이 될 수 있다는 판단 하에 재건축에 반대하고 있습니다."

"그렇다면, 이 문제는 주민의 다수결투표로 결정할 수밖에 없는 문제라고 볼 수 있으니. 일단은 조합설립허가를 내어줄 터이니 조합이 중심이 되어 입주자들의 다수결투표로 재건축추진여부를 결정하도록 하시지요."

건설국장의 의도는 처음부터 재건축조합설립허가를 내주기 위한 전제조건으로서의 명목상 회의를 소집한데 불과한 것이었다. 국장의 의도대로 며칠 후에 조합설립허가가 나왔다. 그러나 이러한 재건축조합설립허가는 조합설립의 필수요건인 '재건축결의'가 없는 것이었기 때문에 결국에는 무효한 행위였다는 것이 소송 중에 밝혀졌다. 결국 조합 측의 요청에 의하여 법원의 조정으로 2명의 감정사가 평가한 가격을 평균 낸 가격으로 반대입주자가 자신의 아파트를 조합에 팔고, 조합이 반대입주자들에게 서명해주기를 부탁한 '재건축결의'에 반대입주자들이 서명하고 아파트대금을 받고 이주해감으로써 재건축문제는 일단락을 짓게 되었다.

한번은 박회장이 강준호에게 전화를 걸어서 은퇴한 장교수와 함께 만나자고 하여 약속된 장소에 나가보았더니 박회장이 강준호에게 희한한 말을 했다.

"이렇게 강교수님과 장교수님, 그리고 나를 포함하는 세 사람이 만난 것은 우리가 말하자면 아파트의 원로급에 해당하니 아파트 자치회의 고문역할을 담당해주실 것을 권유하기 위해서입니다."

"아파트 규약상 고문이라는 직책이 있습니까? 고문이 하는 역할이 무엇입니까?"

"아파트 규약상 고문직이라는 직책은 없습니다. 고문직이 할 일은, 예를 들면 경제적인 지원을 필요로 하는 사람들을 도와주는 일 같은 것이지요."

박회장의 발언에 미심쩍은 점도 있었지만, 워낙에 엉뚱한 말을 무책임하게 하는 사람이라 그런 정도로 대충 이야기를 하고 그날은 그냥 헤어졌다. 그런데 생각지도 않았던 문제가 생긴 것이다. 박회장이 갑자기 아파트 자치회장직을 사퇴하고 강준호를 자신의 후임자로 추천을 했다는 것이다. 강준호의 의사도 물어보지 않고 제멋대로 결정한 것이다. 강준호는 당연히 그 자리를 거절할 수밖에 없어서, 정식으로 거절을 했다. 그랬더니 그가 고문회의를 소집한다 하여 도대체 무슨 말을 하려는 것인지 들어보려고 관리사무실에 가보았더니, 정말로 어처구니없는 말을 그것도 간접화법으로 강준호의 얼굴도 정면으로 쳐다보지를 않고 하는 것이 아니겠는가?

"강교수께서 아파트 자치회장직을 맡지 못하겠다하여 진회장이 대신 그 직책을 맡기로 했습니다 그런데 진회장은 정규수입이 없기 때문에 현재까지 500만원의 관리비가 연체되었습니다. 강교수를 대신하여 자치회장직을 맡은 진회장을 위하여 강교수가 진회장의 밀린 500만원의 관리비를 대신 갚아주어야 하는 것이 아니겠습니까? 강교수님이 대납해주는 관리비는 자치회장의 월 판공비 50만원이 나오면 갚아주면 되는 것이 아니겠습니까?"

박회장이라는 사람이 엉뚱한 사람이라는 것은 알았지만, 이러한 형편없는 사람이라는 것은 강준호가 이때 처음 알게 되었다. 혼자서 북치고 장구치고 하는 박회장의 말을 물끄러미 아무 말 없이 바라보면서 그가 마구 지껄이는 말을 하나씩 분석해보았다. 강준호가 진회장에게 자기 대신 회장직을 맡아달라고 부탁한 일도 없었는데, 왜 진회장의 밀린 500만원의 관리비를 대납해주어야 한다는 말인가? 강교수가 진회장의 밀린 500만원의 관리비를 대납해주면, 50만원의 자치회장 판공비로 이를 갚아주면 된다고 무책임하게 말했는데, 나중에 알고 보았더니 관리소장이 회장판공비를 자신의 업무비용으로 쓰고 있다는 것이었다. 판공비사용의 내용도 제대로 파악하지 못하고 무책임한 말을 서슴없이 내뱉고 있는 박회장이야말로 문제아가 아니겠는가? 박회장 자신이 진회장을 도와주지 못하는 이유에 대하여 장황하게 강준호에게 간접화법으로 설명하고 있었지만 전혀 설득력이 없었다.

"나는 이미 아파트를 위하여 기천만원을 썼으며, 여기 계신 장교수님도 상당한 금액을 지출한 것으로 알고 있습니다. 그런데 아파트를 위하여 한 푼도 내지 않은 사람은 강교수님밖에 없지 않습니까? 그렇게 볼 때 진회장을 도와줄 수 있는 사람은 강교수님밖에 없는 것이 아니겠습니까?"

박회장이 아파트를 위하여 기천만원의 돈을 어디에 썼다는 말인가? 일찍이 들은 말이 없으니 하는 말이다. 강교수가 박회장이라는 사람의 헛소리를 듣고 있자니 구태여 그의 말에 대꾸도 하기 싫어서 묵묵부답으로 자리에 앉아 있기만 했다. 바로 이러한 일을 고문들이 하자고 했던 것인가? 그의 주장은 논리적으로도 일관성이 없으며, 타당성도 없는 주장에 불과한 것이다. 다시 말하자면, 그 자신도 자신이 무슨 말을 하는지도 모르면서 그냥 입에서 나오는 대로 지껄여 대는 것 같았다. 그는 입버릇처럼 말을 했던 적이 있었다.

"나는 재건축에 반대하는 입장에 서있는 것이 아닙니다."

그렇다면 재건축에 찬성하는 다른 입주자들처럼 이주비를 받고 이주를 않고 끝까지 남아있는 이유는 무엇인가? 도대체가 납득이 되지를 않는 일이다. 자신이 하는 말이 무엇인지나 알고 하는 말인가?

재건축조합이 미이주세대를 대상으로 제기한 소송을 진행하는 과정에 있어서 '재건축결의'가 없다는 것이 밝혀져서 조합 측에서 승소의 가능성이 없어지자 법원을 통하여 반대입주자들과의 조정신청을 해왔다. 결국 감정가로 아파트를 사고파는 조치가 취해졌다는 것은 이미 살펴본 바와 같다. 그런데 2명의 감정사가 산출해 낸 감정가를 평균한 최종감정가가 조합측이 예상했던 가격보다 너무 많이 나왔기 때문에 조합원들의 기분을 무마해주는 조치로 조합 측이 반대입주자 비대위가 선임한 최변호사에게 감정가의 20퍼센트 삭감을 요청해 왔다는 것이다. 최변호사가 조합 측의 이러한 의사를 관철하기 위하여 남은 30여명의 반대입주자들에게 조합이 요구한 20퍼센트의 감축 대신에 자신이 주장한 10퍼센트의 감축에 동의해달라고 요청했지만 투표로 이러한 요청을 부결했다.

그런데 최변호사의 요청을 일단 부결했던 30여 명의 반대입주자 중에 20여 명이 박회장이 주도한 10퍼센트 삭감안에 동의해주고 아파트 대금을 받고 이주해 갔다. 당시는 우리나라의 금융사정이 IMF의 통제를 받아야 할 정도로 긴박한 상태에 놓여 있었기 때문에 끝까지 10퍼센트 삭감안에 동의해주지 않으면 아파트 대금을 받을 수 없다는 엉뚱한 소문을 박회장이라는 사람이 펼쳐서 주로 2층에 입주하고 있던 세대들이 집을 팔고 황급히 나가버렸다.

비대위를 배신한 최변호사와의 언쟁으로 강준호와 끝까지 남은 최선생에게 화가 난 최변호사가 자신의 선임을 파기해 달라고 강준호에게 요구하는 것을 최변호사를 선임한 비대위원장에게 해임요청을 하라는 말을 하고 최변사의 사무실을 나오자, 최변호사가 다음날 변호사 자진사퇴서를 법원에 제출하고 자진사퇴를 해버렸다. 결국 마지막으로 남은 10여 명의 반대입주자들은 10퍼센트를 삭감하지 않은 감정가대로 아파트대금을 받게 되었으며, 강준호부부와 최선생은 최변호사가 요청했던 아파트대금의 3.5퍼센트에 해당하는 성공보수도 낼 필요가 없게 되었던 것이다.

김달수와 박회장의 경우에는 성격상 다른 형태의 문제아들이라 할 수 있을 것이다. 김달수의 경우에는 성격상의 결함이 문제가 될 수 있지만, 박회장의 경우에는 사람 자체가 문제인 것 같다. 김달수의 경우에는 노력 여하에 따라서는 구제가능성도 있다고 할 수 있지만, 박회장의 경우에는 인간 자체가 처음부터 무엇인가 잘못되었기 때문에 그렇게 된 것이니, 구제불능한 문제라고 할 수 있을 것이다. 우리는 살아가면서 이러한 문제아들을 가끔 만나볼 수 있다. 문제아들은 자신이 문제라는 것을 알지 못하고 살고 있는 것 같다. 문제아들도 일종의 정신질환을 앓고 있는 경우라 할 수 있을 것이다. 미친 사람들은 자신이 미친 것이 아니라 올바른 정신을 갖고 있는 우리들이 미쳤다는 생각을 하면서 안도하고 있는지도 모를 일이다. 문제아들도 자신들이 문제아가 아니라 우리가 문제아라고 생각하고 있는 것은 아닐까?

이 세상을 살아가기 위해서는 너무 잘나도 문제이고, 그렇다고 해서 너무 못나도 문제인것이다. 가장 좋은 방법은 중간 수준에 머물 수 있는 지혜를 발휘하는 것인데, 이것이 결코 쉬운 일이 아닌 것이다. 우리가 박회장의 실례에서 볼 수 있었듯이 못난 사람이 왜 잘난 체를 하는 것일까? 잘나지를 못했기 때문에 자기 자신을 은폐하기 위하여 잘난 체를 하는지도 모를 일이다. 아니면 자신이 정말로 그렇게 생각하기 때문에 그런 것일까?

　문제아의 문제는 우리 사회에서 쉽게 언급될 수 없는 문제일 수도 있을 것이다. 아니면 문제아의 문제보다 좀 더 시급한 해결을 요하는 문제들이 산적해 있어서 그런 것인지도 모르는 일이다. 그러나 문제아의 문제는 우리 사회가 결코 등한히 해서는 아니 되는 문제라 할 수 있을 것이다. 상당수의 범죄들은 문제아들이 없었다면, 결코 일어나지 않았을 일이라고 말할 수 있기 때문이 아닐까? 왜냐하면, 문제가 있는 사람들은 언제든지 문제를 일으킬 가능성이 있으므로 그들을 예의 주시할 필요가 있기 때문에 그런 것이 아니겠는가?

3 비서실

비서실의 원래 기능은 비서실이 모시고 있는 상사의 의중을 미리 파악하여 상사가 원하는 대로 만사가 이루어지도록 도와주는데 그 목적이 있다고 하겠다. 비서실이 모시고 있는 상사가 일국의 대통령이든 아니면 재벌총수이든 간에 비서실의 이러한 기능에는 변함이 없다고 하겠다. 그런데 비서실의 이러한 역할에 이상이 발생하는 경우가 있다. 비서실의 인적 구성이 장기근속자들로 차지하다보니 그들이 업무상 막강한 권한을 행사하게 되는 경우를 생각해 볼 수 있다.

이강국은 모 재벌기업의 비서실장으로 20년이 넘는 장기 근속을 해 왔으며, 회장의 신임도 각별히 받고 있었기 때문에 그의 재벌내의 입지는 실로 막강한 것이었다. 20여 년 간을 그와 고락을 같이 해온 회장은 자신의 2세보다 비서실장인 이강국을 더 신임하고 있었으며, 그에게 회장의 대부분의 권한을 위임하다시피하고 있어서 모든 재벌기업의 업무처리는 회장을 통하는 대신에 비서실에서 해결되는 것이 오랜 관행이 되고 있을 정도였다.

재벌회장과 이강국은 선후배관계이다. 이강국보다 2년 선배인 김준배 재벌회장이 20여 년 전에 소규모의 봉제공장을 시작했을 때부터 이강국은 영업부장으로, 비서실장으로 지금까지 고락을 함께 해온 형제지간과 같은 사이였다. 김준배 재벌회장의 사업이 번창하는 것이 이강국의 바람이기도 했기 때문에 헌신적으로 회장을 돕는 일에 최선을 다 해왔다. 소규모의 봉제공장을 시작했던 초창기에는 업체 자체가 그야말로 가족적인 분위기를 갖고 있었다. 김준배 재벌회장이 직접 회사의 말단직원의 문제까지 세세한 관심을 기우릴 정도로 마치 가족과 같은 분위기를 유지하고 있었다.

그런데 기업의 규모가 커지고 여러 개의 업체가 공존을 해야 하게 됨에 따라 초기의 끈끈했던 유대관계가 의례적인 관계로 변하게 되면서 비서실장인 이강국의 기업 내의 입지가 차츰 두각을 나타내기 시작했다. 비서실장이 다수의 상이한 기업을 총괄하는 총괄이사와 같은 막강한 권한을 갖게 되어 비서실장이야말로 재벌회장을 대신하는 막강한 권한을 행사하는 기업 내의 비서실장 겸 부회장의 입지를 확보하게 되었다. 이러한 비서실의 변화는 정상적인 것은 아니었지만, 기업 내의 아무도 비서실의 비대화에 대하여 이의를 제기할 수 없었다. 왜냐하면 회장의 의사를 비서실이 대변하고 있었기 때문에, 비서실은 회장의 분신처럼 되어 있었다. 따라서 비서실의 방침에 복종하는 것은 회장의 지시에 복종하는 것이며, 비서실에 대한 불만은 바로 회장에 대한 불만처럼 여겨졌기 때문이다.

이러한 막강한 권한을 갖고 있는 비서실의 책임자인 이강국은 성실한 성격의 소유자로서 결코 월권을 행사하거나 직원들에게 책을 잡힐만한 일은 절대로 하지 않았기 때문에 직원들의 구설수에 오르지도 않았다. 그의 처세야말로 모두가 본받아야 할 만한 일이었다. 20여 년의 오랜 세월을 거치면서 소규모의 봉제회사에서 시작하여 오늘의 거대 재벌기업으로 성장하게 된 재벌회사에서 회장 다음으로 2인자의 자리를 지킬 수 있었던 것도 결코 우연한 일이 아니었던 것이다.

재벌회장인 김준배와 그를 보좌해서 오늘날의 재벌기업으로 키워온 재벌기업의 부회장 겸 비서실장인 이강국은 나이도 들게 됨에 따라 자연스럽게 후계구도의 문제를 심각하게 생각해보지 않을 수 없게 되었다. 그런데 묘하게도 김준배 회장에게는 자손이라고는 외동딸인 김진희밖에 없었으며, 이강국에게는 김진희보다 두 살 연상의 외아들인 이근수가 유일한 아들인 셈이다. 진희와 근수는 어려서부터 오누이처럼 자라왔기 때문에 그들이 성장하여 결혼할 나이가 되면서 자연스럽게 결혼을 하게 되었던 것이다. 선후배 사이인 김준배와 이강국은 그들의 결혼으로 사돈지간이 되었으며, 자손이 귀한 집안의 각자의 외동딸과 외아들을 며느리나 사위라기보다는 마치 자신들의 친 딸이나 친 아들처럼 대하다보니 한 가족과 같은 분위기에서 함께 살고 있었다. 이러다 보니 후계구도의 문제는 자연스럽게 김준배의 외동 딸인 김진희보다는 사위인 이강국의 외동아들인 이근수의 차지가 되어버렸다.

심혈을 기울여서 지금까지 키워온 재벌기업을 외동딸인 김진희에게 물려주지를 못하고 사위인 이강국의 외동아들인 이근수에게 물려주는 것이 좀 아쉬운 점이 있었던 것은 인간이기 때문에 어쩔 수 없는 일이라 하겠다. 그러나 오랜 세월동안 친형제처럼 함께 지내면서 소규모의 봉제공장으로 시작했던 사업을 현재의 재벌회사로 키워온 두 사람에게는 만감이 교차할 수밖에 없었다. 그들처럼 성공한 기업인이라 하더라도 일단 이 세상을 하직하게 되면 이제는 거대 재벌기업으로 성장한 회사를 자신의 외동딸에게 물려주든, 아니면 이강국의 외아들인 사위에게 물려주든 간에 무슨 상관이 있겠느냐 하는 오기까지 생길 지경이었다. 기업을 자신의 것이라고 생각한다면 아쉬운 점이 없는 것은 아니지만, 기업이 자신의 것이 아니라 결국에는 사회에 환원해야 할 존재라고 생각한다면, 딸에게 물려주는 것보다는 기업경영능력이 있는 사위에게 물려주는 것이 오히려 온당한 방법이라는 생각을 굳히고, 더 이상 후계구도에 대한 생각은 하지 않기로 정하고 말년을 편안한 마음으로 지내기로 결심했더니 마음이 한결 편안해지는 느낌이 들게 되었다.

　사람들은 엉뚱한 세상일에 집착을 하는 경향이 있다. 발상의 전환을 하게 되면 별일도 아닌 것을 갖고 공연히 집착을 하다보면 자신의 뜻대로 될 일도 아닌 것을 갖고 공연히 마음고생을 하게 되는 것이 아니겠는가? 자신이 지금까지 힘들게 일구어온 기업을 딸 대신에 유능한 사위가 인계를 하여 자신이 했던 것보다 훨씬 더 기업을 잘 키워갈 수 있다면 그것으로 만족을 해야지 딸이 하면 괜찮지만, 사위가 하면 불안하다는 생각을 가질 필요가 과연 어디에 있는 것인가? 평생을 키워온 기업을 말아먹는 한심한 아들들도 있는 세상이니 하는 말이다.

김준배의 외동딸인 진희는 미인형의 외모에다 머리도 좋아서 대학에서 영문학을 전공한 재원이다. 대학원에 진학하거나 외국 유학을 가서 공부를 더 할 수도 있었지만, 근수와 결혼을 한 후에는 집안에 들어앉아서 그 큰살림을 도맡아하면서 아들 하나와 딸 하나의 남매를 낳아 기르는데 헌신하고 있는 중이다. 남편인 근수는 원래 공부도 잘하고 머리도 좋아서 대학에서 경영학을 전공하고 경영대학원에 가서 소위 경영학 석사인 MBA도 마치고 기업 후계자의 준비를 하고 있는 중이다. 장인인 김준배회장이 자신에게 기업을 물려주기로 하고 근수의 후계구도를 정식으로 밝히게 되자, 명실상부한 후계자가 될 준비를 하고 있는 중이다.

친아버지인 이강국 부회장 겸 비서실장은 자신의 후계구도에 도움이 되면 되었지 방해가 될 일은 전혀 없는 셈이다. 일부의 재벌기업에서 후계구도를 둘러싸고 부자간에 또는 형제간에 주도권 경쟁을 둘러싸고 치열한 각축전을 벌리고 있는 민망한 모습과는 전혀 비교가 되지 않는, 다른 모습을 보여주고 있는 셈이다. 이렇게 본다면 근수야말로 타고난 재벌기업의 후계자라 할 수 있을 것이다.

김준배회장을 도와서 부회장의 업무보다는 비서실장의 업무 수행에 좀 더 충실해 왔던 아버지 이강국의 재벌기업내의 역할은 타의 추종을 용납할 수 없을 정도로 특이한 것이었다고 아니할 수 없을 것이다. 김준배회장이 소규모의 봉제공장을 시작으로 오늘날의 재벌기업을 구축할 때까지 언제나 김준배회장의 그림자처럼 딱 달라붙어서, 지금까지 고락을 함께 해왔던 이강국 비서실장이야말로 김준배회장의 분신이라 아니 할 수 없을 것이다.

그런데 이해할 수 없는 일은 기업초창기의 소규모 봉제공장 시절에는 이러한 가족회사의 경영방침이 아무런 문제도 없었겠지만, 기업의 규모가 재벌기업의 형태로 엄청나게 커진 현재까지도 그러한 원시적인 가족회사의 경영방침이 그대로 먹혀들어갈지는 참으로 의문의 여지가 많은 일이라 할 수 있을 것이다. 기업의 초창기나 재벌기업이 되어버린 현재에 이르기까지 김준배회장과 이강국 비서실장은 서로 이웃한 방을 쓰고 있었기 때문에 수시로 만나서 기업의 대소사를 서로 상의해서 결정해 왔기 때문에, 기업의 규모가 작았던 초창기나 재벌기업으로 성장한 현재나 기업경영의 기본방침에 있어서는 아무런 변화가 없었다고 해도 과언이 아닐 것이다.

소규모의 봉제공장시절에는 직원들의 신상명세에 관한 것을 이강국이 완전히 꿰뚫고 있었겠지만, 직원의 숫자가 수천 명도 아니고 수만 명에 이르고 있는 현재에도 예전처럼 모든 직원의 신상명세를 완전히 파악할 수 있다는 것은 거의 불가능한 일이라고 해도 과언이 아닐 것이다. 이러한 규모의 변화에 따라 기업의 경영방침도 변화해야할 것인데, 여전히 구식방법으로 일관하고 있는 이유는 과연 무엇일까? 그러한 원시적인 방법으로도 대기업의 운영에 아무런 지장도 없다니 하는 말이다.

김준배와 이강국의 소박한 생각으로는 기업경영이라는 것이 제아무리 그 규모가 커진다 하더라도 결국에는 조직의 힘보다는 끈끈하게 얽히고설킨 인간관계에 의하여 모든 것이 순리대로 흘러가야 한다는 것이다. 이러한 사람들에게는 최근에 개발된 현대경영이론 같은 것은 전혀 먹혀들 여지가 없는 것이다. 김준배와 이강국의 경우에는 최신 경영이론을 대학원에서 공부한 이근수와는 이론적으로 따지자면, 사사건건 대립할 수밖에 없을 것이다. 이근수가 어떻게 이러한 고루한 생각을 갖고 있는 이 두 노인들을 설득하여 자신이 경영대학원에서 터득한 현대경영기법을 장인과 아버지가 이룩해 놓은 현재의 재벌기업의 분위기를 쇄신하는데 성공적으로 활용할 수 있느냐 하는 것이 문제해결의 관건이라 할 수 있을 것이다.

재벌기업이 된 현재 직원 중에도 최신 현대경영기법을 경영대학원에서 공부하여 이론적으로 무장되어 있는 직원들도 다수 있을 것이다. 그들을 모아서 재벌기업의 두뇌역할(think tank)을 할 수 있도록 만들어주는 것이 근수가 후계자로서 우선 착수해야 할 과제라 할 수 있었다. 장인이나 아버지의 경우에는 함께 젊어서 소규모의 사업을 재벌기업으로 키운 입지전적인 인물들이었지만, 그들의 돈벌이는 경험측에 의한 것이지, 경영학의 ABC도 모른 채 일구어온 주먹구구에 의하여 성취한 쾌거라 할 수 있을 것이다.

그렇다면 어떻게 해서 그러한 일이 가능할 수 있었던 것일까? 이러한 획기적인 성과는 비단 김준배의 재벌기업에만 국한되는 예외적인 현상이 아니라, 소규모의 구멍가게에서 재벌기업으로 성장한 대부분의 기업에 공통적으로 해당되는 사항이라 할 수 있을 것이다. 말하자면 그들이 재벌기업으로 성장하게 된 우리나라의 사회여건들이 그러한 일이 가능할 수 있도록 작용했다는 것이 오히려 납득이 가는 일이 아닐까? 마치 물고기가 엄청나게 많이 있어서 누구나 물속에 그물을 던지기만 하면, 물고기들이 수십 아니면 수백 마리씩 잡히는 현상과 무엇이 다르다는 말인가?

이강국은 비서실장으로서 사실상 김준배회장보다 더 큰 막강한 권한을 기업 내에 갖고 있는 제2인자, 아니 사실상의 제1인자로 군림하고 있었다. 기업 내에서 김준배회장이 모르는 사항은 있을지라도 이강국비서실장이 모르는 사항이라는 것은 존재할 여지가 전혀 없는 것이다. 왜냐하면, 기업의 운영과 관련된 대소 사항이 하나도 빠짐없이 이강국의 손을 거치지 않으면 기업의 공식입장으로 인정받을 수 없기 때문이다. 이강국은 비서실의 조직을 일국의 정보기관처럼 정밀하게 조직해놓았기 때문에, 이강국의 손을 거쳐 가지않는 사내정보란 있을 수 없게 만들어 놓아서 그것이 가능한 일이었던 것이다. 이것이 기업경영의 정도인지 아닌지는 알 수 없지만, 여하튼 이강국은 이러한 비밀정보망을 형성하는데 상당한 성공을 거두고 있었다고 할 수 있을 것이다.

그러다 보니 이강국의 눈 밖에 나게 되면, 기업 내의 생존의 문제까지 위협을 받게 될 정도라 누구나 이강국의 존재를 두려워하게 되었다. 이것은 이강국이 비서실장이 되면서 원래 의도했던 것과는 전혀 반대의 방향으로 전개된 사실이라 할 수 있을 것이다. 그는 좋은 의미에서 수만 명에 달하는 전 직원의 신상명세와 동향 등에 대한 것을 상시 파악하기 위한 것이 원래 목적이었는데, 엉뚱하게도 비서실 자체가 마치 국가의 정보기관처럼 변질되어 버렸던 것이다. 전 직원의 신상명세와 동향을 파악해 두려는 것은 기업자체가 늘 그들에 대한 깊은 관심이 있다는 사실을 알리려고 했던 것이 원래의 취지였는데, 마치 그들의 일거수일투족을 비서실에서 감시하고 있다는 식으로 와전이 되어버린 것이라 할 수 있을 것이다. 기업의 규모가 작았을 때에는 마치 가족회사 같은 분위기였기 때문에 직원들의 가정에서 일어나는 크고 작은 모든 사항을 비서실에서 파악하고 있는 것을 당연한 일로 여기고 아무런 잡음도 들리지를 않았었는데, 직원수가 수만 명으로 늘어나게 된 현재에는 별소리를 다 듣게 되는 것이라 자위만 하고 있을 문제도 아닌 것이다.

　재벌기업이 되어버린 비서실의 역할은 구멍가게 수준에 있었던 봉제공장시절과는 같은 수준에서 다룰 수 있는 간단한 문제가 아닌 것이다. 이제는 기업의 규모도 커졌으니, 말도 많아졌으며, 회사의 방침이 예전처럼 잘 먹혀들지도 않게 되었다. 이강국은 이러한 비서실의 역할이 변화되고 있는 기업의 현실에 어떻게 적응할 것인가 하는 문제를 심각하게 생각해보기 시작했다. 이러한 변화된 현실에 직면하여 이강국은 이제는 자신도 나이가 들었다는 사실을 실감하게 되었다. 김준배회장도 자신과 같은 생각을 하고 있다는 것을 최근에 알게 되었다. 젊은 시절에 겁도 없이 달려들어서 지금까지 열심히 살아온 일이었지만, 이제는 차츰 만사에 자신이 없어지고, 그냥 회사일에서 손을 떼고 편안하게 쉬고 싶은 생각만 간절하게 들게 되는 것은 나이 탓만도 아닌 것 같은 생각이 요즘 부쩍 들게 되었다.

　김준배회장과 이강국실장은 이제 쉴 때가되었다는 판단 하에 모든 것을 후계자인 이근수에게 물려주기로 하고 자리에서 물러나기로 결정했다. 세대교체라는 것이 이러한 문제들의 발생 때문에 필요한 것이라 할 수 있는 것이 아니겠는가? 일단 후계자에게 기업경영의 권한을 물려준 이상은 죽이 되든 밥이 되든 후계자가 하는 일에 더 이상 감 놔라 배 놔라 하고 간섭할 필요는 없을 것이다. 그런데 지금까지 기업경영의 실권을 잡고 있었던 두 사람이 현직에서 떠나게 된다면, 과연 무슨 일을 할 것인가 하는 것이 가장 큰 문제로 그들 앞에 다가오고 있었다.

둘 다 지금까지 기업경영을 하는데 전력을 다 해 왔을 뿐 별다른 취미생활도 가질만한 여유가 없었으니, 막상 은퇴를 하고 많은 시간을 갖게 되는 경우에 과연 할 일이 무엇이 있겠느냐 하는 것을 생각해 보니 한심한 생각만 들 뿐이다. 그들이 과연 인생을 제대로 살기는 했던 것인가 하는 문제를 생각해 보니 만족한 해답은 없는 것 같다. 은퇴 후에 취미생활의 개발이나, 가능하면 학업을 계속해 보는 방법은 없을 것인지 심각하게 생각을 해보기 시작했다. 교수직에 있던 사람들도 막상 은퇴를 하고 나면 별달리 소일할 것이 없어서 나날을 무료하게 지내는 사람들이 많다고 하던데, 평생을 돈벌이만 하는데 열중했던 자신들이 막상 은퇴를 하게 되는 경우에 할 일이 무엇이 있겠는가? 참으로 고민이 되는 일이라 아니할 수 없다.

김준배는 우선 해외여행을 다녀보기로 했다. 유럽여행까지는 아닐지라도 중국이나, 일본, 그리고 동남아제국에 여행 삼아 가보기로 했다. 이강국은 그림을 그리거나 글쓰기를 해보기로 했다. 집근처에 있는 문화원에서 이러한 취미생활을 할 수 있도록 도와주는 다양한 프로그램이 있다는 것을 알게 된 그는 우선 그림 그리는 반에 나가보기로 했다. 한 주일에 한번정도 가서 몇 시간씩 그림을 그리다 보니 의외로 자신에게 그림을 그리는 재능이 있다는 것을 알게 되었다. 처음에는 마구잡이로 그리던 그림이 차츰 일정한 주제를 갖고 그림을 그리다 보니 차츰 그림 그리는 일이 재미있어져서 소일하는데 큰 도움이 되고 있는 셈이다.

　김준배는 우선 중국의 북경에 가서 자금성에 들어가 보았더니, 우리나라의 고궁보다는 그 규모도 훨씬 큰 것이 우리나라의 고궁들은 중국의 그것을 그대로 축소해서 옮겨다 놓은 것 같다는 느낌이 들게 되었다. 북경의 이화원은 서태후의 사치를 여실히 나타낸 사치의 극치라 할 수 있으며, 자금성에서 이화원까지 배를 타고 오기 위하여 운하까지 파놓았다니 그녀의 사치가 얼마나 낭비적이었으며, 민폐는 얼마나 끼쳤는지 가히 짐작이 가는 일이었다. 만리장성은 북경시외에 있는 1,000미터가 넘는 산위에 쌓아놓은 것으로 가히 세계의 7대 불가사이의 하나라 할 수 있는데 손색이 없다고 할 수 있을 것이다. 북경으로 돌아오는 길에 들려보았던 명나라 13대 황제였던 명종의 지하무덤을 발굴해 놓은 정능은 부장물들이 보여준 사치의 극치를 보고 놀라움을 금할 수 없었다. 오죽했으면 그를 이은 다음 황제인 아들이 부왕의 송덕비에 아무 것도 쓸 것이 없었다는 일화는 참으로 의미심장한 바가 있었다. 같은 중국이지만 북경과 상해는 전혀 다른 모습을 보여주고 있었다. 상해는 미국의 뉴욕과 비슷한 모습을 보여주고 있었다. 동방빌딩에 올라가서 상해의 야경을 관망했던 일은 추억에 남을 만한 일이었다. 상해공항으로 후진해서 시속 450킬로미터의 속도로 달리던 자기부상열차에 전혀 동요가 없었다는 것은 참으로 놀라운 체험이었다고 할 수 있는 기억이 지금도 생생하게 난다.

　일본은 우리나라와 유사한 점이 많이 있지만, 그 차이점은 여자들이 우리나라의 여성들보다 키가 좀 작다는 정도가 아닐까 한다. 일본은 말하자면 가까우면서도 먼 이웃이라고 할 수 있을 것이다. 아베총리를 비롯한 극우파들이 침략행위 자체를 거짓말을 해가면서 일본인들의 자존심을 국내적으로 일깨워주고 있는 것 같은데, 이러한 일본의 정책이 국제적으로는 고립을 가져온다는 것을 왜 모르는 것일까? 참으로 근시안적인 정책을 맹목적으로 지향하고 있는 일본의 위정자들이 참으로 불쌍하게 보여지고 있으니 참으로 한심한 일이라 아니 할 수 없을 것이다.

이와 같이 김준배와 이상국은 해외여행을 통하여 한 사람은 지식의 영역을 넓혀갔으며, 다른 한사람은 그림 그리기와 같은 취미생활을 통하여 자신의 새로운 관심사에 대한 도전을 하게 되었던 것이다. 인생 100세시대를 맞이하여 60세나 70세에 은퇴를 하더라도 아직 갈 길이 많이 남아 있는 현실에 직면하여 우리가 할 수 있는 일은 무엇일까? 이 문제는 비단 기업을 경영하다가 은퇴한 김준배나 이강국에게만 국한되는 문제가 아니라 현직에서 은퇴한 우리 모두에게 해당되는 현안문제라 할 수 있을 것이다.

우리가 은퇴한 후에 파고다공원이나 종묘공원에 가서 공짜 점심이나 얻어먹고 무료하게 하루종일 시간을 보내다가 쓸쓸하게 집에 돌아온 후, 다음 날 똑같은 장소에 다시 가서 다람쥐 쳇바퀴 돌듯이 똑같은 생활을 되풀이하지 않기 위해서는 무엇인가 획기적인 자극제를 우리가 찾아내야 하겠는데 그러한 자극제란 과연 존재하기나 하는 것일까? 대부분의 은퇴노인들은 장래에 대한 미래지향적인 문제에 대한 것은 더 이상 생각하려 하지를 않는 경향이 있다. 그렇게 해가지고 어떻게 아직도 한참 가야하는 100세

시대에 살아남을 수가 있겠는가?

상당수의 은퇴노인들은 미래보다는 과거를 곱씹으며 살고 있는 경향이 있는 것 같다.그렇다고 해서 자신이 살아왔던 일생을 자서전으로 펴낼만한 용기를 가진 사람도 별로 없는 것 같다. 김준배와 이강국도 자신들의 자서전을 한 번 써보는 문제를 진지하게 생각해보기로 했다. 김준배가 자서전을 쓰기 위하여 자신의 과거를 회고해보니 쓰고 싶은 일도 많이 있을 것 같은 생각이 들었다. 체계적인 글을 지금까지 써본 일이 없었던 그로서는 자서전을 직접 쓴다는 것이 참으로 큰 부담처럼 느껴졌다. 다른 재벌 총수들처럼 유명한 작가들에게 부탁해서 자신의 일생을 좀 더 미화시켜서 거창하게 써볼 수 있다는 생각을 잠시 해보았지만, 그러한 방법으로 자서전을 쓴다는 것은 별의미기 없다는 결론에 도달하였다. 자서전을 쓰는 것이 자기에게는 좀 벅찬 일이기는 했지만, 자신이 직접 써야 자서전으로서의 의의가 있을 것이라는 생각에서 비록 힘이 들더라도 자신이 직접 자서전을 쓰기로 결심을 하여 자서전 쓰기에 착수하기로 했다.

김준배는 별로 유족하지 못한 가정의 장남으로 태어나서 어렸을 때부터 노동판에 몸을 담다보니 제대로 학교에도 다니지 못하고 돈벌이에 나서게 되었던 것이다. 20여 세가 될 때까지 이렇게 막벌이의 노동판에 전전하다가 우연한 기회에 부도가 난 소규모 봉제공장을 인수할 기회가 생겨서 고향 후배인 이강국과 함께 봉제공장을 한 번 일으켜보기로 했다. 이강국과는 형제간처럼 의기가 투합 되어서 함께 노력해본 결과 의외로 봉제공장이 잘 되어서 수익을 올릴 수 있게 되었다. 영업은 내가 담당을 했고, 회사의 살림은 이강국이 담당하게 되니 회사의 조직도 탄력을 받게 되어 그 규모가 나날이 확장되었으며, 업종도 봉제공장에 국한되지를 않고 다른 생산업에도 투자를 하게 되어 우리가 투자한 업종들이 운 좋게 동시에 상승기류를 타고 성장하다보니 회사의 규모도 이전의 구멍가게에서 중견기업으로 성장하게 되었던 것이다. '돈은 따라다닌다고 벌어지는 것은 아니다'라는 말이 있듯이 '우리가 가만히 있어도 돈이 우리를 따라다니는 것'과 같은 기현상이 나타나서 삼태기로 돈을 긁어모으는 것과 같은 기적이 우리에게 나타나다 보니 돈을 벌지 않을 수 없게 되었던 것이다. 이러한 방법으로 20여 년간을 눈코 뜰 새 없이 바쁜 생활을 하다 보니 어느덧 우리 기업이 재벌의 반열에 오르게 되었던 것이다. 이러한 회사발전에 있어서 이강국의 역할은 나의 분신과 같은 것으로 그가 회사살림을 사심 없이 해주었기 때문에 내가 밖에서 영업활동을 과감하게 펼칠 수 있어서 오늘날의 성공을 거둘 수 있었던 것이 아닌가 한다.

내가 지금까지 살아왔던 과거를 회고해 볼 때 돈벌이라는 것은 운이 따라주지를 않으면 제아무리 노력을 한다고 해서 결코 이루어질 수 없다는 깨달음이었다고 할 수 있을 것이다. 우리가 구멍가게에 불과했던 소규모의 기업을 오늘날의 대기업으로 키울 수 있었던 것은 이강국과의 팀워크가 결정적인 역할을 했다는 점을 특히 지적할 수 있을 것이다. 왜냐하면 기업의 성공에는 운도 따라야 하지만, 그보다 선행하는 것이 수뇌부의 화합과 적극적인 협력이라 할 수 있을 것이다. 나이가 들어감에 따라 후계구도에 관하여 고심하게 되었다. 외동딸 하나밖에 없는 내가 기업을 딸에게 물려주는 것도 문제라 할 수 있기 때문이다.

다행이 친형제 같이 지내던 이강국의 외아들이 나의 외동딸과 어릴 때부터 오누이처럼 지냈고 성장해서는 둘이 자연스럽게 결혼을 하여 이강국의 외아들이 나의 사위가 되었다. 그는 대학에서 경영학을 공부했으며, 경영대학원에 가서 경영학석사학위인 MBA까지 받아서 경영자로서의 자질을 충분히 갖추게 되었다. 딸에게 기업을 물려줄 수 없는 것이 서운하기는 했지만, 이강국의 외아들인 사위도 나의 자식이나 마찬가지라고 생각할 때 현대 경영이론으로 대학원에서 공부한 그에게 기업을 물려줄 수 있어서 참으로 다행한 일이라고 생각된다. 내가 일으킨 기업을 내가 갖고 이 세상을 떠날 수도 없는 것이니 능력 있는 후계자에게 모든 것을 맡기고 나는 은퇴하여 좀 쉬어야 하겠다. 인간은 자족을 할 수 있어야 나의 삶을 기꺼이 마감할 수 있는 것이 아니겠는가?

김준배의 자서전과는 대조적으로 영원한 2인자였던 재벌기업의 부회장 겸 비서실장이었던 이강국의 자서전의 골자는 다음과 같다. 나는 고향선배인 김준배 형님을 만나서 함께 부도난 소규모의 봉제공장을 인수해서 구멍가게의 규모에 불과했던 기업을 재벌기업으로 키우는데 내가 했던 역할은 형님이 영업활동을 하여 기업을 안심하고 키울 수 있도록 나는 기업의 살림살이를 전담하여 기업이 재벌회사로 성장해 가는데 나 나름대로 일조를 했다고 볼 수 있을 것이다. 나는 부회장이라는 호칭보다는 비서실장이라는 호칭이 더 마음에 든다. 왜냐하면 나는 형님의 영원한 비서실장이기 때문이다.

소규모의 봉제공장을 시작했을 때만 하더라도 직원이 몇 사람

되지를 않아서 마치 가족회사와 같은 분위기를 만끽할 수 있었다. 그 당시에 누구 집에 숟가락이 몇 개 있는지를 훤히 알 수 있을 정도였으니 하는 말이다. 그때부터 형님의 비서였던 나는 직원들의 신상명세와 동향을 훤히 꿰뚫고 있어서 직원들은 나를 정보통으로 인정해주기를 서슴지 않을 정도였다. 그런데 우리 기업이 어느 사이에 대기업 내지 재벌기업의 반열에 오르게 되면서 직원의 숫자가 급격히 늘게 되어 수만 명의 직원을 거느리게 된 기업으로 몸집이 불어나자 비서실의 업무도 전에 전혀 상상할 수 없었던 규모로 바뀔 수밖에 없었던 것이다. 그렇게 되다 보니 비서실에서 확보해야 할 직원들의 신상명세와 동향파악 등의 문제가 무척 어렵게 되었다. 그러다 보니 회사 내에서는 비서실이 마치 국정원 같이 변했다느니, 비서실장의 권한이 회장의 다음 자리인 제2인자에 머물지 않고 회장보다 더 많은 권한을 갖고 있는 제1인자라는 등 근거도 없는 모함을 할 때에는 참으로 견디기 어려운 일이었다. 다행히 형님께서는 그러한 억지 주장에 전혀 개의치 않고 끝까지 나를 밀어주셨기에 지금 이렇게 나의 자서전속에서나마 나의 괴로웠던 심정을 토로하는 바이다.

나는 평생 한 번도 형님을 능가하는 제1인자의 위치를 차지하려는 생각을 꿈에도 해본 일이 없었다. 형님은 언제나 제1인자이고 나는 영원한 제2인자에 불과한 존재라 생각하면서 그러한 나의 위치를 자랑스럽게 생각하며 살고 있다. 나는 형님이 존재하기 때문에 나도 존재한다는 뚜렷한 존재의식을 갖고 지금까지 살아왔다. 나의 자서전을 준비하면서 되돌아 본 나의 인생은 형님과의 관계를 빼버리면 나의 존재 자체를 이야기할 수도 없는 것이 아니냐 하는 생각마저 들 지경이었다.

은퇴 후의 소일거리를 생각해 보다가 집근처에 있는 문화원에 가서 그림공부를 시작하기로 하고 매주 몇 시간씩 취미로 그림을 그리기로 했다. 강사선생님의 지도로 생전 그려본 일이 없었던 그림을 처음으로 그리다 보니 내가 소질이 있다고 하는 말도 듣게 되어 참으로 내게는 고무적인 일이었다. 그려놓은 그림이 모아지면 전시회라도 한 번 열 생각으로 있다.

외동딸밖에 없는 형님의 경우 기업을 딸에게 물려줄 수도 없어서 고민을 하고 있었는데. 마침 그녀와 결혼을 한 나의 외아들이 형님의 사위가 되었다. 아들이 없었던 형님은 나의 외아들을 어릴 때부터 자신의 친 아들처럼 대해주었는데, 마침내 형님의 사위가 되었다. 그는 나와 사전에 의논을 한 후에 나의 외아들인 근수를 자신의 후계자로 정하기로 했다. 근수는 대학에서도 경영학을 전공했으며, 경영대학원에 진학하여 경영학 석사학위인 MBA를 받았다. 경영대학원에서 최신의 현대경영이론을 공부하여 이론적으로 무장이 되어 있어서 후계자로서의 결격사유가 없는 셈이다. 다만 그가 형님과 내가 지금까지 쌓아올렸던 재벌기업을 말아먹는 대신에 더 규모가 큰 기업으로 제대로 이끌어갈지에 대한 것을 그의 부모라 할 수 있는 형님과 내가 예의 주시할 필요가 있을 것이다.

김준배와 이상국이 각각의 자서전에서 언급한 바와 같이 이제부터 문제가 되는 것은 그들의 후계자인 근수가 과연 그들의 기대에 어긋나지 않도록 부모에게서 인수받은 기업을 제대로 운영해 갈 수 있느냐 하는 문제에 관한 것이라 할 수 있을 것이다. 비록 재벌기업이라 하더라도 단순히 개인에게 인계되어 가는 구도에 있는 것이 아니다, 말하자면 모든 재벌기업은 궁극에는 모두 사회에 환원되어야 할 대상이라 할 수 있을 것이다. 우리나라의 재벌들은 마치 자신들만이 소유권을 갖고 있는 것처럼 착각을 하여 기업을 자손들에게 인계해 주어야 할 상속재산처럼 착각을 하고 있는 것 같다. 따라서 후계자인 이근수가 앞으로 가업발전을 위하여 할 일은 어떠한 방법으로든지 기업이 올린 수익의 상당부분을 사회에 환원시킬 수 있느냐 여부에 관한 것이 기업의 장래 목표를 결정하는 관건이 되고 있다고 할 수 있을 것이다.

김준배와 이강국은 기업을 키우는 데에만 일생을 바쳤기 때문에 기업수익의 상당부분을 사회에 환원시켜야 한다는 사실에 대해서는 전혀 신경을 쓰지 못했던 것이다. 결국 기업경영에 있어서 1세대와 2세대의 기업목표가 동일한 것일 수 없을 것이다. 우리나라 기업 중에 재벌의 수익을 사회에 환원시켜야 한다는 개념을 정확히 파악하고 있는 재벌기업은 별로 없는 것 같다. 대부분 위 우리나라 재벌기업들은 자신들이 재벌기업을 소유하고 있다는 생각을 갖고 있으며, 기업에 대한 소유권을 재벌이 갖고 있기 때문에 기업을 그들의 자손에게 물려주는 것은 개인의 경우와 마찬가지로 너무나 당연한 일로 여기고 이에 대한 어떠한 의문도 제기한 일이 없었는데, 과연 그러한 태도가 정당한 것인가?

재벌의 기업소유권에 대한 의문을 제기하면, 자본주의 국가에서 무슨 엉뚱한 문제제기냐고 당연히 반문하는 것이 하나도 이상할 것이 없는 것이다. 왜 우리나라의 재벌기업들이 이러한 형편없는 지경에 이르게 된 근본원인은 과연 어디에 있는 것일까? 우리나라에서는 대부분의 재벌기업들이 최근 수십 년 동안에 정부의 비호 하에 급조된 것들이었다고 해도 과언이 아닐 것이다. 정부의 비호가 없었더라면 아직까지 중소기업에 머물 수밖에 없었던 대부분의 급조된 재벌기업들이 '올챙이 때 생각을 하지 못하고 있는 결과'로 그렇게 된 것이 아닌가 하는 생각이 들게 된다. 김준배와 같은 사람이 구멍가게와 같은 소규모의 봉제공장으로 시작한 기업이 20여 년 만에 재벌기업으로 성장하게 된 것은 우리나라의 특수사정 때문에 그렇게 될 수밖에 없었다는 것을 인정해야 할 것이다.

이렇게 본다면 우리나라의 재벌기업들은 자신들이 생각하듯이 장사들을 잘해서 단 시일 내에 재벌기업으로 성장한 것이 아니라 재벌기업의 제품을 사주는 국민들이 있었기 때문에 가능했던 것이었다고 본다면, 현재의 우리나라의 재벌기업들처럼 그들이 벌어들인 이익금을 전부 재벌의 것이라는 착각 하에 독식할 것이 아니라 이익금의 상당부분을 사회에 되돌려주어야 할 의무가 기업에 있는 것이라 할 수 있을 것이다. 이렇게 본다면 재벌의 소유에 관한 개념에 상당한 수정이 가해져야 할 단계에 우리의 기업이 와있다는 것을 올바로 인식해야 할 것이다.

이근수는 재벌의 이러한 의식변화가 필요하다는 점을 올바로 인식하고 있는 극소수의 재벌총수 중에 한 명이라 할 수 있을 것이다. 근수는 이러한 목적을 달성하기 위한 재벌들의 협조를 촉구하기 위한 학술세미나를 개최하기로 했다. 학술발표의 좌장을 맡게 된 근수가 발제자로서 다음과 같은 점을 회의 벽두에 언급했다.

"우리나라의 재벌기업들이 몇 년 안에 재벌기업으로 성장할 수 있었던 것은 정부의 지속적인 재벌육성정책과 국민들의 적극적인 협조에 힘입은 바가 크다고 할 수 있을 것입니다. 이러한 점을 감안할 때 재벌기업들은 이제 그들이 정부와 국민들에게 입은 은혜에 보답하기 위하여 재벌이익금의 일부를 사회에 환원시켜야 할 단계에 이르렀다고 볼 수 있습니다. 본 세미나 개최의 목적은 우리 재벌기업들이 이러한 공동목표의 달성을 위하여 무엇을 할 수 있느냐에 관한 것을 함께 모색하려는데 있다고 해야 할 것입니다."

"우리 재벌기업들이 힘들게 벌어들인 수입금의 일부를 무엇 때문에 사회에 환원해야 한다는 말입니까? 우리 회사는 그 문제에 대하여 협조할 수 없습니다." 우리나라 굴지의 재벌회사인 L기업의 대표자가 제기한 반론이었다.

"L기업처럼 정부의 특혜를 가장 많이 받은 기업에서 감히 그런 반론을 제기합니까? 부끄럽지도 않습니까?"

"우리들의 물건을 사주는 국민들이 없었다면, 우리들이 어떻게 단 시일 내에 재벌기업으로 성장할 수 있었겠습니까? 발제자의 제안처럼 이익금의 일부를 사회에 환원하는 것은 너무나 당연한 일이라 할 수 있을 것입니다. 발제자의 제의에 적극적으로 동참하도록 하겠습니다."

"이 자리를 빌어서 '재벌기업의 이익금 사회환원협의회의 결성'을 발의합니다."

"발의에 동의합니다."

"재청합니다."

"협의회의 결성여부를 투표로 묻겠습니다. 본 세미나에 현재 참석 중에 있는 회원사가 35개사입니다. 거수로 가부를 투표해주시기 바랍니다. 투표결과 25개사가 찬성투표를 던졌기 때문에 협의회의 결성이 채택되었습니다. 앞으로 회의는 매월 세 번째 수요일에 전경련회관에서 오후 5시에 저녁식사를 겸해서 열릴 예정입니다. 한 달에 한 번씩 나오셔서 식사도 하시고 좋은 의견 있으시면 서로 나누어 주시기 바랍니다. 그럼 안녕히들 가시고 다음 모임 때 만납시다."

재벌들의 모임인 전경련의 한 분과로서 '재벌기업의 이익금 사회환원협의회'가 결성되었으며 이근수가 그 모임의 간사직을 맡아서 재벌기업 이익금의 사회환원 문제를 구체적으로 실천하는 방안을 강구하기로 했다. 이것은 근수가 후계자로 된 후에 달성한 눈에 뜨이는 성과라 할 수 있을 것이다. 장인이나 아버님의 경우 힘들게 벌어들인 돈이 아까워서 이익금의 사회환원과 같은 발상은 꿈에도 해본 일이 없었는데, 근수의 경우는 자신이 힘들여서 벌어들인 돈이 아니기 때문에 부모세대와는 달리 과감하게 이익금의 일부를 사회에 환원시킬 수가 있었던 것이다.

재벌기업들도 현재와 같은 상태로 가다가는 국민으로부터 외면을 당하게 되어 재벌기업도 도산을 면하지 못하게 될 것이다. 그렇게 되기 전에 재벌기업이 국민들의 증오의 대상에서 벗어나서 국민에게 사랑을 받는 기업으로 다시 태어나기 위해서는 이근수가 제안한 바와 같이 '재벌기업 이익금 사회환원협의회'의 활동에 동참하여 이익금의 일부를 사회에 과감하게 환원하는 목표달성에 동참해야 할 것이다.

'부익부 빈익빈(富益富 貧益貧)'의 사회적 악순환을 타파하여 부자와 가난한 사람들이 함께 잘 살 수 있는 사회의 실현을 위하여 재벌기업들이 솔선수범하여 적극적인 자세로 임하게 된다면 우리 사회도 살기 좋은 사회로 변하게 될 것이 아니겠는가? 이근수는 아버지대의 재벌기업을 단순히 돈만 버는 기업이라는 자기중심적인 이미지에서 과감하게 탈피하여 사회적인 의무를 다하는 새로운 재벌이미지의 확립을 위하여 필요한 전제조건이 되는 '재벌이익금의 사회환원' 운동에 적극 참여함으로써, 이러한 운동을 선도하는 기업으로 탈바꿈함으로써 지금까지의 다분히 부정적인 재벌기업 이미지에 일대 전환을 가져오는 계기를 마련하게 되었던 것이다.

이러한 과감한 변신을 시도하는데 결정적인 역할을 한 것은 경영대학원에서 수강했던 과목 중에 '재벌기업의 사회기업화'라는 과목에서 영향을 많이 받은 것 같았다. 이 과목을 담당했던 교수는 재벌기업의 사회기업으로서의 중요성을 강조했으며, 재벌기업이 앞으로 살아남기 위해서는 사회기업으로서의 역할을 무시하고는 기업의 생존 자체가 위협을 받게 된다는 지적에 크게 공감했기 때문이다. 근수가 장인의 재벌기업의 후계자로 정식으로 결정된 후에 제일 먼저 생각해본 문제가 바로 이 '재벌이익금의 사회환원'문제였던 것이다.

장인과 아버님이 평생 동안 심혈을 기울여서 오늘날의 재벌기업으로 키워놓은 회사를 앞으로도 사회적인 책임을 다 하는 선도기업으로 계속 성장시키기 위해서는 어떠한 방법으로라도 너무 늦기 전에 변화시켜야 한다는 의무감 같은 것이 작용했다고 할 수 있을 것이다. 근수가 추구하는 재벌기업의 사회적 책임 같은 문제는 단일 재벌의 노력만으로는 별 의미가 없는 문제라는 것을 충분히 인식해야 한다는 것이다. 그 문제는 재벌의 공동노력에 의해서만 사회적으로 막강한 영향력을 행사할 수 있다는 사실을 우선 인정해야 한다는 것이다. 대부분의 재벌들이 이러한 '이익금의 사회환원'운동에 동참하고 있는데, 자신이 속한 재벌만 그러한 운동에 동참하기를 거부할 수 있는 재벌은 한 곳도 존재할 수 없다고 해도 과언이 아닐 것이다.

우리나라의 재벌은 그동안 너무나 안이하게 처신해 왔다고 할 수 있으며, 그들을 재벌기업으로 만들어주는데 크게 기여했던 국민을 너무나 우습게 여겨왔던 것이다. 이러한 구태의연한 재벌들이 현재의 좋지 않은 입지에서 하루 속히 탈피하여 국민의 사랑을 받는 재벌기업으로 다시 태어나기 위해서는 재벌기업들의 뼈를 깎는 발상의 전환과 그러한 목표달성을 위한 끊임없는 노력이 필요한 단계에 우리나라의 기업들이 직면하고 있다는 사실을 올바로 인식하고, 하루속히 사회적인 책임을 다하는 재벌기업으로 다시 태어날 수 있느냐 여부를 예의 주시해야 할 것이 아니겠는가?

4 사회비평가

　이시우는 작가로 등단한지 얼마 되지를 않는다. 그는 등단한
지 얼마 되지를 않아서 단편집을 세 권이나 낸 바 있다. 그는 다작
을 하는 편이다. 그의 첫 번째 소설집은 자전적인 내용을 갖는 자
신의 이야기였다. 그런데 그의 소설집 제2집과 제3집은 주로 그
가 만나는 주변사람들의 이야기를 쓰고 있다. 그런데 그러한 사
람들의 대부분이 문제가 있는 사람들이다. 시우는 그러한 사람
들을 통하여 사회를 통렬하게 비평하는 내용의 소설을 쓰고 있는
것이다. 그의 사회비평은 냉철하며 공정하기 때문에 그의 소설을
읽다보면, 소설인지 사회비평인지 구분이 가지를 않는 경우가 있
다. 바로 이러한 점에 그의 소설의 특색이 있는 것이다. 사회비평
을 하는 논설이 될 수 있는 내용을 그는 소설의 형식을 빌어서 쓰
고 있는 것이다. 그의 소설은 말하자면 사회비평과 같은 소설이
라는 점에서 타의 추종을 허용하지 않는 특색이 있는 셈이다. 이
러한 그의 입장을 이해하지 못하고는 그의 소설을 읽어보았자 아
무런 소득도 없는 것이다.

그가 왜 이러한 독자적인 방식으로 소설을 쓰게 되었냐 하면, 그가 소설가로 등단하기 전의 그의 생활에서 찾아볼 수 있다고 하겠다. 그가 소설가가 되기 전에는 대학에서 학생들을 가르치는 교수였다. 학문을 연구하던 그는 사회의 여러 가지 부조리들을 보면서 이것을 언제인가는 사회에 고발해서 사람들에게 알려야 하겠다는 생각을 갖고 있었다. 논문이나 논설로 이러한 문제들을 직설적으로 써낼 수도 있었지만, 그렇게 하는 것은 자신의 전공 분야도 아닌 문제들을 다룬다는 데서 오는 부담도 있어서 그러한 방법을 택하는 것은 주저하게 되었다. 그러다가 우연한 기회에 소설가로 등단을 하게 되어 그가 늘 생각하고 있던 일을 실천에 옮길 수 있는 기회가 그에게 찾아온 것이다. 사회비평이 되는 문제를 소설로 쓰면 어떨까 하는데 착안하게 되어 사회비평의 대상이 될 만한 문제를 소설로 써보았다. 이시우가 생각했던 것 이상으로 독자들의 반응이 좋은 것 같았다. 이에 용기를 얻은 그는 그러한 사회비평 소설들을 묶어서 자신의 첫 번째 소설집인 자전적인 소설들에 이어 사회비평 소설들을 소설집으로 엮어내기로 했다. 이러한 시우의 시도야말로 아무도 이전에 시도해 보지 않았던 독창적인 분야가 되는 셈이다.

그가 시도해 보는 사회비평의 범위는 정치, 경제, 교육, 도덕, 종교, 인종, 국제관계 등 거의 모든 문제에 걸치게 되어 그의 주제는 그야말로 무한대로 확대될 수 있는 것이다. 이러한 소설도 소설이냐고 말하고 싶은 사람들도 있겠지만, 포스트모더니즘의 시대에 살고 있는 우리로서 소설의 형식을 따진다는 것 자체가 웃기는 일이라 아니할 수 없다. 소설의 정의로 가장 정확한 것은 소설가가 소설이라고 써냈다면 바로 그것이 소설이 아니겠는가? 소설은 이래야 한다고 어쭙잖게 정의를 내리는 것 자체가 포스트모더니즘 시대에 살고 있는 우리에게는 불필요한 일이라 할 수 있을 것이다.

소설은 뚜렷한 목적의식을 갖고 쓸 때 소설을 통해서 분명한 메시지가 독자들에게 전달될 수 있는 것이다. 사회비평을 하겠다는 의식을 갖고 이시우처럼 소설을 쓰다보면 읽을 만한 사회비평소설이 되는 것이다. 일본의 아베수상과 같은 인간은 한국인에 대한 인종차별주의자로서 그의 모든 행동이 바로 그의 그러한 성향에서 나오고 있다는 것을 인정한다면, 그의 상식에 어긋나는 행동을 이해할 수 있는 것이다. 그를 정상적인 인간으로 생각하는 것은 그에 대한 판단착오를 가져올 수밖에 없는 것이다. 아베와 같은 인간을 모델로 하여 비평소설을 쓸 수 있는 것이다. 비평소설을 쓴다고 해서 그에 대한 정치적인 영향력을 실제로 미칠 수 있는 것은 아니지만 우리들의 울분을 소설로나마 써서 분풀이라도 해보는 것이 소설가에게 주어진 의무가 아니겠는가?

사회비평 소설이 다루어야 하는 분야는 얼마든지 있다. 요즘은 정치인들에 대한 뇌물수수 사건으로 전국이 시끄럽다. 방송이나 신문에서 연일 이 문제를 다루고 있지만 아직 뚜렷한 수사상의 진전이 없는 것 같다. 검찰에서는 이 기회에 정치인들의 비리를 뿌리 뽑겠다고 호언하고 있지만 과연 그들의 말대로 될 것인가? 사회비평 소설의 입장에서는 가장 이해가 가지 않는 점이 뇌물을 준 사람이 뇌물을 주었다는 정치인들의 명단을 죽음으로써 폭로해버렸다는 점이다. 왜냐하면 뇌물을 주고받는 데는 일종의 묵약 같은 것이 있다. 첫 번째는 뇌물은 서로 주고받는 것이다. 두 번째는 뇌물은 비밀리에 주고받는 것이다. 세 번째로 뇌물에는 대가성이 있는 것이다.

그런데 이번 뇌물수수 사건의 특색은 뇌물을 주었다는 사람이 뇌물수령자의 명단을 일방적으로 공개하였기 때문에 문제가 생기게 된 것이다. 그런데 뇌물공여자는 이미 고인이 되었기 때문에 뇌물공여자의 증언은 더 이상 들을 수 없다. 뇌물수수는 비밀리에 이루어지기 때문에 결정적인 증거가 없는 것이 일반적이다. 뇌물수령자들은 한결같이 뇌물수령사실이 없다고 부인하고 있다. 이시우의 판단에 의하면 이번 사건에서도 검찰은 그들에 대한 결정적인 증거를 제시하지 못할 것이며, 결국에는 끝까지 뇌물수령사실을 부인하는 사람만이 무죄판결을 받을 수 있을 것이다. 뇌물을 받았을 것이라는 정황만으로는 죄를 물을 수 없기 때문이다.

이번 정부가 들어선 후 국무총리가 다섯 번이나 바뀌게 되었다. 3명의 국무총리 지명자는 국회청문회에도 가보지 못하고 사임했다. 이번 총리는 뇌물수수 사건에 연루되어 70일의 단명총리로 끝이 났다. 단 한 사람의 총리만이 2년 이상을 총리로 재임했다. 우리나라에서 국무총리는 대통령에 다음가는 정부의 제2인자라 할 수 있다. 이조시대의 영의정에 해당하는 지위에 있는 것이다. 이러한 위치에 있는 사람이 2~3년 안에 다섯 명이나 바뀌고 이제 또 새 총리를 찾아야 한다는 것이야말로 실로 정치적인 문제가 있는 것이라 아니 할 수 없을 것이다. 이러한 총리의 임명에도 정치적인 문제가 있을 뿐만 아니라 총리재임 중에 제2인자로서의 총리의 위치를 제대로 행사했던 총리보다는 대통령을 보좌하는 보조자의 역할에 그친 총리들이 대부분이었다고 할 수 있다는 것이 이시우의 판단이라 할 수 있을 것이다.

우리나라의 의원내각제적인 헌법의 성격으로 볼 때 총리는 의원내각제 국가들의 수상에 해당하는 자리로서 대통령제 국가에 있어서의 대통령에 버금가는 막강한 권력을 행사할 수 있는 지위에 있는 것이다. 그러나 우리나라 헌법의 제정초기부터 혼합되어버린 의원내각제와 대통령제는 공존할 수 없는 제도로서 어느 한쪽이 권력의 지위에서 물러서야 할 운명에 놓여있었던 것이다. 원래 영국식 의원내각제로 작성되었던 헌법초안에 대하여 초대대통령으로 유력했던 이승만박사가 더 많은 권력을 자신에게 집중하려는 의도에서 미국식 대통령제를 주장하게 되자 의원내각제 헌법에 엉뚱하게도 대통령제의 요소가 크게 자리를 잡게 되어 의원내각제의 중요한 요소가 모두 삭제되어서 이상한 절충식 헌법이 되어버리고 말았던 것이다. 이러한 절충식 헌법은 헌법조항의 해석에 있어서도 문제점으로 작용하여 대통령권한의 비대화를 자초할 수밖에 없었던 것은 우리나라의 헌정사가 역사적인 사실로 증언해주고 있다고 이시우는 보고 있는 것이다.

대통령제의 국가에 있어서는 의원내각제의 국가보다 양원제의 의회가 대통령의 권한을 제한하기 위한 수단으로서 필요한 것이다. 우리나라에서도 한 때 대통령은 상징적인 국가의 원수에 불과하고 모든 권력은 국무총리에게 집중되는 의원내각제의 수상의 지위를 갖는 내각과 참의원과 민의원의 양원으로 구성되는 의회를 가진 적이 있었다. 대통령제는 이승만 초대대통령의 권력욕을 만족시키는 도구에 불과했다는 자성론에서 순수한 영국식 의원내각제를 채택했던 것이다. 대통령제에 대한 반발로 일시적으로 회귀했던 의원내각제는 권력장악의 취약성 때문에 그 뒤에 들어선 군사정권에 의하여 좀 더 강력한 대통령제로 복귀하여 우여곡절을 겪으면서 현재에 이르고 있다고 이시우는 보고 있다. 따라서 국무총리의 지위는 그러한 정치적인 맥락에서 이해해야 할 것이다. 우리나라에서 그 후에 계속 시도되었던 헌법개정은 이러한 대통령의 권한을 중심으로 하는 권력구조의 개정을 시도했던 것이라 할 수 있을 것이다.

우리나라의 정치권력의 구조에 있어서 대통령의 지위 못지않게 중요한 정치적인 지위를 갖고 있던 헌법기관으로는 단원제의 국회를 들 수 있을 것이다. 국회에 대한 국민들의 일반적인 인식은 일하지 않는 곳이라는 점이다. 이러한 국회에 대한 일반국민의 인식이야말로 실로 문제라 아니할 수 없을 것이다. 최근에 와서 단원제의 국회는 우리나라 정쟁의 중심지처럼 되어버리고 말았다. 야당의 발목잡기가 현재의 여당이 야당이었던 시절부터 시작되었다고 현재의 야당이 주장하고 있기는 하지만, 그것은 자신들의 상식이하의 행동에 대한 변명에 불과할 뿐이다. 현재의 야당은 정부와 여당에 대하여 반대만 할 뿐 해결책을 요하는 문제에 대한 대안도 제시하지 못하면서 무조건 반대만 하고 있는 정당으로 비쳐지고 있는 것은 야당지도자의 정치력의 부족 때문에 발생하고 있는 문제라고 이시우는 보고 있는 것이다.

그렇다면 국회는 언제부터 그러한 꼴불견한 정쟁의 장으로 변해버린 것일까? 우리나라의 경우처럼 대통령이 강력한 권한을 갖고 있는 국가에서는 대통령을 배출하지 못하는 정당은 정치적으로 무력해질 수밖에 없다는 것이다. 그러다 보니 일종의 정치적인 한풀이로 대통령을 배출하지 못한 야당은 정부와 여당에 반대만 하는 보기 흉한 정당의 모습으로 전락해 버린 것 같다고 이시우는 판단하고 있다. 이러한 문제를 해결하기 위한 대안으로서 대통령이 된 후에는 당적을 떠나는 방법을 시도해보았지만, 아직까지 한 번도 성공해본 적이 없었다. 이러한 문제에 대한 유일한 방법으로 기대되는 것은 야당지도자가 정치력을 발휘하여 여당의 지도부와 모든 정치적 현안에 있어서 반대만 하지를 말고 협조해서 국민을 위한 정치를 펴나간다면 결국에는 국민의 지지를 받아서 차기 대선에서 대통령을 배출할 수 있는 정당이 될 수 있지 않겠는가 하는 기대를 이시우는 야당의 지도자에게 걸어보고 싶은 심정이지만 그러한 일이 가능할 수 있을 것인가?

정치인들이야말로 양보의 미덕을 가져야 할 대상들인 것이다. 장기집권을 시도했던 대통령들 때문에 우리나라의 평화적인 정권교체는 수십 년 후퇴하기는 했지만, 비록 늦게나마 평화적인 정권교체의 전통이 확립된 것은 우리 국민을 위하여 참으로 다행한 일이었다고 하겠다. 이제 남은 일은 국회가 정쟁의 장이 아니라 국민을 위한 화합의 장으로서 여와 야가 협력하여 모든 문제에 있어서 정치력을 최대한으로 발휘하여 과연 국회가 국민을 위하여 일을 하고 있는 장소라는 인식을 국민들에게 새로 심어주어야 하지 않겠는가? 그렇지 않으면 우리나라와 같은 대통령제의 국가의 단원제 국회는 정부의 시녀가 될 수 있는 가능성이 농후하게 된다는 것이 이시우의 판단이다.

우리나라의 공무원은 철밥통이라 할 수 있을 정도로 일단 공무원이 되면 퇴직할 때까지 자리를 보전할 수 있다는 것이다. 공무원은 퇴직 후에는 죽을 때까지 공무원연금을 받아서 안락한 노후를 보낼 수 있는 것인데 이시우의 판단으로는 이러한 경우는 공무원밖에 없다는 것이다. 정부와 정치권에서 공무원연금제도에 제동을 걸어서 연금개혁을 시도하는 이유도 공무원과 일반국민 간의 형평성문제에서 연유하는 일이라고 할 수 있다. 특히 국민연금과 공무원연금의 수혜범위가 지나친 격차를 보여주고 있는 것이 국민화합의 관점에서 볼 때에도 문제가 있다는 것이다. 그러나 공무원연금 개혁문제를 일종의 응징적인 측면에서 접근하려는 태도는 지양해야 할 것이다. 공무원들은 평생을 국가를 위하여 일한 사람들인 만큼 그에 상응하는 예우를 해주어야 하는 것은 너무나 당연한 일이 아니겠는가?

공무원 중에는 퇴직한 후에도 소위 전관예우라는 관행을 통하여 현직에 있을 때보다 훨씬 더 잘 나가는 사람들도 있다. 법관이나 검찰관의 경우에만 그런 줄 알았더니 최근에 알려진바에 의하면, 다른 부처에서도 전관예우의 경우가 뿌리를 깊이 내리고 있어서 사회 부조리와 부패의 온상이 되고 있다는 것이 하나씩 밝혀지고 있어서 우리 국민에게 놀라움을 금할 수 없게 하고 있다. 부정과 부패는 잘 알려진 곳에서보다는 잘 알려지지 않은 곳에서 전염병균처럼 창궐하고 있는 것이다. 이러한 부정부패의 온상에 손을 대지 않고는 부정부패를 뿌리 뽑겠다는 발상 자체가 실패로 끝날 수밖에 없다는 것이 이시우의 판단이라 할 수 있을 것이다.

세금은 국민이 내야 하는 것이지만, 월급쟁이들에게 부과하는 갑근세의 경우를 제외하고는 영업세의 경우에는 인정과세의 성격이 농후하다고 볼 수 있다. 미국에서 식품점 개업을 시작한 사람에게서 이시우가 들은 이야기였다. 미국에서도 영업세는 인정과세로 부과하고 있는데, 새로 영업을 시작한 사람이 영업실적이 의외로 좋아서 전임자보다 많은 세금을 내려고 하더라도 증가된 액수의 세금을 내도록 허용해 주지를 않는 다는 것이다. 그 이유는 만일 증가된 액수의 세금을 새로 점포를 매입하여 동일한 식품영업을 하고 있는 사람이 더 냈다면, 더 낸 액수만큼의 세금을 지난 10여년을 소급하여 탈세한 것으로 보고 부과하지 않으면 안되기 때문이라고 하는 말을 이시우는 점포를 인수한 사람에게서 들었던 것이다.

　세금의 부과는 공평해야지 그렇지 않은 경우는 국민들의 불만의 원천이 되어 걷잡을 수 없는 지경에 이를 수도 있다는 것이다. 인정과세라는 것이 그러한 소지가 큰 세금이라 할 수 있을 것이다. 판매대금의 10퍼센트를 무조건 세금으로 부과하는 부과세도 세무서에서는 세금징수가 용이하기 때문에 정부에서는 부과세를 계속 징수하고 싶은데, 이시우의 분석에 의하면 부과세야말로 부당한 세금의 징수라는 것이다. 유류세는 자동차 소유자에 대한 과다한 세금을 부과하고 있는 대표적인 실례라 할 수 있을 것이다. 유류가격의 증가에 따라 10퍼센트의 부과세도 덩달아 올라가지만, 그 가격이 내리는 경우에는 비례적으로 내리지도 않거나 그냥 제자리에 머물러 있어서, 정부와 유류업계에서 부당이득을 취하더라도 아무도 견제하는 사람이 없다는 모순점을 나타내고 있다고 이시우는 판단하고 있는 것이다.

업자가 내야하는 세금을 국민이 대납하고 있는 듯한 느낌이 강하게 드는 세금이 자동차세라 할 수 있을 것이다. 도대체가 몇 억 대의 재산세보다 몇 천만 원대의 자동차의 세금이 더 많이 부과되는 나라가 한국 말고 또 어디에 있다는 말인가? 자동차의 소유는 한 때 부의 상징이 되었던 시절이 있었다. 오죽했으면 자동차의 소유를 자가용을 갖고 있다고 과시까지 했겠는가? 그러한 잔재가 자동차가 대중교통의 한 수단으로 되어버린 지가 이미 수십 년이 지난 자동차의 보급시대로 변한 오늘날까지도 재산목록 1호로 자동차 소유에 대하여 중과세를 하던 방식을 지양하지 못하고, 세수의 주요 원천이라는 단순한 이유 하나만으로 현재까지 유지하고 있는 것은 아주 잘못된 일이라고 아니할 수 없다고 이시우는 보고 있다. 한 때는 미국에 교환교수로 갔다가 자동차 한 대를 사온 후에 본인이 한동안 그 차를 몰고 다니다가 차를 판돈으로 집 한 채를 마련한 일도 있었으니, 세무당국에서 자동차에 아직까지 눈독을 들이고 있는 것도 무리는 아니라고 할 수 있을 것이다. 그러나 자동차를 소유하고 있는 국민을 아직까지 세금을 뜯어낼 수 있는 봉이라고 생각하는 것처럼 잘못된 일은 없을 것이다.

우리나라는 법치국가이기 때문에 법률이 정하는 바에 의하지 않으면 불필요한 세금을 국민에게 부과할 수 없는 것이 원칙이다. 부정청탁방지법과 같은 법의 제정에 의하여 공직자의 금품수수의 가능성을 방지해보려고 시도하고 있는데, 세금과 부정청탁과 같은 문제가 법률의 규정에 의해서만 해결될 수 있다고 믿는 국민은 아무도 없다는 것이 문제점이라고 이시우는 지적하고 있다. 그런데 그러한 법규의 실효성을 확보하기 위하여 입법과정에서 상세한 규정을 추가하려는 경향이 있는데, 바로 이러한 점 때문에 최종적으로 제정된 법규의 실효성이 반감되어 결국에는 유명무실한 법규가 되어버릴 가능성이 다분하다고 보는 것이다. 이러한 문제의 해결은 법규보다는 상식선에서 해결을 보아야 한다는 것이 이시우의 입장인 것이다. 세금도 상식선에서 부과를 해야지 이조시대의 가렴주구에 가까운 지나친 과세는 지양되어야 할 대상이라고 할 수 있을 것이다.

뉴욕시에 있는 타임스퀘어라는 관광명소가 있는데, 그곳은 관광객들이 잠시 들렸다 가는 장소이기 때문에 그곳에서 파는 물건의 값이 천차만별인 것이다. 그곳에 있는 장사치들은 관광객들을 상대로 바가지를 씌우는 영업행태를 보여주고 있다. 물건을 사려고 상점에 들어가서 물건값을 물었다고 하자.

"이 전기면도기의 값이 얼마입니까?"

"50달러입니다."

"너무 비싸군요? 나중에 사지요." 하는 말을 남기면서 나오려고 하면, 주인이 하는 말이 놀랍기만 하다.

"그럼 25달러를 받겠습니다. 연방세는 내야 하기 때문이지요."

"왜 물건 값의 반값을 받지요? 내가 알기에는 전자제품에는 연방세를 받지 않는 것으로 알고 있는데, 나한테 연방세금까지 떠넘기려는 것이오?" 그 말에 당황한 주인이 하는 말은 참으로 가관이다.

"손님에게는 단돈 10달러를 받지요."

"그럼 전기면도기를 하나 주시오."

50달러라고 하던 전기면도기를 10달러에 산 셈이다. 왜 그렇게
된 것일까? 그 이유는 물건을 사려고 물건값을 물어본 손님이 뉴
욕거주자가 아닌 뜨내기 관광객인지 알고 연방세금에 바가지요
금까지 얹어서 폭리를 취하려다가 무엇인가 아는 것 같은 사람을
만났다는 생각으로 꼬리를 감추었기 때문에 그러한 결과가 생긴
셈이다. 뜨내기 관광객이 아닌 뉴욕거주자라면 전자제품에 연방
세를 부과하지 않는다는 사실은 누구나 알고 있는 일이다. 정부
의 세금부과의 관행이 타임스퀘어의 상인처럼 들쑥날쑥 한다면
어떻게 국민이 정부를 믿고 불필요한 세금을 낼 수 있다는 말인
가? 그러한 일이 없기를 간절히 바랄 뿐이다.

 비상재해가 일어날 때에 우리 국민은 속수무책으로 당할 수밖
에 없는 것인가? 세월호와 같은 선박침몰사고가 일어났을 경우
에 희생당한 고교생들을 비롯한 300여 명의 승객들은 그렇게밖
에 될 수 없는 운명에 놓여있었던 것인가? 다른 돌파구는 없었던
것인가? 선박회사의 선박의 불법개수와 무리한 화물운송 때문에
만 그렇게 된 것인가? 선박이 침몰하고 있던 급박한 상황에서 선
장과 승무원들이 승객에게 보여주었던 무책임한 행위 때문이었
던가? 영리한 학생들에게 선박에 그대로 머물러 있지를 말고 구
명대를 차고 전원 바다로 뛰어들라고 말이라도 해주고 도망쳤더
라면 아마도 전원 구조되었을 것이 아니었을까? 왜냐하면 수많
은 어선들이 침몰하고 있는 선박 주위에 몰려와 있었다고 하던
데, 그 많은 어선들이 바다로 뛰어든 승객들을 손 놓고 바라보고
만 있었겠는가? 희생되지 않아도 되었을 사람들이 일부의 무책임
한 사람들 때문에 죽을 수밖에 없었다는 것을 생각할 때 남의 일

이기는 하지만 내가 당한 일이나 되는 것처럼 화가 치밀게 된다. 부작위로 인한 살인행위에 대한 공분이라고 할 수 있을 것이다.

이런 경우에 선박침몰로 사망한 사람들에 대한 직접적인 책임이 있는 선장을 사형에 처한다고 하여 300여 명의 희생자들에 대한 보상이 될 수 있겠는가? 이미 죽은 사람들을 다시 살려낼 수 있느냐 말이다. 이러한 엄청난 사건이 일어날 때마다 우리 사회는 참으로 말도 많은 것 같다. 그 대부분이 사후약방문과 같은 책임추궁에 관한 것이기는 하지만 문제해결에는 별로 도움이 되지 않는다고 이시우는 보고 있는 것이다. 그러한 대형사건이 일어날 때마다 책임소재를 밝혀보려는 노력을 해보지만 실제로 책임을 지는 사람은 아무도 없는 것이 우리의 현실이라 할 수 있다. 그러다 보니 문제해결은 언제나 핵심에서 벗어나서 겉돌기만 하기 마련인 것이다. 마치 선거에 패배한 야당대표가 자신의 잘못을 시인하고 책임을 지는 모습을 보여주지 않는 것과 무엇이 다르다는 말인가? 잘한 일만 내세우지 말고 잘못한 일이 있으면 솔직하게 잘못을 시인하는 풍토가 모든 분야에서 아쉽게 느껴지는 것이 오늘의 우리현실이다.

우리나라에서는 잘난 사람들이 너무나 많아서 문제인 것이다. 잘난 사람이 반드시 실속 있는 사람이며 능력 있는 사람은 아닐 것이다. 함량미달인 사람들이 자신의 능력을 과대포장해서 자신의 역량으로 감당해낼 수 없는 자리에 앉아있는 것이 문제인 것이다. 능력이 없는 인간들이 무슨 일인가 해보려고 하기 때문에 문제가 일어나는 것이다. 남에게 명령을 하거나 일을 시키려면 자신이 하려는 일이 무엇인지를 알아야 할 것인데, 그렇지를 못하니 무엇인가 해보려고 할 때마다 문제가 생길 수밖에 없는 것이다.

이번에 발생한 뇌물수수 의혹사건에서 야당대표가 보여주었던 여당과 대통령에 대한 정치적인 공세가 그 대표적인 예라 할 수 있을 것이다. 이번 사건은 뇌물을 주었다는 사람의 명단을 공개하고 본인은 사망해버린 데서 유래한다. 그 명단에 열거된 사람들은 여권의 유력인사들로서 뇌물을 주었다는 시기가 대체로 지난 대선 때와 일치하기 때문에 대선자금으로 주었다고 야당대표는 주장하고 있었지만, 명단에 열거된 사람들은 모두 그 사실을 부인하고 있었다. 그런데 이미 고인이 된 뇌물을 주었다는 사람이 야당대표가 민정수석과 비서실장으로 있었던 전 정부에 의하여 특별사면을 받은 일이 있었다. 야당대표가 그의 특별사면과 무관하다고 발뺌을 하면서 자신의 문제가 불거지자 정부와 여당이 물 타기 전술을 쓰는 것이라고 정부와 여당을 비난하면서 현 정부의 심판론을 들고 나왔다.

그러나 국민은 어리석지가 않았다. 야당대표의 뻔뻔한 태도에 대하여 야당의 선거완패라는 방법으로 오히려 야당대표의 손바닥으로 하늘을 가리는 것 같은 거짓말을 심판해버렸던 것이다. 왜 그랬을까? 이시우의 판단으로는 국민이 야당대표가 생각하듯이 어리석지가 않다는 것이다. 야당대표는 자신의 정치적 실패를 솔직하게 사과하고 정치일선에서 물러나는 것이 그가 택할 수 있는 유일한 옳은 선택이라 할 수 있을 것이다. 그렇지 않고 자신의 정치적인 능력부족을 인정하지 않은 채 지금처럼 다시 대통령을 해보겠다는 엉뚱한 꿈을 꾸면서 지금처럼 국민을 우습게 보려는 태도를 계속 유지하면서 그 나름대로의 정치생활이라는 것을 계속 유지해 가려고 한다면 야당으로서는 더 이상 감당할 수 없는 정치적인 손실을 감수할 수밖에 없을지도 모르는 일이라고 이시우는 말하고 있다.

우리 사회의 모든 일은 사람이 하는 것인데, 자질이 부족한 사람들이 무엇을 해보겠다고 설쳐대는 것처럼 한심스러운 일은 없을 것이다. 많은 사람들에게 엉뚱한 영향을 미칠 수 있는 정치와 같은 분야에서는 특히 이러한 사람의 출현을 경계해야 할 것이다. 제1차 세계대전 후에 전쟁에 패한 독일국민들의 전승국에 대한 악감정이 베르사유조약의 폐기와 독일의 재무장을 주장하는 히틀러의 출현을 자연스럽게 받아들여서 제2차세계대전의 원인 제공을 한 전례가 있기는 하지만, 엉뚱한 인물의 출현은 적극 경계해야 할 것이다. 일본의 아베총리처럼 미국에 일방적으로 아부하면서 한국을 비롯한 이웃나라들을 못 본 채하면서 군국주의의 부활을 획책하면서 일제의 옛 영광을 재현해보려고 하지만, 강력한 중국이라는 초강대국가가 존재하고 있는 한, 제아무리 미국과 손잡고 아시아에 있어서 자신의 엉뚱한 꿈을 실현해보려고 시도해도 그러한 꿈은 절대로 실현될 수 없는 허황된 꿈으로 끝나버릴 공산이 큰 것이라 할 수 있다고 이시우는 보고 있다.

이대통령의 취임직후에 반미시위자들이 전국적으로 벌린 '미국소는 광우병 소'라는 근거도 없는 반미시위가 전국을 시끄럽게 했던 적이 있었다. 이 소동은 공영방송이 근거도 없는 잘못된 자료를 갖고 엄청난 잘못을 저지른 일종의 사기극이었다고 할 수 있다. 나중에 방송매체가 근거로 주장했던 내용이 완전히 거짓이라는 것이 일어난 후에도 아무도 자신들의 잘못을 사과하는 사람은 없었다. 담당 PD는 물론 방송국의 책임자도 자신들이 내보냈던 방송이 잘못되었다는 것을 시인하지도 않았으며 국민에게 사과도 하지를 않았다. 전국적인 반미시위를 주도했던 좌파시민단체의 경우는 말해서 무얼 하겠는가? 이러한 염치없는 사람들을 어디에서 또 찾아볼 수 있다는 말인가? 선진국가의 경우였다면 이 문제에 대하여 책임자들이 당연히 국민들에게 사과를 했을 것이다. 후진국가라는 것을 자인이나 하는 것처럼 당연히 사과를 해야 할 중대한 문제에 관하여 침묵으로 일관하고 있다.

나중에 미국에 갈 기회가 있었던 한 여행객이 미국 소고기 값을 알아보았더니, 우리나라에서 5만원씩이나 하는 크기의 비싼 소고기의 거의 3배에 해당하는 고기의 가격이 불과 2만원 밖에 되지 않는 사실을 발견하고 놀라움을 금할 수 없었다. 공연한 미국 소고기에 대한 반미시위의 여파로 미국과 체결된 자유무역협정의 비준 지체를 가져와서 값싸고 질 좋은 미국 소고기의 값만 엄청나게 올려놓은 결과를 가져오고 만 것을 뒤늦게 알게 되어 뒷맛이 씁쓸했던 적이 있었다는 말을 그에게서 들었다고 이시우에게 전해들은 적이 있었다. 잘 알지도 못하면서 엉뚱하게 사람들을 선동하는 자들의 심리상태를 이해하기 어렵다. 한 때는 미국에 유학 갔던 사람들이 귀국하기를 주저하는 대표적인 이유로 한국에 가면 값싸고 질 좋은 미국 소고기를 먹지 못하기 때문이라는 말들을 했다는데 수긍할 수 있는 구실이라 할 수 있을 것이다.

선동정치인들은 자극적인 말이나 극단적인 말을 일종의 캐치프레이즈로 써서 국민의 마음을 흔들어 놓으려고 시도하고 있는

데, 그러한 시도가 성공했던 적은 한 번도 없었던 것 같다. 그들은 어리석게도 국민들을 속일 수 있다고 생각하지만, 국민들은 그들이 생각하는 것보다 훨씬 더 현명한 것이다. 왜 선동정치인들은 국민을 우습게보고 있는 것일까? 이시우의 판단에 의하면 자신들의 능력을 과신한 결과로 그러한 어리석은 판단을 하게 된다는 것이다. 우리나라에서도 가끔 그러한 어리석은 선동정치인들이 나타났던 적이 있었지만, 그들의 선동이 국민들을 실제로 자신들의 원하는 방향으로 끌고 가는데 성공한 사람은 한명도 없었다고 해도 과언이 아닐 것이다. 그러한 선동정치인들 때문에 국민들은 피곤할 뿐이다.

우리가 함께 살고 있기 때문에 크고 작은 사회적인 문제가 언제나 방생할 수밖에 없는 것이다. 길을 가다가 갑자기 땅이 꺼져버리는 싱크홀과 같은 현상이 서울과 같은 대도시의 도심에서 시도 때도 없이 발생하고 있는 현상을 어떻게 설명할 수 있을 것인가? 싱크홀의 발생에 대해서는 여러 가지 설명이 가능할 수 있지만, 시민의 안전을 보장하지는 못하고 있는 것이다. 대형참사의 경우 자연재해도 무시할 수 없지만, 인재의 경우가 훨씬 더 문제가 되는 것이 우리 사회의 현실이라 할 수 있을 것이다. 우리나라에서는 왜 자연재해보다는 인재가 좀 더 문제가 되는 것일까? 안전을 책임지고 있는 안전담당자들의 안전 불감증 때문에 그렇다는 것이다. 안전시설을 강구하지 않고 마구잡이로 집을 짓는 관행이라든가, 그러한 사실을 알면서도 건축허가를 내주는 안이한 태도가 인재를 가져오는 원인이 된다는 것이다. 이러한 안전 불감증이 뿌리 깊게 자리 잡고 있는 안전 관리자들의 의식구조가 개선될 가능성은 있는 것인가?

안전관리의 확충으로 인재 발생 가능성을 가급적 줄이려는 우리의 노력은 계속되어야 할 것이다. 안전관리에 있어서 우리 국민의 고질적인 적당주의는 반드시 지양되어야 할 악습인 것이다. 안전관리에 있어서는 적당주의란 있을 수 없는 것이다. 설마 별일이야 없겠지 하면서 적당히 넘어가려고 했던 일이 대형 인재로 나타났던 일이 얼마나 많이 있었던가? 삼풍백화점 붕괴사고, 성수대교 붕괴사고, 세월호 참사 등을 겪으면서 우리 사회는 과연 무엇을 반성했다는 말인가? 말로는 누구나 그런 일이 일어나서는 안 된다고 말하고 있지만, 과연 개선된 것은 무엇인가? 한 무책임한 정치인은 세월호 참사를 제2의 광주사태라고 말하면서 대통령의 사과를 요구했다고 하던데, 일부의 군인들이 그랬던 것처럼 대통령이 군대라도 보내서 선박침몰로 희생된 사람들을 학살이라도 했다는 말인가? 이러한 사람들의 무책임한 발언이야말로 안전관리에 아무런 도움도 되지 않는 망발이라고 할 수 있을 것이라고 이시우는 지적하고 있다.

정부당국에서 어떤 정책목표를 추진함에 있어서 실효성이나 예측가능성보다는 다분히 인기영합에 부합하려고 노력하는 경우가 많다고 하겠다. 특히 정치인들의 경우에는 깊은 연구도 해보지 않고 즉흥적으로 특정입법을 추진하려는 경향이 농후하다. 그들의 관심사는 국민에게 이익을 가져다 줄 수 있느냐 여부가 아니라, 비록 감언이설로 국민을 속이는 한이 있을지라도 국민들의 표를 끌어올 수만 있다면 무슨 일이든지 할 수 있는 사람들이 정치인들이라고 보면 틀림없는 일이라고 할 정도로 이시우는 정치인들을 평가절하하고 있다고 해야 할 것이다. 미국의 정치인들은 일찍이 투르만 대통령이 밝혔듯이 이것저것 해보다가 모든 일이 실패로 끝난 후에 마지막으로 선택한 것이 정치라고 말했지만, 그렇게 말한 당사자는 정치에 입문하여 대통령까지 되었으니 정치에서는 성공한 사람이 된 셈이다. 그런데 우리나라의 정치인들은 무엇을 바라고 정치에 입문하는 것인지 자못 궁금해진다. 특히 함량미달인 사람들이 대거 정치에 목숨을 걸다시피 하는 우리나라 특유의 현상을 어떻게 설명해야 할 것인가?

미친 사람들이 자신이 미쳤다고 생각하지 않는 것과 마찬가지로 부족한 사람일수록 자신이 부족한 사람이라는 사실을 쉽게 인정하려 하지 않는다. 자신이 부족하다고 생각하기는커녕 오히려 자신이 남들보다 똑똑하며 잘났다고 생각하는데 문제가 있는 것이다. 벼가 익으면 고개를 숙이듯이 잘난 사람들은 결코 머리를 쳐들고 목에 힘을 주는 건방진 행동은 하지 않는 것이다. '빈 수레가 요란하다'는 말처럼 속이 빈 인간들이 무엇이든지 아는 척하면서 세상을 시끄럽게 만드는 것이 아니겠는가? 잘난 사람들은 자신에 대한 선전을 구태여 하지를 않아도 사람들이 그에 대하여 잘 알고 있으며 그의 실력과 진가를 알아주는 것이다. 사람들이 요란한 의상을 차려입고 외제차라도 타고 다니면서 허세라도 부리고 싶은 것이 모두 그러한 비상수단을 동원하는 한이 있더라도 남들이 나를 좀 알아주었으면 하는 심리에서 그런 것이 아니겠는가? 사람들의 자기과시욕은 사람의 자연스러운 욕구충족의 한 방법이라고 이시우는 말하고 있다.

정치인들에게 있어서 자기과시욕이 일반인들보다 강하다는 것은 하나도 이상한 일이 아닐 것이다. 그런데 그들의 자기과시욕을 국민들이 수용해주느냐 여부는 국민의 판단에 달려 있는 셈이다. 인간은 감정을 가진 동물이라 자신이 좋아하는 사람이 있는가 하면, 싫어하는 사람도 있기 마련인 것이다. 이러한 호불호의 감정은 극히 자연발생적인 현상으로서 옳고 그르다는 판단을 할 수 없는 영역에 속한다고 할 수 있다. 이시우의 경우에도 정치인에 대한 불신이 어린 시절부터 형성되었다고 할 수 있다. 그에게는 정치인들이란 믿을 수 없는 집단이라는 인식이 뿌리를 내리고 있는 셈이다. 감수성이 많은 소년시절에 6·25와 같은 역사적인 격동기를 겪으면서 대통령과 일부 정치인들이 보여주었던 국민에 대한 일종의 염치없는 배신행위를 보면서 어린 이시우는 과연 무슨 생각을 했을 것인가?

국민들은 적치하에 남겨둔 채 자신들만 살겠다고 뒤도 돌아보지 않고 줄행낭을 쳤던 소위 정치인들이라는 자들이 국민들 앞에 다시 나타나서 한다는 소리가 자신들은 애국자가 되어서 피난을 갔지만, 그들처럼 피난을 가지 못하고 적치하의 서울에 남아서 고통을 당했던 시민들을 부역자로 몰아붙이는 엉뚱한 행동을 보고 울화통이 터질 뻔했던 일을 어린 이시우는 일찍이 경험했던 일이 있었다. 그 후로 이시우는 정치인들이 국민을 위하여 일을 한다는 말을 믿지 않기로 했던 것이다.

정치인들은 과연 누구를 위하여 일을 하고 있는 것일까? 국가와 국민을 위하여 일하는 것은 분명 아닌 것 같다. 자신의 소속정당을 위하여 일하는 것은 확실한 것 같은데, 그것도 소속정당에서 대통령을 배출하지 못한다면 별 의미가 없는 일이라 하겠다.

소속정당에서 대통령을 배출하여 정권을 잡을 때까지는 일종의 투사가 되어 머리를 싸매고 정부와 여당과 계속 싸워야 할 판이다. 정치인들이 이러한 투사의 모습을 보여주게 되는 경우에는 정치인의 위신과 체면 같은 것은 이미 헌신짝처럼 내어던져 버린 지 오래 되는 것이라고 할 수 있다. 그러다 보면 정치인들이 막말도 서슴지 않게 되고 엉뚱한 주장까지 하면서 정치적인 착시현상까지 보여주게 되는 것이라고 이시우는 판단하고 있다.

옛날의 정치인들의 경우에는 성인군자들도 더러 있었다고 한다. 도덕정치를 이상으로 심고 있던 이조시대에는 주자학이 정치의 지침으로 작용하고 있었다. 지나친 도덕성의 강조, 특히 예를 숭상하다보니 예의 해석에 있어서 의견의 일치를 보지 못하여, 그것이 당쟁의 불씨가 되어 역대왕조에 걸쳐서 대규모의 사화로 발전하면서 면면히 이어와서 이조의 정치발전을 저해하는 중요한 원인으로 작용했던 것이다. 일본은 한국이 당파싸움 때문에 망할 수밖에 없었다고 폄하하고 있는데, 우리는 그것이 사실이기 때문에 변명할 여지가 없는 것이다.

이러한 당파싸움의 악습은 현재의 우리 정치현실에서 조금도 나아진 것이 없는 것 같다. 진보와 보수의 대립은 물론 보수정당 상호간의 대립도 무시 못 할 수준에 이르고 있다고 해야 할 것이다. 진보와 보수의 대립, 다시 말하면 좌파와 우파 정치세력의 대립은 각자 지향하고 있는 이념의 차이 때문에 어쩔 수 없는 일이라고 할 수 있지만, 현재의 한국처럼 거의 50대 50의 비율로 전 국민이 반분되다시피 한 것은 참으로 우려할만한 사태라고 아니 할 수 없을 것이다. 보수정당인 여당과 야당 간의 대립은 현재로서는 야당이 주장하고 있는 것이 대부분 명분 없는 트집잡기에 머물러 있다고 보는 것이 이시우의 견해라면, 양자 간에 상호양보와 협력을 이끌어내지 못할 이유가 없다고 하겠다. 그렇게 하지 못하고 있는 것이 여당보다는 야당지도자의 정치력의 부재 때문에 생기고 있는 일이라면, 유능한 정치인이 야당을 이끌게 되는 경우에 해결하지 못할 일도 아니라고 볼 수 있을 것이다. 결국 현재와 같은 여야 간의 싱거운 정치적 대립은 양당지도자들의 정치력에 의하여 결국에는 해결될 수 있는 문제라고 보아야 할 것이다.

그런데 문제는 진보와 보수, 좌파와 우파의 정치적 대립이라고 할 수 있을 것이다. 특히 우리나라의 좌파가 친북좌파, 나아가서는 종북좌파의 성격을 띠고 있다는 것이 우리 사회에 큰 문제가 될 수 있다는 것이다. 그러한 정치세력이 일부의 운동권의 인사들에게 국한되지 않고 우리 국민의 거의 50퍼센트에 상당하는 정치세력으로 발전하고 있다는데 문제의 심각성이 있는 것이라고 할 수 있다. 이러한 정치세력의 확대는 두 명의 좌파 대통령이 정권을 잡았던 10년간에 급속히 확대되어 오늘에 이르게 된 것이라고 이시우는 판단하고 있는 것이다. 이러한 좌파의 정치세력의 확대추세를 저지하고 자유민주주의의 기본질서를 수호하기 위해서는 보수정당이 별 것도 아닌 일을 가지고 으르렁거리고 싸울 일이 아니라, 양당이 정치적인 싸움은 잠시 휴전을 하고 서로 머리를 맞대고 어떻게 하면 이러한 위기에서 국가를 구할 수 있는 방도가 무엇인지를 심각하게 고민할 필요가 있다는 것이 지나친 일이라고 할 수는 없는 시점에 현재 당면해 있다는 것을 확실하게 깨달아야 한다고 이시우는 우리들을 깨우쳐 주고 있다.

우리가 직면하고 있는 현안 중에 아마도 이보다 더 중요한 일은 달리 없을 것이다. 최상의 방법은 교육을 통하여 자라나는 우리들의 다음 세대들에게 자유민주주의라는 것이 우리에게 얼마나 필요한 체제이냐를 일깨워주는 교육이 필요한 것이다. 현직교사들 중에 대한민국의 존재 자체를 부정하는 교육을 학생들에게 주입하고 있는 사람도 있다지만, 그들로부터 우리의 미래세대를 보호하기 위한 사상교육의 필요성이 어느 때보다도 절실해지고 있는 시기에 우리는 살고 있는 것이다. 사회비평가인 이시우는 이러한 사실을 일깨워주는 일이야말로 자신이 해야 할 중요한 책무라는 것을 다시 한 번 깨닫게 된 셈이다.

5 성공보수

변호사들이 의뢰인에게 청구하는 성공보수라는 것은 변호사들이 의뢰인들이 원하는 대로, 아니면 의뢰인들이 기대했던 것보다 훨씬 더 큰 성과를 거두었을 때에 관례상 청구하는 것으로 알고 있었다. 그런데 최근의 대법원판결이 성공보수, 특히 형사사건에 있어서 성공보수의 청구를 불법한 청구로 인정하여 성공보수의 청구를 불법행위로 판정했다. 아마도 변호사들의 성공보수의 청구는 민사사건에서보다는 형사사건에서 더 많은 문제가 있었던 것 같다. 대법원이 판결로 이를 불법화했으니 하는 말이다.

일반적으로 변호사들이 착수금으로 500만원(아마도 경우에 따라서 이 단가가 훨씬 더 높아짐)도 일반 의뢰인에게는 과중한 것으로 인정된다. 왜냐하면 사건에 대한 구체적인 결론도 나오지 않은 상태에서 일반인에게는 거액이라고 생각되는 액수를 변호사들이 착수금으로청구하는 것을 부담스럽게 느끼게 되는 것은 너무나 당연한 일인 것이다. 그런데 변호사들은 사건이 마무리된 후에 거액의 성공보수를 청구하는 것을 당연한 일로 여기고 있으니 의뢰인들은 변호사비용을 감당하기에 허리가 부러질 정도이다. 아마도 변호사들은 이러한 성공보수의 청구를 의뢰인들에게 교묘하게 활용하여 치부를 하고 있는 모양이다.

김상구가 재건축반대소송을 의뢰한 변호사에게 당한 성공보수의 청구는 참으로 황당한 일이었다. 일반적으로 성공보수라는 것은 변호사가 재판을 의뢰인에게 유리하게 진행하여 성과를 거두는 경우에 청구하는 것으로 알고 있었다. 그런데 재건축반대 입주자들이 선임했던 최변호사는 소송의 진행과정에 있어서 오히려 재건축조합 측에 붙어서 재건축반대 입주자들에게 불리한 결과를 가져오게 했는데도 성공보수를 청구하다니 어처구니없는 일이 아니겠는가?

재건축의 진행 중에 조합이 집합건물법이 정하는 '재건축결의' 없이 불법으로 조합을 설립하고 입주자들을 불법 이주시켜서 조합이 이러한 원인 무효한 행위 때문에 존폐의 위기에 놓이게 되었다. 조합과 미 이주 30여 세대는 판사가 제시한 조정안을 받아들여서 조합과 미 이주세대가 지명하는 건물감정사 2명이 각각 감정한 금액을 평균한 액수로 조합과 미 이주 세대가 각각 아파트를 사고파는 형식으로 소송을 마무리 짓기로 합의했다. 당시의 감정액은 35평 아파트를 기준으로 2억 원이 나왔다. 그런데 문제는 평가액이 조합이 예상했던 액수보다 많이 나왔다고 재건축 반대입주자 측의 최변호사를 통하여 미 이주자의 아파트 감정액을 20퍼센트 삭감하게 해달라는 요청을 해왔다는 것이다. 이것은 조합이 미 이주세대와 했던 합의사항을 정면으로 위배하는 사항으로서 미 이주자들이 도저히 받아들일 수 없는 사항이었다. 문제는 변호사라는 존재가 돈을 준다고 하면 염치없이 조합 측에서도 받아 넣는 모양이다.

한 번은 최변호사가 미 이주세대들을 만나보겠다고 와서 하는 말이 조합에서 요구한 감정액의 20퍼센트를 10퍼센트만 삭감하기로 합의를 보았으니, 미 이주자들이 조합의 제안을 받아들여달라고 염치없이 말을 하는 것이 아니겠는가.

"조합 측에서는 실제로 나온 감정가가 조합이 예상했던 액수보다 많이 나왔다고 감정가의 20퍼센트를 삭감해달라는 것을 10퍼센트 선으로 정하기로 했으니, 미 이주세대 여러분이 이에 동의해달라고 제가 오늘 직접 찾아 뵈온 것입니다." 이에 대하여 미 이주자들의 대표격인 김상구는 당장 최변호사를 추궁하기 시작했다.

"실례이지만 최변호사는 도대체가 어느 쪽 변호사입니까? 조합 측과 합의된 조정안대로 나온 감정가를 이제 와서 많다고 억지주장을 하면서 조합 측이 최변호사에게 미 이주자들을 설득해 달라고 부탁하는 이유는 무엇입니까? 그들의 부탁을 당연히 거절할 일이지, 우리를 찾아와서 조합 측이 원하는 대로 20퍼센트는 삭감해줄 수 없지만, 10퍼센트만이라도 삭감해 주자고 주장하는 의도는 무엇입니까?"

"제 생각으로는 조합이 원하는 대로 다만 얼마를 삭감해 주어야 아파트 대금의 지불이 빨라질 수 있다고 생각했기 때문입니다. 삭감된 액수를 받더라도 결코 손해를 보지는 않을 것이라고 판단됩니다. 조합은 감정가의 일부를 삭감할 수 있어야 조합원들에게 체면을 세울 수 있다고 하더군요."

"최변호사, 당신 참 이상한 사람이군요. 조합원들에 대한 조합의 체면을 세워주기 위하여 우리를 설득하러 온 것입니까? 싱거운 소리 그만 하시고 이 문제를 투표로 결정합시다."

이 문제를 투표에 붙인 결과 반대가 30표이고 찬성이 1표 나왔다. 찬성한 사람은 부도위기에 놓인 사람으로 10퍼센트를 삭감하고라도 당장에 집을 팔아야 부도위기에서 모면할 수 있었기 때문에 할 수 없이 찬성표를 던지게 되었다는 것이다. 김상구는 한 사람을 제외한 미 이주자 전원이 최변호사의 제안에 반대한 것으로 알고 있었다. 그런데 그 후에 문제가 이상한 방향으로 흘러가 버리고 말았다.

그 아파트 2층에 살고 있던 사람들의 대부분이 지금까지 이주를 않고 눌러 앉아 있었는데, 그 이유는 2층에 살고 있던 세대들이 1층의 지붕을 마치 자신들의 정원처럼 사용하고 있어서 다른 아파트보다도 넓은 공간을 사용할 수 있었기 때문이다. 2층과 3층에 아파트 3채를 터놓고 살고 있던 이회장이라는 사람은 극도로 자기중심적인 이기적인 인간이었다. 아파트의 대소사를 자신의 뜻대로 좌지우지할 수 있다고 착각하고 있는 극히 자기중심적인 인간의 어처구니없는 주장이 먹혀들어서 주로 2층에 살던 20세대가 그의 엉뚱한 주장에 따라 감정가의 10퍼센트를 조합에 삭감해주고 이주해 가버렸다. 그의 주장은 IMF가 닥쳐서 돈이 잘 돌아가고 있지 않은 상태에서 감정가의 10퍼센트라도 삭감해주어야지 아파트 대금을 빨리 받고 이주해갈 수 있다는 것이었다. 결국 최변호사의 설득에 넘어간 셈이다.

조합 측에서는 30여 미 이주세대 중에 20여 세대가 이주해 가버렸으니 나머지 10여 세대에 대해서는 감정가대로 지불을 해도 손해가 나지 않을 것이라는 판단 하에 나머지 미 이주세대에 대하여 감정가대로 지불해 주는 대가로 '재건축결의'에 동의해 줄 것을 요청했다. 기왕에 아파트 대금을 받고 이주해 가는 입장에 있었던 미 이주세대들은 지금까지 '재건축결의'의 미필 때문에 소송에서 밀려서 이 지경에까지 오게 된 조합에게 선심 쓰는 의미로 '재건축결의'에 동의해 주고 전원 이주해 가기로 결정했다. 그런데 문제는 최변호사의 염치없는 주장이었다. 감정가로 아파트 대금을 받고 이주해 가는 마지막 10여 세대에게 아파트 대금의 3.5퍼센트에 해당하는 액수를 성공보수로 청구해 왔던 것이다.

35평 아파트 2채를 보유하고 있던 김상구의 경우에는 1,500만 원의 성공보수를 최변호사에게 지불해야 한다는 이야기가 되는 것이다. 그런데 무엇 때문에 10여 세대에 대하여 아무런 일도 해준 일이 없었던 최변호사가 그들에게 성공보수를 청구할 수 있다는 말인가? 그의 요구대로 조합이 요구한 감정가의 10퍼센트 삭감과 성공모수 3.5퍼센트를 지불하려면 아파트 당 2,750만원 씩 35평 2채의 아파트를 보유하고 있던 김상구는 5,500만 원을 지불해야 하는 것인데, 김상구는 한 푼도 내지를 않았다. 어떻게 그럴 수가 있었는가? 최변호사와 언쟁을 벌리던 김상구가 최변호사를 불신하는 발언을 하게 된 김상구에게 자신을 해고해 줄 것을 요청한 최변호사에게 김상구는 비상대책위원장이 최변호사를 선임한 것이니 그에게 해임요청을 하라고 말해줬더니 김상구 등에 대한 선임을 자진사퇴해 버렸다. 그러고 보니 그가 김상구 등에 대한 성공보수를 요구할 수 있는 명분이 없어진 셈이다. 변호사치고 성질이 급한 사람이었던 것 같다.

김상구 등에 대한 선임을 재판이 마무리되기 전에 자진 사퇴한 최변호사는 김상구 등에 대한 재판을 마무리 하는데 아무런 도움도 되지를 않았다. 김상구 등에 대한 재판을 마무리 짓는데 도움을 준 것은 오히려 조합 측 변호사인 김변호사였다. 그는 조합을 설득하여 감정가 전액을 아파트 대금으로 지불하여 미 이주세대들이 이주해 갈 수 있도록 도움을 주자고 종용을 한 것도 김변호사였다는 이야기를 나중에 전해 들었다. 미 이주세대의 문제를 마무리 짓는데 최변호사는 배제되고, 오히려 미 이주세대에게는 대립각에 서있던 조합 측의 김변호사의 도움을 받게 되었다는 것은 묘한 뉘앙스를 갖고 있는 문제라고 하겠다.

아마도 김상구 등이 최변호사에게 당했던 엉뚱한 성공보수의 청구와 유사한 경우, 아니면 좀 더 엉뚱한 요구가 수없이 많을 것으로 생각된다. 여기서 몇 가지의 가능한 경우를 생각해 보자. 최도진은 상당한 규모의 기업을 경영하고 있는 기업인이다. 그는 탈세는 아닐지라도 세금을 어떻게 하면 덜 낼 수 있느냐 하는 문제에 관심을 갖고 있었다. 그러한 입장에 있던 최도진은 세무사의 도움은 물론 변호사의 도움을 필요로 하는 경우가 종종 있었다. 사업을 하다 보면 탈세의 누명을 쓰게 되는 경우가 종종 있게 되는 것은 너무나 당연한 일이라 하겠다. 탈세혐의로 검찰의 수사를 받다보면 구속수사를 받게 되는 경우뿐만 아니라 징역살이를 하게 되는 경우도 빈번히 발생하고 있다. 이러한 경우에 유능한 변호사가 자신의 죄를 경감시켜줄 수 있다면, 변호사가 요구하는 성공보수는 물론 더 이상의 돈을 쓰는 경우가 있더라도 탈세로 인한 징역살이를 하지 않도록 도와줄 수 있는 변호사만 있다면, 그에게 막대한 성공보수를 지불할 용의가 있다는 것은 말할 필요도 없는 일이라 하겠다.

이렇게 본다면 성공보수라는 것은 변호사가 일방적으로 피의자에게 요구하는 불법적인 일방적인 행위가 아니라 쌍방의 명시적인 합의하에 행하여지는 정당한 금전수수행위라 할 수 있을 것이다. 성공보수를 변호사와 피의자간에 상호필요성에 의하여 금전을 주고받는 행위라고 볼 때, 최근의 대법원의 판례처럼 형사사건에 있어서 변호사가 챙기고 있는 성공보수를 불법행위로 선고한 판결이 현실성이 있는 것이냐에 대한 의문의 여지가 있다. 대법원판례가 형사사건에서 변호사의 성공보수의 청구를 불법화했다고 해서 그러한 관례가 일소되리라고 믿는 사람은 아무도 없을 것이다. 그러한 판결을 내린 대법원 판사들조차 자신들이 내린 판결의 유효성을 믿는 사람은 아무도 없었을 것이다.

그렇다면, 왜 이러한 실효성 없는 판결을 내리게 된 것일까? 변호사들의 성공보수의 청구가 특히 형사사건에서 지나친 양상을 보이고 있기 때문에, 이러한 관행을 바로 잡기 위한 일종의 경고성 판결이었다고 할 수 있지 않을까? 판결 하나로 오래 동안 행하여진 법조계의 관행을 하루아침에 새로 뜯어고칠 수 없다는 것을 누구보다도 잘 알고 있는 노련한 대법관들이 궁여지책으로 내린 판결은 아니었을까? 여하튼 대법원판결을 계기로 우리가 성공보수의 문제를 한번 생각해보는 것은 의의 있는 일이라 하겠다.

성공보수의 문제는 형사사건에서 뿐만 아니라 민사사건에서도 문제가 되고 있으며, 실제에 있어서는 형사사건에서보다는 민사사건에 있어서 훨씬 더 문제가 되고 있다고 할 수 있을 것이다. 형사사건에 있어서는 형의 감면이나 형의 면제와 같은 뚜렷한 결과가 나타나는 경우가 대부분이기 때문에 변호사의 성공보수의 청구액이 지나치게 많이 나온 경우에도 특별히 이의를 제기하기는 용이한 일이 아니라고 할 수 있을 것이다. 그러나 민사사건의 경우에는 의뢰인에게 유리한 결과를 가져다 준 경우뿐만 아니라 불리한 결과를 가져다 준 경우에도 의뢰인에게 성공보수를 요구하여 의뢰인의 빈축을 사고 시비의 대상이 되는 경우가 있다. 이렇게 본다면 성공보수는 변호사가 의뢰인에게 변론의 성과에 관계없이 당연히 요구할 수 있는 성질의 금전청구라고 볼 수는 없는 것이다.

최도진과 같은 기업인에게 있어서는 탈세나 비자금과 관련되는 범죄행위와 연관되는 경우에는 본인에 대한 형사처벌은 물론 그로 인한 기업자체의 존폐와 직접 관련이 있는 문제가 될 수 있을 것이다. 그러다 보니 기업인들은 어떻게 하면 이러한 뜻하지 않았던 함정에 빠지지 않고 기업경영을 해나갈 수 있느냐 하는 문제를 언제나 생각하게 된다. 어쩌다가 탈세나 비자금과 연관된 범죄행위로 고발이 되어 재판을 받게 되는 경우가 발생하더라도 유능한 변호사의 도움을 받아서 무죄나 최소한의 형량을 받게 해주는 경우가 된다면 그러한 변호사에게 아낌없이 성공보수를 지불할 만반의 준비가 되어 있는 셈이다. 이러한 최도진과 같은 각오가 되어 있는 사람만이 기업을 경영할 자격이 있는 것이다. 이러한 사람들에게는 형사사건에서 변호사에게 성공보수를 지불하는 것은 하나도 문제가 되지 않는 것이라 하겠다. 이들에게는 성공보수의 지불이 불법이라 하여 공개적으로 지불하는 것은 법이 금지하고 있는 사항이지만, 비밀리에 성공보수를 주고받는 행위까지 막는 것은 결코 쉬운 일이 아닐 것이다.

수요공급의 법칙에 의하여 막대한 액수의 성공보수를 지불하더라도 형을 감면받으려는 사람이 있는 한, 성공보수의 관행은 결코 없어지지 않을 뿐만 아니라 이러한 관행이 비밀리에 행하여지는 경우에는 단가가 높아질 수밖에 없는 것이 경제의 공공연한 법칙인 것이다. 최도진의 경우에 탈세로 고발이 되어 징역 3년에 100억 원의 탈세액을 추징당했지만, 유능한 변호사의 도움을 받아서 징역살이는 면제되고 추징금은 50억 원으로 탕감을 받았다. 최도진이 변호사에게 지불한 성공보수액은 과연 얼마를 지불했을까? 최도진으로서는 탕감된 추징금 50억 원을 전부 변호사에게 지불해도 아까울 것이 없었지만, 그래도 양심 있는 변호사는 그중에 30억 원만 챙기고 20억 원은 최도진의 소송비용 등으로 남겨두었던 것이다. 최도진에게는 돈은 또 벌면 되는 것이지만, 3년간의 징역살이를 면하게 해준 변호사야말로 최도진에게 당당하게(?) 성공보수를 청구할만한 자격이 있는 사람이 아니었을까?

성공보수의 액수도 소송의 대상이 될 수 있는 것일까? 대법원 판결에 의하여 형사사건에 있어서의 성공보수의 수수는 이미 불법한 행위로 되었으니, 성공보수의 액수의 다과에 대한 사항은 공식적으로는 소송의 대상이 될 수 없다고 보아야 할 것이다. 최도진의 경우 변호사가 3년간의 징역형을 면하게 해주고 100억 원의 추징금을 50억 원으로 탕감할 수 있게 해준 것이 진실로 고마운 일이기는 하지만 30억 원이라는 액수는 성공보수로는 지나치게 많다는 생각이 들어서 10억 원만 내고, 나머지 20억 원은 되돌려 받고 싶은 생각이 들 때에는 최도진이 할 수 있는 방법은 무엇이 있겠는가? 화장실 가기 전의 생각과 화장실 갔다 온 후의 생각이 달라진 셈이다. 그런데 문제는 성공보수를 주기 전에 이 문제에 대하여 해결을 했어야지, 이미 30억 원이라는 액수를 변호사에게 기꺼이 제공하고 난 후에 마음이 변하여 이제 와서 이미 지불한 성공보수 30억 원 중에서 20억 원을 돌려달라는 것은 어린아이 장난도 아니고 말이 되는 일인가? 그런데 성공보수를 둘러싸고 이러한 일은 흔히 발생할 수 있는 것이다.

그런데 10억 원이라는 돈도 보통사람들에게는 엄청난 액수라 할 수 있을 것이다. 보통사람들에게는 평생에 한 번도 만져볼 수 없는 막대한 액수로서 그 많은 돈을, 아니 그 돈의 3배에 해당하는 30억 원을 변호사에게 성공보수로 빼앗기다니 너무나 원통한 일이 아니겠는가? 그 많은 돈을 벌기 위하여 최도진은 지금까지 먹고 싶은 것 먹지 않고 사고 싶은 것 사지 않고 돈을 모아왔는데, 그 아까운 돈을 변호사에게 성공보수로 빼앗기게 되다니 너무나 억울해서 최근에는 잠도 제대로 잘 수 없는 지경이 되었다. 어떻게 해서든지 변호사에게 성공보수로 빼앗긴 30억 원 중에 20억 원은 되돌려 받아야 하겠는데 무슨 방법을 쓰면 되는 것인지 고민이 되지 않을 수 없었다. 변호사들의 수임료에 있어서도 차이가 있기는 하지만 대부분의 경우에 일정한 액수를 수임료로 정하고 있는 것과는 달리, 성공보수에는 정해진 액수가 사실상 없다고 해도 과언이 아닐 것이다. 그러다 보니 변호사들의 주요 수입원은 바로 이 성공보수에 있다고 해도 과언이 아닐 것이다.

성공보수와 관련하여 의뢰인과 변호사 간에 그 액수를 둘러싸고 다툼이 생길 수 있는 여지가 많다. 변호사는 가급적 많은 성공보수를 의뢰인으로부터 받아내려 하는데 반하여, 의뢰인은 가능하면 변호사가 청구하는 과다한 성공보수를 깎아보려고 시도하는 것은 인지상정이 아니겠는가? 성공보수에 관한 시비는 형사사건에서보다는 민사사건의 경우에 더욱 빈번하게 발생할 수 있다고 하겠다. 형사사건에 있어서는 의뢰인에 대한 형벌의 경중과 관련하여 변호사의 능력이 유감없이 나타나고 있기 때문에, 변호사의 성공보수의 청구에 대하여 이론의 여지가 별로 없다고 해도 과언이 아닐 것이다. 그러나 민사사건의 경우에는 대부분의 재판이 판결이 나오기 전에 원고와 피고간의 조정을 거치기 때문에, 과연 변호사가 판사의 중재에 있어서 얼마나 많은 영향을 미쳤는지 하는 것이 분명하지 않은 경우가 발생할 수 있다. 이러한 경우에 의뢰인이 변호사의 행위가 의뢰인에게 혜택보다는 손해를 끼쳤다고 생각하는 경우에 변호사가 의뢰인에게 성공보수를 요구한다면, 누가 그 청구액을 기꺼이 지불하려 하겠는가?

뇌물수수는 법으로 금지하고 있지만, 뇌물수수 행위는 여전히 비밀리에 행하여지고 있다. 뇌물을 주고받는 당사자가 그 사실을 밝히지 않는 한, 뇌물수수는 영원히 비밀 속에 감추어지게 될 것이다. 최근에 모 인사가 자살을 하면서까지 자신이 뇌물을 주었다는 사실을 알리기 위하여 메모지에 명단을 공개한 일이 있었지만, 이것은 뇌물공여자의 정도라 할 수 없을 것이다. 뇌물을 줄 때에는 무엇인가 대가를 기대하고 주었을 것이며, 비밀리에 행하여진 뇌물공여 행위에 대하여 아무런 소득이 없었다 하여 자살을 하면서까지 뇌물수여자의 명단을 공개하는 이유는 무엇인가?

성공보수의 경우에도 법이 금지하고 있는 현재에는 변호사들이 공개적으로 의뢰인에게 청구할 수 있는 성질의 것이 아니다. 성공보수를 의뢰인과 변호사간에 서로 주고받는 행위 자체를 법이 금지하고 있기 때문에, 성공보수를 수수하는 당사자들은 뇌물수수의 경우처럼 비밀리에 이러한 행위를 계속하고 있다고 해도 과언이 아닐 것이다. 법에서 성공보수의 수수를 금지하고 있지만, 변호사들은 그들의 주요 소득원인 성공보수의 수수를 결코 포기할 수 없는 것이다. 성공보수의 수수를 포기한다면, 변호사 개업 자체를 포기해야 할 지경에 이를지도 모르는 일이 아니겠는가? 이것은 변호사들에게는 실로 심각한 당면문제라 아니할 수 없을 것이다.

성공보수의 수수는 공개적으로 행하여졌던 경우보다는 비밀리에 행하여지는 현재에 좀 더 성행하고 있는 기현상을 보여주고 있다. 성공보수의 수수가 변호사의 생존과 직결되는 한, 법을 어기게 되는 한이 있더라도 가히 목숨을 걸고 비밀리에 성공보수의 수수를 마다하지 않게 되는 것은 인간이기 때문에 어쩔 수 없는 일이라 하겠다. 비밀리에 행하여지는 성공보수의 수수행위가 사직당국에 발각이 되어 최악의 경우에 변호사 면허증이 취소되는 경우에 직면하게 될지라도, 그러한 일이 발생하게 되기 전까지 그들의 성공보수 수수행위는 계속될 것이다.

성공보수는 일종의 필요악이라 할 수 있을 것이다. 변호사들이 성공보수를 받지 못한다면 그들의 생존 자체가 위협을 받게 될 것이다. 의뢰인의 경우, 특히 형사사건의 의뢰인들의 경우에는 그들에게 과해지는 형벌의 양을 경감해주는데 기여한 변호사에게 합당한 성공보수를 지불하는 것은 너무나 당연한 일이 아니겠는가? 누이 좋고 매부 좋은 이러한 '상생의 법칙'에 대하여 철퇴를 내린 대법원의 판결은 어떻게 보면 현실을 무시한 판결이라 할 수도 있을 것이다. 막대한 액수의 성공보수를 요구하는 변호사들의 관행에 대하여 제동을 건다는 의미도 있지만, 개미새끼를 잡으려고 초가삼간을 다 태워버리는 우를 범하는 일은 아니겠는가?

성공보수의 수수 문제가 불법화된 현재에 있어서 과다하게 변호사에게 지불된 성공보수의 액수에 대한 반환소송을 제기할 수는 없을 것이다. 그러나 성공보수의 수수가 법적으로 인정되어 있는 사회에서는 그러한 반환청구소송의 제기가 어떠한 결과를 가져오게 될 것인가? 참으로 흥미로운 일이라 할 수 있을 것이다. 30억 원의 과다한 성공보수를 변호사에게 지불했던 최도진이 나중에 억울하다는 생각이 들어서 변호사에게 성공보수로 기 지급된 액수의 일부를 소송으로 반환청구를 시도할 때 양자 간에는 상반된 입장을 법원에서 당연히 피력하게 될 것이다. 성공보수를 받았다는 영수증을 발행하지 않았던 변호사는 성공보수의 수수 사실 자체를 부정하게 될 것이다.

"변호사는 의뢰인으로부터 30억 원의 성공보수를 받은 사실이 있습니까?"

"판사님께서는 무슨 말씀을 하시는 것입니까? 성공보수라니요? 그러한 돈을 의뢰인으로부터 받은 사실이 없습니다."

"의뢰인, 변호사가 30억 원의 성공보수를 받은 사실이 없다고 부인하고 있는데, 30억 원의 성공보수를 변호사에게 주었다는 것을 어떻게 증명할 수 있습니까?"

"30억 원의 성공보수액은 내가 직접 변호사에게 전달했습니다. 나에게서 30억 원의 성공보수액을 받으면서 변호사가 내게 했던 말이 전부 녹음되어 있습니다."

"그렇다면 원고는 그 녹음된 사실을 증거로 제시해 주시지요. 대체 무슨 내용이 녹음되어 있습니까?"

"녹음된 사실을 증거로 제시하겠으니 직접 들어보시기 바랍니다."

원고가 제시한 녹음된 증거는 다음과 같은 원고와 변호사 간의 대화내용이 명백히 녹음되어 있어서 변호사가 원고로부터 30억 원의 성공보수를 받았다는 사실을 부정할 수 없게 되었다. 녹음된 증거는 다음과 같았다.

"변호사님, 30억 원이라는 액수는 기업을 경영하고 있는 제게도 감당하기 어려운 액수입니다. 이러한 액수를 주었다는 것을 증명할 수 있는 영수증이라도 써주시지요."

"성공보수의 수수가 불법화되어 있는 현재 영수증 같은 것을 의뢰인에게 써주어서 증거로 남길 필요가 있겠습니까? 그냥 우리 둘이서만 30억 원의 성공보수를 주고받았다는 사실만 알고 있으면 그것으로 충분하지 않겠습니까?"

이러한 대화내용으로 볼 때 변호사가 최도진에게 30억 원의 성공보수를 수령했다는 것은 부인할 수 없는 사실임이 입증된 셈이다. 변호사는 성공보수의 수수가 불법이기 때문에 최도진에게 엄청난 액수인 30억 원이라는 성공보수를 받으면서도 이를 비밀에 부치기 위하여 최도진이 돈을 주면서 청구한 영수증을 써주지 않았던 것이다. 그러나 변호사는 성공보수를 주고받으면서 행하였던 대화내용이 전부 녹음되어 버렸기 때문에 최도진이 제공한 30억 원의 성공보수를 받았다는 사실을 부인할 수 없게 되었다. 마치 거액의 뇌물을 챙긴 사람들이 그 증거를 남기지 않으며, 만일에 탈로 나는 경우에도 뇌물을 받은 사실이 없다고 잡아뗀다면 이를 입증할 방법이 없듯이 성공보수의 수수행위 자체를 부인했던 변호사의 행위를 비난만 할 수는 없을 것이다.

판사는 30억 원의 성공보수의 수수에 대하여 양자 간에 다음과 같이 조정을 해주기로 했다.

"성공보수의 액수에 대한 명확한 법적인 규정이 없는 현재 30억 원이라는 액수는 사회통념상 과다한 액수라고 아니할 수 없을 것이다. 양자 간에 30억 원을 합당한 성공보수액이라고 합의하여 주고받았지만, 원고가 불복하여 성공보수액의 일부에 대한 반환청구소송을 제기한 것은 일리가 있는 일이라 판단된다. 따라서 합리적인 해결은 30억 원을 반분하여 각자 15억 원씩 나누어 갖는 것이다. 변호사인 피고는 원고에게 기 수령한 성공보수액에서 15억 원을 원고에게 반환하라. 이상."

변호사로서는 비밀리에 이미 받았던 30억 원 중에서 그 반에 해당하는 15억 원을 토해내는 것이 참으로 가슴 아픈 일이기는 했지만, 법원의 판결이라 어쩔 수 없이 원고에게 반환할 수밖에 없었던 것이다. 이러한 문제와 관련하여 사회적인 강자라고 할 수 있는 변호사들은 과연 정당한 방법으로 돈을 벌고 있는 것인가? 변호사들의 숫자가 지나치게 많아서 능력없는 변호사들은 밥을 먹을 수도 없다는 현실적인 문제가 그들의 과도한 성공보수액의 청구를 정당화 할 수 있는 구실이 될 수 있는 것인가?

　세상을 살아가면서 민사이든 형사이든 소송에 말려들지 않고 살아갈 수 있다면 얼마나 좋은 일이겠는가? 그러나 살다보면 뜻하지 않게 크고 작은 소송에 말려들게 되는 경우가 더러 있다. 소송을 하는 경우에 변호사의 도움을 받지 않고 혼자의 힘으로 소송을 할 수 있다면 얼마나 좋으련만, 일부의 민사소송에서만 변호사 없는 소송을 인정해 줄 뿐 대부분의 민사소송이나 형사소송에서는 변호사가 소송에 관여하는 것이 상식화되어 있는 사실이라 하겠다. 이러한 소송에 있어서 변호사를 댄다는 것이 지나친 비용이 들기 때문에 많은 사람들이 고통을 받고 있는 것이 사실이라 하겠다. 그런데도 불구하고 변호사들이 밥을 굶게 되었다고 불평을 한다니 무엇인가 잘못되어도 단단히 잘못 된 것 같다.

　변호사들이 제멋대로 수가를 받지 말고 변호사비용이 공시되어 있어서 의뢰인들이 변호사비용이 지나치게 과다하다는 인식을 받지 않도록 제도화할 필요가 있지 않을까? 이번에 대법원이 형사사건에 있어서 성공보수의 청구를 불법화한 조치도 그러한 노력의 일환으로 보아야 할 것이다. 왜냐하면, 형사사건의 피의자야말로 사회적인 약자라 할 수 있는데, 그들에 대한 성공보수의 청구는 정해진 액수가 없다고 해도 과언이 아닐 것이다. 어떻게 보면 변호사들은 이러한 불쌍한 사회적인 약자들을 대상으로 돈벌이를 하고 있는 셈이라고 할 수 있는 것이 아니겠는가?

　이러한 문제점을 해소하기 위하여 형사사건에서 돈이 드는 민선 변호인 대신에 무료로 변론을 해주는 관선 변호인을 널리 활용하는 방법은 어떨까? 변호사가 되기 전에 누구나 3년간의 관선 변호인의 경력을 갖게 하는 것을 변호사가 되기 위한 선결조건으로 요구하도록 제도를 고치는 방법은 어떨까? 우리나라에서 변호사들이야말로 대표적인 기득권 계층이라 할 것이다. 미국의 경우와는 달리 변호사라는 것이 판검사나 고위직 관료를 거친 사람들이 최종적으로 돌아가게 되는 밥벌이의 수단이 되고 있으며, 그들의 과거경력만으로 월급액수가 결정되어 그들은 그냥 앉아서 막대한 수익을 올리게 되는 것이다. 그들에게는 의뢰인은 모두 돈벌이의 수단일 뿐 그들을 하나의 인간으로 대하는 경우는 거의 없다고 해도 과언이 아닐 것이다. 그 뿐만 아니라 판검사나 고위직의 경력을 갖고 있는 변호사들의 경우에는 법률회사에 소속되어 있기 때문에 직접 의뢰인과 접촉하는 경우는 없으며, 초임 변호사들이 사실상 의뢰인과 접촉하여 회사의 수익을 올리기 위하여 성공보수를 포함하여 과다한 변호사 비용을 의뢰인에게 요구하게 되는 것이다.

이와 같이 개인으로 개업한 변호사들보다 법률회사에 소속된 변호사들이 대부분이기 때문에 그들은 경쟁적으로 회사의 수익을 올리기 위하여 의뢰인에게 과다한 비용을 요구하게 되는 악순환을 되풀이 하게 되는 것이다. 이러한 우리의 잘못된 현실에서 의뢰인의 권익을 보호해 주기 위해서는 국가가 선임한 관선 변호사를 널리 활용하는 방법밖에 없다고 하겠다. 변호사가 되기 전에 의무적으로 3년간의 관선 변호사 경력을 요구하는 것은 변호사들의 반발을 크게 사게 되는 원인을 제공해 줄 가능성이 있기는 하지만, 현재의 민선 변호사들은 지나친 비용을 의뢰인에게 요구하는 경향이 있기 때문에, 사회정의의 실천을 위해서도 관선 변호사의 광범위한 활용이 제도적으로 가급적 빠른 시일에 정착되어 경제적인 약자인 형사피의자를 국가에서 보호해 주어야 할 것이다.

변호사가 되려는 사람들은 유복한 가정에 태어나서 순탄한 생을 영위하면서 법률공부까지 할 수 있었던 행운아들이라 할 수 있을 것이다. 그들은 민초들의 생활에 대해서는 아는 것도 없고 알려고도 하지 않는다고 해도 과언이 아닐 것이다. 이러한 사람들이 나중에 변호사가 되어 민초들의 변론을 제대로 할 수 있겠는가? 민초들의 애환에 대하여 아무 것도 아는 것이 없으며, 그들에게 관심도 전혀 없는 사람들이 어떻게 그들을 위하여 제대로 된 변론을 할 수 있겠는가? 그들이 왜 범죄를 범하게 되었는지, 그 원인을 분석할 수 있는 능력은 과연 있는 것인지? 그들은 대부분 생계형 범죄라고 할 수 있는데, 그들이 그러한 범죄를 범하게 된 동기는 과연 무엇이라 할 수 있겠는가?

이러한 민초들의 애환과 문제점들을 이해하기 위해서는 변호사가 되기 전에 의무적으로 마쳐야 하는 3년간의 관선 변호인 경력이야말로 민초들의 애환과 문제점들을 충분히 이해할 수 있는 절호의 기회가 될 수 있다고 해야 할 것이다. 대부분의 국민들은 3년간의 군대생활이 부담이 된다하여 군복무를 면제 받거나, 적당히 날짜를 채우고 제대해 버리는 경우처럼, 3년간의 관선 변호인 생활을 어영부영 보내는 대신에 그 시간을 최대한으로 활용하여 민초들의 생활에 좀 더 접근할 수 있는 기회로 활용할 수 있다면, 변호사가 된 후에도 그들에게 큰 도움이 될 수 있다는 것은 재언을 요하지 않는 유용한 일이라 할 수 있을 것이다.

김상훈 변호사는 변호사가 되기 전에 관선 변호사 생활을 통하여 터득한 민초들의 애환과 문제점들을 접촉할 기회가 있었던 것이 그의 변호사 생활을 통하여 많은 도움이 되었다. 어떤 기회에 그는 민초들의 애환과 문제점을 구체적으로 피력할 수 있었다. 한 잡지사 기자와의 인터뷰에서 자신의 소신을 밝힐 기회를 갖게 되었던 것이다.

　"김변호사님께서는 민초들의 애환과 문제점들에 대하여 남다른 관심을 갖고 계신 것으로 잘 알려져 있는데, 그들에 대하여 관심을 갖게 된 직접적인 동기는 무엇입니까?"

　"내가 변호사가 되기 전에 의무적으로 필해야 하는 3년간의 관선 변호사 생활을 통하여 그들과 접촉할 수 있는 기회를 가졌으며, 생전 처음으로 그들의 처지를 충분히 이해할 수 있는 기회를 갖게 되었던 것이지요. 내가 관선 변호인 생활을 할 기회가 없었다면, 그들과 같은 특수 계층이 우리 사회에 존재한다는 사실조차 알 수 있는 기회가 없었을 것입니다. 그 뿐만 아니라 민선 변호인이 된 후에도 지금과 같이 그들을 위한 법률구조 활동에 깊이 관여하게 되지는 않았을 것입니다."

　"김변호사님, 그간 민초들을 위한 법률구조활동에 헌신해 오셨습니다. 민초들을 위한 무료변론을 하다시피 해온 김변호사님께서는 변호사로서 거의 돈벌이를 하지 못하신 것으로 널리 알려져 있습니다. 가족이 있는 김변호사님께서는 생활은 무슨 돈으로 하고 있으며, 부인이나 자녀들의 불평은 없으십니까?"

　"왜 없겠습니까? 남매를 두었는데 모두 공부를 잘해서 장학금을 받으면서 자력으로 공부들을 마치고 자기 분야에서 훌륭하게 활동들을 하고 있습니다. 나의 성격을 잘 아는 아내는 내가 돈벌이에 관심이 없다는 것을 알고 애초부터 나에 대한 기대를 접고 벌어다 주는 별로 많지 않은 나의 수입으로 규모 있는 살림을 하여 지금까지 견디어 내고 있는 아내에게 참으로 감사하고 있습니다."

"참으로 존경스럽습니다. 대부분의 변호사들이 변호사라는 직업을 돈벌이의 수단으로 여기고 있는 현실에서 유독 김변호사님만이 민초들에 대한 법률구조 활동을 일종의 봉사활동으로 하고 계십니다. 만일 모든 현직 변호사들이 김변호사처럼 변호사라는 직업에 긍지를 갖고 민초들을 위한 법률구조 활동을 무료변론을 원칙으로 임하게 되는 날이 오게 된다면, 우리 사회는 지금보다는 훨씬 더 살기 좋은 사회가 되리라고 생각됩니다."

"변호사라는 직업이 민초들을 도와주는 대신에 그들을 등쳐먹는 역할을 하게 된다면, 우리 사회가 얼마나 삭막하며 살기 어려운 사회가 될 것인가를 한번 쯤 생각해 볼 필요가 있지 않을까요? 돈벌이는 부자 의뢰인들에게 성공보수의 형태로 받아내면 될 것입니다. 그들의 상당수는 부정한 방법으로 돈벌이를 한 것이니 그들에게 많은 돈을 받아내는 것은 사회정의의 실천이라는 의미에서도 상당한 효과가 있으리라고 확신합니다."

"김변호사님, 인터뷰에 기꺼이 응해주셔서 감사합니다. 민초들을 위하여 좋은 일 많이 하시기를 바랍니다. 건강하십시오."

우리나라에서 변호사를 지망하는 사람들은 자신이 남보다 우수하다는 자의식을 갖고 있는 사람들이라 할 수 있을 것이다. 어렸을 때부터 공부를 잘 하고 똑똑한 아이들을 보면 의례 법대에 가서 변호사가 되든지, 아니면 의대에 가서 의사가 되라고 부추긴다. 5~60년대에 대학을 다닌 사람들의 경우, 공부를 잘 하면 의례 법대나 의대를 지망하는 것이 상식이 되다시피 했다. 그때만 하더라도 대학을 졸업하고 나아갈 수 있는 분야가 지금처럼 다양하지를 않고 극히 한정되어 있던 시절이기도 했지만, 우리들의 상식으로는 법대에 가서 변호사가 되거나 의대에 가서 의사가 된다면 장래가 보장된다는 생각들을 하고 있던 시절이었다. 돈벌이가 된다는데 그러한 분야로 진출하기를 원하지 않을 사람이 어디에 있겠는가? 그렇게 하고 싶어도 할 수 없는 사람들의 경우에는 능력이 미치지를 못해서 할 수 없는 것이지, 능력이 있는데도 불구하고 법대나 의대에 진학하기를 마다할 사람이 과연 어디에 있겠는가?

그런데 엄밀한 의미에서 본다면, 돈벌이를 위해서는 법대나 의대를 가야한다는 발상 자체가 크게 잘못되어 있는 생각이라 할 수 있을 것이다. 변호사나 의사가 되려는 사람은 직업의식이 뚜렷한 사람들이어야 할 것이다. 왜냐하면 변호사의 직업윤리는 정의사회의 실현이며, 법률적으로 약자인 민초들의 법률문제를 도와주는데 있어야 할 것이다. 이와 마찬가지로 의사의 직업윤리는 환자들의 질병을 고쳐주는데 있는 것이다. 환자들의 질병을 고쳐줄 능력도 없으며 그러한 의지도 없는 의사가 환자들에게 돈만 요구한다면 의사라는 존재가 우리 사회에 왜 필요한 것인가? 변호사의 경우에도 마찬가지라 할 수 있을 것이다. 민초들의 법률문제를 도와주는 대신에 그들에게 과다한 성공보수액 등의 변호사비용을 청구하는 무자비한 변호사가 있다면, 우리는 그를 변호사로 인정할 수 없을 것이다.

돈벌이에 관심 있는 사람은 처음부터 변호사나 의사가 될 필요가 없다고 해야 할 것이다. 우리 사회에서 변호사나 의사가 돈벌이를 잘 할 수 있는 직업으로 인정되고 있지만, 그들의 돈벌이는 그들이 의뢰인이나 환자들에게 베푼 서비스에 대한 반대급부로 돈을 벌어들이게 되는 것이지 처음부터 돈벌이만을 목적으로 하는 행위는 아닐 것이다. 돈을 벌고 싶은 사람은 처음부터 장사판에 뛰어들어 돈벌이로 잔뼈가 굳어야 하는 것이다. 돈벌이에 대한 경험을 쌓아감에 따라 더 많은 돈을 벌어들이게 될 것이다. 돈벌이에 크게 성공을 하려면 정직한 방법으로 해야지, 부정식품을 판매하거나 금전사기를 치는 방법으로 일시적으로 돈을 벌었다고 하더라도 그게 오래 가지를 못하고 범죄사실이 결국 세상에 드러나게 마련인 것이다. 우리나라 사람들이 자동차 운전을 하는 모습을 보면 실로 가관이라 아니할 수 없을 것이다. 신호를 주면서 서서히 차선변경을 하려는 경우 저 멀리 있어서 잘 보이지도 않던 차가 득달 같이 달려 와서 차선변경을 하려는 운전자를 방해하는 경우가 있다. 미국의 LA와 같이 수백만 대의 차들이 고속도로 상을 뒤덮고 있는 복잡한 차로에서 차선변경을 하겠다는 신호를 주면서 천천히 차선을 변경하는 경우 예외 없이 양보해 주는 것을 볼 때 우리나라의 운전자들의 경우와는 너무나 대조적이라 아니할 수 없을 것이다.

평상시에는 온순하던 사람들도 운전대만 잡았다 하면 도로의 무법자로 돌변하는 행위를 어떻게 해석해야 할 것인가? 그러한 사람들의 돌발행위는 결국 대형사고를 가져오게 되는 것이다. 변호사들은 이러한 무법자들을 질서 잡는 일에 종사하는 사람들이라고 할 수 있을 것이다. 법이 있는데도 법을 지키지 않는 사람들을 선도할 의무가 그들에게 있는 것이다. '법이 있는 것을 몰랐다는 것이 무죄가 될 수 없다'는 것은 너무나 잘 알려진 법률의 일반원칙이라 할 수 있을 것이다. 법을 잘 아는 변호사들이 의뢰인의 약점을 이용하여 과다한 성공보수를 청구하는 행위는 마땅히 지양되어야 할 것이다. 막대한 성공보수를 지불할 수 있는 능력이 있는 사람에게 청구하는 성공보수와 능력이 없는 민초들에게 청구하는 성공보수는 처음부터 그 성격이 판이하게 다르다고 할 수 있을 것이다.

이러한 관점에서 볼 때 성공보수의 청구는 사회정의 실천과 직결되는 일이라 할 수 있을 것이다. 있는 사람들이 부정한 방법으로 축적한 재산에 대해서는 과다한 액수의 성공보수를 청구하여 그들의 재산을 사회에 환원시키는 것은 사회정의 실천과 부합하는 행위라 할 수 있을 것이다. 이에 반하여 가난하고 못 배웠기 때문에 범하게 된 민초들의 범죄행위에 대하여 부자들의 경우처럼 일관성 있게 그들이 감당해 낼 수 없는 성공보수를 청구하는 행위 자체는 사회정의의 실천과 역행하는 행위가 아닐까 한다. 이 문제는 법철학의 영역에 속하는 인간의 본질이 무엇이냐 하는 근본문제에서 그 해답을 찾아야 하는 철학적인 문제라 할 수 있을 것이다.

6 신용사회

  신용사회에서 신용불량자가 되어 아무도 자신을 상대하려 하지 않는다면 어떠한 느낌이 들 것인가? 김동구는 대학을 졸업했지만 아직까지 직장을 잡지 못하고 있는데, 최근에는 신용불량자의 명단에까지 올라서 하루하루를 살아간다는 것이 참으로 벅찬 일이다. 신용불량자이기 때문에 대출도 받을 수 없으며, 신용카드도 만들 수가 없는 처지이다. 남들이 신용불량자가 되는 경우를 가끔 보아왔지만, 막상 자신이 신용불량자가 되고 보니 그 고통이 이만저만이 아니다. 빨리 신용불량자의 신세에서 벗어나고 싶다. 신용불량자의 신세에서 벗어나기 위해서는 하루속히 좋은 직장을 구하는 방법밖에 없는 것이다. 그러나 그러한 직장이라는 것이 쉽게 구해지지를 않으니 문제인 것이다.

  그런데 다행히 그의 구직활동이 성과를 거두어 은행에 직장을 구할 수 있었다. 정상적인 직장인이 됨으로써 동구는 신용불량자의 신세에서 벗어날 수 있었다. 그는 은행에서 대출업무를 담당하게 되었다, 대출업무를 담당하면서 대출신청인의 부채여부에 관한 사항을 심사하다 보니 부채가 없는 사람보다는 부채를 가진 사람들의 숫자가 더 많은 사실을 보고 놀라움을 금할 수 없었다. 어떻게 부채를 가진 사람이 또 대출을 받게 되면, 이자지불은 물론 원금상환이 가능할 것인가? 왜 부채를 갖고 있는 사람들은 계속해서 부채를 지려고 하는가? 돈이 없는 사람은 물론 돈이 많은 사람도 부채의 비율이 큰 것을 보면, 부채를 두려워하지 않기 때문인 것 같다. 없는 사람이 대출을 받으려는 것은 이해가 가지만, 돈이 많은 사람이 사업상의 대출이 아닌 생활비 등을 위한 일반 대출을 받는 것은 이해가 가지를 않는다.

사람들은 왜 빚을 지는 것일까? 동구가 은행에서 대출업무를 담당하면서 알아낸 사실에 의하면 사람들이 빚을 지게 되는 이유는 수지계산을 맞추지 못하기 때문이라는 것이다. 동구는 자신이 신용불량자였던 시절을 회상해 보았다. 수입은 없는데 지출을 하려다 보니 빚을 지게 되고 그 빚을 갚을 방법이 없으니 결국에는 신용불량자가 되었던 사실을 상기하면서, 대출을 신청하는 사람들의 생활태도와 수지계산에 대한 것까지 대출심사의 심사항목으로 검토하기로 했다. 은행상급자는 동구의 심사항목 추가방법에 동의하여 대출심사에 좀 시간이 걸리더라도 그렇게 해보았더니 대출자가 신용불량자가 될 수 있는 가능성을 사전에 방지하는데 많은 도움이 되어 은행의 손실을 줄일 수 있었다.

동구의 심사결과에 의하면 빚을 지는 사람은 계속 빚으로 생활을 하려는 경향이 있는 반면, 빚을 지지 않고 사는 사람은 빚을 지지 않고도 살 수 있다는 것이다. 이 문제와 관련하여 볼 때 수입의 다과는 상관이 없다는 것이다. 빚을 쉽게 지는 것은 단지 생활습관의 문제라는 것이다. 빚을 지지 않는 사람은 있으면 있는 대로, 그리고 없으면 없는 대로 사는 습관이 몸에 배어있기 때문에 없다고 해서 빚을 지는 일은 없다는 것이다. 그런 사람들의 경우에는 없다고 해서 자신의 능력 이상으로 빚을 내서 생활하려는 생각은 처음부터 없다는 것이다.

이러한 사람들의 경우와는 달리 빚을 쉽게 지는 사람은 자신의 능력으로 충분히 해결할 수 있는 문제도 빚에 의존하려는 경향이 크다는 것이다. 빚을 지지 않아도 되는데 빚을 진다는 것이다. 바로 이점에 문제가 있는 것이다. 권도신은 평생을 빚으로 살다가 간 대표적인 인물이라 할 수 있을 것이다. 그는 평택 근처에서 자식이 많은 가난한 집안의 막내로 태어났다. 남달리 돈을 버는 재주도 없었으며 집안형편이 어려워서 공부도 겨우 고등학교를 마칠 정도였다. 배경도 없었고 공부한 것도 별로 없다보니 소규모의 제분업체에 사원으로 취직을 하게 되었다. 월급이 워낙 적다보니 생활비를 충당하기도 어려워서 부족한 액수를 빚을 내서 살기 시작했다. 이렇게 시작된 빚은 평생 동안 그를 따라 다녀서 죽는 순간까지도 빚으로부터 자유로울 수가 없었다. 그는 은행에서 대출을 받아본 적도 없었으며, 은행거래라는 것을 해본 적이 없었기 때문에 남들처럼 신용불량자의 명단에 오른 일도 없었으며, 은행통장이라는 것을 평생 가져본 적도 없었다. 필요한 돈은 대금업자로부터 고리로 빌려서 살았기 때문에 은행 대신에 단골 대금업자까지 갖고 있을 정도였다.

그는 자신이 받는 월급만으로는 생활을 하기에도 부족하다고 주장하고 있는데, 과연 그런 것일까? 다른 사람들은 그 돈으로 결혼까지 해서 아들 딸 낳고 잘 살고 있다는데, 독신인 그가 그 돈으로 생활을 할 수 없다고 해서야 말이 되느냐고 비난하는 사람도 있다. 문제는 그가 쓰고 싶은 것을 다 쓰면서 생활비가 부족하다고 하면 말이 되느냐는 것이다. 그는 독신이라 앞으로 장가도 들어야 하고 장가 든 후에 생기게 될 자식들도 키워야 하고 부모님이나 형제와 조카를 보살피는데 많은 돈이 들게 된다는 것을 생각한다면, 그렇게 매일 술이나 마시고 다닐 수는 없는 것이다. 악착같이 절약을 해서 그 돈으로 적금이라도 들어서 돈을 불려나가야지 이렇게 돈을 헤프게 쓰면서 빚만 지다보면 어느 세월에 결혼을 할 수 있다는 말인가?

다른 사람들의 경우에는 도신이 적다고 불평을 하는 그 돈을 절약해서 야간대학까지 마치는 사람도 있었다. 도신에게 있어서 문제는 인생에 대한 목표가 없다는 것이다. 그냥 현재의 직장에 머물다가 말 생각이 아니라면, 공부를 하든지 아니면 다른 인생계획이라도 세워서 그것을 달성하도록 노력이라도 해야 하지 않을까? 아직도 창창한 앞길이 남아있으니 하는 말이다. 도신은 잘 살고 못 사는 것은 모두가 자신에게 달려 있다는 사실을 분명히 깨달아야 한다는 것이다. 그런 점에서 볼 때 도신은 지금처럼 빚만 져서 빚더미에 앉아서는 안되는 것이다. 더 이상 빚을 지지 않고 지금까지 진 빚의 일부라도 갚아나가도록 해야 하지 않겠는가?

그런데 그 문제가 쉬워 보이면서도 아무나 할 수 없는 일이라는 것이 문제이다. 어떤 사람은 평생 빚을 지지 않고 있으면 있는 대로, 또한 없으면 없는 대로 살아갈 수 있는 것인데 도신에게는 그것이 되지를 않는 것이다. 그는 빚을 갚는 대신에 오히려 빚을 더 지게 되며, 또한 그 빚을 갚기 위해서는 또 다른 빚을 지게 되는 악순환을 거듭할 수밖에 없었던 것이다. 마치 거짓말을 상습적으로 하는 사람처럼 거짓말이 탈로 날까봐 거짓말을 하고 또 그 거짓말을 덮기 위하여 거짓말을 하다 보니 평생 거짓말만 하다가 사는 것과 마찬가지 이치인 것이다. 처음부터 거짓말을 하지 않았더라면 계속 거짓말을 하지 않아도 되었을 것이 아니겠는가? 빚도 처음부터 지지 않았으면 빚 없이 살 수도 있었을 터인데 참으로 아쉬운 일이라 아니 할 수 없는 일이다.

3형제의 막내로 태어난 권도신은 큰형이 젊어서 사망하여 형수와 어린 조카들을 남겨놓았기 때문에 그들을 보살펴야 했다. 거기에다 작은 형은 평생 동안 직업다운 직업을 가져보지 못했으며, 장가도 동생인 도신이 보내주었고 생활비도 일부 보태주는 형편에 있었다. 아직 생존해 계신 노부까지 막내인 도신이 모시다 보니 총각인 도신이 부양해야 할 가족이 10여명에 이르는 대가족이 되었다. 그러다보니 월급쟁이에 불과한 도신의 형편이 나아질 수가 없어서 결혼 같은 것은 생각도 할 수 없었다. 도신에게는 빚을 진다는 것은 당연한 일이며, 은행거래를 하지 못하는 처지라 그가 늘 신경을 쓰는 것은 어디에서 빚을 융통해 오느냐 하는 것이었다. 정상적인 경우라면 빚내온 돈을 어떻게 갚느냐 하는 것이 문제일 터인데, 도신에게는 그런 것까지 한가하게 생각할 여유가 없었다. 빚을 갚는 것은 둘째 치고 돈을 꾸어주는 사람만 있다면 엄청나게 높은 이자도 상관하지 않고 빚을 지는 데만 혈안이 되어 있었다.

권도신의 이러한 생활태도는 결코 정상적인 것이 아니었다. 그러나 도신의 입장으로는 홀로 된 형수와 조카들을 모른 척할 수는 없었다. 홀로 되신 늙으신 아버님을 모시는 것은 자식 된 도리로서 당연한 일이 아니겠는가? 무능한 작은 형을 돌봐주는 일은 좀 지나친 것 같은 생각이 들지만, 도신의 입장에서는 그것도 자신이 담당해야 할 몫이라는 생각에서 작은 형까지 동생이지만 돌봐주고 있는 셈이다. 이러다 보니 도신은 결혼한 후에도 이러한 어떻게 보면 낭비적인 생활태도에서 쉽게 벗어날 수가 없었다. 젊은 여대생을 건드려서 임신을 시켰기 때문에 결혼할 처지가 아니었음에도 불구하고 도신은 그녀를 아내로 맞아들일 수밖에 없었다.

자신의 처지를 생각해서 결혼 후 자녀의 생산에 좀 신경을 썼으면 좋았을 것을 무작정 아이들이 귀엽다는 생각으로 아이를 계속해서 낳다보니 3남 3녀를 갖게 되었다. 아기 때는 귀엽기만 하고 아이들이 저절로 크는 것 같아서 나중에 그들을 부양하는 데 막대한 돈이 들게 된다는 것을 고려하지 않고 무작정 낳다 보니 그렇게 되어버렸던 것이다. 그러다 보니 도신이 총각 때 부양책임을 지고 있던 10여 명의 식구에 자기식구 8명을 더하여 20여 명의 인원을 부양하는 책임이 도신의 어깨에 지워졌다. 참으로 기가 찰 노릇이 아니겠는가? 이렇게 되자 도신은 빚의 원금을 갚을 방법은 아예 사라져버리고 아까운 돈을 이자를 내는 데만지불할 수밖에 없는 가련한 처지가 되어버렸다.

이러한 도신을 보고 '너는 왜 그런 식으로밖에 살지를 못하느냐?' 라고 책임추궁을 해보았자 무슨 소용이 있겠는가? 그에게는 그렇게밖에 할 수 없었던 상당한 이유가 있을 것이다. 우선 그가 총각 때부터 부양해 왔던 10여 명의 식구에 대한 것은 일종의 운명적인 것으로서 도신이 피할 수 있는 성질의 문제가 아니라는 것이다. 그도 남들처럼 자신이 벌어들인 돈을 자신만을 위해서 저축하고 쓸 수 있는 처지에 있었다면 지금처럼 빚더미에 올라앉지는 않았을 것이 아니겠는가? 과연 그런 것일까? 빚을 지느냐 여부는 그가 처해있는 환경에 좌우될 수 있는 것이라고 할 수 있을 것이다. 그러나 그것보다는 빚을 지려는 사람들의 성향 때문이라는 것이 좀 더 설득력이 있을 것 같다. 왜냐하면 빚을 지지 않는 사람은 어떠한 악조건 하에서도 결코 빚을 지지 않기 때문이다. 과연 그런 사람이 있을까 하는 반론을 제기하는 사람들도 있겠지만, 그런 사람들은 얼마든지 우리 주변에서 발견할 수 있을 것이다. 평생을 살면서 빚 한번 지지 않고 사는 사람들도 상당수 존재하고 있다는 사실을 쉽게 빚을 지는 사람들은 아마 상상을 할 수 없을 것이다.

도신이 신입사원 때부터 담당했던 업무는 소위 술 상무에 해당하는 일이었다. 회사의 규모가 커지고 섭외업무의 범위가 커짐에 따라 그의 술 상무로서의 역할이 커질 수밖에 없었다. 접대비의 액수도 상대적으로 커졌고 도신이 접대비 중에서 적당히 챙길 수 있는 액수도 적지를 않아서 이제는 용돈의 범위를 넘어서 생활비에 충당할 수 있을 정도가 되었다. 많은 부양가족 때문에 빚을 많이 져야 했던 도신은 자신의 술 상무로서의 업무가 생활에 절대적으로 도움이 된다는 생각을 하고 있었다. 매일 접대상 술을 마셔야 하기 때문에 건강을 해칠 위험도 있었지만, 끝까지 그 자리를 지킬 수 있도록 최선을 다하고 있었다. 다행히 자신의 몸이 상하게 되는 것도 개의하지 않고 술 상무의 업무를 담당하려는 사람은 도신밖에 없었다. 그는 술 때문에 간질환에 걸려서 생명의 위협을 받게 되어 더 이상 술 상무의 업무를 수행할 수 없게 되었을 때까지 도신의 술 상무의 업무는 계속되었던 것이다.

도신은 자신의 인생을 살아감에 있어서 무책임한 면이 있었다. 조카딸의 친구였던 여대생을 건드려서 임신을 시켰기 때문에 할 수 없이 결혼을 한 것부터가 문제였다. 엄밀하게 말하자면 부양해야할 사람들 때문에 결혼을 할 수 있는 처지에 있지 않다는 것을 잘 알면서 처녀를 건드려서 임신을 시켰으니 그의 결혼은 처음부터 무책임하며 무계획한 것이었다. 결혼 후에 능력도 되지 않으면서 아들 셋과 딸 셋을 낳고 말았으니 그 또한 무책임하며 무계획한 일이었다고 아니할 수 없을 것이다. 더욱이 아이들이 공부라도 잘 했다면 그나마 부담을 덜 수 있었을 터인데, 그렇지 못했으니 도신의 자녀 때문에 들어간 추가적인 부담이 무시 못 할 액수에 이르고 있었다. 도신의 빚은 줄기보다는 오히려 늘고만 있었던 것이다.

술 상무를 직업으로 택했던 도신의 생활은 무질서하기 짝이 없는 것이었다. 직업상이라고는 하지만 거의 매일 같이 술을 마시다보니 그의 생활이 정상적인 것이 될 수 없다는 것은 너무나 당연한 일이었다. 출근시간은 남들과 마찬가지로 하지만 퇴근시간은 도신의 접대업무 때문에 일정하지가 않다. 때로는 술에 취해서 외박을 하는 경우도 자주 있었다. 그럴 때는 혼자서 자는 것이 아니라 여자를 데리고 함께 자기 때문에 한창 젊은 나이에 여자 문제로 고통을 겪기도 했다. 그러다가 장가도 들지 않은 총각이 술집여자를 건드려서 아이까지 배게 했다. 다행히 그 아이는 도신이 결혼했을 때는 이미 사망을 했기 때문에 별 다른 문제가 생기지는 않았다.

도신의 직업이 특수하기 때문에 그는 월급의 수십 배를 임의로 접대비로 쓸 수 있는 특별한 권한이 부여되어 있었다. 영수증만 제출하면 되는 것이었다. 이러한 그의 특수한 지위를 이용하여 접대비를 적당히 부풀려서 여웃돈을 마련할 수 있었으며, 그러한 방법으로 그의 부족한 생활비도 충당할 수 있었다. 회사에서는 그의 정직하지 못한 행위를 알고 있었지만, 그가 접대비를 쓰는 만큼 회사에 이익을 확실하게 가져다주었기 때문에 그의 행동을 눈감아 주었으며, 엄밀하게 말하면 그의 직책을 대체할 만한 사람도 없었기 때문이라는 것이 그를 중용(?)하는 이유이기도 했다.

그는 매일 술을 마시면서도 건강유지에 신경을 쓰고 있었지만, 무쇠가 아니라면 매일 술을 마시면서 건강을 유지하겠다는 생각 자체가 참으로 웃기는 일이라 할 수 있을 것이다. 그런데 도신도 술상무의 업무를 계속하다 보니 요령이 생겨서 술을 조금 마시면서도 접대를 받는 사람들의 기분을 즐겁게 해줄 수 있게 되면서, 이전처럼 술만 퍼마시지를 않고서도 접대업무의 성과를 거둘 수 있었다. 이러한 일은 도신 이외의 사람은 누구도 할 수 없는 일이었다.

도신이 접대업무로 사장의 두터운 신임을 얻게 되고 접대시에도 술을 눈치껏 적당히 마셔서 건강유지에 신경을 쓰고 있던 도신이 여대생을 건드려서 임신을 시켰기 때문에 책임을 지는 의미로 그녀를 아내로 맞아들였다. 그때의 도신의 나이는 35세로서 당시의 추세로는 결혼이 많이 늦은 감이 있었지만, 이미 10여 년 간의 술 상무로서의 자리를 확고히 잡았기 때문에 결혼을 해도 무방한 위치에 있었다. 그런데 문제는 그가 아내로 맞이한 여인이 현명한 여인이었더라면 그의 형편도 훨씬 더 나아졌을 것이지만, 그녀는 남편보다 한술 더 떴다.

도신이 언제부터 허세를 부리는 것이 생활습관화 되었는지는 알 수 없지만, 음식도 지나치게 비싼 음식만 먹고 입는 의복도 고급으로 일관하는 습관이 있었다. 남편이 이렇다면 아내라도 남편의 불필요한 허세를 바로잡아 주기 위하여 씀씀이를 절제하여 남편이 가져다주는 돈으로 생활비에 충당한 액수를 제외한 일부라도 저축을 해서 앞날에 대비했어야 했을 것이다. 그런데 그녀는 그러기는커녕 특별히 어디에 갈 곳도 없는데 고가의 옷을 자주 맞추어 입는 등 허영에 찬 그녀는 낭비적인 생활을 해서 저축을 하기는커녕 도신은 총각 때보다 그녀의 허영심을 만족시켜주기 위한 막대한 빚만 더 지게 되었다.

더욱이 도신의 아내가 영리한 여인이었다면, 아이를 무책임하게 6명이나 낳지는 않았을 것이다. 결혼 전에 임신을 했던 딸 하나만 기르던지, 아니면 두 번째 아이가 아들이었으니 그 정도로 단산을 했었더라면 아이들 때문에 불필요한 빚을 질 필요 없이 씀씀이를 줄일 수 있었을 것이다. 그러나 앞날에 대비할 줄을 몰랐던 그녀는 도신이 아이들을 귀여워한다는 이유 하나만으로 결혼 후에 산아제한을 하지 않은 채 6명이나 낳고야 말았다. 경제적인 여유가 많았다면야 아이를 많이 낳는 것도 문제가 될 것이 없었겠지만, 다만 어린 아이들이 귀엽다는 이유 하나만으로 자신의 처지도 모르고 무작정 아이들을 6명이나 낳고야 만 도신 부부야 말로 자녀에게 무책임한 부모였다고 해야 할 것이다.

도신의 아내 이선주는 9남매의 장녀임에도 불구하고 장녀로서의 역할을 제대로 하지 못하고 있었다. 친정아버지가 의사이기는 했지만 연세도 많았고 그나마 옛날에 배웠던 구식의료행위로는 돈을 잘 벌지를 못했다. 거기에다 충분하지 못한 수입으로 9남매를 키우다 보니 생활을 하는데도 어려움이 뒤따랐다. 이러한 친정의 사정을 누구보다도 잘 알고 있었던 선주는 장녀로서 친정을 도와줄 생각은 하지를 않고 오히려 친정이 좀 더 가난해지는데 일조를 한 셈이다. 어렸을 때부터 자신만을 위하라는 못된 버릇만 키우고 있었던 선주는 6남매를 키우자면 집에서도 할 일이 많을 터인데, 한창 나이 때 자신의 살림은 가정부에게 맡겨두고 자신은 친정에 와서 속치마 바람으로 뒹굴면서 게으름을 피우고 있었다.

남들 같으면 열심히 공부를 하거나 일을 해서 자기개발을 하기에도 시간이 부족한 한창 시절을 그런 식으로 무위도식하면서 허송세월을 할 수 있다는 말인가? 아마도 어리석은 그녀의 생각으로는 그렇게 허송세월을 하는 것이 마치 그녀가 상팔자를 타고 났다고 믿고 있는 것이나 아니었는지 의심이 날 지경이었다. 일반적으로 가난하게 살 수밖에 없는 사람들의 경우에는 그렇게 된 필연적인 원인이 있는 법이다. 사람들은 먹는데 드는 비용에 별로 신경을 쓰지 않는 경향이 있는 것 같다. 식구가 많은 집안의 경우 충분한 수입이 없으면 가난해질 수밖에 없다는 것을 제대로 이해하고 있는 사람은 별로 없는 것 같다. 옛날부터 가난한 사람들의 대부분은 식구가 많은 사람들이었던 것이다.

수입이 많은 사람이 자녀를 적게 낳고, 수입이 충분하지 못한 사람들이 자녀를 많이 낳는 경향이 있는 것 같다. 그러다 보니 가난한 사람은 좀 더 가난해 질 수밖에 없게 되는 것이다. 그 원인이 바로 먹는데 있다는 사실을 가난한 사람들은 잘 이해하지를 못하는 것 같다. 선주는 친정이 나날이 가난해지고 있는 것이 자기 식구들이 친정에 와서 매일 퍼먹어대는데 있다는 것을 전혀 깨닫지 못하는 것 같았다. 도신은 출근할 때 아내 선주를 친정에 데려다 놓고는 퇴근할 때 데리러 오는데, 원래 술을 좋아했던 도신은 처가에 몇 푼 내놓고 술판을 벌이곤 했다. 그들의 자녀들도 수시로 할머니 집에 가서 먹어대는데 합세를 했다. 때로는 아들이나 딸의 남자친구나 여자친구까지 데리고 와서 먹어댔다. 할머니는 손자와 손녀들을 제대로 먹이지 못하는 것이 늘 한이 될 지경이었을 뿐 자신의 살림이 거덜이 나고 있다는 것은 전혀 의식하지 못하고 있었다.

그런데 문제는 도신의 식구들이 처가에 가서 매일 먹어대는 것이 일과처럼 되어 있는 것을 잘 알고 있는 도신이 일정한 액수의 돈을 매월 자기 식구들의 식대로 친정에 내놓아야 하는 것이 정상이라 할 수 있을 것이었다. 그러함에도 불구하고 몰라서 그러는 것인지 알면서도 돈이 없어서 모른 척하고 있는 것인지는 알 수 없지만, 매일 저녁 처가에 와서 벌리는 술판을 위하여 몇 푼 쥐어주는 것으로 계산을 다 했다고 생각을 하고 있는 것이나 아닌지 의심스러울 지경이었다. 왜냐하면 도신은 기회 있을 때마다 자신이 처가를 얼마나 도와주었는지 아느냐고 공치사를 하고 있었기 때문이다. 허풍이 좀 심한 도신이기는 하지만 이러한 그의 행위를 단순한 허풍으로만 보아 넘길 수는 없는 일이 아니겠는가?

도신은 술 상무의 직책을 다년간 담당하다가 결국에는 심한 간 질환에 걸려서 입원까지 하게 되었다. 제아무리 접대 중에 술을 적게 든다고 하더라도 거의 매일같이 술을 마시다 보니 제아무리 장사라 하더라도 간을 상하지 않는다는 것이 오히려 이상할 지경이었다. 드디어 올 것이 오고야 말았던 것이다. 거의 사경을 헤매다가 천우신조로 생명을 구한 그에게 회사에서는 더 이상 술 상무의 일을 시키지 않고 영업직을 맡기기로 했다. 영업직에 열심히 일한 결과 방계회사의 사장직에 승진하여 나이 60세에 정년을 마지하게 되었다. 늘 자신이 창업멤버라고 착각하고 있던 도신은 남들이 모두 은퇴를 하여 회사를 떠나는 것을 보고도 본인은 은퇴에 대한 대비책을 전혀 강구하지 않고 있다가 어느 날 갑자기 은퇴를 당한 사람처럼 회사를 떠날 수밖에 없었던 것이다.

수십 년을 회사에 근무했던 경력이 있는 도신이 은퇴 후에 새삼스럽게 증권으로 돈을 벌겠다고 나선 것은 참으로 기이한 일이라 아니 할 수 없을 것이다. 워낙에 허풍이 심했던 그였지만, 한 때는 여러 채의 집을 갖고 있다고 허풍을 떤 적이 있었다. 최악의 경우 돈이 필요하면 집을 팔면 된다고 자랑까지 했던 그가 막상 돈이 필요하게 되었을 때, 그 많던 집이 다 어디로 사라졌는지 한 채도 없는 것을 보고는 아마도 집도 현찰로 사지를 않고 빚을 내서 사지를 않았는지 의심이 들었다. 증권투자를 해서 도신이 은퇴 후에 사망할 때까지 먹고 산 것은 확실한 것 같은데, 도신은 언제나 증권투자로 손해만 보고 빚만 더 졌다고 하고 있으니 이해가 잘 되지를 않는다. 도신은 일생을 남의 탓이나 하면서 어쩔 수 없이 빚으로 살 수밖에 없었다고 한탄하면서 살았던 대표적인 인물이라 할 수 있을 것이다. 이러한 사람일수록 자신이 왜 그렇게 될 수밖에 없었는지를 제대로 이해할 줄 모르는 사람이 아닌가 한다.

권도신에 비하면 강서구는 일생에 빚 한번 지지 않고 자신의 노력에 의하여 자신의 삶을 개척한 입지전적인 인물이라 할 수 있을 것이다. 그는 외국유학까지 갔다 왔지만 귀국한 후에 국내대학에서 박사학위를 받고 대학교수 생활을 하다가 정년퇴임을 하여 정년 후에는 화가로 변신하여 벌써 전시회를 여러 번 개최하고 아직도 나이에 걸맞지 않은 활발한 작품 활동을 하고 있는 중이다. 대부분의 동료교수들은 정년퇴임을 했으면 그것으로 마치 인생이 끝난 것처럼 처신을 하면서 더 이상의 노력을 하지 않으려는 것 같다. 그러한 사람들에 비하여 서구가 아는 한 교수는 퇴직 후에 꾸준히 단편소설을 써서 나이 80이라는 늦은 나이에 한국문단에 소설가로 등단했으며, 등단한 지 1년도 되지 않는 짧은 기간 안에 소설집을 3권이나 펴내는 기염을 토하면서 나이에 걸맞지 않게 활발한 작품 활동을 하고 있는 사람도 있다.

사람이 어떻게 살 것이냐 하는 것은 각자의 취향과 의지에 달려있는 것이기는 하지만, 은퇴라는 것이 인생의 끝이라고 생각하는 사람과 은퇴가 인생의 시작이라고 생각하는 사람간에는 근본적인 차이가 있다고 하겠다. 이것은 마치 비관론자와 낙관론자의 사고방식의 차이에 상당하는 것이라 할 수 있을 것이다. 65세에

교수로서 정년퇴직을 한다고 하더라도 만일 100세까지 살게 된다는 것을 가정한다면 35년이라는 긴 세월을 더 살아야 하는 것이다. 이러한 장구한 세월동안에 은퇴를 했다고 하여 무위도식하면서 무료하게 세월을 보낼 수는 없는 것이 아니겠는가? 퇴직자들에게는 은퇴 후에 할 일을 찾아내는 것이 무엇보다도 해결하지 않으면 아니 될 선결문제라 할 수 있을 것이다. 그러한 의미에서 볼 때 은퇴 후에 할 일을 찾아낸 사람과 그렇지 못한 사람 간에는 천양지차가 있다고 하겠다.

꼭 돈벌이가 아니더라도 취미생활이나 창작활동이라면 훨씬 더 바람직한 일일 것이다. 서구의 경우에 교수퇴직 후에 그림을 그리는 일을 시작했다는 것은 그가 어렸을 때 막연히 생각했던 일이기는 했지만, 그동안 살기에 바빠서 실천에 옮기지 못했던 일이었다. 퇴직 후에 무슨 보람 있는 일을 할 수 있을까를 찾다가 취미생활 삼아 시작했던 그림그리기가 자신을 화가로 변신시킬지는 꿈에도 생각하지 못했던 일이다. 사람들은 자신이 갖고 있는 재능을 발견하지 못한 채 그대로 살아가는 경우가 많다. 그림그리기와 글쓰기와 같은 재능이 그런 것들이라 할 수 있을 것이다. 그림을 평생 한 번도 그려본 적이 없었던 사람이 우연한 기회에 그림그리기를 시작하면서 화가로서의 재능을 발휘하게 되었다든가, 소설을 한 번도 써본 일이 없었던 사람이 소설을 쓰기 시작하면서 자신의 숨어있던 재능을 발휘하여 소설가로 등단을 했을 뿐만 아니라 소설집까지 몇 권 펴내게 되었다는 것이 그러한 사례에 해당하는 것이라고 할 수 있을 것이다.

서구는 대학원까지 졸업한 늦은 나이에 논산훈련소에 입소하여 고된 훈련병생활을 겪으면서 어떻게 하면 조기 제대하는 방법이 없는가를 궁리하다가 그때까지 유학귀휴제도가 있다는 것을 알아냈다. 비록 서구가 막차를 탄 것이기는 했지만 유학귀휴조치로 1년간의 군복무후에 사실상 미국유학을 갈 수 있게 되어 군대에서 벗어날 수 있었다. 국내에서 법학을 공부한 서구는 미국대학에서 장학금을 받을 수 없었지만, 고학을 해서라도 공부를 마쳐야 하겠다는 각오로 미국유학의 장도에 오르게 되었던 것이다. 그 당시만 하더라도 미국유학생에 대한 관리가 허술했던 시절이라 서구가 학비를 벌며 공부하는 것이 가능했던 시절이었다. 다행히 약혼자인 정희가 서구를 곧 뒤따라와 주어서 둘이는 뉴욕시에서 결혼을 하고 둘이 힘을 합쳐서 미국사회에서의 어려움을 극복해 나갔던 것이다. 정희는 생활비를 책임지고 서구는 학비를 벌면서 미국대학에서 서구가 공부를 마칠 수 있도록 서로 돕기로 했다.

돈이 많이 필요했던 그 어려운 시기에도 서구와 정희는 한결같이 빚 같은 것을 질 생각을 한 번도 해 본 일이 없었다. 그들은 뉴욕시내에 방 하나만 있는 스튜디오 방을 125달러라는 거액으로 임대했다. 당시의 두 사람의 생활비가 한 달에 40달러밖에 들지 않았던 시절이었으니 125달러라는 임대료는 그들에게는 엄청난 거금이었다. 그러함에도 불구하고 그들의 생활태도는 남들처럼 쉽게 빚을 내지 않고 있으면 있는 대로, 그리고 없으면 없는 대로 살아가는 것이었다. 그들의 그러한 철저한 생활태도는 결혼 후 50년 이상을 함께 살아온 지금까지 변함없는 대원칙으로서 아직까지 어떠한 금전적인 어려움이 있더라도 그들의 일생에 있어서

한 번도 깨진 적이 없었다. 그들 부부에게는 어떠한 경우에도 빚을 진다는 것을 이해할 수 없었다. 이자를 지불하는 것이 아까워서 어떻게 빚을 질 수 있느냐 하는 것이 그들이 빚을 지지 않는 이유라 할 수 있을 것이다.

서구가 공부를 마치고 직장을 구한 후에도 워낙에 수입이 적어서 은행통장에 400달러의 예금이 넘은 적이 없어서 신용카드도 만들지 않고 내핍생활을 했던 부부들이다. 그렇게 살아온 부부들이었기 때문에 그들이 귀국 후에 부부가 모두 대학교수로서 20여 년 간을 근무하다가 정년퇴임한 후에도 여유 있는 편안한 생활을 보낼 수 있게 되었던 것이 아니겠는가? 그렇게 할 수 있었던 배경에는 물론 서구가 연금을 받을 수 있다는 사실에 기인하는 것이기는 하지만 생활하는데 별다른 어려움은 없는 셈이다. 서구와 정희부부는 지금까지 돈 때문에 고통을 당한 일은 없었다. 그들의 생활태도 때문에 그런 것이 아니겠는가?

신용사회에 있어서는 신용불량자로 낙인이 찍히지 않는 한, 자신의 상환능력 안에서 얼마든지 대출을 받을 수 있는 것이다. 돈이 있어도 일부러 대출을 받아야만 신용등급이 올라간다는 모순된 현상을 보여주고 있다. 빚을 한 번도 내지 않고 평생을 살아온 서구와 같은 경우는 신용사회에 있어서는 그야말로 희귀한 존재이며 바람직한 존재는 아닌 것이다. 한 때 유명했던 '세일즈맨의 죽음'이라는 영화에서는 주인공이 신용사회에서 살아가면서 많은 빚을 지고 평생을 그 빚을 갚는데 자신의 인생을 바쳤다는 내용의 이야기였다. 그가 자신의 빚을 다 갚았을 때는 죽음이 그를 기다리고 있었다는 것이다. 아마 우리들도 그 영화의 주인공처럼 신용사회를 살아가기 위해서는 한편으로는 빚을 지고 다른 한편으로는 빚을 갚다가 인생을 마치게 되는 것은 아닐까?

아마도 신용사회에서는 자신이 감당할 수 있는 적당한 수준에서의 빚은 오히려 정신건강에도 좋을 것이다. 왜냐하면 그러한 빚은 적당한 정도의 자극제가 될 수도 있기 때문이다. 전혀 자극이 없는 생활을 하는 것보다는 일정한 범위 내에서의 자극은 필요악이라고 할 수도 있을 것이다. 그러한 의미에서 신용사회에서는 전혀 빚이 없는 사람보다는 일정수준의 빚이 있는 사람을 선호하는 것 같다.

재건축을 하는 경우에 재건축조합이 재건축에 착수하기 전에 조합원의 은행빚을 전부 청산해줄 것을 조합원에게 요구하는 것은 너무나 당연한 일이라 할 수 있을 것이다. 조합원이 은행에 설정한 근저당을 말소해 줄 것을 요구하는 것은 조합의 당연한 권리라 하겠다. 그런데 재건축에 대하여 잘 알지도 못하는 자가 마치 그 분야의 전문가인 척하면서 정반대의 경우를 가르쳐준 적이 있었다. 그가 하는 말은 재건축에 반대하는 조합원이 이주를 하지 않고 그대로 머물 수 있는 방법으로 소액이라도 은행에 가서 근저당을 설정해 놓으라는 것이었다. 그렇게 해놓아야 조합 측에서 명도단행을 해서 강제적으로 재건축반대 조합원을 퇴거시킬 수 없다는 것이었다. 그런데 그의 말을 듣고 은행에 근저당을 설정했던 조합원들은 근저당설정 때문에 강제퇴거를 당하고야 말았던 것이다. 멀쩡한 사람들에게 일부러 빚을 지라고 엉뚱한 조언을 해준 그 사람의 말을 듣고 은행에 근저당을 설정한 사람들만 손해를 본 것이었다.

서구는 신용사회에서는 자신의 신용도를 높이기 위해서라도 일부러 빚을 지라는 말을 들었지만, 그러한 말에 개의하지 않고 초지일관 빚지지 않는 생활을 고수하기로 했다. 신용사회에서 인정을 받건, 아니건 간에 자기 돈으로 모든 일을 처리하는 서구에게는 설사 돈을 무이자로 빌려주는 사람이 있다 하더라도 돈을 빌릴 일이 없다고 하는 데에야 할 말이 없는 것이 아니겠는가? 이러한 서구와 비교할 때 도신의 경우처럼 돈만 빌려주겠다는 사람만 있으면, 돈을 빌리지 못해서 안달이 나는 경우와는 너무나 대조적이라 할 수 있을 것이다. 한 사람의 경우는 구태여 빚을 지지 않아도 자신의 능력으로 충분히 살아갈 수 있는데 반하여. 다른 사람의 경우에는 빚을 지지 않고는 하루도 마음 편히 살아갈 수 없는 처지에 있다고 할 수 있을 것이다.

신용사회가 되면서 물물교환의 시대처럼 현물교환의 필요성이 완전히 사라졌다고 해야 할 것이다. 외국에 거액을 송금하는 경우에도 전신송금으로 간단히 처리되는 사회에서 우리는 살고 있는 것이다. 옛날처럼 엽전을 가마니에 넣어 짊어지고 다닐 필요 없이 수표 한 장으로 간단히 처리할 수 있는 시대가 되었다. 인터넷뱅킹의 발달로 은행의 근무시간 이외에도 언제나 돈을 이채하거나 인출할 수 있게 되었다. 물론 이러한 신용사회의 발달은 금융사고의 발생을 완전히 방지할 수는 없지만, 이전과는 비교가 되지 않을 정도로 금융거래가 편해진 것만은 사실이다.

아직도 대출을 받거나 예금을 하기 위해서는 은행에 직접 가야하며, 현금을 인출하는 것도 은행에 가는 것이 현금인출기에서 비싼 요금을 지불하고 현금을 인출하는 것보다는 추가적인 비용이 들지 않아서 많은 사람들이 선호하고 있다. 한 때는 컴퓨터가 발달하게 되면 컴퓨터를 통해서 무슨 책이나 읽을 수 있는 시대가 도래하게 되어 인쇄된 책은 결국 우리 사회에서 사라질 수밖에 없다고 예언했던 적이 있었다. 그러나 그러한 예언은 아직까지 실현된 일이 없었다. 우리가 컴퓨터를 통하여 책이나 신문을 읽을 수는 있다. 그러나 그러한 방법으로 책이나 신문을 읽기보다는 종이에 인쇄된 책이나 신문을 읽는 것이 대부분의 사람들에게는 아직도 익숙한 방법이며 또한 선호하는 방법이라 할 수 있을 것이다. 컴퓨터에 있는 책은 아직까지는 바른 자세로 의자에 앉아서 읽어야 하지만, 인쇄된 책이나 신문은 읽는 사람의 취향에 따라서 눕거나 엎드려서 읽을 수도 있는 것이다. 물론 요즘 많이 출시되고 있는 타브렛 모니터를 통하여 인쇄된 출판물처럼 자유스러운 자세로 컴퓨터 출판물을 읽을 수는 있겠지만, 아마도 양자의 느낌은 아주 다르다고 할 수 있을 것이다. 우리가 오랜 기간에 걸쳐서 길들여온 독서하는 습관은 컴퓨터라 할지라도 쉽게 대체할 수는 없을 것이다.

신용사회에서는 모든 결재를 신용카드로 할 수 있기 때문에 이전처럼 많은 현금을 몸에 지니고 다닐 필요는 더 이상 없게 되었다. 그런데 서구는 신용카드로 결재를 하면 된다는 것을 잘 알고 있으면서도 이전처럼 지갑 속에 현금을 두둑하게 넣고 다니지를 않으면 불안해진다. 아마도 서구뿐만 아니라 한국 사람의 대부분이 외국여행을 하는 경우에 많은 현금을 몸에 지니고 다니지를 않으면 불안해진다는 것이다. 그러다 보니 한국 관광객들이 현금을 가장 많이 지니고 다닌다는 소문이 국제적으로 퍼져서 한국

관광객들을 노리는 도둑들이 각국의 관광명소마다 들끓고 있다는 이야기이다. 왜 우리나라 사람들은 신용사회가 되었음에도 불구하고 신용카드에 더하여 현금을 많이 지니려 하는 것일까? 한국의 젊은 세대들은 신용사회에 쉽게 적응할 수 있는데, 장년층이 그러한 사회변화에 잘 적응을 하지 못하고 있는 것 같다. 그것은 우리나라의 역사발전단계에 있어서 모든 어려운 시기를 겪었던 경험에 비추어 볼 때 믿을 것은 자기 자신밖에 없다는 깨달음에서 연유하는 것이 아닐까 한다.

내게 있는 것이 아니라면 모두가 허황된 것이라는 것을 그들의 체험을 통해서 터득한 신념이라 할 수 있을 것이다. 내가 돈이 없으면 누가 나를 대신하여 돌봐줄 것인가? 내가 몸에 돈을 지니고 있지 않으면 최악의 경우에 죽을 수밖에 없다는 것을 확신하고 있는 것 같은 것이라 할 수 있을 것이다. '하늘은 스스로 돕는 자를 돕는다'는 말이 있듯이 난세에 있어서 유일하게 믿을 수 있는 것은 자신뿐이며, 좀 더 정확히 말하면 자신이 몸에 지니고 있는 비상시에 대처하는 돈밖에 없다는 것이다. 그들에게 있어서 이러한 신념은 대단히 확고한 것이며, 일종의 신앙과 같은 것이다. 신용사회가 되었으니 신용카드만 갖고 있으면 되는 일이지 현금을 몸에 많이 지니고 다닐 필요가 없다고 그들에게 아무리 이야기를 해주어도 그들은 자신들의 신념을 변화된 환경에 적응하려는 생각이 전혀 없다고 해도 과언이 아닐 것이다.

세상을 살아가는 방식에 있어서 각자 그 방법이 다르듯이 신용사회를 제대로 받아들여서 올바르게 활용할 수 있느냐 여부는 각자의 신념이나 취향에 따라서 달라질 수밖에 없는 문제인 것이다. 사람에 따라서는 변화된 환경에 쉽게 적응하는 경우도 있지만, 그렇지가 못한 경우도 있다. 나이를 먹어감에 따라서 보수적으로 되는 경향이 있지만, 보수적인 성향은 반드시 나이와 정비례하는 것은 아닌 것이다. 나이든 사람 중에도 젊은이 못지않게 현실에 잘 적응하고 혁신적이며 선진적인 생각을 갖고 있는 경우도 있는 것이다. 이렇게 본다면 일부 한국인들의 현금선호 현상은 다분히 환경적인 요소에 기인하는 것이라고 할 수 있을 것이다.

신용사회가 고도로 발달하게 된다면 사실상 현찰이 필요없게 되는 세상이 될 가능성이 다분히 있는 것이다. 현찰을 지불하지 않고도 모든 결재가 서류상으로만 이루어지면 될 것이니 구태여 번잡스럽게 현찰을 지니고 다닐 필요가 없는 세상이 되어버리기 때문이다. 이렇게 되면 조폐국에서도 돈을 찍어내느라 고생할 필요도 없게 될 것이며, 사용 중에 지나치게 훼손된 지폐를 회수하려고 시도할 필요도 없게 될 것이다. 이렇게 된다면 지폐를 발행하기 위하여 들여야 하는 막대한 비용과 노력을 상당히 절감할 수 있게 되어 국가예산을 감축시키는데 도움이 될 것이다.

신용사회가 되면 사람들은 지갑에 현찰 대신에 신용카드만 몇 장 지니고 다니면 충분한 것이다. 이미 신용카드로 고속도로 요금도 결재되고 있으며, 기차표의 구입이나 항공권도 신용카드로 결재를 할 수 있게 되었다. 버스요금이나 지하철요금도 신용카드로 결재하는 시대가 되어가고 있는 중이다. 그런데 문제는 신용카드로 무엇이나 결재할 수 있는 신용사회에 있어서 만일 신용카드를 분실하게 되는 경우에는 심각한 문제가 생길 수 있는 것이다. 이미 신용카드를 분실한 사람의 카드로 엉뚱한 사람이 막대한 액수를 지출하여 신용카드 소지자를 신용불량자로 만들어버렸다는 이야기는 더 이상 새로울 것이 없다. 신용카드를 분실한 즉시 지불정지를 청구해서 신용카드의 불법사용의 가능성을 방지할 수는 있을 것이다.

그러나 이것은 신용카드 소지자 자신이 신용카드의 분실사실을 알 수 있었던 경우이지만, 공사다망한 현대인의 경우 신용카드의 분실사실을 전혀 깨닫지 못하고 있다가 자신의 신용카드에서 막대한 돈이 빠져나가서 신용불량자가 되었다는 통고를 받은 후에야 비로소 신용카드의 분실사실을 알게 된 경우처럼 카드소지자가 의도하지 않았던 타인의 행위로 피해를 보는 경우에는 어떻게 대처할 것인가? 이러한 불의의 사고에 대처할 수 있는 방법은 과연 있는 것인가? 이러한 문제들이야말로 신용사회에서 우리가 해결하지 않으면 아니 되는 선결문제가 아닐까 한다. 우리는 신용사회의 긍정적인 면만 강조할 것이 아니라, 만일에 생길 수 있는 부정적인 면까지 면밀하게 검토하여 그 대책을 미리 준비해 둘 필요가 있지 않을까?

7 왕초

정준구는 지난 30여 년간 희망갱생원을 운영해온 50대 중반의 반백의 준수한 외모를 갖고 있는 인자한 모습의 인물이다. 그가 어린 시절에 지금은 찾아볼 수 없는 청계천 다리 밑에 살면서 살모사 등 독사를 잡는 땅꾼을 도와주는 일을 했는가 하면, 거지왕초 밑에서 먹을 것을 구걸해 오거나, 종이나 넝마주이와 같은 양아치 생활도 해왔다. 부모가 누구인지 모른 채 태어나면서부터 고아원에 버려졌던 그는 어렸을 때부터 처음에는 고아원에서 자라다가, 나중에는 이러한 사람들에게 길러졌던 것이다. 어렸을 때부터 부잣집 도련님과 같이 잘 생긴 그가 말이다. 어려서부터 산전수전을 다 겪으면서 자라난 그는 워낙에 머리가 좋았기에 20여 세로 자라난 후, 큰 뜻을 품고 협동조합식의 자력갱생원인 희망갱생원을 설립했다.

그는 원생들에게 거지왕초처럼 밥을 빌어오라는 일은 시키지 않았지만, 거지왕초처럼 원생들에게 물건을 팔아오라는 일을 시켜서 처음에는 그 돈만으로 갱생원을 운영해 왔다. 그러다가 희망갱생원의 존재가 사회에 차츰 알려짐에 따라 기업을 비롯한 독지가들을 포함하는 사회각층의 지원을 받게 되면서, 희망갱생원도 경제적으로 여유가 생기기 시작했다. 그렇게 되자 갱생원 내에 생산공장을 마련하여 자체 제품을 만들어내서, 원생들이 그것을 내다 팔기 시작했다. 처음에는 빵이나 과자 같은 것을 만들어 팔았지만, 차츰 생산품목을 다양화하여 다른 생활필수품들도 생산판매하기 시작했다. 갱생원이 생산하는 제품은 믿을 수 있다는 소문이 퍼지면서 판매수입이 증가하기 시작하자 정원장은 원생들을 교육시키기 위한 직업기술학교를 설립하여 원생들이 사회에 자리를 잡는 계기를 마련할 수 있게 되었다. 많은 원생들이 직업기술학교를 졸업한 후 취업을 하거나 창업을 하여 사회의 일원으로서 자리를 잡게 되었다.

원생들은 언제부터인가 원장을 왕초 아버님이라고 부르기 시작했다. 왕초라면 의례 왕년의 거지왕초를 연상하게 되지만, 정준구 원장이야말로 거지왕초는 아니지만 원생들에게 장래의 희망을 불어넣어주고 있는 너무나 고마운 사람이기 때문에 아버지와 같이 느껴진다는 애칭으로 그를 왕초 아버님으로 부르기 시작했다는 것이다.

거지왕초는 거지들의 두목으로서 거지들이 밥을 빌어오는 일을 시켰지만, 그들의 장래에 대해서는 책임을 지지 않았다. 그러나 원장인 왕초 아버님은 밥을 빌어오는 일은 시키지는 않았지만, 물건을 팔아서 돈을 벌어오라는 일을 시키기는 했다. 그러나 왕초 아버님은 그들의 장래문제를 해결해주고 있으니 거지왕초와 마찬가지로 왕초이기는 틀림이 없지만, 거지왕초와 같은 거지들에게는 전혀 도움이 되지 않는 왕초와는 달리 원생들에게는 아버지와 같이 생각되는 그들의 너그러운 왕초인 것이다.

30여 년에 걸쳐서 희망갱생원을 성공적으로 운영해 온 정준구는 입지전적인 인물이라 할 수 있을 것이다. 단순한 돈벌이를 위하여 기업을 크게 일으킨 것도 아니고, 자신만 편하자고 갱생원을 설립했다기보다는 버려진 고아들이나 저소득층의 청소년들에게 새로운 삶의 기회를 마련해 주기 위하여 돈 한 푼 없이 시작한 일이었지만, 세월이 지남에 따라 갱생원의 모습은 날로 새로워졌으며, 원생들은 장래의 삶을 보장받게 되었던 것이다. 우리들의 왕초아버님은 말하자면 성공한 사회사업가가 되었던 것이다. 불우했던 그의 어린 시절을 극복하고 당당히 사회에 큰 기여를 하고 있는 사회사업가가 된 것이다. 갱생원을 거쳐 간 한 원생의 이야기를 들어보자.

"희망갱생원에 오게 된 동기는 무엇입니까?"

"나는 고아원에 있다가 무조건 사회로 뛰쳐나갔다가 우연한 기회에 갱생원에 원생으로 들어오게 되었습니다."

"원장님의 첫인상은 어땠습니까?"

"처음 갱생원에 와서 만나본 원장님은 마치 인자한 아버님과 같았습니다. 내가 새로운 삶을 살기 위해서는 내게 배당되는 물건을 팔아서 돈을 벌어 와야 한다는 말씀을 하셨습니다. 처음에는 원장님이 왜 이런 일을 원생들에게 시키는지를 잘 알지를 못했으며, 처음에는 의아하게 생각되었지만, 지나고 보니 원장님의 깊은 뜻을 이해하게 되었습니다."

"'일하지 않는 사람은 먹을 자격도 없다'는 교훈 같은 것이 아니겠습니까?"

"바로 지적하셨습니다. 바로 이러한 무언의 교육이 내게 체질화되었으며, 그러한 체질화된 깨달음을 평생 잊지 않고 삶의 좌표로 삼고 있습니다."

"지금은 무슨 일을 하고 계십니까?"

"치킨집을 경영하고 있습니다. 갱생원의 직업기술학교에서 받은 실무교육이 치킨집을 창업하는데 많은 도움이 되었습니다."

"원장님을 원생들이 왕초 아버님이라고 부르고 있다는데 그 이유는 무엇입니까?"

"왕초라는 말은 왕년의 거지왕초라는 말에서 유래하는 것이지만, 원생들이 원장님을 왕초아버님이라고 부르는 이유는 아버님과 같은 친근감을 느끼기 때문이지요."

다른 갱생원 출신자들을 만나보았지만, 이구동성으로 갱생원에서 지낼 수 있었던 것을 자랑스럽게 생각하며, 원장님의 교육방침에 감사드리며 원장님을 기꺼이 왕초 아버님이라고 부르는데 이의를 제기하는 사람은 단 한 사람도 발견할 수 없었다. 정준구 원장은 원생들에게 왕초 아버님이라고 불려질 정도로 고마운 존재였으며, 왕초 아버님이 있었기에 불우한 처지에 있었던 원생들이 갱생의 길을 차질없이 걸어갈 수 있었던 것이 아니겠는가?

정준구원장과 인터뷰할 기회가 있었다.

"원장님의 어린 시절에 관하여 말씀해 주시지요."

"나는 고아로 태어났으며 태어나자마자 부모에게 버림받아 고아원에 맡겨졌습니다. 철이 들면서 고아원을 뛰쳐나온 나는 지금은 없어진 청계천 다리 밑에서 살면서 살모사 등을 잡는 땅꾼을 도와주기도 했고, 거지왕초 밑에서 밥을 구걸해 오기도 했고, 휴지나 넝마를 주워오는 양아치 노릇도 하는 등 고생 많이 했습니다."

"고생이 많으셨겠습니다. 그러다가 어떠한 동기에서 희망갱생원을 설립하게 되셨습니까?"

"내가 고생을 하면서 살아가던 중에 한 가지 깨달음이 있었습니다. '하늘은 스스로 돕는 자를 돕는다'는 것이었습니다. 세상에는 이러한 도움을 필요로 하는 청소년들이 의외로 많다는 깨달음이었습니다. 불우청소년들이 스스로 노력을 해서 자립하는 길을 알려주어야겠다는 발상을 하게 되었던 것입니다."

"희망갱생원을 설립하여 원생들에게 거리에 나가서 물건을 팔아 돈을 벌어오라고 시킨 것이 원생들이 스스로 자신의 운명을 개척해 나갈 수 있는 기회를 준 것이 아니겠습니까?"

"바로 보셨습니다. 사람들이 자신의 문제를 스스로 해결하지를 않고 모든 일을 남에게 의지하다 보면 심신이 한없이 나약해져서 결코 자립할 수 있는 기회를 가질 수 없게 됩니다. 살아야겠다는 강인한 훈련을 받은 사람만이 이 세상을 슬기롭게 살아갈 수 있는 지혜를 배울 수 있게 되는 것이지요."

"원생들이 벌어들이는 돈만으로는 희망갱생원을 운영하시는데, 어려움이 많으셨을 것 같은데 어떻게 이 문제를 극복할 수 있으셨습니까?"

"갱생원운영의 초기에는 경제적인 어려움이 많이 있었습니다. 그런데 세월이 지나면서 갱생원의 존재가 차츰 세상에 알려지게 되자 기업을 비롯하여 독지가 등 사회각층의 지원을 받게 되었습니다. 이러한 외부의 지원을 받으면서 우리나라 사람들은 좋은 일을 하는 사람들에 대한 지원을 아낌없이 해주고 있다는 것을 알게 되어 참으로 훈훈한 느낌을 받았습니다. 아직도 우리나라는 살만한 곳이라는 새로운 깨달음이었습니다."

"갱생원 내에 공장을 설립하고 직업기술학교를 설립한 이유는 무엇입니까?"

"희망갱생원 설립 초기에는 자체 생산한 물건이 없었기에 협동조합방식으로 외부에서 저렴하게 받아오는 물품을 원생들이 들고 나가서 판매하여 수익을 올리는 방법밖에 없었습니다. 그러다가 외부의 금전적 지원을 받게 되면서 여유자금이 생기게 되자, 갱생원 내에 생산공장을 설립하여 처음에는 빵이나 과자 같은 것을 만들어 팔았습니다. 갱생원에서 생산판매하는 물품이 소비자들에게 좋은 반응을 보이기 시작하자. 다른 생필품도 생산판매하기 시작했습니다. 정직하게 공장운영을 하다 보니 소비자들의 인정을 받게 되는 것이 아니겠습니까?"

"직업기술학교의 교육목표는 무엇입니까?"

"원생들이 갱생원에서 자체 생산한 물품을 내다 팔면서 갱생원에 영원히 머물 수는 없는 일이 아니겠습니까? 그들이 갱생원을 떠나는 경우에 자립할 수 있는 방도를 강구해주어야 하지 않겠습니까? 그러한 목적을 위하여 직업기술학교의 교육목표는 일반계 학교의 이론교육을 지양하고 졸업 후에 취업이나 창업을 하는데 도움을 줄 수 있는 실무교육에 치중하기로 했습니다. 죽은 불필요한 이론보다는 살아 숨 쉬는 실무에 도움이 되는 지식만을 가르쳐주기로 했습니다. 그 결과 학생들이 사회에 나가서 성공적으

로 취업을 하거나 창업을 하는데 큰 도움이 되었다는 것을 졸업
생들의 실토를 통하여 듣고 상당히 고무되고 있는 셈이지요."

"원생들이 원장님을 왕초 아버님이라고 부르고 있다는데, 어떠
한 느낌이 드십니까? 거지왕초를 연상할 때 왕초라는 호칭이 별
론 좋은 느낌이 아닐 것 같아서 하는 말입니다."

"세상에는 거지왕초뿐만 아니라 다방면에 걸쳐서 소위 왕초라
고 애칭 되는 사람들이 있는 것도 사실입니다. 원생들이 나를 자
신들의 아버님처럼 생각해서 왕초 또는 꼰데라고 불러주는 것을
마다하겠습니까?"

"원장님께서는 사고방식이 참으로 선진적이십니다. 건강하시
고 희망갱생원의 무궁한 발전을 기원하겠습니다."

강영준은 고아원에서 탈출하여 사회에서 이런저런 고생을 하
다가 갱생원에 들어온 경우로서 처음 그에게 할당된 물건을 팔아
오라는 원장의 말을 들었을 때 실로 아연해질 수밖에 없었다. 왜
냐하면 지금까지 남에게 물건을 팔아본 일도 없었으며, 물건을
팔아서 돈을 벌어오지 않는다면 밥도 먹여주지를 않는다니 세상
에 이런 곳이 또 어디에 있다는 말인가? 도대체가 고아원을 뛰쳐
나온 결과가 앵벌이나 해서 돈을 벌어오라는 갱생원과 같은 곳
에 몸을 담았다는 말인가? 참으로 어처구니없는 일이 아닐 수 없
었다. 그러나 물건을 팔아오라니 물건을 팔러나가기는 해야 하겠
는데, 도대체 어디에 가서 물건을 팔아야 한다는 말인가? 지하철
에라도 몰래 타고 들어가서 남들처럼 물건을 팔아야 한다는 말인
가?

그에게 팔아오라고 할당이 된 물건은 휴대용 작은 형광등으로

서 1개에 10,000원씩 하는 것인데 잘 하면 많이 팔 수도 있는 물건이었다. 처음에 남들 앞에 서서 자신의 물건을 사달라고 말을 하는 것이 참으로 어색하게 느껴지기는 했지만, 죽기 살기로 물건을 팔다보니 그 작은 휴대용 형광등이 인기가 있는 것인지, 아니면 시중보다 반값밖에 받지를 않아서 그런 것인지는 알 수 없었지만, 그가 지니고 있던 제품이 다 팔려서 동이 나 버리는 것을 알수 있었다. 그래서 한동안은 지하철에 몰래 들어와서 제품을 팔아 재미를 보았다. 그런데 그렇게 하다 보니 휴대용 형광등을 판매하는 자는 자신만이 있는 것이 아니라, 이미 강영준보다 먼저지하철에서 그 동일한 물품을 팔고 있는 자가 있어서 소위 나와바리(일본어로 세력권이라는 말) 분쟁이 생겨서 골치가 아플 지경이 되었다. 그뿐만 아니라 판매를 하다가 운 나쁘게 지하철 감시원들에게 판매행위를 하는 자신이 발견되어, 벌금을 내고 지하철에서쫓겨나게 되는 신세에 직면하게 되는 일도 있었다. 벌금을 내게되면 지금까지 제품을 팔아 챙겼던 수입은 전부가 허사가 되었던일도 있었다. 영준은 역무원에게 손이 발이 되도록 빌 수밖에 없었다.

"저는 희망갱생원에 머물고 있는 불쌍한 원생입니다. 원장님께서 원생인 제게 할당해 주는 물품을 수단껏 팔아서 돈을 벌어오지를 않으면, 밥도 먹여주지 않겠다고 하시니 전들 어떻게 하겠습니까? 한 번만 용서해 주십시오."

"너처럼 불쌍한 사람이 어디 한둘이어야지. 제품을 지하철에서손님들에게 판매하는 것은 법이 금지하고 있는 사항이니 앞으로다시는 지하철에서 제품을 팔지 않도록 주의하세요. 이번 한 번은 용서해주겠습니다. 그리 아시고 그냥 가보세요."

영준은 규칙대로 처벌을 받는 대신에 훈방을 받은 셈이다. 앞으로 물품을 팔아야 하는 장소가 마땅하지를 않으니 할 수 없이 행상을 해보기로 했다. 그런데 행상이라는 것이 생각했던 것보다 쉬운 일이 아니라는 것을 곧 깨닫게 되었다. 행상을 한다고 아무 곳에나 서있어도 안 되는 것이다. 남의 가게 앞에도 안 되고, 공원 내에서도 안 되고, 물품을 팔기 전에는 이렇게 제약이 많은 것인지 미처 알지를 못했다. 궁여지책으로 지하철 출입구에 서서 지하철을 타고내리는 사람들에게 물품을 팔다보니 한동안 쏠쏠하게 재미를 볼 수 있었다. 왜냐하면 지하철역무원이 이곳에서의 행상은 눈감아 주고 있는 모양이다. 그런데 이곳도 지하철 내의 물품판매와 마찬가지로 그 자리를 선점했던 자가 있어서 소위 나와바리 분쟁이 생기게 되어 영준은 그곳에서도 물품을 팔 수 없게 되었던 것이다.

이렇게 영준이 제품판매로 고심을 하고 있던 중에 갱생원에서 자체 생산한 물품들이 호평을 받게 되면서 직판장을 시내 여러 곳에 개설하게 되자, 이전처럼 원생들이 물건들을 들고 나가서 개별적으로 팔 필요가 없게 되었다. 영준은 개인판매실적도 우수한 편이었기 때문에 직판장의 대리직을 맡아서 물품판매를 계속할 수 있게 되어서, 영준은 갱생원에서 행운을 잡은 셈이다.

이영란은 가출소녀로서 사회에서 타락하기 전에 희망갱생원에 들어올 수 있게 되어서 신세를 망치지 않을 수 있었다. 가정형편은 별로였지만, 남다른 미모를 갖고 태어났던 그녀는 남들의 눈에 곧 뜨일 수 있었다. 그러다 보니 유혹도 많이 받았지만 영리하게 역경을 극복하고 갱생원의 생활을 시작하게 되었다. 그녀의 경우도 강영준의 경우와 마찬가지로 갱생원에서 그녀에게 할당해 준 물품을 팔아서 돈을 벌어오라는 것이 그녀에게도 실로 난감한 주문일 수밖에 없었던 것이다. 그녀도 물건이라는 것을 남에게 생전 팔아본 일이 없었기 때문에, 갱생원에서 그녀에게 할당해 준 물품을 과연 어디에서, 그리고 누구에게 팔아야 하는 지를 전혀 알지를 못했다.

그녀에게 할당된 물품은 여자속옷이나 양말과 같은 것이었다. 화장품도 갖고 다녔다. 그녀는 아는 사람도 없었기에 가정방문으로 물품판매를 하기로 마음먹었다. 그런데 물품판매라는 것이 생각했던 것보다 쉽지 않다는 것을 곧 깨닫게 되었다. 사람들이 의심이 많아서 가정방문으로 판매를 하려는 그녀를 집안에 들이지를 않으니, 그녀는 방문판매할 수 있는 기회조차도 가질 수 없었다. 할 수 없이 그녀는 물품을 팔기 위하여 성당이나 교회를 찾아가기로 했다.

그런데 그곳에서도 생각했던 것처럼 쉽게 물품을 신도들에게 팔 수가 없었다. 설사 물품을 팔 수 있다 하더라도 일요일 하루만이 가능한 일이며, 신도들 중에는 그녀의 물품에 관심을 갖고 팔아주는 사람들이 더러 있기는 했지만 판매실적은 별로 좋지를 않았다. 이렇게 그녀가 물품판매를 위하여 개인적으로 고심을 하고 있을 때, 갱생원이 직판장을 시내 여러 곳에 개설을 하게 되었다. 그녀도 강영준처럼 직판장에서 물품판매를 할 수 있게 되어서 더이상의 고생은 면할 수 있게 되었다. 공교롭게도 그녀가 배치된 직판장은 강영준이 대리로 근무하고 있는 바로 그 직판장이었다.

미모가 뛰어났던 이영란은 얼마 지나지 않아서 강영준의 눈에 뜨이게 되었으며, 잘 생긴 강영준과 이영란은 각자 한 눈에 반하여 서로 사귀는 사이가 되었다. 선남선녀가 만나서 당연히 이루어지는 일이 아니겠는가? 그 둘이 사귀고 있다는 사실은 직판장 내에서는 물론 갱생원 내에서도 이야기거리가 되기 시작했다. 그들의 관계는 드디어 원장에게까지 알려지게 되었다. 원장은 이 나이가 되도록 결혼도 하지 않은 채 희망갱생원의 일에 헌신해왔다. 그러다 보니 가족이라는 것이 없는 셈이다. 그러나 나이를 들게 되면서 외로움을 느끼게 되어 양자라도 들일 생각을 하고 강영준을 유심히 관찰하기 시작했다.

기민히 관찰해 보니 강영준이라는 청년은 참으로 성실한 청년처럼 느껴졌으며, 만일 그러한 청년을 양아들로 삼을 수 있다면, 갱생원의 운영권을 그에게 물려주어도 여한이 없을 것 같은 생각이 들었다. 그리하여 강영준이라는 청년을 불러서 자신의 의중을 그에게 털어놓고 그의 반응을 알아보기로 했다.

"내가 강군을 특별히 부른 것은 나의 신세타령을 털어놓기 위해서였소. 나는 그동안 갱생원 일에 전념하느라 결혼을 하지 못해서 자식이 없소. 나이를 들어감에 따라 의지할 가족이 없다는 것이 참으로 쓸쓸하게 느껴지고 있는 중이요. 내가 그동안 강군을 유심히 관찰해 보았는데, 참으로 성실한 사람이라는 생각이 들었소. 내가 강군을 나의 양아들로 삼고 싶은데 강군의 의향은 어떠하오."

"저도 고아출신으로서 그동안 참으로 외롭게 살아왔는데, 원장님과 같은 자상한 분이 저를 갱생원에 거두어 주시고, 지금 제게 양아들을 삼고 싶다고 말씀하시니 저로서는 더 이상 고마울 데가 없습니다. 저도 기꺼이 원장님의 양아들이 되고 싶습니다."

"지금 사귀고 있는 이영란 양과는 당연히 결혼을 하는 것이겠지. 강군이 이양과 결혼을 하게 되면 나의 며느리가 되는 것이지. 그러니 내가 이양을 양녀로 입양을 하지 않더라도 딸을 하나 얻는 것이 되지 않겠어. 그렇게 되면 이제는 나도 가족을 갖게 되는 것이며, 내가 지금까지 헌신적으로 키워온 갱생원을 양아들과 며느리인 자네들에게 물려줄 수 있으니, 나도 안심하고 이 세상을 떠날 수 있게 된 것이 아니겠어?"

"원장님, 아니 왕초 아버님 저를 양아들로 삼아주시고 미래의 제 아내가 될 이영란을 며느리로 삼겠다고 하시니 저희들의 장래는 태양과 같이 빛나리라고 예상됩니다. 오늘은 참으로 우리들에게 기쁜 날이며, 기념할 날이 아니겠습니까?"

사람이 살아가다 보면 뜻에 맞는 사람도 만날 수 있게 되는 것이다. 원장인 정준구의 경우 불우한 처지를 극복하고 20대 후반의 젊은 나이에 돈 한 푼 없이 희망갱생원을 설립하여 왕초 아버님으로서 원생들에게 장래의 희망을 불어넣어 주고 그들에게 취업과 창업의 기회를 주기 위한 직업기술학교를 설립하여, 그들에게 갱생의 기회를 부여해 준 것은 참으로 선각자적인 행위라 할 수 있을 것이다.

처음 갱생원에 들어온 원생들에게 한 사람의 예외도 없이 갱생원에서 원생 각자에게 할당해 준 물품을 무슨 수단을 쓰더라도 전부 팔아서 돈을 벌어오게 한 원장의 방침은 그들에게 자립의지를 철저하게 심어주는 계기가 되어 그들이 험한 이 세상을 살아가는데 있어서 하나의 좌표로 작용하게 된 셈이다.

강영준은 왕초 아버님인 원장과 나누었던 이야기를 영란을 만나서 자세히 해주기로 했다.

"왕초 아버님인 원장님과 만나서 한 이야기가 무슨 기쁜 소식인지 알고 있소? 상상도 되지 않는 일일 것이요.""무슨 이야기에요. 정말로 궁금해서 죽겠네요."

"왕초 아버님이 나를 양아들로 입양을 하시겠데요?"

"어머나, 그건 정말로 굉장한 소식이군요."

"왕초 아버님께서 오래 동안 나를 특별히 관찰하셨던가 봐요. 나를 착실한 청년으로 인정하고 자신의 양아들로 입양하여 후계자로 삼겠다는 의사표시를 오늘 내게 정식으로 말해 주셨어요."

"참으로 대단히 기쁜 이야기이군요. 우리가 결혼을 하게 되면 왕초 아버님을 양아버님으로 모시게 되는 것이군요. 영준 씨 사랑해요."

왕초 아버님이 강영준을 양아들로 삼겠다는 말씀이야말로 그 둘에게는 너무나 기쁜 소식이며 그들의 앞길이 훤히 트이는 것 같았다.

사람의 운명이라는 것은 참으로 알 수도 없으며, 또한 예측도 할 수 없는 일인 것 같다. 고아로 태어났던 강영준과 가출소녀였던 이영란의 앞길이 고속도로처럼 이렇게 확 트이게 될 줄 누가 일찍이 예언할 수 있었겠는가? 희망갱생원은 왕초 아버님과 양자인 강영준의 후계구도의 확립과 함께 더 한층 도약을 할 수 있는 계기를 마련한 셈이다.

현재 500명의 원생을 갖고 있는 희망갱생원의 원생수를 1,000

명으로 늘려서 더 많은 불우 청소년들을 우리 사회의 일꾼으로 참여시킬 수 있는 계기를 갱생원에서 뒷받침해 주고 있는 셈이다. 이러한 사업은 사실상 국가에서 해주어야 하는 복지후생사업임에도 불구하고 희망갱생원과 같은 민간단체에서 해야만 하는 것이 우리나라 복지행정의 한계라 할 수 있을 것이다. 가능하면 희망갱생원과 같은 양심적으로 운영되는 갱생원이 더 많이 설립되어서 원생들의 장래 복지를 증진해 주는데 헌신하는 것이 바람직한 일이겠지만, 우리나라의 현실정으로 볼 때 원장이 누구냐에 따라서는 갱생원이 비리의 온상이 될 수 있는 가능성이 얼마든지 있는 것이다.

정준구 희망갱생원 원장은 강영준을 양아들로 정식 입양을 했다는 사실을 공포하여 모든 갱생원 식구들에게 널리 알렸다. 강영준이 이제는 원장의 후계자가 되어 갱생원을 이끌어 가게 된다는 것이 기정사실로 되었다.

강영준과 이영란의 결혼식은 갱생원 식구들이 지켜보는 가운데 성대하게 거행되어 그 둘은 정식으로 왕초 아버님의 양아들과 며느리가 되었다. 그동안 외롭게 살아왔던 왕초 아버님이 이제부터는 가족을 갖게 되어 더 이상 외로울 것도 없었으며 더 이상 바랄 것도 없게 되었다. 강영준과 이영란 사이에는 귀여운 아들과 딸이 한 명씩 태어나서 3대에 이르는 가족을 형성하게 되어, 희망갱생원의 사업은 그들에 의하여 계속해서 이어나갈 수 있게 된 것이다.

왕초 아버님은 환갑을 맞이하여 은퇴하기로 결정하고 모든 것을 양자인 강영준에게 물려주기로 했다. 100세 시대를 맞이한 현재 환갑잔치를 차리는 사람은 거의 없다시피 되었지만, 갱생원을 떠나서 취업이나 창업으로 성공을 거둔 원생들이 그들을 사람답게 살 수 있도록 도움을 주었던 원장인 왕초 아버님에게 고마운 마음을 표시하기 위하여 왕초 아버님의 환갑잔치를 호텔에서 성대하게 개최하겠다는 것까지 마다할 수는 없어서 그들이 하는 대로 맡겨두었다.

희망갱생원을 오늘날의 거대한 갱생원이 될 수 있도록 평생을 바쳐서 키워온 지 거의 40년에 가까운 시간이 흘러간 셈이다. 아직은 현직에서 은퇴하기에 너무나 젊은 나이이긴 했지만, 그동안 양아들에게 업무를 하나씩 넘겨주면서, 양아들인 강영준이 자신을 대신해서 일처리하는 능력을 살펴보니 자신보다도 훨씬 능력이 있다는 사실을 발견하게 되었다. 너무나 오랜 기간 외롭게 혼자서 갱생원을 키워온 짧지 않은 세월을 이쯤에서 정리하여, 양아들에게 물려주고 자신은 좀 쉬기로 결심했다.

은퇴 후에 그가 새롭게 착수한 일은 자신의 자서전을 직접 써보는 것이었다. 돌이켜보면 주마등처럼 흘러가버린 40년에 가까운 긴 세월이었지만, 갱생원을 키우는데 여러 가지로 어려움도 많이 있었고 즐거운 일도 많았던 세월이었던 것 같다.

글은 일찍이 써보지를 않았지만 남에게 부탁하지를 않고, 자신이 직접 자신이 살아온 일생을 글로 써본다는 데서 오는 의미와 즐거움은, 갱생원의 운영과는 비교가 되지 않을 정도로 즐거운 일이라는 것을 새삼스럽게 깨닫게 되었다. 자서전을 쓰는 일이 너무나 많은 시간을 요하기 때문에, 죽을 때까지 지금처럼 갱생원 운영에서 벗어나서 홀가분한 마음으로 살지를 못하고 편하게 쉴 틈도 없이 매일 씨름을 하는 대신에, 양아들에게 모든 것을 물려주고 자신은 홀가분한 마음으로 자서전을 쓰는데 모든 시간과 노력을 바칠 수 있게 되었으니 얼마나 잘 된 일인가.

그는 자서전을 쓰는 일과 함께 또 하나의 인생에 있어서의 즐거움을 맛볼 수 있었다. 양아들을 얻게 되고 양아들이 결혼을 하여 아내를 집에 데려오자 아들과 며느리를 동시에 얻게 된 셈이다.

결혼을 한 양아들 내외가 손자와 손녀를 연달아 낳게 되자 왕초 아버님은 요즘 그들이 자라나는 모습을 보는 것이 무엇보다 기쁜 일이며 즐거움이 되었다.

그들이 장난감을 갖고 놀 나이가 되면서 할아버지에게 장난감을 사달라고 조를 때에는 왕초 아버님은 세상을 사는 낙이라는 것이 바로 이러한 것이며, 세상을 살아감에 있어서 평범한 즐거움이구나 하는 것을 새삼 깨닫게 되었다. 할아버지가 된 왕초 아버님은 손자와 손녀가 사달라는 장난감은 무엇이든지 사주고 있으며, 그들이 청하는 것은 무엇이든지 기꺼이 들어주신다는 것을 그들도 잘 알기 때문에 할아버지가 그들에게는 강력한 후원자처럼 되어 있는 셈이다.

엄마와 아빠는 그들이 사달라는 장난감을 특별한 날이 아니면, 잘 사주시지 않는다. 엄마와 아빠는 생일이나, 어린이날이나, 크리스마스에만 장난감을 사라고 말씀하시지만 그 특별한 날이 아닌데도 사고 싶은 장난감들이 수없이 많으니 어쩌란 말인가? 할아버지는 자신들이 장난감을 사달라고 하면 언제든 사주시는데….

할아버지는 용돈도 잘 주신다. 초등학교에 들어갔을 때부터 그들에게 용돈을 주시기로 하신 할아버지는 초등학생에게는 월 30,000원씩의 용돈을 주고, 중학생이 되면 월 40,000원의 용돈을 주고, 고등학생이 되면 월 50,000의 용돈을 주고, 대학생이 되면 월 100,000원의 용돈을 주기로 약속을 하셨다. 만일 그들이 대학원에 가게 되면 그들에게 150,000원의 용돈을 주기로 하셨다. 그러나 그들이 대학생이나 대학원생이 될 때까지 연로하신 할아버지가 살아계실 지는 의문이다. 할아버지는 60세에 은퇴하여 20년을 더 사시다가 80세의 나이로 타계하셨으니, 손자가 대학생이 되는 것을 보실 수 있었는지는 의문이다.

그는 자서전을 준비하면서 제목을 원생들이 그를 왕초 아버님이라고 애칭으로 불러준 명칭인 '왕초'로 정하기로 했다. 그의 자서전에 포함된 내용은 대체로 다음과 같다.

나는 한국전쟁이 휴전된 지 얼마 지나지 않은 1954년 4월 10일에 태어나자마자 한 고아원에 버려졌다. 나는 그곳에서 원장님을 어머니로 알고 자랐다. 나의 부모가 누구인지를 모르는 나는 원장 어머니 성을 따라서 정씨로 정했으며, 이름은 원장 어머니가 내게 지어준 것이다. 나는 생년월일을 정확하게 모르기 때문에 내가 고아원에 버려진 날인 1954년 4월 10일을 나의 생년월일로 정하기로 했다고 나중에 원장 어머니가 내게 말해 주었다. 나는 나의 친부모가 누인지도 모른다. 그리고 구태여 친부모가 누구인지 알고 싶지도 않다. 자식을 버리는 부모가 누구인지를 알아보았자 나의 인생에 무슨 도움이 되겠는가?

나는 어려서 고아원 생활이 싫어서 고아원을 원장 몰래 뛰쳐나와서 밤차를 타고 서울로 올라왔다. 고아원에 있을 때는 먹는 문제는 걱정을 할 필요가 없었는데, 아무도 아는 사람이 없는 서울에 올라오고 보니 당장 먹고사는 문제를 우선 해결해야 할 지경에 이르게 되었다. 그때만 하더라도 한국전쟁의 후유증이 아직도 남아있었던 시절이라 서울시내에서도 헐벗은 전쟁고아들이나 거지들을 얼마든지 발견할 수 있었다. 그러다가 단속에 걸리게 되면 고아로 보여 지는 부랑아들을 당국에서 잡아들여서 고아원 같은 데 수용해버리기 때문에 나는 그러한 일체단속에 걸려들지 않도록 특히 주의를 해야만 했다.

그리하여 내가 처음으로 숙식문제를 해결하게 된 곳은 이제는 없어져서 더 이상 찾아 볼 수 없게 된 청계천 다리 밑에 있었던 땅꾼들의 소굴이었다. 이곳은 서울시내에서 가장 안전한 곳이었다. 살모사와 같은 독사들을 잡아서 생계를 유지하고 있던 그들은 지상에 있는 사람들과는 특별한 접촉을 할 필요가 없었기 때문에 그들의 시중을 들어주는 일을 했던 나는 신변의 안전을 보장받을 수 있게 되었다. 한 동안 독사도 잘 잡히지를 않아서 일거리가 줄어들게 되자 나 같은 보조는 제대로 먹여줄 수도 없으니, 다른 데로 가서 일자리를 구해보라고 땅꾼아저씨가 말해주었다.

내가 청계천 다리 밑을 벗어나서 구하게 된 일자리는 거지왕초 밑에 들어가서 거지들이 먹을 밥을 구걸해 오는 일이었다. 거지왕초는 땅꾼 아저씨보다는 훨씬 더 무자비하기 때문에 거지들을 사람취급을 해주지 않았다. 따라서 밥을 구걸해 오는데 실적이 좋지 않은 거지들은 거지왕초가 구타를 심하게 하여 다치기도 하고, 경우에 따라서는 그 거지조직에서 쫓겨나는 신세가 되기도 했다. 나는 거지조직에서 쫓겨나지 않기 위하여 기를 쓰고 밥을 구걸해서 바쳤는데, 실적이 좋지 않다고 거지왕초의 눈 밖에 나게 되어서 결국에는 거지조직에서 쫓겨나는 신세가 되어버렸다.

거지조직에서 쫓겨난 나는 종이나 넝마 같은 것을 모아들이는 양아치가 되어버렸다. 당시만 하더라도 길거리에 버려지는 종이나 넝마가 서울 시내의 이곳저곳에 널려있었기 때문에 종이나 넝마 같은 것을 주어오는 양아치는 할 일이 꾸준히 있어서 먹고살 수가 있었다. 그 일을 한동안 계속하다가 다시 옮긴 일은 숙식문제를 해결해 준다는 중국집의 배달 일이었다. 당시만 하더라도 오토바이나 심지어 자전거라도 타고 배달할 정도로 중국집에 여유가 없었기 때문에, 음식배달은 철가방에 들어있는 무거운 음식을 들고 걸어서 배달을 해야만 했다. 겨울철에는 장갑도 끼지 못하고 미끄러운 길을 조심조심 하면서 배달을 하다가 미끄러져서 크게 다치기도 하고 넘어져서 깨버린 그릇과 음식으로 생긴 손해를 중국집에 물어주기도 했다. 여름에는 너무 더워서 음식배달일이 이만저만한 고통이 아닐 수 없었다. 당시의 중국음식은 한국음식에 비하여 엄청나게 쌌기 때문에 많이 팔아보았자 별로 이득이 남지를 못했다. 중국인들을 차별하는 정책 때문에 그렇게 된 것이다. 임의로 올리려는 중국음식 값을 정부에서 통제했기 때문이다. 그러다가 한국인들이 중국집을 경영하기 시작하면서 중국음식 값을 대폭 올렸기 때문에, 이제는 한국음식과 값에 있어서 평준화가 된 셈이다.

다음으로 내가 했던 일들은 배달 일을 그대로 계속했던 것으로 손수레를 사서 연탄이나 무거운 짐을 배달해 주기도 했으며, 인력거를 끌고 사람을 실어 나르기도 했다. 이와 같이 내가 살아남기 위하여 거의 안 해본 일이 없을 지경이었다. 그러다가 20대가 된 어느 날 우연한 기회에 내가 갱생원을 설립해야 하겠다는 계획에 착안을 하게 되었다. 이 세상에는 나처럼 고생을 하면서 힘들게 살아가고 있는 불우한 처지에 놓여 있는 청소년들이 많이 있다는 것을 주목하게 되었다. 한국전쟁의 후유증으로 그러한 불우한 청소년들의 숫자가 급격히 증가했으며, 정부에서는 아직도 해결해야 할 좀 더 시급한 문제들이 많이 산적해 있기 때문에, 이러한 불우한 청소년들의 문제까지 해결할 여력이 없다는 것을 새삼스럽게 깨닫게 되었다. 내가 이 문제에 개인적으로 착수하여 뚜렷한 성과를 거둘 수 있게 된다면, 내가 이 세상에 태어났던 보람을 찾을 수 있는 일이 될 것이라는 확신을 갖게 되었다.

그런데 문제는 갱생원을 설립 운영하는 데 필요한 돈은 어디에서 끌어올 것인가? 내가 그동안 고생하면서 모아 둔 돈도 없으며, 은행의 대출이나 다른 데서 지원을 받을 수도 없는 처지에 있으니 하는 말이다.

나는 여러 가지 방법 중에서 내가 어렸을 때 거지왕초 밑에서 먹을 밥을 구걸해 왔을 때의 방법을 한번 활용해 보기로 했다. 밥을 구걸하는 거지들에게 사람들은 그렇게 냉혹하지 않았다는 깨달음이었다.

내가 갱생원의 원생들에게 적용한 방법은 원생들에게는 좀 냉혹한 방법일 수 있지만, 갱생원에서 원생들에게 할당된 물품을 팔아서 돈을 벌어오라고 나누어 주는 물품을 무슨 방법을 쓰더라도 성공시키라는 것이었다. 비록 거지들이 밥을 구걸하는 방법을 교묘하게 이용해서라도…. 거지들이 밥을 구걸할 때에는 어떻게 사람들에게 애절하게 호소를 해서 그들을 감동시킬 수 있느냐 여부에 관한 것이었다. 물품의 판매도 물품의 예상구매자들의 감정에 호소해서 그들을 감동시켜야 물품을 팔 수 있기 때문에, 밥을 구걸하는 방법을 물품을 파는데도 교묘하게 활용할 수 있다는 것이다.

원장인 내가 원생들에게 그들에게 할당된 물품을 팔아오라고 시킨 근본 이유는 갱생원이 원생들에게 기대하는 목표가 자력으로 사회에 나가서 자립할 수 있도록 도와주려는 것이므로, 물품판매를 통하여 자신이 자립할 수 있는 능력을 갖고 있느냐 여부를 직접 알아 볼 수 있기 때문이다.

갱생원의 명칭을 '희망갱생원'으로 정한 이유도 갱생원의 존재이유가 원생들의 장래희망을 성취할 수 있도록 도와주려는데 있다는 것을 명확히 하려는 데 있기 때문이다. 갱생원의 조직은 협동조합의 형식을 따라서 원생 전원이 협동조합인 갱생원의 조합원이 되는 것이며, 장차 그들은 모두 투자자가 되는 것이다. 원생들이 갱생원이 배정해준 물품을 팔아서 돈을 벌어들이는 것도 조합원으로서의 일종의 투자행위라 할 수 있다. 갱생원의 수입이 늘어나게 되어 좀 더 자리를 잡게 되면 조합을 주식회사처럼 재조직을 할 생각이다. 내가 원장으로 재임하던 기간 동안에는 그 일을 성취하지 못했지만, 양아들인 강영준 원장이 그 일을 마무리 해주리라고 본다.

원생들이 처음에는 물품을 들고 나가서 판매에 성공하여 돈을 벌어들이는 일을 무척 두렵게 생각했지만, 죽기 살기로 덤벼들어서 물품판매를 시도해 본 결과 한 사람의 예외도 없이 모두 성공을 거두었던 것이다. 내가 구상했던 판매방식이 확실하게 성공을 거둔 셈이다. 물품판매에 실패를 하여 갱생원에서 탈퇴한 원생은 단 한사람도 없었다. '무슨 일이든지 죽기 살기로 한다면 안 될 일이 없다'는 교훈을 모든 원생들이 배운 셈이며, 이러한 교훈은 그들의 일생을 통하여 '삶의 좌표'가 되는 지혜로 각자의 마음속에 작용을 했을 것이다.

원생들이 판매했던 물품도 처음에는 협동조합에서 저렴한 가격으로 받아온 것이었다. 그런데 갱생원이 원생들을 위하여 좋은 일을 하고 있다는 사실이 세상에 널리 알려지면서 기업을 비롯한 독지가들을 포함하는 사회각층의 지원을 받게 되어 갱생원이 경제적으로 여유를 좀 갖게 되었다.

나는 갱생원이 경제적으로 여유를 갖게 되자 그 여유 돈을 투자하여 생산공장을 갱생원 내에 설립하기로 했다. 처음에는 소규모의 빵공장을 설립하여 자체 생산한 물품을 갖고 나가서 판매하게 되자, 소비자들이 반응이 좋아서, 공장의 규모를 과자공장으로 확대하고, 나중에는 생필품도 생산 판매하여 소비자들의 좋은 호응을 받게 되었다.

자체 생산한 물품의 판매량이 늘어감에 따라 종래의 원생들의 직접판매 방법을 과감히 지양하고 시내 여러 곳에 직판장을 설치하여 원생들이 갱생원에서 자체 생산한 물품을 판매하게 되자, 소비자들은 그 제품을 더욱 신용하게 되어 판매고가 급격히 상승하게 되었던 것이다. 이제는 갱생원의 수익도 좋아져서 그 수익금으로 원생들의 실무교육을 담당하는 직업기술학교를 설립하기로 했다.

이 직업기술학교의 설립은 원생들의 취업이나 창업에 도움이 되는 실무교육을 중심으로 원생들을 교육하려는데 그 목적이 있었다. 모든 원생들은 이 학교의 졸업생들이며, 이 학교에서 배운 실무에 도움이 되는 지식이 취업이나 창업을 통하여 사회에 진출하는데 많은 도움이 되었던 것이다. 이러한 실무교육은 국가에서도 담당하지 못하는 것을 민간단체인 갱생원이 개인의 힘으로 성공시켰던 것은 내개 있어 하나의 큰 행운이었다고 할 수 있을 것이다.

나의 일생을 되돌아볼 때 내가 20대 때부터 갱생원을 키우는 일에 골몰해 오다보니 결혼도 하지 못하고 늙어버렸다. 다행히 원생 중에 강영준이라는 성실한 청년이 있어서 그를 양아들로 입양을 할 수 있었다.

그와 결혼을 한 이영란 양도 영리한 여인으로 내가 양녀로 삼고 싶은 사람이었다. 내가 그녀를 양녀로 삼는다면, 두 사람이 결혼을 할 수 없기 때문에 강군만 양자로 입양을 했다. 그 둘이 결혼을 함으로써 이양은 나의 며느리가 되었으며, 그 둘 사이에 손자와 손녀가 태어나서 나는 늘그막에 가족을 가질 수 있게 되었다. 내가 여생을 어떻게 하면 좀 더 의미 있게 보낼 수 있을까 하는 생각을 해본다. 하고 싶은 일도 많고 가보고 싶은 곳도 많다. 그동안 바쁘게 지내느라 해외여행 한번 제대로 가보지를 못했다. 그러나 이런 일들을 다해보기에는 나의 나이가 너무 늙었구나 하는 생각을 요즘 부쩍 하게 된다.

원생들에게 왕초 아버님으로 애칭되고 있는 정준구 원장은 나름대로 의미 있는 인생을 살아온 사람이다. 그가 원생들을 교육시켜서 사회의 일꾼으로 내보낸 업적은 결코 과소평가 할 수 없는 일이라 하겠다. 그의 업적은 그가 불우한 어린 시절을 살았음에도 불구하고 그가 겪었던 고난의 생활을 극복하고 사회에 크게 기여하는 일꾼으로 성장할 수 있었다는 데에 그가 살아왔던 삶의 의미를 찾아볼 수 있는 것이 아니겠는가?

그가 이제는 나이가 너무 들어서 하고 싶었던 일을 더 이상 하기 어려운 지경에 이르게 된 것이 미진하기도 하겠지만, 인생을 살면서 하고 싶었던 모든 일을 다 하면서 살 수 있는 사람이 과연 몇 사람이나 있을 것인가? 아마도 한 사람도 없다고 해도 과언이 아닐 것이다. 그만했으면 우리들의 왕초 아버님인 정준구의 일생은 참으로 잘 살았던 삶이었다고 자위하면서 기꺼이 그 사실에 만족해야 하지 않겠는가?

8 정략결혼

이순정은 큰 키에 아름다운 외모와 예쁜 얼굴을 갖고 있는 19세의 꿈 많은 대학 2학년생이다. 공부도 잘하고 있던 그녀의 꿈은 법학전문대학원에 진학하여 변호사가 되는 것이었다. 머리도 좋고 현명한 그녀는 충분히 그녀의 꿈을 실현할 충분한 능력을 갖고 있었으며, 그녀 자신도 그러한 꿈의 실현을 위하여 한창 대학생활을 열심히 보내면서 즐거운 나날을 보내고 있었다. 막내딸이었던 그녀는 국무총리인 아버님과 어머님의 사랑을 독차지하면서 아무 걱정 없이 살고 있었다. 아버님은 자신이 좋은 자리에 있을 때 순정이를 재벌가에 출가시키고 싶었다. 순정은 아직도 나이가 어리기 때문에 결혼 같은 것은 일찍이 생각해본 일도 없었으며, 아직까지 사귀고 있는 남자친구도 없었다. 그러나 아버님의 간곡한 권유를 거절하지 못하고 대학 2학년 2학기에 마침내 모 재벌가의 셋째 아들과 결혼이라는 것을 하고야 말았다. 남편이 되는 이진호는 순정이보다는 세 살이나 위로서 이미 대학을 졸업하고 아버님의 한 계열회사에서 말단직원으로 근무하고 있었다.

재벌가의 셋째 며느리가 된 순정은 변호사가 되려는 꿈을 일단 접어두고 며느리로서 큰 집안의 법도를 익히고 큰살림을 꾸려가는 데 시간을 보내느라 자기개발을 위한 시간이란 거의 없게 되었다. 남편인 진호는 재벌가에 태어났지만, 머리도 별로 좋지 않았기 때문에 학교공부도 잘 하지를 못하여 좋은 대학을 나오지 못했다. 남들이 다 가는 군에도 몸이 약하다는 이유로 면제를 받았다. 취직하기 어려운 시절임에도 불구하고 아버님의 회사에 갈 수 있었기 때문에 직장을 잡을 수 있었으며, 취직을 한지 얼마 지나지 않아서 국무총리의 막내딸과 결혼을 하는 행운을 갖게 되었다. 워낙 영리한 아내 순정은 지금까지 사귀어왔던 여러 여자들과는 비교가 되지 않는 똑똑한 여자였다. 그러다 보니 아내에 대한 열등의식 같은 것을 갖게 되어 그 반작용으로 결혼 후에 아내 몰래 이 여자 저 여자와 바람을 피우기 시작했다.

순정의 시아버님도 그렇고 시어머님도 인격적인 면에서 존경을 받을 수 없는 사람들이었다. 시아버님은 정규교육은 별로 받은 것 없이 어렸을 때부터 장사판에 들어서서 거의 자수성가하다시피 재산을 모아서 현재와 같은 재벌기업을 일구어 낸 사람이었기 때문에 남을 우선적으로 배려해 주는 마음의 여유가 없는 사람이었다. 그러다 보니 셋째 며느리인 순정을 귀여워하고 사랑해주는 대신에 부엌데기 정도로 대하고 있었다. 시어머님은 그야말로 대표적인 재벌가의 못된 사모님으로서 순정이를 셋째 며느리가 아니라 집안일을 돕는 일손 정도로 생각하고 있을 뿐이었다. 정략결혼으로 국무총리의 막내딸을 데려 왔지만, 어쩌란 말인가

하는 배짱으로 말이다.

　재벌가의 셋째 아들인 남편은 능력면에서는 물론 서열순에 있어서도 재벌가의 후계자가 될 가능성은 거의 없었다. 국무총리와의 정략결혼으로 며느리로 데려온 순정이였지만, 국무총리직도 사임하고 정계에서도 은퇴하여 이빨 빠진 호랑이 격이 되어버린 사돈에게 기댈 것이 하나도 없게 되었다는 것을 깨닫게 된 재벌가에서는 순정을 쓸모없는 물건처럼 구박하기 시작했다. 더욱이 결혼 후에 아이를 갖지 못하고 있었던 순정이가 시부모의 사랑을 받을 수 있는 기회를 가질 수 있었겠는가? 거기에다 남편의 잦은 외도가 순정에게 발각되면서 순정은 남편의 사랑도 받을 수 없게 되었다. 순정은 처음으로 정략결혼의 비참한 현실을 뼈저리게 느낄 수 있었다. 결혼생활에 대한 장래희망을 걸 수 없었던 순정은 2년간의 결혼생활을 남편과의 이혼으로 정리하기로 결심했다. 결혼을 하지 않고 2년간을 대학에 다녔다면 이미 대학을 졸업하고 법학전문대학원에 입학했을 것이 아니겠는가?

　남편에게 이혼하겠다는 말을 해주었을 때 처음에는 순순히 응하지를 않았다. 재벌가에서 이혼을 하다니 남들에게 체면이 서느냐 하는 것이 그 근본이유였다. 그렇다고 결혼생활을 지금처럼 지속한다고 해서 무슨 의미가 더 있겠는가? 이러한 불행은 결혼에 대한 아무런 준비도 없이 어린 나이에 순정이가 아버님의 권유에 따라 덜컥 결혼을 해버린 것이 문제이며, 그것은 순전히 순정이가 책임지어야 할 문제인 것이다. 그 이유는 자신의 운명은 자신만이 책임을 져야 하는 것이지 다른 누구에게도 책임을 전가시킬 수 있는 것이 아니기 때문이다.

순정은 남편과의 이혼을 하기 전에 아버님을 한 번 만나보기로 했다. 지난 2년간 부엌데기와 같은 결혼생활을 하느라 바쁘게 지내다보니 시간을 낼 수 없어서 한 번도 친정에 가본 일이 없었다. 오래간만에 만나 뵙는 아버님은 그동안 많이 늙으신 것 같았다.

"아버님 그동안 안녕하셨어요. 시집간 후로는 한 번도 친정에 찾아올 기회가 없어서 죄송합니다. 아버님을 모처럼 찾아뵙게 된 이유는 제가 아버님의 권유대로 대학 2학년 때 재벌가의 셋째 아들과 결혼을 했지만, 행복한 결혼생활을 보내지 못하고 남편과 이혼하기로 결심했기 때문입니다."

"얘야, 내가 그때는 무엇인가 잘못 생각하여 너를 재벌가에 시집을 보냈는데, 그 후에 생각해 보니 큰 실수를 한 것 같은 생각이 들었다. 너처럼 영리한 애가 자신의 배우자를 스스로 선택하도록 그냥 놓아두지를 않고 내가 중간에 끼어서 너의 인생을 망쳐놓은 생각을 하니 정말 미안하고 송구한 생각이 드는구나."

"남편의 외도가 나날이 심해지고 있어서 더 이상 살 수 없으며, 다행히 남편과의 사이에는 아이가 없으니 이혼한 후에 새 출발을 할 생각입니다."

"이혼하게 되면 재벌가이니 위자료는 충분히 받을 수 있겠지만, 어떻게 소일할 생각이냐?"

"저는 대학에 다시 돌아가서 2년간의 공부를 더해서 대학공부를 마친 후에, 계획했던 대로 법학전문대학원에 가서 법학공부를 하여 변호사가 되겠습니다. 나는 이혼전문변호사가 되어 나처럼 결혼생활이 불행해진 여성들을 도우며 평생을 지낼 생각입니다."

"장하다. 내 딸아! 나의 순간적인 착각으로 네가 가려는 길을 2

년간 지연시켰구나. 이제라도 너무 늦지 않게 네 갈 길에 들어섰으니 행운이 너와 함께 있기를 빈다. 너는 충분히 그 일을 해내리라고 믿는다."

"순정아 오래간만에 너를 이렇게 만나보니 에미는 여한이 없다. 이혼을 하게 된 것은 안 되었지만 다시 공부를 하여 변호사가 되려던 네 꿈을 실천할 수 있게 되었다니 장하다 내 딸 순정아."

친정에 다녀온 순정은 남편과 이혼하겠다는 결심을 재확인하고 이혼하기 위한 법적절차를 밟기로 했다. 남편의 외도가 결정적인 이혼사유였기 때문에 이혼은 피할 수 없었다. 위자료의 액수 때문에 좀 다툼이 있었지만 재벌가의 이혼답게 남편 이진호는 아내 이순정에게 50억 원의 위자료를 주고 2년간의 결혼생활을 마무리지었다. 50억 원의 위자료를 받은 순정은 그 돈을 전부 은행에 맡겨두고 이자만 받아도 1년에 수천만 원이나 되니 돈 걱정 없이 편안하게 자기가 하고 싶은 공부를 할 수 있게 되었다. 순정에게는 이러한 일련의 사실이 오히려 전화위복이 된 셈이다.

우리 사회에서는 정략결혼으로 신분상승을 기하거나 경제적인 지원이나 정치적인 혜택을 기할 수 있는 경우가 있다. 정략결혼으로 이득을 보는 사람들은 주로 자녀들을 정략결혼시키는 당사자들일 것이다. 부모들을 위하여 정략결혼을 한 당사자들이 행복한 결혼생활을 하고 있느냐 여부에 관한 것을 조사해 본 일이 없었기 때문에 그들이 어떠한 결혼생활을 보내고 있는지에 대한 것은 아무 것도 알려진 것이 없다. 우리의 주인공인 이순정의 경우에는 정략결혼으로 시작된 2년간의 결혼생활은 참으로 비참한 것이었다고 할 수 있을 것이다. 그러나 영리한 순정은 그러한 비참한 결혼생활에서 과감히 벗어나기 위하여 이혼을 할 수 있었다는 것은 아무나 할 수 있는 일은 아닐 것이다. 이순정과 같이 결단력이 있는 여성만이 정략결혼으로 실패했던 자신의 운명을 바로잡을 수 있는 능력이 있는 것이라 하겠다.

이혼을 하여 다시 대학 2학년에 복학한 순정은 참으로 살맛이 있었다. 오래간만에 대하게 되는 캠퍼스의 활달한 분위기는 자신이 살아있다는 느낌을 만끽할 수 있을 것만 같았다. 어떻게 이러한 삶의 생생한 현장에서 벗어나서 재벌가의 며느리로 2년간이나 감옥 같은 생활을 할 수 있었던 것일까? 도저히 믿어지지가 않았다. 이제 대학으로 다시 돌아온 것이니 남은 2년간의 대학공부를 마치고 반드시 법학전문대학원에 입학하여 변호사의 길을 걸어야 하겠다는 결심을 새삼 다지게 되었다.

결혼 전에 대학 다닐 때는 의례적인 행위처럼 여겨졌지만, 이혼 후에 다시 대학으로 돌아와서 다시 다니기 시작한 현재의 대학생활은 뚜렷한 목적의식을 갖고 죽기 살기로 해보는 공부이기에 그 느낌부터가 달랐다. 이번에는 공부에 성공하지를 못하면 달리 더 이상 할 일이 없다는 생각까지 들게 될 지경이다. 그렇게 생각을 하고 보니 자기처럼 죽기 살기로 열심히 공부하는 사람들도 주변에서 얼마든지 발견할 수 있었다. 이것은 순정에게 실로 발상의 전환을 가져오게 하는 계기가 되었다.

순정의 지금까지의 공부의 목적은 자기 자신만이 잘 되어보려는데 있었지만, 불행한 결혼생활을 겪었던 순정이 이혼을 하고 다시 학교로 돌아와서 시작한 공부는 불쌍한 여성들을 위한 이혼전문변호사가 되려는데 있는 것이다. 이러한 목표는 더 이상 자신만을 위한 공부를 하려는 것은 아니었다. 변호사가 되려는 대부분의 사람들은 돈벌이를 하려는데 그 목적이 있다고 해도 과언이 아닐 것이다. 그러나 순정의 경우에는 이혼함으로써 이미 50억 원이라는 거액의 위자료를 받았으니 더 이상의 돈을 벌 필요는 없다고 해도 과언이 아닐 것이다. 순정이 변호사가 되려는 이유는 불행한 결혼생활을 하고 있는 여인들에게 도움을 주려는데 있다고 할 수 있을 것이다.

워낙에 공부를 잘하던 순정은 2년간의 결혼생활로 머리가 약간 녹슬기는 했지만 다시 시작한 대학공부를 따라가는 데는 별 지장이 없었다. 우수한 성적으로 대학을 졸업하고 법학전문대학원에 당당히 입학을 하게 되었다. 처음부터 결혼을 하지 않고 공부를 계속할 걸 하는 생각도 들었다. 결혼은 나중에 좋은 사람을 만나게 되면 하든지, 아니면 결혼을 하지 않고 처녀로 혼자 살 수도 있다는 생각을 하기까지 했다. 골드미스가 되어 다른 사람을 위해 봉사하는 생활도 의의가 있을 것 같았다. 순정이 일찍이 불행한 결혼생활을 겪었던 사실이 후일에 그녀가 이혼전문변호사로서 크게 성공하는데 도움이 되었다고 할 수 있을 것이다.

법학전문대학원과 사법고시가 공존하는 우리나라의 실정으로 볼 때 법과대학을 다니면서 이전처럼 사법고시에 합격하는 방법도 생각해 볼 수 있지만, 그렇게 되면 법학을 전공하지 않은 사람도 사법고시에만 합격하면 변호사 자격을 얻을 수 있게 되는 모순이 발생할 수 있기 때문에 그 방법은 택하지 않기로 했다. 그 대신에 법학전문대학원에 입학하여 법학전문교육을 받고 변호사시험에 합격하여 변호사가 되는 길을 택하기로 했다. 이 방법이야말로 변호사가 되는 올바른 길이라고 생각했기 때문이다.

순정은 우수한 성적으로 법학전문대학원을 졸업하고 변호사시험에 무난히 합격을 하여 그녀의 소원대로 변호사가 되었다. 변호사가 된 그녀는 그녀의 변호사 일을 여성법률상담소에서 처음 시작하기로 했다. 역사가 오래 된 여성법률상담소에는 그동안 처리한 이혼소송의 사례가 축적되어 있어서 순정이 변호사 일을 시작하면서 여성법률상담소가 보유하고 있는 판례가 상당한 도움이 되었다. 여성법률상담소에서 일하면서 새삼스럽게 발견한 사실은 자신처럼 불행한 결혼생활을 보낸 사람들의 숫자가 너무나 많다는 것이었다. 그녀는 왜 우리나라에서만 불행한 결혼생활을 보내는 여성들이 그렇게 많느냐 하는 사실을 면밀하게 검토할 필요가 있다는 것이다.

우리나라에서는 법률상으로는 남녀의 차별이 없다. 그러나 사실상 남녀는 동일한 지위에 놓여 있는 것이 아니다. 바로 여기에 문제가 있는 것이다. 결혼생활에 있어서 주도권을 갖고 있는 쪽은 남편이지 아내가 아니다. 요즘에는 부부가 모두 직장을 갖고 돈을 벌고 있는 경우가 대부분이다. 경우에 따라서는 아내가 남편보다 돈을 잘 벌어들이는 경우에도 남편이 주도권을 잡으려하며 아내에게 주도권을 양보하려는 남편은 하나도 없다고 해도 과언이 아닐 것이다. 왜 그런 것일까? 그 이유는 아마도 남존여비(男尊女卑)의 뿌리 깊은 사상 때문이 아닐까? 제대로 교육을 많이 받은 사람의 경우에도 여성을 우습게 보려는 생각이 사라지지 않고 있다는 것이 아직도 사실이라 할 수 있을 것이다. 여자대통령까지 낸 대한민국에서 참으로 웃기는 일이 아닐까? 여자대통령이 대통령에 취임한 후 1년이 지날 때까지 그녀를 대통령으로 인정하지 않으려 했던 야당이나 야당의 대통령 후보자나 과연 제 정신이었던가 의문이 날 지경이다.

결혼생활은 남녀의 평등을 기초로 하는 것이다. 남편이 가장이기는 하지만 남편이 아내를 무시하고 모든 일을 제멋대로 하게 되면 그 결혼생활은 결코 행복해질 수 없는 것이다. 순정의 불행했던 결혼생활의 경우를 생각해 보자. 결혼을 해서 시집에 들어가서 살게 된 순정은 시부모에게서 인격적인 대우를 받지 못하고 며느리가 아니라 부엌데기처럼 대우를 받았다. 남편은 순정의 존재를 무시하고 밖에 나가서 바람만 피우다가 마침내 순정에게 덜미를 잡히게 되어 그의 행동이 중요한 이혼사유가 되어서 순정에게 이혼을 당하게 되었던 것이다.

이 경우에 가능한 일은 아니지만, 만일 시부모들이 순정을 인격적으로 대해 주었으며, 남편이 순정을 무시하고 바람을 피우는 일이 없었다면 순정은 결코 이혼을 하지 않았을 것이다. 이혼으로 파탄이 나는 결혼생활도 많지만, 50년을 부부가 해로하여 금혼식을 맞이할 때까지 별 일 없이 살고 있는 가정들도 상당수 있다고 할 수 있을 것이다. 그러나 50년을 부부가 함께 살면서 왜 문제가 없었겠느냐마는 그러한 부부들의 경우에는 부부간에 웬만한 일이 발생하더라도 그러려니 하고 한 눈을 감고 살다보면 아무 일도 생기지를 않아서 그렇게 오랜 세월을 살 수 있게 되었다고 한다.

순정이 변호사로 일을 시작한 여성법률상담소의 설립 목적은 여성들에 대한 법률서비스를 통하여 일반법률사무소처럼 돈벌이를 하려는데 있는 것이 아니라, 남편에게 버림받은 불쌍한 결혼 생활에서 그녀들을 법률적으로 도와주려는데 있는 것이다. 이혼소송을 하는 경우에 아내에 대한 위자료를 순순히 내주는 경우에는 문제가 없겠지만, 악질적인 남편의 경우 위자료를 충분히 지불할 수 있는 재원이 있음에도 불구하고 위자료를 제대로 지불하려 하지 않는 경우에 아내들을 대신해서 남편에게서 상당액수의 위자료를 대신 받아내는 역할을 하는 곳이 여성법률상담소라 해도 과언이 아닐 것이다.

여성의뢰인들 중에는 돈이 없어서 변호사 착수금도 낼 수 없는 경우가 있는데, 그러한 의뢰인의 경우라 하더라도 남편에게서 나중에 상당액의 위자료를 받아낼 수 있는 경우에는 문제가 없을 것이다. 문제는 악질적인 남편인 경우 모든 재산을 은닉해 두어서 위자료를 한 푼도 줄 수 없다고 우기는 경우나 위자료를 지불할 능력이 사실상 없어서 아내에게 위자료를 줄 수 없는 경우에는 아내를 위한 무료변론까지 해주는 곳이 여성법률상담소인 것이다. 순정의 경우에는 이혼할 때 50억 원이라는 거액을 이미 받았기 때문에 이자율이 낮은 은행예금의 경우에도 은행에 예금한 그 돈으로 매달 수천만 원씩의 이자를 받고 있으니 그녀의 경우에는 다른 변호사들처럼 악착같이 돈을 벌어야 할 필요도 없는 셈이다. 따라서 이러한 경제적인 호조건에 놓여있는 순정은 의뢰인의 경제적인 능력여부에 관계없이 사건을 맡아서 성심성의껏 문제해결을 하다 보니 대부분의 이혼소송에 있어서 승소를 하여 남편에게 위자료를 받아내는데 성공했을 뿐만 아니라 무료변론까지 마다하지 않다보니 일약 유명변호사로 발돋움을 하게 되었다.

　정략결혼에 의하여 2년간 불행한 결혼생활을 했던 순정은 다른 여인들의 불행한 결혼생활을 마치 자신이 겪고 있는 불행처럼 생각하여 최선을 다해서 그녀들을 도와주고 있다 보니 순정에게는 의뢰인들이 연일 줄을 서다시피 하여 여성법률상담소의 변호사 중에 순정이 가장 많은 의뢰인을 확보하고 있는 변호사가 되었다. 이러한 순정의 명성이 널리 알려지자 모교인 법학전문대학원에서는 순정에게 이혼소송 특강을 할 수 있도록 자리를 마련해주기까지 했다. 이제 순정은 유명인이 된 것이다. 이혼 후에 다시 대학에 돌아가서 미처 마치지 못했던 공부를 끝내고 법학전문대학원에 가서 법률공부를 하고 변호사시험에 합격하여 이혼전문 변호사가 된 것은 너무나 현명한 결정이었다고 하겠다. 역시 똑똑한 사람은 어떠한 역경에서도 현명하게 자신의 운명을 개척해 나갈 수 있다고 할 수 있을 것이다. 그러한 면에서 볼 때 순정은 결혼생활에는 실패했지만 변호사로서는 단시일 내에 괄목할만한 성공을 거둔 셈이다.

　사람에게는 결혼생활이나 사회생활에 있어서 모두 성공을 거두는 것이 바람직한 일이겠지만, 결혼생활에 실패한 경우에 사회생활에서 만이라도 성공을 거둘 수 있는 기회가 주어진다면 그것만으로도 다행한 일이라 할 수 있을 것이다. 이러한 문제는 여자들에게 좀 더 심각한 문제라 할 수 있다. 그 이유는 결혼에 실패하여 이혼한 여성의 경우에 혼자 살아야 하기 때문에 어떤 방법으로라도 자립을 할 필요가 있기 때문이다. 순정의 경우처럼 전문직에 종사하면서 돈도 벌고 명성도 얻고 자신의 발전을 기할 수 있다면 얼마나 좋겠느냐마는 이것은 이혼한 모든 여성들에게 가능성이 있는 일이 아닐 것이다. 단지 순정과 같이 선택된 소수에게만 해당하는 행운이라 할 수 있을 것이다.

법학전문대학원에 개설된 순정이 진행하는 '이혼소송 특별세미나'는 가장 인기 있는 과목이 되었다. 세미나의 첫 번째 시간에 순정은 자신을 학생들에게 다음과 같이 소개하고 있다.

"나는 대학 2학년이었던 19세 때 국무총리였던 아버님의 권유로 모 재벌회사의 셋째 아들과 정략결혼을 했다가 2년을 살고 결국 결혼에 실패하여 이혼을 했습니다. 나는 이혼을 한 후에 남은 2년간의 대학생활을 계속하여 졸업한 후에 법학전문대학원에 진학하여 졸업을 했으며 변호사시험에 합격하여 변호사가 되었습니다. 나는 이혼전문변호사로서 여성법률상담소에서 변호사생활을 시작했습니다. 실패한 결혼생활이 금전적으로만 보상될 수 있는 것은 아니지만, 이혼한 여성이 자립하는데 도움이 되도록 최대한으로 배우자가 위자료를 지불하도록 하는데 최선을 다하고 있습니다."

"교수님, 배우자가 미리 재산을 은닉하거나 사실상 위자료를 지불할 만한 능력이 없을 때는 어떻게 합니까?"

"좋은 질문을 하셨습니다. 악질 배우자의 경우 미리 자신의 재산을 은닉하는 경우가 더러 있지요. 그런 경우에는 철저히 조사를 해서 은닉재산을 찾아내야 하지요. 이것은 고도의 기술을 요하는 사항입니다. 우리 여성법률상담소에는 그러한 문제를 담당하는 전문가들이 있습니다. 그런데 문제는 정말 돈이 없어서 위자료를 지불할 수 없는 경우가 있는데, 이 경우가 가장 문제가 되고 있습니다. 이런 경우에는 의뢰인의 변론을 무료로 해주고 있으며, 이혼 후에 살아가는 방법으로 적당한 직업을 알선해 주거나 직업교육을 받을 수 있는 기회를 제공해 주는 방법으로 자립할 수 있도록 도와주고 있습니다."

"이혼의 사유 중에 어떤 경우가 가장 많이 있습니까?"

"이혼의 사유는 여러 가지가 있을 수 있겠지만, 가장 다수를 점하는 경우가 배우자의 외도라 할 수 있습니다. 이 경우에는 배우자가 다시는 외도를 하지 않겠다고 다짐하는 경우에도 충분히 이혼의 사유가 될 수 있습니다. 왜냐하면, 배우자의 외도는 결혼생활에 있어서의 신의성실의 원칙을 정면으로 위배하는 것이므로 더 이상의 결혼생활을 유지한다는 것이 무의미하게 되기 때문입니다. 결혼도 하나의 계약이니 배우자의 외도는 결혼이라는 계약에 대한 중대한 위반이 된다고 볼 수 있습니다."

"배우자의 외도를 눈감아주고 그럭저럭 살아가고 있는 여성들의 경우, 본인이 원하지 않는 경우에 그들에게 이혼을 하라고 종용할 수는 없는 일이 아니겠습니까?"

"그것은 당연한 일이지요. 배우자의 외도도 본인이 감내한다면 어쩔 수 없는 일입니다. 그런데 최근에는 이혼하는 연령대가 낮아질 뿐만 아니라 황혼이혼의 경우에 볼 수 있는 바와 같이 수십 년을 함께 살아온 노부부들이 이혼을 하려는 경향이 늘어나고 있는 것이 새로운 문제점이라 할 수 있습니다."

"각자의 사정이 있겠지만, 이혼을 하려면 무엇 때문에 결혼을 하는 것인지 이해가 잘 되지를 않습니다. 최근에는 결혼을 하지 않고 혼자 사는 독신녀나 독신남이 늘어나는 현상을 보여주고 있는데, 누구나 어쩌다가 결혼적령기를 놓치고 나면 혼자 살게 되는 가능성이 농후해지고 있는 셈이지요. 혼자 사는데 익숙해진 사람들이 결혼을 하여 다른 사람과 함께 사는 것처럼 어려운 일도 드물 것입니다."

"이혼을 한 후에 혼자 살지 말고 재혼을 하는 것에 대해서는 어떻게 생각하십니까?"

"내 생각으로는 결혼에 한번 실패했던 사람들은 재혼을 하더라도 또다시 실패할 가능성이 있기 때문에 재혼하지 말고 혼자 사는 것이 좋을 것 같은 생각이 듭니다. 최소한 나의 경우가 그렇다는 것이지요. 재혼에 성공하여 행복하게 살고 있는 사람들도 얼마든지 있다는 것을 부정하지는 않겠습니다. 결혼생활은 각자가 살아가는 방법이 다르기 때문에 일률적으로 말을 할 수 없는 일이지요."

"특별세미나를 위한 문헌들을 많이 제시해 주셨는데, 결혼생활도 일종의 인간관계에 관한 문제라 할 수 있기 때문에 이론만으로 해결될 수 있는 문제는 아니겠지요. 교수님의 세미나에 열심히 참석하여 저도 교수님과 같은 유명한 이혼전문변호사가 될 생각입니다."

순정은 특별세미나에 대한 학생들의 적극적인 반응을 대하면서 실로 감개가 무량했다. 자신이 정략결혼에 성공하여 행복한 결혼생활을 영위할 수 있었다면, 그녀는 하나의 평범한 주부로 생을 마감했을 것이 아니었겠는가. 그렇게 살았다면 그녀는 결코 현재와 같은 성공한 변호사가 될 수 없었으며, 법학전문대학원에서 특별세미나를 강의할 기회는 영원히 없었을 것이다. 순정은 '정략결혼'에 관한 단상을 수필로 써 모아서 수필집을 내기로 했다. 자신이 경험했던 일들을 혼자만이 겪었던 불행한 체험으로 남겨두지 않고 이것을 글로 써서 남들과 자신의 체험을 공유하고 싶은 생각이 들게 되었다.

소설도 쓰고 싶었지만, 소설을 쓰는 것은 자신의 능력으로는 지나치게 벅찬 일이라는 생각에서 가벼운 마음으로 수필을 써서 이혼할 수밖에 없었던 불행한 여인들의 애환을 수필로 써보기 시작했다. 특히 정략결혼으로 인한 자신의 경험과 같은 파탄의 경우들을 분석해보는 글을 써보기로 했다. 법학이나 의학을 공부하여 변호사나 의사가 된 사람 중에는 다른 재주들을 갖고 있는 경우도 있지만, 그 후에 소설가, 수필가, 또는 시인이 된 경우가 더러 있다. 그들은 문학에 자신의 재능이 있다는 것을 알지 못하고 살아온 경우라 할 수 있을 것이다. 자신이 자진해서 글쓰기를 시도해 보지 않는 한, 자신이 문학에 소질이 있는지 여부를 도저히 알 길이 없는 것이다. 글쓰기를 시도해보지 않는 한, 자신이 글쓰기에 재능이 있다는 것을 알지 못하고 생을 마감했을 것이다. 순정의 경우가 바로 그 대표적인 예라 할 것이다. 그녀는 이혼 후에 유능한 변호사로 성공하여 변호사로서의 능력이 있다는 것은 확인할 수 있었지만, 수필을 써보기 전까지는 자신이 수필가로서도 유능하다는 것을 알지 못하고 살아왔는데, 수필을 써보고 나서야 순정 자신이 수필가로서도 능력이 있다는 것을 비로소 알게 되었던 것이다. 그녀는 모 문학지에 수필가로 등단했으며, '정략결혼'이라는 수필집도 펴냈다.

평범한 한 사람의 일생을 살펴보면 대체로 다음과 같다. 부모에게서 태어난 후 학교 갈 나이가 되기 전에 유아원이나 어린이집, 또는 유치원을 다니다가, 학교 갈 나이가 되면 초등학교부터 다니기 시작하여 순탄한 길을 걷는 사람의 경우에는 대학까지 가게 된다. 일부 사람들의 경우에는 대학은 물론 대학원까지 졸업해서 석사나 박사학위를 받게 된다. 대학공부까지 마친 후에는 마땅한 직장을 구하고 결혼적령기가 되면 배우자를 만나서 결혼을 하고 자녀들을 낳아 기르게 된다. 남자들의 경우에 가족을 위한 부양의무를 갖고 살게 된다. 그렇게 일을 하다가 일정한 나이가 되면 직장에서 은퇴를 하여 한동안 지내다가 나이 들어 병들게 되어서 죽게 되는 것이다.

이러한 과정에서 볼 때 결혼을 한다는 것은 누구나 거치게 되는 하나의 과정이라 할 수 있을 것이다. 그런데 결혼이라는 것이 생각했던 것처럼 쉬운 일이 아니라는 것이다. 결혼을 한 후에 부부 간에 금슬이 좋아서 50년을 해로하고 여생을 함께 사는 성공적인 부부생활을 하는 부부가 있는가 하면, 배우자와 사별하여 해로를 못하는 부부들도 있는 것이다. 일부의 부부들 중에는 결혼생활을 끝까지 성공적으로 끌고 가지를 못하고 중도에 이혼을 하여 서로 갈라서게 되는 경우도 있다. 아마도 두 사람이 화합하여 성공적인 결혼생활을 한다는 것도 결코 쉬운 일이 아닌 모양이다.

일부의 사람들은 처음부터 결혼할 생각이 없어서 혼자 사는 경우도 있는가 하면 생활여건상 결혼을 할 수가 없어서 독신으로 사는 경우도 있는 것이다. 나의 경우 20대 초반에 대학에서 아내를 만나서 지금까지 별일 없이 60여년에 가까운 세월을 함께 살아오고 있다. 우리 부부는 사귀면서 결혼은 당연히 하는 것이지

결혼을 하지 않아도 된다는 생각을 한 번도 해본 적이 없었다. 그 긴 세월을 살면서 부부가 싸우다가 화가 나면 이혼하자는 말을 함부로 내뱉기는 했지만 이혼을 실천에 옮긴 일은 한 번도 없었다. 이혼하자는 말은 서로에게 위압적으로 말하는 엄포용에 불과했던 것이다. 함께 사는 부부간에 이혼해야 할 정도로 화가 나는 일은 그렇게 많지도 않은 것 같은데, 용감하게 이혼까지 감행하는 부부들은 참으로 용감한 부부라 아니할 수 없을 것이다.

부부의 경우 자신의 일처럼 배우자를 보살펴주는 경우란 흔히 있을 수 있는 일이 아닐 것이다. 나의 분신처럼 배우자가 움직여주지 않는다 하여 그것을 불만스럽게 생각할 필요는 없는 것이다. 두 사람은 완전한 별개의 인격체이기 때문에 부부관계를 원만하게 유지할 수 있는 비결은 상대방을 인격체로 대우하는 것이외의 다른 방법이 없는 것이다. 무리하게 자신의 의사만을 배우자에게 강요하면 원만한 부부생활이란 기대할 수 없는 것이다. 아마도 이혼하는 부부들은 이러한 부부생활의 기본원리를 이해하지 못하기 때문이 아닐까 한다. '핑계 없는 무덤이 없다'는 말처럼 이혼을 하는 사람들에게 왜 특별한 이유가 없겠는가? 성격이 맞지를 않아서 이혼하는 부부들도 많이 있다. 그런데 이 말에는 모순이 있는 것 같다. 부부간에 성격의 차이가 있는 것은 너무나 당연한 일이며, 성격이 다르다는 것이 이혼의 사유는 될 수 없다고 생각된다. 부부생활은 배우자의 서로 다른 성격을 존중해주면서 살아가는데 결혼생활의 묘미가 있는 것이라 하겠다.

남편의 외도도 다분히 아내에게 책임이 있는 일이라 할 수 있을 것이다. 남편들은 우리나라의 음주문화상 자기 아내 이외의 여자들을 만나게 되는 기회가 많은 편이다. 술을 마시고 정신을 놓는 경우에 이러한 여자들의 유혹에 빠질 수 있는 기회는 얼마든지 있는 것이다. 남편들의 경우 혹시 실수로 그러한 여자들과 성관계를 한 경우에도 한 번의 실수로 끝내야지 그렇지를 못하고 그녀와 불륜관계를 계속 유지하다 보면 걷잡을 수 없는 지경에 이르게 되는 것이다. 남편들의 외도는 어떻게 보면 자업자득이라 할 수 있을 것이다. 패가망신을 하여 배우자에게 이혼까지 당하는 외도를 무엇 때문에 계속할 필요가 있겠는가? 이렇게 말하는 사람은 마치 군자나 된 듯한 착각에 빠지게 되는데, 외도하고 싶은 유혹을 군자가 아니더라도 과감히 떨쳐버리는 것이 결혼생활을 정상적으로 유지하는 지름길이 되는 것이라는 것을 외도의 유혹을 받는 남편들은 특별히 유의할 필요가 있지 않을까?

외도하고 싶은 유혹은 담배피우고 싶은 유혹과 비교할 수 있을 것이다. 젊었을 때 수십년간을 담배 피워왔던 내가 담배 끊기를 시도해 보았지만 번번이 실패를 했다. 이유는 담배를 끊기는 했지만 1주일을 견디지 못하고 다시 담배를 피우게 되었기 때문에 담배 끊기에 실패를 했던 것이다. 이것은 마치 술을 마시지 않으면 여자들과 바람을 피우지 않아도 되는 것과 마찬가지 이치인 것이다. 그러다가 어느 날 갑자기 담배를 끊는데 성공을 했다. 이번에는 담배피우고 싶은 욕망을 1주일간 참는데 성공했으며, 한 달을 참을 수 있었으며, 일 년을 참을 수 있어서 마침내 금연을 하는데 성공을 했다. 금연할 때 피우던 담배들이 아직도 나의 책상 서랍 속에는 그대로 남아있다. 되돌아가서 다시 담배를 피우게 될 일도 없을 것이니 현장을 그대로 보존하고 있는 셈이다.

기타의 다른 이혼사유들도 엄밀하게 따져본다면 별 것이 아닐 것이다. 사람은 어떻게 생각하느냐에 따라 느낌이 달라진다는 것이다. 이혼하고 싶은 여러 가지 이유들은 배우자를 더 이상 사랑하지 않기 때문에 생겨난 일이라 할 수 있을 것이다. 처음 만났을 때처럼 배우자를 사랑하는 마음이 조금이라도 남아있다면 이혼을 해서 갈라설 필요는 없지 않을까? 이 문제와 관련하여 원효대사의 그 유명한 '해골바가지에 담긴 물'로 도통한 이야기를 다시 한 번 생각해보자. 그가 절에서 자다가 목이 말라서 일어나 보니 바가지 속에 물이 가득 담긴 것이 있기에 그 물을 벌컥벌컥 마시고 편안한 마음을 갖고 다시 잠이 들었다. 그런데 다음 날 아침 깨어나서 맑은 물이 가득 담겨 있었다고 생각했던 것을 다시 보니 그것은 바가지가 아니라 해골이었으며, 그것에 담긴 물은 빗물이었던 것이다. 그만 욕지기가 나서 먹었던 것을 전부 토해버릴 지경에 이르렀다. 그러다가 그에게는 깨달음이 있었다고 한다. 해골바가지에 가득 담겼던 물도 바가지 속에 담겨있는 신선한 물이라고 생각하면, 전혀 느낌이 달라질 수도 있다는 깨달음이었던 것이다.

　사람이 어떻게 사는 것이 행복한 삶이냐 하는 것에 대한 방법론이 수없이 연구된 일이 있었지만, '행복한 삶'에 대한 정설은 아직까지 발견되지 않고 있다. 일생을 다 살고 난 후에 그래도 나는 행복한 삶을 살았다고 만족해하면서 기꺼이 죽음을 맞이할 수 있는 사람은 과연 얼마나 될 것인가? 정략결혼으로 불행한 결혼생활을 했던 순정이 이혼전문변호사로 성공을 거두고 글을 쓰기 시작하면서 비록 성공한 변호사이기는 했지만 그가 변호사 일을 하면서 느낄 수 있었던 성취감보다는 수필을 쓰면서 느끼게 되는 성취감이 훨씬 더 크다는 사실을 처음으로 알게 되었다.

변호사 일만 하더라도 일정한 틀에 박힌 업무에 불과하지만, 글쓰기에 있어서는 그 경계선이 없는 자유분방한 세계라 할 수 있을 것이다. 글쓰기는 무엇에 대해서도 쓸 수 있다는 것이다. 글은 쓰면 쓸수록 느는 것 같으며, 글쓰기는 생각을 정리해 주는 수단이 될 수 있다는 것을 알 수 있었다. 순정은 자신의 삶을 글로 정리해보기로 했다.

나는 부모님을 잘 만나서 대학을 다닐 때까지 별 어려움 없는 삶을 행복하게 보내고 있었다. 꿈 많은 19세의 어린 나이에 내가 아버님의 권고에 따라 모 재벌가의 셋째 아들과 조기결혼을 한 것부터가 단추를 잘못 끼운 것 같은 큰 잘못을 저질렀던 것 같다. 당시 국무총리였던 아버님은 좋은 자리에 있을 때 막내딸을 좋은 집안에 시집보내는 것이 바람직하다는 잘못된 판단으로 막내딸을 정략결혼으로 부잣집에 시집을 보냈던 것이다.

그런데 나의 결혼생활은 처음부터 무엇인가 어긋나기 시작하는 것 같았다. 시부모님들은 재벌가라 돈이 많다는 것은 인정해 주어야 했지만, 재벌가로서 두 분 모두 인격적인 면에서는 함량 미달이 아닌가 하는 의구심이 들기까지 했다. 이러한 집안에 시집을 오기 위하여 무엇이 급하다고 대학도 졸업을 하지 않고 내가 서둘러 시집을 오게 되었던 것인가? 옛날에는 대학물을 먹는다는 의미에서 1~2년간 대학공부를 하다가 졸업을 하기 전에 시집을 가는 경우가 더러 있었지만, 21세기에 살고 있는 내가 무엇 때문에 대학도 졸업을 하지 않고 19세의 어린 나이에 서둘러 시집을 가기로 결심을 했다는 말인가?

시부모들은 자수성가를 한 다른 재벌가의 경우와는 달리 나를 귀여운 며느리로 대하는 대신에 돈에 팔려온 가난한 집에서 온 부엌데기처럼 대하면서, 나를 그 이상으로 대우해 줄 생각은 전혀 없었던 것이다. 국무총리의 딸로 부러운 것 없이 자라온 나의 경우 이러한 모욕에 가까운 시부모들의 태도는 결혼생활에 대하여 내가 가졌던 순진한 환상을 깨버리는데 거칠 것이 없었다. 남편이 나를 위해주었다면, 그러한 서러운 결혼생활이 그럭저럭 유지될 수 있었을 것이다. 남편은 나를 위로해주고 감싸 주기는커녕 자기 혼자 즐기기 위하여 이 여자 저 여자들과 바람을 피우고 다니니 내가 이러한 인간을 위하여 아내로서의 자리를 지키고 있을 필요가 무엇이냐 하는데 생각이 미치게 되었다. 나는 남편과의 결혼생활을 더 이상 유지할 필요성을 느끼지 못하게 되어 남편에게 이혼을 해줄 것을 요구하게 되었다.

시부모들은 처음에는 재벌집안에서 이혼이라는 것이 가당키나 한 일이냐는 구실로 내가 남편과 이혼을 할 수 없도록 압력을 가했지만, 결국에는 재벌가라는 체면을 살려서 50억 원이라는 거액을 내게 위자료로 지불하고 남편과의 이혼을 허락해 주었던 것이다. 나는 불행했던 2년간의 결혼생활이 내 일생에 있어서 최대의 오점이었다고 생각했다. 아버님의 권고에 따라 어린 나이에 서둘러 결혼을 하지 않고 공부를 계속해서 졸업을 한 후에 직장생활을 하면서 나를 사랑하는 사람을 만나서 결혼을 할 수 있었다면, 좀 더 행복한 결혼생활을 하지 않았을까 하는 아쉬움이 남아있기는 하다.

인생은 되풀이할 수 있는 것은 아니니 잘못된 과거는 과거대로 그대로 묻어두고 나는 이혼 후에 내 인생을 재출발하기로 했다. 50억 원이라는 거액을 위자료로 받게 된 나는 돈에 대해서는 더 이상 걱정할 필요가 없게 되어서, 나는 그 돈을 은행에 예금을 하고 나오는 수천만 원의 이자만으로도 충분히 생활을 하는데 부족함이 없었다. 나는 다시 학교로 돌아가서 대학공부를 마치기로 했다. 대학을 졸업한 후에는 법학전문대학원에 입학하여 법률공부를 정식으로 하기 시작했다. 이전 같았으면 법과대학에 가서 재학 중이나 졸업 후에 사법시험에 합격하면 변호사 자격증을 받을 수 있었다. 나는 그러한 재래식 방법을 택하는 대신에 법학전문대학원에 진학하여 법률공부를 하고 변호사 시험에 합격하여 변호사 자격증을 얻게 되었던 것이다.

나는 2년간의 결혼생활이었지만 불행했던 결혼생활의 실패를 거울삼아 나와 비슷한 위치에 있는 여성의뢰인들을 위하여 가급적 많은 위자료를 남편에게서 받아낼 수 있도록 그들을 위한 이혼소송을 대행해 주고 있는 중이다. 나는 여성법률상담소에 취직을 해서 변호사로 업무를 계속하고 있다. 이혼전문변호사로서 성공을 거두게 되자 모교인 법학전문대학원에서 내게 '이혼소송특별세미나' 강좌를 개설해주어서 이혼소송의 실무를 세미나형식으로 학생들에게 강의하여 많은 호응을 받고 있는 중이다.

나는 변호사 일을 계속하는 한편 틈틈이 수필을 써서 모 문학지에 수필가로서 등단을 했으며, 수필집까지 펴내게 되었다. 나는 법학의 세계에서보다는 문학의 세계에서 더 큰 즐거움을 맛볼 수 있었다. 나는 원래 수필보다는 소설을 써서 소설가가 되고 싶었지만, 소설쓰기는 수필쓰기보다 나의 능력으로 좀 벅차기 때문에, 소설가가 되려는 꿈은 포기하고 수필가로 남기로 했다. 앞으로 계속해서 수필을 써나갈 생각이다.

재혼에 대해서는 아직까지 생각해 본 일이 없었지만, 만일 좋은 사람이 나타난다면 결혼을 못할 것도 없다는 생각을 해보지만, 결혼에 한번 실패했던 사람은 계속해서 결혼에 실패할 수 있다는 징크스 같은 것이 내게 있어서 선뜻 재혼을 하고 싶은 생각이 들지를 않는다. 아마도 마음에 드는 사람이 아직까지 내 앞에 나타나지를 않아서 그런 것은 아닐까 싶기도 하다.

9 지도자

'지도자는 노력해서 되는 것이 아니라, 타고나야 한다'는 말이 있다. 이러한 말과 같이 우리사회의 각계각층에 있는 지도자들은 노력해서 된 것이라기보다는 지도자로 태어난 사람들이라고 할 수 있을 것이다. 한 자리에 오래 머문다고 해서 지도자가 되는 것은 아니다. 동일한 자격요건을 갖고 함께 출발한 한 사람은 책임자가 되는데, 다른 사람은 아직도 평사원에 머물러 있게 되는 이유는 무엇일까? 능력의 차이에도 문제가 있겠지만, 결국에는 자질의 문제가 아닐까 한다.

정치지도자들의 경우에는 그러한 자질문제가 특히 문제가 된다고 할 수 있을 것이다. 남북한의 정치지도자들의 경우를 비교해 보자. 북한에서는 해방 후에 소련의 절대적인 지원을 받고 있는 젊은 김일성이 처음부터 독재정권을 수립했기 때문에 정권의 평화적인 이양은 처음부터 불가능했던 것이다. 김정일은 김일성의 아들인 점도 있었지만, 스스로 구축한 정치적 기반을 갖고 부친인 김일성의 정권을 자신의 능력으로 이양받았다고 했다. 그런데 김정일이 제아무리 유능한 사람이었다고 하더라도 김일성의 아들이 아니었다면 결코 정권을 이양 받지는 못했을 것이다.

그러나 3대째 정권을 이양 받은 김정은의 경우에는 지도자로서의 능력을 인정받지 않은 상태에서 젊은 나이에 갑자기 김정일의 갑작스런 사망으로 정권을 이양 받은 것이었기 때문에, 정권을 유지하기 위해서는 공포정치로 자신의 고모부를 비롯한 측근들을 무자비하게 제거하고 있다. 그러한 공포정치를 하는 데는 자신의 불안감을 최소화하면서 정권을 유지하겠다는 속셈이 있는 것 같다. 이러한 자질을 가진 정치지도자야말로 우리에게는 가장 불안한 것이다. 자신의 무능을 감추기 위하여 언제든지 남한을 공격해서 무모한 전쟁을 일으킬 가능성이 다분히 있기 때문이다. 그의 행동을 예의 주시해야 하는 이유가 바로 여기에 있는 것이다.

이에 비하면 남한의 정치지도자들의 경우에는 대한민국 정부 수립 후에 초대대통령이었던 이승만 대통령의 경우 장기집권을 시도했다가 결국 4·19 학생혁명으로 대통령직에서 쫓겨났다. 5·16 군사혁명을 주도했던 박정희 대통령은 대통령이 된 후에 그 자리에 18년이나 머물다가 결국 암살을 당하여 자리에서 물러났다. 이러한 불미한 선례가 있기는 하지만, 그 후에 대통령이 된 정치지도자들은 4년 또는 5년의 단임으로 대통령직에서 물러났다. 중임을 허용하지 않는 우리나라 헌법의 규정 때문이다. 따라서 제아무리 능력이 있는 정치지도자라 하더라도 우리나라에서는 대통령의 장기집권이 불가능한 것이다.

그러다보니 대부분의 대통령들은 일을 시작만하지 마무리를 짓지 못하고 물러나는 듯한 아쉽고 미진한 생각이 들게 되는 것은 어쩔 수 없는 일이다. 그러함에도 불구하고 대통령을 한번 해보겠다는 정치지망생들이 우리나라처럼 많은 국가도 드물 것이다. 5년의 대통령 임기 중에 그 반이 지나게 되면 대부분의 대통령이 레임덕 상태에 빠지게 되는 것이 우리나라의 정치현실이 아닐까 한다. 그러한 의미에서 볼 때 현재 벌어지고 있는 대통령과 여당 원내총무 간에 벌어지고 있는 기 싸움은 밖에서 보기에 너무나 민망한 일인 것 같다. 무슨 이유에서이건 간에 원내총무의 행동이 대통령의 마음에 차지 않는다 하여 공개적으로 사퇴를 요구하는 행위나, 이에 대하여 대통령에게 원내대표가 사과한 후 물러나지 않는 행위는 모두 정상적이 아닌 것 같다. 더욱이 정치인들이 대통령에게 아부하는 것도 아니고 공개적으로 원내대표의 자진사퇴를 강요하는 행위야말로 가관이라 할 수 있을 것이다.

이러한 정치인들의 자기주장을 노골적으로 나타내는 행위야말로 우리나라 정치지도자들의 수준을 말해주는 것 같아서 씁쓸한 생각이 들게 된다. 정치야말로 서로 양보하고 타협하는 고도의 기술이라고 볼 때, 우리나라 정치인들처럼 다른 사람의 약점을 들어내서 그것을 공격의 좋은 재료로 삼는 나라는 아마도 우리나라밖에 없는 것 같다. 우리나라가 북한처럼 자기의 의사를 강요하기 위하여 반대자를 피비린내 나는 방법으로 숙청하는 독재국가가 아니니 하는 말이다.

지도자는 기업에 있어서도, 교육계에 있어서도 필요한 사람들이다. 김중오는 그야말로 자수성가한 기업인이다. 그는 자신의 기업을 거의 맨주먹을 갖고 창업한 사람이다. 교육받은 것도 별로 없고, 부모의 유산을 물려받은 것도 없는 그가 어떻게 현재의 우리나라 유수의 기업을 키워낼 수 있었느냐 하는 것은 거의 신비에 속하는 일이라 할 수 있을 것이다. 그를 보고 있으면 과연 지도자라는 것이 태어난다는 말이 맞는 것 같다. 그가 사람을 적재적소에 배치하는 능력이야말로 참으로 비상하기 때문에 그의 배경을 아는 사람들은 다만 혀를 내두르는 판이다.

그 자신은 특별한 능력이 없지만 다른 사람의 능력을 필요한 경우에 활용하는 데는 비상한 능력을 갖고 있는 것 같다. 자신은 은행대출을 받을 능력이 없지만 은행거래의 달인을 중견사원으로 채용하여 그의 능력을 회사를 위하여 십분 발휘할 수 있게 한다든지, 자신은 제품생산의 구체적인 사항에 대해서는 아무 것도 아는 것이 없지만 생산기술자를 채용하여 그가 그 제품의 생산을 할 수 있도록 해주는 것은 그의 몫인 셈이다. 중오와 같은 기업지도자는 성공하지 않을 수 없는 것이다. 그러한 사람이 성공을 하지 못한다면 그 사회는 무엇인가 잘못되어 있는 사회인 것이다.

중오는 남을 속이는 일 같은 것은 처음부터 할 생각이 없었다. 그의 생리에도 맞지 않는 일이었다. 그는 기업운영에 있어서 '신용'을 무엇보다도 중요시했으며, 일단 고객과 약속을 했으면 비록 회사에 손해가 될 경우에도 그 손해를 감수하는 한이 있더라도 신용을 지킬 것을 회사의 방침으로 정하고 있다. 그러다 보니 중오와 거래를 해본 타 업체들은 중오와의 거래를 절대로 바꿀 생각이 없게 되어 중오의 거래선이 나날이 늘어만 가고 있는 것이다. 이것이야말로 중오의 기업운영에 있어 비결이라 할 수 있을 것이다.

그는 평시에 크고 작은 직원들의 경조사에 있어서 만사를 제쳐 놓고 직접 참여하여 그들의 슬픔과 기쁨을 함께 나누어 왔다. 자제들의 학비도 장학금 등을 통하여 직원들을 지원해 주었기 때문에 그들은 사장을 마치 자신들의 어버이처럼 여기고 어려운 일은 무엇이든지 사장과 직접 의논해 올 정도로 직원들의 사장에 대한 믿음은 실로 신앙적인 것이라 할 수 있었다. 사장의 성실한 태도와 직원들의 애사심이 중오의 회사를 국내 굴지의 대회사로 키우는데 원동력이 되었다.

그러던 중오의 회사가 무슨 이유에서였는지 파산의 위기에 직면하게 되었다. 이러한 위기에 닥쳐서 직원들이 보여주었던 회사를 구하기 위한 헌신적인 노력은 실로 눈물겨운 것이었다. 사장은 모든 직원들이 모인 자리에서 부도위기에 몰리게 된 회사의 사정을 직원들에게 솔직하게 설명해 주고 직원들의 자발적인 협조를 요청했다.

"그동안 열심히 회사경영에 임했지만 뜻하지 않았던 판단착오로 회사가 존폐의 위기에 몰리게 된 것은 전적으로 사장인 저의 책임이라는 것을 인정하겠습니다. 따라서 저는 전 재산을 내놓고 부도위기를 막아보려고 결심했습니다. 여러분 중에 저와 동참하실 생각이 있으신 분은 함께 행동하여 일단 회사를 위기에서 구해주셨으면 합니다."

회사직원 전원에 대한 사장의 눈물겨운 호소는 의외의 반응을 가져왔다. 아직까지 노사분규라는 것이 전혀 없었던 회사이기는 했지만, 절대절명의 회사위기에 직면하여 전 직원들이 먼 산의 불이나 바라보듯 한 태도를 보이지 않고 전원 회사의 당면한 위기를 극복하는 일에 발 벗고 나서기로 했다. 사장이 자신의 전 재산을 내놓고 회사를 구하겠다고 나서고 있는데 지금까지 사장의 도움으로 잘 살아왔던 직원들은 말단사원에 이르기까지 한 사람의 예외도 없이 회사가 위기에서 벗어날 때까지 생존에 필요한 최소한의 금액만 월급으로 가져가고 나머지 봉급액수는 회사를 위기에서 구하는데 쓰도록 결의했다. 이러한 전 직원들의 헌신적인 협조에 힘입어 중오의 회사는 거짓말과 같이 부도위기를 극복하고 얼마 지나지를 않아서 회사경영이 정상궤도에 올라서서 직원들도 회사위기에 직면하여 지급을 유예했던 월급을 전액 제대로 받아갈 수 있게 되었다.

S중학교 K교장의 경우는 특이한 실례라 할 수 있을 것이다. 그는 일정 때 모 여중의 영어교사로 있다가 해방이 되면서 재주 좋게 일본학교였던 S중학교를 인수받아 교장이 되었다. 수단이 좋았던 그는 대학교수급에 속하는 교사들을 채용하고 월남한 다수의 학생들을 입학시키고, 신입생들은 경쟁시험을 통하여 우수한 학생들을 모집하여 일본인들이 남기고 간 시설 좋은 학교를 단시일 내에 일류 중학교로 탈바꿈시켰다. 그 때까지 가장 좋은 학교로 알려졌던 K중학교와 막상막하의 경쟁을 벌릴 정도로 학교의 위상이 발전하게 되었다.

그는 추운 겨울에 학생들을 세워놓고 2시간에 가까운 시간을 훈화라고 자기자랑을 하는데 시간을 보내서 학생들을 괴롭혔다. 조회시간이라 학생들이 외투도 입을 수 없게 했을 뿐만 아니라 학생들이 주머니에 손을 넣을 수 없게 하기 위하여 바지주머니를 실로 꿰매기까지 했던 것이다. 본인은 자신의 훈화에 도취하여 추운 줄도 몰랐겠지만, 지루한 교장의 재미없는 훈화를 추운 겨울에 덜덜 떨면서 차렷자세로 들어야 하는 학생들의 고통은 과연 어떤 것이었을까?

그의 장황한 훈화 중에 때로는 희한한 언급도 있었다. 자신이 죽게 되면 학교의 뒷산에 묻히겠다고 하는가 하면, 자신이 교장을 그만두게 되면 청소부가 되어 창문을 닦겠다고 다짐까지 했던 그가 어느 날 갑자기 그가 늘 경쟁상대로 생각하고 있었으며 학생들에게도 K중학교에 대한 경쟁의식을 고취해왔던 K중학교 교장으로 재학생들도 모르게 슬그머니 자리를 옮겨 앉아서 학생들에게 배신감만 심어주었던 일이 있었다. K중학교에 부임해서 제일 처음 한 말은 자신이 평생 제일 오고 싶었던 중학교에 왔으니, 이제는 당장 죽어도 여한이 없다고 말했다는 것이다. 그야말로 교육자라기보다는 희대의 위선자였다고 할 수 있을 것이다. 나중에 졸업생들을 만나서 하던 그의 변명은 참으로 희한한 내용이었다. 자신은 K중학교에 전혀 가고 싶지 않았지만, 상부의 명령이라 어쩔 수 없이 가게 되었다고 말했는데, 그보다는 자신이 뒷구멍으로 운동을 하여 K중학교에 가게 된 것이 아니었을까?

우리가 사회생활을 해나가는 과정에 있어서 크고 작은 지도자들이 자연발생적으로 생겨나고 있다. 세상사를 자유방임에 맡겨두더라도 모든 일이 순리대로 풀려갈 수 있다고 생각하는 것은 일종의 환상에 불가한 것이라고 할 수 있을 것이다. 자연 상태에 있어서 인간의 모습은 과연 어떤 것일까 하는데 대해서는 두 가지의 상반된 의견이 있다. 그 하나는 인간은 자연 상태에 있어서는 만인 대 만인의 투쟁과 같은 상태에 있는 것이어서 강자만이 살아남을 수 있다는 것이다. 자신을 외부의 적으로부터 방어할 능력이 없는 사람들은 강력한 권한을 갖는 지도자의 비호를 받지 않으면 살아남을 수도 없다는 것이다.

이러한 주장과는 반대로 자연 상태에서 인간들은 자유의사에 의하여 자신의 행동을 충분히 책임질 능력이 있기 때문에 그들을 이끌어 갈 지도자의 존재가 필요없다는 것이다. 지도자의 존재가 필요하다고 주장하는 자들은 인간에 대한 인간의 지배를 정당화하기 위하여 만들어낸 이론적인 허구에 불과하다는 것이다. 이것은 마치 인간의 경우에도 다른 동물의 경우처럼 출생하자마자 곧 걸을 수 있는 것을 장구한 시기에 걸친 습관으로 인간의 경우 출생 후 거의 1년이 되어야 걸어다닐 수 있다는 것이다. 인간이 아기의 출생 후에 간섭하지 않고 동물의 경우처럼 방치해 둔다면 인간도 자연에 적용하여 스스로 살아가는 방법을 터득하게 된다는 것이다. 그러한 사실을 증명하기 위하여 모 유명잡지에서 신생아를 바로 세우니 땅에 발을 붙이고 제대로 서는 것을 사진 찍었으며, 물속에 던지니 신생아가 헤엄을 치는 것을 발견했다는 것 등이 그러한 사실을 증명하고 있는 것이다.

그렇다면 인간은 사회생활을 해가면서 지도자를 필요로 하는 존재인가, 아니면 지도자 없이도 충분히 자신의 문제를 해결해 갈 수 있는 능력을 가진 존재인가? 이러한 논리적인 가부를 떠나서 우리 사회는 이미 상하관계로 조직화되어 있는 것이다. 자연 상태에 있어서 인간이 어떠한 모습을 하고 있느냐를 따져야 할 입장에 우리가 놓여 있기 전에 우리 사회는 이미 고도의 조직화를 지향하고 있는 셈이다. 우리 인간은 태어날 때부터 이미 우리의 운명이 결정된 것이나 마찬가지 상태에 있다는 것을 인정해야 할 것이다. 어떤 가정에 태어나느냐가 중요한 의미를 갖는다는 것이다. 태어나자마자 부모에게 버려진 경우를 생각해 보자. 그가 아무리 우수한 두뇌와 자질을 갖고 태어난 경우라 할지라도 제대로 된 가정에서 태어나지를 못했다면 정상적인 인성발달에 문제가 생기게 되는 것이다.

사람들은 자신의 능력에 따라 정당한 대우를 받고 살아갈 수 있어야 공평한 일이라 할 수 있을 것이다. 못난 사람은 못난 대로, 잘난 사람은 잘 난 대로 살아갈 수 있어야 문제가 생기지 않게 되는 것이다. 그렇게 되지를 못하고 못난 사람이 잘난 사람의 위에 앉아서 잘 난 사람에게 이래라 저래라 명령을 하게 된다면 그것이야말로 큰 문제가 되는 일이라 아니할 수 없을 것이다. 그런데 불행하게도 이 세상에는 그러한 경우가 빈번히 발생하고 있으니 문제라고 아니할 수 없을 것이다. 능력이 없는 사람이 능력이 있는 사람을 부리다 보면 쉽게 해결될 수 있는 문제도 제대로 굴러가지 않는 경우가 허다하게 발생하게 되어 결국 문제를 키우게 되는 것이다. 이러한 문제가 생기게 되는 경우에는 과연 무엇이 문제이냐를 가급적 빨리 발견해서 문제를 조기에 수습하는 것이 필요해질 것이다. 필요하다면 무능한 상사를 자리에서 물러나게 하는 것도 포함해야 할 것이다.

우리 사회는 능력이 뛰어난 사람이 그렇지 못한 사람들을 지배하고 이끌어가는 구조를 갖고 있는 사회라 할 수 있을 것이다. 그렇다고 해서 우리 사회가 능력이 있는 사람만 살아갈 수 있고 그렇지 못한 사람은 살아갈 수 없는 사회라고 말할 수는 없을 것이다. 우리 사회에 있어서 지도자는 능력이 부족한 사람들도 함께 살 수 있도록 이끌어 가는 사람들이라고 할 수 있을 것이다. 우리는 지도자를 말할 때 흔히 정치지도자를 연상하게 되지만, 지도자는 결코 정치지도자에게만 국한되는 것이 아니다. 지도자는 경제계, 교육계, 과학기술계 등 거의 모든 분야에 있어서 필요한 존재라고 할 수 있을 것이다. 다양한 분야에서 우리는 능력있는 지도자의 출현을 갈망하고 있는 셈이다. 이러한 지도자들의 대부분은 노력에 의해서 이루어지는 것이 아니라 그러한 지도자의 자질은 타고난다고 하는 편이 오히려 설득력이 있는 것 같다. 왜냐하면 지도자는 아무나 되는 것이 아니기 때문이다.

이러한 면에서 볼 때, 김진호는 말하자면 타고난 지도자라 할 수 있을 것이다. 태어날 때부터 그는 뚜렷한 이목구비를 가진 수려한 용모를 갖고 있었다. 자라나면서 친구들과 잘 사귀고 친구들을 이끌어 가는 능력이 차츰 나타나기 시작했다. 학교에 간 후로는 선생님의 귀여움을 독차지하고 친구들에게도 인기가 좋아서 반장이 되곤 했다. 머리도 우수해서 학급에서 늘 상위권에 속했기 때문에 그가 친구들의 앞에 나서는 것을 마다할 사람은 없었다. 그가 고학년으로 올라감에 따라 그의 선천적인 지도자로서의 자질이 좀 더 뚜렷하게 나타나게 되었다. 이러한 그의 능력을 알고 있는 급우들은 진호가 정치계로 투신하여 정치가로 크게 출세할 것으로 기대하고 있었다. 그러나 급우들의 기대에 어긋나게 진호가 대학을 졸업한 후에 처음 잡은 직장은 대기업의 사무직도 아니고 이름도 잘 알려지지 않은 중소기업의 영업직이었다. 공기청정기를 판매하고 있는 작은 회사로서 영업실적도 별로 신통하지 않은 별 볼일 없는 회사였던 것이다.

그런데 지도자는 모든 것이 완비되어 있는 직장보다는 모든 것이 불비한 직장에서 오히려 그의 진가를 발휘할 수 있다는 것이다. 서울시내의 공기는 아직까지는 공기청정기를 사야할 정도로 오염되어 있지 않기 때문에, 소비자들의 생각에는 공기청정기를 사는 것은 아직은 사치라고 생각하고 있어서 현재까지는 공기청정기의 판매가 부진을 면하지 못하고 있는 셈이다. 그런데 서울시내의 공기가 앞으로 그 질이 좀 더 악화되어 공기청정기 없이는 숨도 제대로 쉴 수 없게 되는 사태라도 발생하게 된다면, 그때에는 공기청정기의 수요가 막대하게 늘어나게 되어서 공기청정기의 공급이 수요를 따라가지 못하여 팔 수 없는 사태가 생길지도 모르는 일이다. 진호가 서울시내의 공기가 그렇게 악화될 때를 기대하거나 바라고 있는 것은 아닐 것이다. 그러나 머리가 좋은 진호는 이러한 점에 착안하여 '유비무환'이라는 전략에 의거하여 공기청정기의 판매 전략을 수립하였다.

그의 판매 전략에 의하면, 공기청정기는 살균효과도 있어서 메르스와 같은 전염병균의 침입도 예방할 수 있기 때문에, 서울시내의 공기가 아직은 공기청정기를 쓸 만큼 악화된 것은 아니지만 예방차원에서 지금부터 공기청정기를 하나씩 마련하는 것은 앞으로 생길 수 있는 사태를 대비하는데도 필요한 일이라고 예상고객들을 설득하기 시작했다. 우리 국민의 생활수준도 이제는 상당히 향상되었기 때문에 당장 필요한 물건은 아닐지라도 예비로 사둘만한 여유가 생긴 셈이다. 가격이 지나치게 비싸지 않은 것이라면, 만일의 사태에 대비하여 공기청정기를 하나쯤 마련하는 것도 상관없는 일이라고 주부들이 생각하기 시작했다.

진호는 이러한 주부들의 심경변화를 교묘하게 이용하여 공기청정기 판매에 있어서 일찍이 예상하지 못했던 큰 성과를 올리게 되어 말단 영업부원에서 일약 영업부장으로 승진을 하게 되었던 것이다. 대기업에 진출한 대학동기들은 영업계장직에도 승진을 못했는데, 진호는 영업부장이라니 그들에 비할 때 눈부신 승진이라 할 수 있을 것이다. 아마도 진호가 대기업을 택하지 않은 이유도 중소기업에 비하여 자신의 능력을 발휘할 기회도 대기업에서는 기존의 위계질서에 의하여 다분히 제약되어 있다는 것을 진호가 잘 알고 있었기 때문이 아니었을까?

지도자의 자질을 타고 태어난 진호는 남들과는 생각하는 방법부터가 다른 것 같다. 대부분의 사람들은 직장을 갖더라도 신설부서와 같은 데로 가기를 꺼려하고 있는데, 그 이유는 이미 질서가 잡혀 있는 데로 가지를 않고 이제부터 질서를 잡아야 하는 신설부서에 가게 되면 고생길이 훤하다는 이유에서 기피하는 것 같다.

그러나 진호와 같이 선천적으로 지도자의 자질을 타고난 사람의 경우에는 그러한 악조건이 오히려 좋은 기회로 작용하여 전화위복이 될 수 있다는 것을 잘 알고 있기 때문에 성공할 수 있었던 것이다. 이것은 노력을 한다고 되는 일이 아니라 선천적으로 타고난 지도자로서의 자질이 없으면 불가능한 일이라 할 수 있는 것이다. 진호는 판매가 되지 않는 공기청정기를 주부들의 마음에 호소하여 잘 팔리는 공기청정기로 바꾸어 놓은 것을 보면, 그의 판매 전략도 기발한 것이기는 했지만, 그의 호소력이 주부들을 움직였다는데 진호의 능력이 100 퍼센트 작용했던 것이 아니겠는가.

영업부장으로 고속 승진한 진호의 활동은 실로 괄목할만한 것이었다. 공기청정기의 판매에 있어서 성공적인 실적을 올린 진호는 이제 다른 품목의 판매에도 눈을 돌리기 시작했다. 또한 제조업체가 아닌 회사의 기반을 차츰 제조업체로 변화시켜나가야 시장의 완전장악을 할 수 있다는 생각을 갖고 있던 진호는 공기청정기의 경우만 하더라도 다른 제조업체의 제품 판매를 대행해주는 수준에 머물게 되어서는 공기청정기의 시장을 앞으로 완전히 장악하는 데는 무리가 있다는 사실을 인정할 수밖에 없었다.

회사의 중역은 아니었지만, 공기청정기의 자체생산을 위한 품위서를 작성하여 사장에게 직접 제출하여 사장의 생각을 알아보기로 했다. 진호의 품위서를 받아본 사장은 진호를 직접 만나서 그의 의견을 청취하는 기회를 가졌다. 진호가 조사해본 공기청정기의 현재의 시장상황에 관한 브리핑은 다음과 같았다.

"현재 우리나라에서 판매되고 있는 공기청정기는 10여 개가 있는데, 국산은 두 군데 뿐이고 나머지는 전부 수입품입니다. 따라서 단가 면에 있어서 외제 공기청정기 때문에 제품의 가격이 비싸질 수밖에 없습니다."

"그렇다면 우리 회사에서 공기청정기를 직접 생산하게 된다면 공기청정기 시장에서 어느 수준의 단가를 확보할 수 있다고 봅니까?"

"아직까지는 공기청정기를 생산하지 않고 있는 상태에서 정확한 것은 말씀드리기 어렵지만, 만일 공기청정기의 직접 생산에 우리 회사가 착수하게 된다면 최대 1년의 기간을 6개월로 단축하여 우리의 제품이 나오게 되면, 가장 저렴하고 양질의 제품을 생산할 수 있습니다. 그렇게 된다면 우리 제품의 출시 6개월 이내에 공기청정기 시장의 90 퍼센트 이상을 장악할 수 있으리라고 봅니다."

"제조업에 종사해 본 일이 없는 김부장이 어떻게 제품의 생산과정을 그렇게 훤히 알고 있다는 말입니까?"

"외람된 말씀이옵니다마는 제가 공기청정기의 영업직에 종사하게 된 후로 영업연수기간동안에 국내외의 공기청정기업체 견학을 가서 제 눈으로 직접 제품의 제조과정을 살펴보았고 제조원가와 판매가간의 비교 고찰까지 상세히 알아보고 저 나름대로 구체적 방안을 작성해 놓았습니다. 저의 제안은 결코 즉흥적인 것이 아닙니다."

"나는 김부장의 판매사원으로서의 탁월한 능력을 충분히 인정하고 있소. 기왕에 말이 나왔으니 김부장을 이번 기회에 공기청정기 공장책임자로 승진 발령할 생각이니 한 번 소신껏 능력을 발휘해보도록 하세요. 잘 부탁드립니다."

"감사합니다, 사장님. 열심히 하겠습니다."

공기청정기의 판매 영업부장에서 일약 공기청정기 제조공장장으로 승진한 김부장은 그동안 공기청정기 판매로 벌어들인 엄청난 액수의 이익금을 이번에는 사장이 전부 김공장장이 맡게 된 제조공장 설립에 전액 투자하기로 하고 김공장장을 적극 지원해 주기로 했다. 공장대지의 구입에서 공장의 건설, 필요한 제조장

비의 구입과 원료의 확보 등 하나에서 열까지 공장설립의 초기에는 막대한 돈이 들어가게 되는데, 진호의 말대로 공기청정기를 자체 생산해 내게 되는 경우에는 과연 투자금액을 전부 회수하고 이익을 남길 수 있느냐 하는 것은 아직까지는 미지수에 불과한 상태이다. 진호의 말대로 공기청정기가 자체 생산된 후에 판매되기 시작하면 진호의 말대로 국내시장을 장악할 수 있게 될 것인가? 그가 그의 말대로 성공할 수 있다면 진호는 또 하나의 신화를 만들어내는 것이라 할 수 있을 것이다.

진호의 계획대로 1년이라는 기간 중에 공장건설에서 제품이 나올 때까지 6개월이 걸렸으며, 제품이 나온 후에는 국내에서 판매되고 있는 공기청정기 중에 가장 저렴한 가격으로 제품을 시장에 내놓았지만, 저렴한 가격에 비하여 제품의 성능이 가장 우수하다는 소문이 퍼지기 시작하면서 과연 진호의 예언대로 제품출시 6개월 내에 공기청정기 시장의 90 퍼센트 이상을 점유하게 되었다. 사장은 진호의 획기적인 성공에 상응하는 직책으로 공장과 영업부의 업무를 총괄하는 신설된 종합본부장의 직책을 진호에게 맡기게 되어 기업인으로서 진호의 꿈을 마음껏 펼칠 수 있는 기회를 갖게 되었다.

본부장이 된 진호는 계속해서 새로운 제품을 개발하여 그 제품을 생산 판매함으로써 회사의 수익을 올려 주는데 타의 추종을 허용하지 않아서 회사 내에서도 사장 다음으로 중요한 위치를 차지하게 되었다. 이렇게 잘 나가는 진호였지만 결코 다른 직원에게 불손한 태도를 보인적은 한 번도 없었다. 언제나 누구에게나 겸손한 태도를 보였기 때문에 그를 잘 알지 못하는 일반직원들은 그가 회사를 먹여 살리고 있는 막강한 실력을 가진 회사의 제2인 자라는 사실을 아무도 상상할 수 없을 정도였다.

진호의 사업수완에 의하여 회사의 규모가 중소기업에서 우리 나라 굴지의 중견기업으로 성장하게 되었다. 진호가 이 회사에 입사한지도 벌써 20여 년이 지나서 20대의 젊은 나이에 입사했던 진호도 이제는 40대 중반의 간부사원으로 성장을 했다. 나이 80세에 가까워오는 사장은 진호를 친아들처럼 여겨왔으며, 이제 은 퇴할 나이도 훨씬 지났기 때문에 진호에게 기꺼이 사업을 인계해 주고 얼마 남지 않은 여생을 편안히 쉬기로 결정하고 진호에게 회사를 넘겨주어서 진호는 40대 중반의 나이로 이제는 한국굴지의 기업으로 성장한 회사의 사장이 되었다. 사장에게도 아들들이 있었지만 사업에 관심도 없었으며 회사를 인계받을 만한 재목들도 못 되었다. 이러한 처지에 있었던 사장에게는 아들처럼 여겨졌던 능력 있는 진호가 있다는 것을 천만다행으로 생각하고 있었다. 마침 외동딸을 그와 짝지어주어 사위로 맞아들일 수 있게 되어 아주 남에게 사업을 물려주는 것도 아니라 덜 서운한 느낌이 들었다.

뒤늦게 은퇴한 사장은 그냥 편안하게 쉬는 대신에 젊었을 때부터 하고 싶었던 글쓰기에 전념하기로 했다. 소설도 쓰고 싶었지만 소설을 쓰는 것은 너무나 어렵기 때문에 수필을 쓰기 위하여 문화원에 가서 작가님이 진행하는 문학교실의 강의를 듣기로 한 후 열심히 매주 수필을 써다 바쳤더니 그의 꾸준한 노력과 잠재적인 재능을 인정하여 마침내 모 문학지에 수필가로 나이 80에 등단하는 영광을 갖게 되었다. 평생을 사업을 하느라 바쁘게 지냈던 그는 세상경험도 할 만큼 많이 하였기 때문에 쓸거리도 많이 있었다. 그리하여 그는 등단한지 얼마 되지를 않아서 수필집을 펴내는 기염을 토하기도 했다. 그는 이제 사업가로서보다는 수필가로서 살 수 있게 된 것을 자랑스럽게 여기고 여생을 즐거운 마음으로 살아가고 있는 중이다.

사장이 된 진호의 일상생활은 이전과 별로 달라진 것은 없었지만, 회사의 사시로서 '상품을 팔지 말고 마음을 팔자'는 말을 실전에 있어서 적용하도록 전 직원에게 권장하기 시작하여 회사의 분위기가 일신되었다. 이러한 말을 사시로 정하여 전 직원이 영업에서 실제로 적용하도록 권장하게 된 근본이유는 진호가 말단 영업직원으로 입사하여 팔기 어려웠던 공기청정기를 주부들에게 팔려고 했을 때, 그가 실천에 옮겼던 영업방침이 바로 주부들의 마음을 사서 당시에는 별로 인기가 없었던 공기청정기를 주부들이 살 수 있도록 주부들의 마음을 바꾸어 놓았기 때문에 가능할 수 있었던 일이 아니겠는가?

진호의 생각에 있어서 영업이라는 것은 고객에게 상품을 파는 것이 아니라 고객의 마음을 사는 것이라고 할 수 있다는 것이다. 고객들의 심리를 특별히 연구한 일은 없었지만, 그의 경험으로는 고객들의 주머니를 열 수 있게 하는 데는 특별한 기술이 필요하다는 것이다. 우리나라의 고객들은 이제 여유가 생겨서 당장 생활하는데 필요하지 않은 물건일지라도 고객의 마음을 살 수 있다면 그들에게 팔 수 있다는 것이다. 우리 사회가 거의 기아선상에 놓여 있었던 가난한 시절에는 생활에 꼭 필요한 물건도 살 수 있는 여유가 없었다. 그러나 이제는 평균주부들의 생활비에도 이전보다는 비교할 수 없을 정도의 여유가 생겨서 필요한 물건의 구입은 말할 필요도 없고, 꼭 필요하지 않은 물건까지도 살 수 있는 여유가 생기게 된 셈이다. 따라서 유능한 상인은 이러한 주부들의 마음의 틈을 비집고 들어가야 주부들의 마음을 움직일 수 있게 된다는 것이다. 주부들의 마음을 어떻게 살 수 있느냐 하는 것이 영업능력을 판정하는 관건이 되고 있는 것이다.

그러나 주부들의 마음을 움직이기 위하여 사기를 치라는 것은 아니다. 노인고객들에게 필요 없는 물건을 강제로 떠안기기 위하여 집단사기를 치는 악덕 장사꾼들의 행위가 가끔 발견되어 우리를 우울하게 만들고 있는 일 같은 방법으로 고객들을 속이려고 해서는 안 될것이다. 이러한 방법으로는 고객에게 손해를 안겨줄 뿐 결코 고객들의 마음을 살 수는 없는 것이다. 진호의 이러한 획기적인 영업방침에 대하여 기자들이 질문을 한 일이 있었다.

"김사장님의 '영업은 상품을 파는 것이라기보다는 고객의 마음을 사는 과정'이라는 말씀이 경제계에서 큰 화제거리가 되고 있습니다. 이러한 말씀을 하시게 된 동기는 무엇입니까?"

"제가 말단 영업사원으로서 잘 팔리지 않는 공기청정기를 주부들에게 팔면서 스스로 터득한 지혜라 할 수 있습니다. 주부들의 마음을 움직이지 않고 물건을 팔려고 제아무리 애를 써 봐도 주부들은 돈주머니를 열려고 하지 않았습니다. 그리하여 발상의 전환을 해야 하겠다는 결심을 하게 되었습니다."

"그렇다면 발상의 전환으로 고객의 마음을 사라는 결론이 어떻게 해서 나온 것입니까?"

"내가 집중해서 생각해 본 것은 영업직을 갖고 있는 나의 입장에서만 생각할 것이 아니라, 나의 상품을 사주게 될 예상 고객들의 마음을 어떻게 움직일 수 있느냐가 관건이라는 생각을 하게 되었던 것이지요."

"그렇다면 고객들의 마음을 움직이기 위해서는 어떻게 해야 한다고 생각을 했습니까?"

"고객이 내가 권하는 상품을 사느냐 여부는 고객의 마음에 달려 있다는 것을 깨닫게 되었습니다. 내가 아무리 사라고 권장을 해도 필요 없는 물건은 고객들이 절대로 사려고 하지를 않지요. 그러다보니 그들에게 필요하지도 않고 그들이 살 생각도 없는 상품을 어떻게 하면 그들에게 팔 수 없을까 하는 점에 착안하게 되었지요."

"그래서 고객의 마음을 움직이는 방법을 고안해 내신 것입니까?"

"바로 지적하셨습니다. 살 필요도 없고 사고 싶지도 않는 물건을 고객에게 팔 수 있는 사람이 유능한 상인이라 말할 수 있는 것이 아니겠습니까?"

"나의 물건을 팔기 전에 우선 고객이 나의 말을 믿을 수 있게 만드는 것입니다. 속일지도 모르는 사람의 물건을 왜 사주려고 하겠습니까?"

"그것은 김사장의 말씀이 옳은 것 같군요. 그렇다면 어떻게 고객들이 나를 믿도록 만들 수 있었습니까?"

"그렇게 하기 위해서는 평상시에 그들과 꾸준히 연락을 해서 내가 누구인지를 그들의 머릿속에 각인을 시켜 놓아야 합니다. 그런 유대관계가 없다가 갑자기 물건이나 사라고 하면 사주겠습니까? 인간관계란 다 그런 것이 아니겠습니까?"

"그러한 고객과의 유대관계는 하루아침에 이루어진 것이 아니겠지요?"

"그들에게 내가 직접 물건을 팔 수 있게 되기까지 2년이라는 예비기간이 걸린 셈이지요. 그런데 일단 거래를 트고 나니 내가 팔기를 원하는 물건을 그들이 기꺼이 사주기 시작하더군요."

김진호사장과의 인터뷰기사가 세상에 알려지자 그는 일약 유명인사가 되어버렸기 때문에 여러 경영대학뿐만 아니라 심지어 경영대학원에서까지 그를 초빙강사로 초청하여 '고객심리에 관한 특강'을 하도록 부탁하는 요청이 쇄도하기 시작했다. 대학원에서 경영학을 전공한 일도 없었던 그가 영업활동을 통하여 체득한 고객심리에 관한 특강이라니 진호는 그러한 일이 생기리라는 것을 꿈에도 상상하지 못했던 일이라 아니할 수 없는 것이다. 그가 고객들의 마음을 사기 위하여 말단 영업직에 있을 때부터 고심하여 터득한 경험을 통하여 얻은 지혜를 이제는 만인이 공유하는 관심사가 되어버린 것이다.

진호는 경영대학에서 학생들에게 자신이 터득한 고객심리에 관한 특강에서, 특히 다음과 같은 점을 강조했다. 우리의 일상생활에 있어서 잘 아는 사람의 부탁은 가급적 들어주려는 것이 인간심리의 본질이라 할 수 있는데, 영업활동에 있어서도 이러한 인간의 기본심리를 적절히 활용하면 수익을 올릴 수 있다는 것이다. 고객과의 관계가 단순히 아무런 관련도 없는 관계처럼 생각될 수도 있지만, 단골손님의 경우를 한번 생각해 보자. 단골손님의 경우에는 다른 일반고객들과는 달리 특별한 대우를 받게 되는 경우가 많다. 단골손님도 이러한 사실을 알고 있으며 또한 그러한 특별대우를 기대하기 때문에 단골손님으로 남아있고 싶어 하는 것이다. 만일 그가 기대하고 있는 특별대우를 더 이상 해주지 않는 경우에는 아무도 단골손님으로 남아 있으려고 더 이상 하지 않을 것이다.

고객의 마음을 움직일 수 있는 방법은 바로 단골손님에 대한 원리에 근거하고 있는 것이라 할 수 있을 것이다. 단골손님이 되기 위해서는 다른 일반손님보다는 달리 특별대우를 받아야 하며, 단골손님 자신이 그러한 특별대우를 받고 있다는 느낌을 갖고 있어야 한다는 것이다. 고객에 대한 이러한 각별한 관계를 유지하고 있는 고객의 숫자가 늘어나면 늘어날수록 그의 영업활동은 확실하게 보장받을 수 있다는 것이 김진호사장의 특강 요지였다. 김진호사장은 특강을 마친 후에 학생들에게 질문을 할 기회를 주었다.

"경영학과 2년생인 김군입니다. 사장님의 탁월한 특강을 듣고 많은 감명을 받았습니다. 그러한 방법을 고객에게 적용하면 확실하게 성공할 수 있다고 말씀하셨는데, 그러한 방법을 적용하고도 고객의 마음을 움직이지 못하고 실패했던 경우는 없었습니까?"

"적절한 질문을 해주셨습니다. 왜 실패한 적이 없었겠습니까? 그렇게 고객의 마음을 쉽게 움직일 수 있다면 무엇이 문제이겠습니까? 세상일이란 뜻대로 되지 않는다는데 오히려 묘미가 있는 것이 아니겠습니까?"

"김사장님께서는 고객의 마음을 움직이는데 실패했을 때 어떠한 해결방법을 강구하셨습니까?"

"나는 '열 번 찍어 넘어가지 않는 나무는 없다'는 진리를 철석 같이 믿고 일처리 해나가는 스타일이라 할 수 있습니다. 그러한 고개들에 대해서는 두 번, 세 번 좀 더 적극적인 방법으로 유대관계를 공고히 해갈 수 있도록 모든 가능한 수단과 방법을 강구하다 보니 결국에는 고객이 나의 뜻대로 따라주더군요."

"김사장님, 참으로 존경스럽습니다. 저도 앞으로 사장님처럼 어떠한 역경에 처하더라도 굽히지 않고 성공할 수 있도록 노력하겠습니다. 사장님의 특강 참 잘 들었습니다."

"회계학과 3학년인 최군입니다. 사장님의 회사제품의 판매를 국내시장에만 국한시키지 말고 해외시장을 개척하여 제품의 판로를 확장시켜 나가실 계획은 없으십니까?"

"좋은 점을 지적해주셨습니다. 그러지 않아도 무역부를 통하여 현재 해외시장을 개척해 나가고 있는 중인데, 앞으로 전망이 낙관할 정도로 좋기 때문에 기대가 많이 됩니다."

"저희도 졸업한 후에 선생님 회사에 취직을 하고 싶은데 어떠한 방법이 있습니까?"

"저희 회사에서는 유능한 인재라면 꼭 경영학을 전공한 학생만을 채용하는 것이 아니지요. 인문사회계열을 포함하여 과학기술분야를 전공한 학생들 중에 장래가 기대되는 학생이면 누구나 우리 회사에 입사할 수 있게 됩니다. 입사원서에는 학교성적과 함께 자신의 장래희망을 A4 용지 5매 이내로 요약한 것을 작성하여 함께 보내주시면 되겠습니다. 이러한 요구사항을 특별히 첨부하게 한 이유는 사람의 자질은 전공분야나 학교성적만으로 결정되는 것이 아니라 그가 자신의 장래에 대하여 어떠한 구체적인 비전을 갖고 있느냐 하는 것이 무엇보다 중요한 일이기 때문입니다. 장래에 대한 확실한 비전을 갖고 있지 못한 사람이 이 세상에서 성공할 확률은 거의 없기 때문에 그러한 사람은 전공분야나 학교성적에 관계없이 채용순위 1차에서 제외하게 되는 셈이지요."

"잘 알겠습니다. 선생님회사에 한번 도전해 보겠습니다."

"학생의 행운을 빌겠습니다."

우리 사회에는 사회각층의 지도자들이 있다. 정치지도자들이 자주 언급되고 있는데 우리나라의 정치지도자들처럼 국민의 존경을 받지 못하는 경우도 흔한 일은 아닐 것이다. 터키의 초대대통령이었던 아타투르크와 대한민국의 이승만 초대대통령을 같은 차원에 비교하려는 시도가 있다. 그러나 터키의 아타투르크와 이대통령은 같은 차원에서 비교할 수 있는 지도자의 대상이 아니다. 이대통령이 국민의 존경을 받지 못하는 이유는 자업자득이 아닌가 한다. 자신이 아니면 안 된다는 망상에 사로 잡혀서 권좌에서 학생들에 의하여 축출되어 하와이로 망명했던 사람이 바로 이대통령 자신이었다는 데야 무슨 말을 더 할 수 있겠는가? 처신을 잘 하지 못하면 그러한 비참한 신세로 생을 마칠 수밖에 없는 것이 아니겠는가?

10 참고인

　참고인은 형사사건에 있어서 증거가 불충분할 경우에 검찰에 참고인으로 불러서 참고인의 사건관련 진술을 그 사건과 관련하여 증거로 채택할지 여부를 결정하는 수사진행에 있어서의 한 과정이라 할 수 있다. 따라서 참고인의 진술을 신빙할만한 증거로 채택할지 여부는 전적으로 검찰의 결정에 달려 있다고 할 것이다. 참고인은 정직하게 사건과 관련하여 아는 바를 사실대로 진술해야 하며 어떠한 범죄 집단과 직접간접으로 연결되어 있어도 참고인이 될 수 없다고 해야 할 것이다. 그러나 간단해 보이는 이러한 사실을 정확하게 알아내는 것도 결코 쉬운 일은 아니라고 해야 할 것이다. 경우에 따라서는 참고인이 허위진술을 하여 사건이 전혀 엉뚱한 방향으로 전개되어버릴 수도 있기 때문이다.

　박도일은 세상에 잘 알려지지 않은 지하경제의 대부라 할 수 있는 인물이다. 전국적으로 영향력을 미치고 있으며, 해외의 거대범죄조직과도 연결되어 있는 조직범죄집단의 두목이다. 아직도 40대의 한창 나이에 있는 그는 준수한 외모 때문에 재벌기업의 회장으로 잘 아려져 있으며, 그가 악명 높은 조직범죄집단의 두목이라는 사실을 실제로 알고 있는 사람은 아무도 없다고 해도 과언이 아닐 것이다. 그는 재벌회사의 총수처럼 합법적으로 보이는 수십 개의 계열회사를 갖고 있는 재벌기업의 회장처럼 행세하고 있다. 외부에서 보기에는 그가 젊은 나이에 성공한 기업인이라는 것을 의심할 수 있는 여지는 어디에서도 발견될 수 없는 것이다. 그러나 실제에 있어서는 그의 기업, 좀 더 정확하게 말하면 그의 조직폭력집단이 우리가 상상할 수 있는 모든 악행인 밀수, 도박, 인신매매, 사기, 협박 등을 통하여 조직적으로 막대한 수익을 올리고 있는 무서운 범죄 집단이라는 것이다.

그런데 이상한 일은 그의 범죄 집단이 한 번도 법망에 걸리지 않고 지급까지 합법적인 기업으로 사회적으로도 인정을 받아왔다는 사실이다. 아마도 막강한 경제력을 바탕으로 정부요로에 손을 대고 있기 때문이 아닐까? 그의 집단에 속하는 인물 중에 검찰에 사건 참고인으로 출두하여 진술한 경우는 더러 있었지만, 검찰에서도 그들의 진술을 의심해본 적이 지금까지 한 번도 없었던 것이다. 박도일이야말로 말하자면 처세의 달인이라 할 수 있었다.

그러던 중에 수천억대의 대규모 밀수사건이 터져서 전국을 시끄럽게 했던 사건이 발생했다, 검찰에서 밀수용의자들을 다수 검거하여 기소했다. 명망 있는 기업인들도 이 사건과 관련하여 참고인으로 검찰에 출두하여 진술을 하게 되었다. 검찰은 이 사건과 관련하여 백방으로 수사를 진행해 보았지만, 별다른 성과를 거두지 못하고 체면상 몇 사람을 약식기소하는데 그치고 이 사건을 성과 없이 종결할 수밖에 없었다. 이 사건은 실제에 있어서는 박도일이 주도한 대규모 밀수사건으로서 박도일은 이 사건을 통하여 막대한 수익을 올렸다. 외부에서 볼 때에는 합법적인 무역거래로 알려져 있었기 때문에 검찰에서 밀수라는 단서를 찾아낼 수 없었던 것이다.

박도일의 부하직원들이 다수 참고인으로 이 사건과 관련하여 검찰에 참고인으로 출두하여 진술을 했지만, 그들이 정상적으로 무역거래를 한 것이지, 밀수를 한 적은 결코 없었다는 사실을 여러 가지 증거를 제시하여 합법적인 행위였다는 사실을 밝혔기 때문에, 검찰에서는 밀수라는 의심의 여지가 있었지만 더 이상의 수사를 진행할 수는 없었던 것이다. 이 사건과 관련해 볼 때 참고인의 역할이 얼마나 중요한 일이냐 하는 것을 다시 한 번 생각해 볼 필요가 있을 것이다.

김준식은 박도일 재벌기업의 무역담당 상무직을 맡고 있었다. 수십억 원대 밀수사건과 관련하여 검찰에 소환되었다.

"김선생님의 기업 내의 직책은 무엇입니까?"

"무역담당 상무직을 맡고 있습니다."

"업무경력은 얼마나 됩니까?"

"무역업무를 담당한 지 20년이 넘었습니다."

"그렇다면 기업의 무역업무는 완전히 통달하고 있겠지요?"

"무역과 관련하여 제 손을 거치지 않는 것은 하나도 없다고 해도 과언이 아닐 것입니다."

"이번에 밀수혐의로 고발이 되었는데, 밀수한 사실이 없습니까?"

"아마도 경쟁기업의 모함을 받은 것 같습니다."

"왜, 그렇다고 생각하십니까?"

"왜냐하면, 저희 기업에서는 모든 무역업무가 합법적으로 진행되고 있기 때문입니다. 우리 기업이 불법을 행하였다면 이미 문을 닫지 않았겠습니까?"

증거도 없는 상태에서 김준식 상무가 무역의 합법성을 주장하는데 대하여 그의 주장을 강력하게 반박할 구실이 없었다. 무역업무가 하도 잘 되고 있는 기업이었기 때문에 김 전무의 주장을 그대로 받아들여서 모함을 한 사건으로 처리하기로 했다. 확실한 증거 없이 심증만으로 박도일의 재벌기업처럼 거대기업을 밀수범으로 처벌할 수는 없는 것이다. 밀수로 성장해 온 박도일의 기업과 같은 범죄 집단을 무의식적으로 감싸준 셈이 된 것이다.

그러면 왜 이러한 문제가 발생하게 되는 것인가? 형사사건은 확인할 수 있는 증거에 의거하는 철저한 증거주의에 입각하고 있기 때문에 증거가 없으면 형사사건의 수사는 더 이상 진행할 수가 없게 되는 것이다. 밀수범이 내가 밀수범이요 하고 자진해서 나서지 않는 한, 누구든지 밀수범으로 처벌할 수는 없는 것이다. 밀수와 합법적인 무역거래의 차이는 종이 한 장의 차이에 불과한 것이라 할 수 있을 것이다. 당국의 무역허가를 받고 하는 물품거래는 합법적인 무역거래이며, 허가를 받지 않고 하는 물품거래는 밀수라 할 수 있을 것이다. 다시 말하면 무역허가증이 있느냐 여부가 무역과 밀수를 구분하는 근거가 된다고 할 수 있을 것이다. 이러한 점에서 볼 때 박도일의 기업과 같은 영향력이 있는 기업이라면 무역허가증은 얼마든지 위조해서 사용할 수 있는 것이라 하겠다.

검찰이 무역의 이러한 상세한 구조를 정확히 파악하고 있지 못하다면 박도일기업의 밀수처럼 법적으로 하자가 없어 보이는 기업을 수사할 수 없게 되는 것이다. 박도일의 재벌기업 같은 경우에 무역허가증을 구태여 위조할 필요는 없을 것이다. 왜냐하면, 무역허가증을 발급받는 일 같은 것은 누워서 떡먹기와 같이 쉬운 일이라 할 수 있기 때문이다. 그러다 보니 밀수를 하고 있는 경우에도 이를 정확히 밝혀낼 수 없는 것이다. 박도일의 경우에는 바로 이러한 허점을 교묘하게 이용하여 치부를 하게 된 것이다. 아마도 박도일의 밀수행위는 영원히 밝혀낼 수 없는 문제이기도 한 것이다. 검찰에서 작심하고 달려들어도 결코 밝혀낼 수 없는 일 일지도 모르는 것이다.

박도일은 정부요로에도 자신을 봐주는 사람들이 있어서 실제에 있어서는 흉악한 범죄인임에도 불구하고 합법적으로 여러 기업을 경영하는 명망 있는 기업인으로 행세를 하고 있었다. 그가 폭력조직의 두목이라고 의심하고 있는 사람도 없었으며, 설사 그를 범법자라고 의심을 하여 조사에 착수하려는 사람이 있다 할지라도 외부의 영향력을 통하여 그러한 일이 발생하지 않도록 사전에 손을 쓰고 있었기 때문에 그의 범죄조직이 사직당국의 조사대상이 된 적은 한 번도 발생하지 않았던 것이다. 그러나 제 아무리 주도면밀하게 자신의 범죄조직을 완벽하게 운영하고 있다 할지라도 범법행위를 지금처럼 계속하다 보면 어딘가 허술한 점이 들어나게 되어 박도일의 조직이 결국에는 수사의 대상이 될 수밖에 없게 되는 것이 세상의 이치인 것이다. 제 아무리 견고하게 지어진 댐도 우연하게 생긴 작은 구멍 하나 때문에 결국에는 붕괴되어 버리는 경우가 있는 것이다.

　사건의 발단은 박도일의 회사가 다이아몬드 밀수의 용의자로 검찰의 수사선상에 오르게 되었기 때문이다. 거액의 다이아몬드가 겉으로 보기에는 정상적인 경로를 통하여 수입되어 시장에 유통되고 있는 것처럼 보였지만 실제에 있어서는 밀수라는 의심을 받게 되었다. 정식으로 무역허가가 난 다이아몬드 수입량보다 훨씬 더 많은 다이아몬드가 밀수로 국내에 들여와서 유통되고 있다는 제보가 당국에 접수되어 검찰의 수사를 받게 되었다. 박도일의 기업은 범죄조직이기 때문에 배신자는 언제든지 나타날 수 있는 것이다. 검찰에 제보된 밀수내용은 구체적인 밀수방법과 밀수된 다이아몬드의 보관장소까지 상세하게 제시되어 있었다. 제보된 내용에는 밀수한 국가와 밀수 날자까지 구체적으로 적혀 있었는데, 이러한 제보를 할 수 있는 사람이라면 조직 내에서 중요한 역할을 하는 사람이 아니고는 도저히 불가능한 일이라 할 수 있었다. 그렇다면 과연 누가 무슨 이유로 박도일을 배신하여 이러한 엄청난 정보를 검찰에 제보했느냐 하는 것을 알아내는데 검찰의 수사를 집중해야 할 필요가 있는 일이라 할 수 있을 것이다. 혹시 허위사실의 제보일 가능성은 없는 것인가?

　검찰이 의례적으로 우선 착수한 일은 박도일 회사의 무역책임자를 참고인으로 불러서 이러한 제보내용의 진위여부를 알아내는 일이었다.

　"이번에 검찰에 제보된 내용에 의하면 귀 회사에서 다량의 다이아몬드를 밀수입했다고 하는데, 그러한 사실이 있습니까?"

"사업을 하다 보면 엉뚱한 문제로 구설수에 오르는 경우가 있을 수 있는데, 이번 경우만 하더라도 그런 경우가 아니겠습니까? 정상적인 방법으로 다이아몬드를 얼마든지 수입할 수 있는 여력이 있는 우리 회사에서 무엇 때문에 다이아몬드의 밀수입까지 하겠습니까? 그러니 우리 회사에 대한 모함이 아니고 무엇이겠습니까?"

"제보내용에는 다이아몬드가 밀수된 날자와 수량까지 상세하게 제시되어 있는데, 이래도 밀수입사실을 부정하시겠습니까?"

"밀수입한 날자와 수량은 얼마든지 허위로 제보할 수 있는 것이 아니겠습니까? 검찰에서 수사를 해서 구체적인 증거를 아직 발견하지 못했을 터인데, 그렇게 단정적으로 말씀하실 수 있는 것입니까?"

결국 검찰의 참고인 조사는 하나마나 한 것이었다고 할 수 있었다. 검찰이 참고인 조사를 한다 하여 순순히 범죄사실을 고백할 사람이 어디에 있다는 말인가? 박도일의 회사처럼 철저하게 위장된 범죄조직이 검찰이 밀수를 하지 않았느냐고 묻는다고 하여 그렇다고 순순히 자백할 리가 있겠는가?

다이아몬드와 같은 귀중품은 은행의 비밀금고에 보관되어 있는 경우가 가장 안전할 것이다. 검찰이라 할지라도 특별한 이유가 없는 한, 이러한 금고에 대한 조사를 강제할 수 없는 것이다. 그런데 밀수의 제보가 단순히 상대방 경쟁회사를 모함하기 위한 경우가 아니라, 밀수의 구체적인 내용을 잘 알고 있는 자가 사실대로 검찰에 제보를 했다면, 검찰이 그 제보를 믿고 수사에 착수해야 할 것이다. 검찰은 제보자가 박도일을 무슨 이유에서인가 배신한 자의 소행이라고 판단하고 그의 제보한 내용대로 모 은행 금고를 압수수색한 결과 과연 제보한 내용대로 밀수입한 수천 억 원대의 다이아몬드가 비밀리에 보관되어 있는 사실을 발견하게 되었다. 검찰이 취한 조치는 밀수입한 다이아몬드의 액수에 상당하는 금액을 국고에 환원시키고, 박도일회사의 무역허가를 취소하고, 박도일의 회사에 100억 원의 벌금형을 과하는 등 적극적인 방법으로 임했지만, 이번 사건과 관련하여 박도일을 구속기소하지는 않았다. 결국 박도일의 입김이 검찰에까지 미치게 되었던 결과가 아니었을까? 그런 문제는 검찰의 이러한 해법이 박도일의 밀수입행위를 근절시키는데 도움을 주었다기보다는 오히려 그의 밀수입행위를 조장시키는 결과를 가져오게 되었을 뿐이다.

무역허가가 취소되었기 때문에 박도일은 더 이상 합법적인 방법으로는 무역거래를 할 수 없게 되었다. 이제 그가 할 수 있는 방법은 밀수입밖에 없게 되었던 것이다. 범죄인으로 비상한 능력을 갖고 있던 박도일은 그의 범죄조직을 좀 더 활성화시켜서 밀수입뿐만 아니라 도박, 인심매매 등에 그의 비합법적인 활동범위를 확장시켜 나가는데 총력을 집중하기로 했다. 더 이상 합법적인 기업처럼 위장할 필요 없이 비밀결사조직처럼 회사의 체제를 재조직하여 지난번처럼 배신자가 나올 수 있는 가능성을 철저히 봉쇄하기 위하여 비밀감시체계를 강화하기로 했다.

박도일은 조직적인 인신매매를 해외에까지 확장시키기 위하여 허영심 많은 젊은 여성들을 상대로 해외취업 알선이라는 구실로 수많은 여성들을 해외에 팔아넘겼다. 이러한 해외취업에 말려드는 여성들의 경우에는 국내에서 윤락행위를 해보았자 수입도 별로 신통하지 않은데, 해외에 취업을 해가면 수입도 국내와는 비교가 되지 않을 정도로 엄청나기 때문에 젊은 시절에 열심히 일을 해서 한 밑천 잡아서 나중에는 정상적인 직업을 가져보겠다는 허영심 많은 여성들의 기대에 박도일의 인신매매조직이 매력을 느끼게 해주고 있었다.

김은영은 가난한 농촌집안에서 많은 형제들이 있는 집안의 막내로 태어나서 정규교육도 제대로 받지 못한 처지에 있었다. 빼어난 외모를 갖고 태어났던 그녀는 자신의 몸을 이용하여 돈벌이를 해야 하겠다는 생각을 철이 들면서 하게 되어 어느 날 부모님께도 말을 하지 않고 야간도주하여 밤차를 타고 상경을 했다. 처음에는 파출부 노릇 등 막일을 하다가 돈벌이가 잘 된다는 남자 포주의 꼬임에 빠져서 몸도 버리고 결국에는 미아리 집창촌의 윤락여성이 되고 말았다. 그러던 중에 박도일의 인신매매조직의 해외취업알선에 관하여 알게 되었다. 배운 것도 없고 어차피 타락할 대로 타락하여 더 이상 타락할 것도 없게 된 그녀는 어차피 이렇게 된 몸이니 자신의 몸을 이용하여 해외에서 장사를 하여 국내에서보다는 훨씬 더 많은 돈을 벌 수 있다는데, 마다할 필요가 무엇이겠는가 하는 판단 하에 박도일회사의 인신매매조직을 통하여 필리핀소재 인신매매조직에 합류하기로 했다.

배운 것은 없었지만 워낙에 영특하고 외모가 빼어났던 김은영은 그가 몸담았던 해외 인신매매조직에서 당장 두각을 나타내기 시작하여 단순한 윤락녀의 위치에서 인신매내조직의 경영에까지 참여할 수 있게 되었다. 그녀는 이제 자신이 직접 몸을 파는 대신에 다른 윤락녀들을 거느리고 사업을 하는 위치에까지 올라서게 되어 그녀의 수입은 단순한 윤락녀로서는상상도 할 수 없는 엄청난 액수의 수입을 올리게 되어 그가 벌어들인 수익금으로 인신매매조직에서는 손을 털고, 인신매매가 아닌 합법적인 사업을 펼치기로 했다. 그녀의 사업목적은 윤락녀들을 도와주어서 자립할 수 있게 해주는 일에 역점을 두고 있었다. 그녀는 봉제공장을 설립하여 윤락녀들에게 정상적인 직업을 주어 사람답게 살 수 있는 길을 열어주고 있었다. 그녀는 사업수완도 비상하여 봉제공장뿐만 아니라 유통업체도 운영하여 필리핀 교포 중에 거부로 성공한 입지전적인 인물이 되었다. 한국의 한 방송국에서 그녀와 인터뷰를 할 기회가 있었다.

"김사장님의 일생은 마치 소설을 읽는 것 같은 느낌이 듭니다. 우리가 사장님께서 지금까지 고생하면서 살아오신 일을 듣고 참으로 감명을 많이 받았습니다. 역경을 딛고 이렇게 성공하신 사장님께 묻고 싶습니다. 어떻게 그런 일이 가능할 수 있었는지 하는 것을 상세히 말해줄 수 있습니까?"

"제게 특별히 관심을 가지시고 인터뷰까지 하는 자리를 마련해 주신 것 감사드립니다. 저는 농촌의 가난한 농부의 막내로 태어났습니다. 형제들이 많아서 먹고 사는 문제도 어려웠기 때문에 학교에 다닌다는 것은 생각도 할 수 없는 일이었습니다. 그리하여 철이 들면서 어떻게 하든 내 힘으로 서울에 가서 성공을 해보겠다는 생각을 했습니다."

"그러면 서울로 가기로 했던 결심은 실제로 실천을 했습니까?"

"내가 열다섯 살 때 부모 몰래 그간 모아 두었던 얼마 되지 않는 돈을 갖고 야간도주를 하여 밤차를 타고 상경을 했지요."

"서울에는 아는 사람이나 의지할 곳이라도 있었습니까?"

"촌구석에서 자란 나에게 그러한 곳이 어디에 있었겠습니까? 무작정 상경한 나는 별 고생을 다 하다가 결국에는 남자에게 몸도 버리게 되고 집창촌의 윤락녀가 되는 신세가 되어버렸지요."

"그러다가 어떻게 해서 해외의 인신매매조직에 합류하기로 결심했습니까?"

"집창촌에서 윤락행위를 하면서 돈을 벌려고 애를 써보았지만 돈도 별로 벌려지지 않던 차에 박도일회사의 해외 인신매매알선에 관한 이야기를 듣게 되었습니다. 윤락행위도 일종의 직업인데, 기왕에 윤락행위를 생계의 수단으로 할 바에는 국내보다는 더 많은 돈을 벌 수 있다는 해외로 진출하는 것이 훨씬 더 나을 것이라는 판단을 하게 된 것이지요."

"그렇다면 박도일회사의 해외 인신매매알선업체의 도움을 받은 셈이네요."

"일반적으로 인신매매를 범죄행위로 보고 있는데, 나의 경우처럼 자발적인 의사결정으로 해외의 인신매매조직을 소개받아서 해외취업을 해가는 경우까지 범죄행위로 보는 것은 좀 어폐가 있는 것 같습니다. 나의 경우는 다른 분야의 해외취업과 마찬가지로 합법적인 해외취업이라 할 수 있을 것입니다. 이러한 점에서 볼 때 박도일회사의 해외 인신매매 알선업은 합법적인 영업행위라 보아도 무방할 것입니다."

"참으로 흥미로운 해석이며 수긍할 수 있는 논리입니다."

"그러면 가장 중요한 김사장님의 사업목표인 윤락여성들의 홀로서기를 도와주는 일을 결심하게 된 동기에 관하여 말씀해주시지요."

"잘 아시다시피 윤락행위는 나이가 들게 되면 더 이상 할 수 없는 행위입니다. 따라서 윤락녀라 할지라도 윤락행위를 더 이상 할 수 없게 되는 경우의 생계문제를 생각하지 않을 수 없는 것이지요. 그래서 나는 그들에게 정상적인 일자리를 마련해주기 위하여 봉제공장과 유통사업에 관여하게 된 것입니다."

"김사장님께서 하시는 봉제업과 유통업이 잘 되어서 필리핀 굴지의 대기업으로 성장하여 거부가 되신 것을 축하드립니다. 앞으로의 계획은 무엇입니까? 말씀해 주시지요."

"나는 역시 한국사람입니다. 필리핀에서 성공하여 거부가 되었다는 말까지 듣고 있지만, 이렇게 성공하고 보니 한국이 정말 그리워집니다. 한국에 돌아가서 직업학교를 설립하여 불우한 가정에서 태어난 아이들이 나처럼 잘못된 길로 빠지지 않도록 사전에 대책을 강구해주고 싶습니다. 필리핀의 업체들을 정리하여 한국에서 윤락녀들의 구제사업과 복지사업에 여생을 보낼 생각입니다."

"결혼은 하실 생각이 없으십니까?"

"글쎄요. 나하고 결혼을 하려는 사람이 과연 있을까요? 수많은 남성들과 영업적으로 관계를 한 나는 결혼에 대한 매력을 이미 잃은 지 오래 되었다는 것이 나의 솔직한 고백입니다. 그냥 지금처럼 혼자 살 생각입니다."

"기꺼이 인터뷰에 응해주셔서 감사합니다. 건강하시고 하시는 일에 행운이 함께 하시기를 빌겠습니다."

가난한 윤락녀였던 김은영이 해외에 윤락녀로 진출하여 기업체의 여사장으로 크게 성공하여 윤락녀들에게 새로운 삶을 약속해주는 사업을 일으키고 있는 입지전적인 생애는 같은 행위라도 그것을 어떻게 보고 해석하느냐에 따라 결과가 완전히 다르게 나타난다는 것을 그녀의 생애를 통하여 우리는 알 수 있었다. 사람은 반드시 유복한 가정에서 태어나는 사람만이 성공을 약속받고 있는 것이 아니라, 제 아무리 역경에서 태어난 사람이라 할지라도 자신의 노력에 의하여 전혀 다른 길을 걸을 수 있다는 것을 알 수 있었다. '용은 아직도 개천에서 나올 수 있는 존재'인 것이다.

박도일의 도박조직은 국내에만 국한되어 있는 것이 아니라 세계적으로 유명한 미국의 라스베가스에까지 진출하여 카지노의 소유는 물론 도박수입금의 상당부분을 확보하고 있는 무시할 수 없는 조직을 형성하고 있다. 박도일은 어렸을 때부터 도박에 천재적인 능력을 발휘하여 도박으로 돈을 모아들이는 능력을 갖고 있었다. 그가 관여하지 않았던 도박이란 거의 존재하지 않는다고 해도 과언이 아닐 것이다. 마권을 파는 일에서부터 카지노의 운영에 이르기까지 돈을 벌 수 있는 일에 조금도 주저함이 없이 적극적으로 뛰어들어서 치부를 하게 되었던 것이다. 그가 도박으로 벌어들인 수익이 얼마나 되는지를 정확하게 아는 사람은 아무도 없는 것이다. 심지어 박도일 자신도 자신이 도박으로 벌어들인 수익이 얼마인지를 정확하게 알고 있지 못할 정도이니, 그의 재산의 정확한 규모가 얼마인지를 정확히 아는 방법이 없다고 해도 과언이 아닐 것이다.

도박은 불법행위로만 볼 수 있는 것은 아니다. 윤락행위와 마찬가지로 우리나라에서도 집창촌과 같은 공인된 장소에서 하는 윤락행위는 정당한 영업행위로 인정받고 있는 셈이다. 마찬가지로 경마나 카지노에서의 도박은 정당한 영업행위로 인정을 받아 법의 보호를 받고 있다. 따라서 이러한 행위를 통하여 돈을 벌어들이는 것은 개인의 능력여하에 달려있는 것이다. 도박을 하여 정당하게 돈을 벌어들였다면, 그것은 정당하게 벌어들인 수입으로 인정해야 할 것이다. 따라서 마피아와 같은 범죄조직에 대해서도 정당하게 벌어들인 수익에 대해서는 법적인 제재를 가할 수 없었던 것이다. 다만 불법한 방법으로 사술을 써서 돈을 벌어들였다면 그것은 별개의 문제인 것이다. 다른 사람들을 기망하여 막대한 수익을 올린 경우에는 법의 제재를 받게 되는데, 그것은 당연한 일이라 할 수 있을 것이다.

박도일은 법을 어기지 않는 방법으로 도박을 통하여 국내외에 걸쳐서 막대한 수익을 올릴 수 있게 되었다. 도박을 통하여 합법적으로 벌어들이는 수익이 막대하기 때문에 박도일의 회사는 가히 도박왕국이라 해도 과언이 아닐 것이다. 그러다 보니 박도일의 입장에서는 무역허가가 취소되어 버렸다 하여 오기로 밀수라도 해서 돈을 벌어들여야 하겠다는 명분이 사실상 없어진 셈이다. 해외 인신매매의 경우에도 김은영사장의 사례에서 볼 수 있었던 바와 같이 비밀리에 인신매매를 할 것이 아니라 다른 해외사업의 알선의 경우처럼 공개적으로 해외 인신매매업체에 자발적으로 취업하려는 사람만 선정하여 연결해 주면 되는 것이니, 더 이상 그러한 해외 인신매매 업체를 불법으로 알선해 줄 필요가 없어진 셈이다. 처음에는 다분히 범죄행위에 가까운 불법행위로 시작되었던 인신매매나 도박도 합법적인 행위로 탈바꿈하게 되니 박도일의 회사는 더 이상 범죄집단으로 남아있을 필요가 없게 되었다. 합법적인 기업의 형태를 갖추게 되었던 것이다.

이러다 보니 조직폭력집단으로 시작했던 박도일의 회사가 처음처럼 모든 범죄와 악행을 저지르면서 지금까지 성장해 왔던 것처럼 앞으로도 계속해서 그러한 방법으로 회사를 운영해 나갈 수는 없게 된 것이다. 합법적인 회사로서의 존재이유와 가치를 새롭게 발견해야 할 입장에 회사가 직면하게 되었던 것이다. 박도일의 회사는 그동안 엄청난 수익을 올려서 재벌회사에 준하는 규모의 회사로 성장 발전시켜 왔던 것이다. 이제는 회사의 수익만 올릴 것이 아니라 지금까지 불법적인 방법까지 동원하여 마구잡이로 벌어들였던 막대한 수익을 어떠한 방법으로든지 사회에 환원시켜야 하겠다는 새로운 발상을 하게 된 것이다. 박도일 사장이 마침내 철이 든 셈이다.

기업가의 윤리라는 것은 돈만 벌어들이는 데에 있는 것이 아니라, 벌어들인 수익을 어떻게 하면 유익하게 쓸 수 있느냐를 생각해 보아야 한다는 것이다. 수익금을 사회에 환원하는 문제까지 포함해서 말이다. 우리나라의 재벌기업들은 돈을 벌어들이는 데는 일가견이 있지만, 벌어들인 그 돈을 유용하게 쓰는데 있어서는 너무나 인색한 것 같다. 자신의 가족들이 쓰는데 충분한 돈은 일단 떼어놓고도 사회에 환원할만한 충분한 여유 돈이 있는 그들이지만 사회에 남길만한 기여를 한 한국의 재벌총수들은 아직까지 한 명도 발견할 수 없는 것 같다. 재벌이 돈을 벌게 된 것은 재벌이 생산한 제품을 사준 구매자인 국민들이 있었기 때문에 가능했던 일이었음에도 불구하고 그들이 잘 나서, 또는 운이 좋아서 돈을 번 것이라고착각들을 하고 있는 것 같다.

　미국의 세계적인 철강왕인 안드류 카네기는 철강산업으로 벌어들인 막대한 수익을 사회에 환원하여 대학도 설립하고 복지사업에도 착수하여 사회에 많은 기여를 한 기업인으로 유명하다. 세계의 일등부자인 빌 게이츠도 컴퓨터로 벌어들인 막대한 수익을 사회에 환원하여 사회에 기여하는 사업을 일으킨 사람으로 유명하다. 미국의 거부였던 록펠러도 뉴욕시의 중심지인 50번가에 록펠러센터를 구축하여 사회복지사업에 막대한 투자를 하고 있는 기업으로 유명하다. 이에 비하여 한국의 이병철이나 정주영이와 같은 거부들이 우리 사회를 위하여 기여한 일은 과연 무엇이 있다는 말인가? 특별히 생각날만한 일이 아무 것도 없으니 하는 말이다.

　박도일은 이러한 우리나라의 거부들과는 달리 자신이 벌어들인 막대한 수익금의 전부를 사회에 환원시킬 준비가 되어 있는 특이한 기업인이었다. 부당한 방법으로 돈을 벌었건 정당한 방법으로 돈을 벌었건 간에 그의 수익을 자신이나 가족만을 위해서 쓰려는 생각을 갖고 있는 대신에 어떠한 방법으로든지 사회에 환원하겠다는 생각을 갖고 있다는 것은 인정을 해줄 만한 일인 것이다. 그가 우선 착수한 사업은 직업기술학교의 설립이었다. 현재 우리나라에서는 대학까지 정규교육을 받은 우수한 졸업생들의 경우에도 자신이 원하는 직업은 고사하고 어떠한 직업이라도 구할 수가 없어서 취업준비생으로 남아있게 된다는 비참한 사실에 착안을 한 것이다. 직업기술학교의 교육목표는 이론교육을 지양하고 실무교육을 중점적으로 실시하여 졸업생이 취업을 하거나 창업을 하는 경우에 도움이 될 수 있도록 하려는데 있는 것이다. 졸업생의 한사람인 김일도를 인터뷰한 내용을 살펴보면 다음과 같다.

"김선생의 경우에는 커피전문점을 창업하여 성공한 경우로 알고 있는데, 여러 업종 중에서 커피전문점을 창업한 이유는 무엇입니까?"

"저는 커피전문점을 창업하기 전부터 커피마시기를 즐기고 있었습니다. 나는 직업기술학교에 진학하기 전에 대학진학문제를 생각해 보았습니다. 그런데 최근에 들리는 말에 의하면 일류대학 출신자들조차 취업이 되지를 않아서 졸업 후에도 여전히 취업준비생으로 남아있게 된다는 일이 사실이라는 것을 알게 되었습니다. 그러한 취업준비생들 중에도 영원히 취업을 못하게 되는 사람들도 있다는 놀라운 사실을 전해 듣고 나는 처음부터 취업은 포기하고 창업을 하기로 결심했습니다. 기왕에 창업을 하는 것이라면 돈벌이도 되고 나도 즐길 수 있는 커피전문점을 선택하기로 한 것입니다."

"잘 아시다시피 큰 거리에 나가보면 한집 건너 커피전문점들이 있는데, 커피전문점 간에 경쟁이 심해서 장사가 제대로 되겠습니까?"

"한 때는 우리나라에서도 다방이 현재의 커피전문점처럼 난립되었던 일이 있었다는 말을 들었습니다. 그러나 그 많은 다방들도 손님이 없어서 망했다는 말은 듣지를 못했습니다. 마찬가지 이유로 커피전문점들이 제 아무리 많이 생겨나고 있다 할지라도 손님이 없어서 망했다는 이야기는 아직까지 들어보지를 못했습니다. 그 이유는 우리나라 사람들의 기호도 서구화되고 있기 때문에 더 많은 사람들이 커피를 마시게 되는 경향에 있기 때문입니다. 그들의 기호에 맞는 좋은 커피를 만들어 내는데 신경을 쓴다면 손님이 줄어드는 문제는 전혀 염려하실 필요가 없을 것입니다.”

“자신의 직업에 대하여 철저한 의식을 갖고 있는 김선생의 탁월한 직업의식에 감명을 받았습니다. 인터뷰에 기꺼이 응해주셔서 감사합니다. 건강하십시오.”

선진 국가에서는 누구나 대학에 가는 것이 아니다. 우리나라의 경우처럼 너도나도 대학에 가려고 애를 쓰는 나라도 아마 드물 것이다. 더욱이 대학교육을 받고 졸업을 해도 원하는 직업을 구할 수 없는 세상이 되어버리고 말았으니, 꼭 대학교육을 받아야 할 것이냐 하는 자성론까지 나오기 시작한 것이 우리 사회의 안타까운 실정이다. 이러한 점에서 볼 때 박도일사장의 직업기술학교의 설립은 선진국으로 가는 발판을 놓아준 셈이라 할 수 있을 것이다. 독일과 같은 국가에서는 아주 우수한 소수의 사람들의 경우를 제외하고는 대학교육을 받는 대신에 고등학교 수준의 직업기술학교에 진학하여 졸업 후에 취업을 하거나 창업을 목표로 한 실무중심의 교육을 받고 있기 때문에 이러한 직업기술학교를 졸업한 학생들의 경우에는 취업이나 창업이 보장될 수 있다는 것이다. 이러한 의미에서 볼 때 박도일의 사회기여도는 상당한 의미를 갖는 것이라 할 수 있을 것이다.

박도일 사장이 다음에 착수한 사회환원 사업은 사회적인 약자에 대한 복지혜택의 확대라 할 수 있을 것이다. '가난구제는 나라

님도 할 수 없다'는 말이 있듯이 사회적인 약자의 보호사업은 막대한 돈이 들어가는 분야이다. 이러한 사업에 박도일 사장이 과감하게 뛰어들게 된 배경에는 그 나름대로의 상당한 근거가 있었다. 어린 시절 가난하게 살았던 그가 돈이 없어서 중병에 걸린 부모님을 제대로 치료 한 번 받아보지 못한 채 그대로 돌아가시게 했던 한 많은 어린 시절이 있었기 때문이다. 그가 걸신들린 사람처럼 악착같이 돈을 긁어모으게 되었던 것도 이러한 어린 시절의 불우했던 배경에서 연유하는 것이다. 때로는 불법한 방법을 동원해서라도 돈을 벌수만 있다면 덤벼들었던 그가 나이가 들게 되고, 여러 가지 다양한 체험이 축적됨에 따라 그의 사고방식도 성숙되어서 오늘날과 같은 수익금의 사회 환원을 위하여 구체적인 사업에 착수하기 시작했던 것이다.

사회적인 약자에 대한 지원은 그의 한풀이의 한 방법이기도 했다. 이미 가난하게 살다가 돌아가신 부모님은 더 이상 이 세상에 없기 때문에 억만금을 갖고 있는 거부가 된 자신이지만, 부모를 위하여 할 수 있는 일은 아무 것도 없다는 자의식 때문에 괴롭기만 했다. 그러다가 부모 대신에 부모와 비슷한 처지에 놓여 있는 사회적인 약자들을 찾아내서 가급적 많은 사람들을 도와주는데 헌신하기로 했다. 이러한 박도일의 행위는 그 동기가 무엇이었던 간에 칭찬할만한 일이라고 할 수 있을 것이다. 그리하여 그가 착수한 사회적 약자에 대한 지원은 독거노인에 대한 지원, 소년소녀가장을 위한 지원 사업, 고아원, 양로원, 요양원의 설립 또는 인수지원 사업 등을 포함하고 있다. 이러한 사업들은 수익사업이 아니기 때문에 막대한 금전적인 지원을 필요로 하는 분야이다. 수익사업만을 목적으로 해왔던 대표적인 기업인의 한 사람인 박도일 같은 사람이 할 수 있는 평범한 사업은 결코 아닌 것이다. 그러함에도 불구하고 이러한 '깨진 독에 물 붓기'식인 사회사업에 과감히 뛰어든 박도일 사장이야말로 가히 위대한 사업가의 반열에 속하는 인물이라 할 수 있을 것이다.

그는 각종 문화 사업에도 능력이 허락하는 한 하나씩 착수하기 시작했다. 도서관의 설립, 박물관의 설립운영과 문화유적의 발굴 사업, 미술관의 설립 등 막대한 투자를 필요로 하는 사업에도 적극적으로 참여하기 시작했다. 특히, 우리나라의 민속문화를 연구의 목적으로 하는 향토문화 발굴사업에 앞장을 서기 시작했다. 성공한 기업인 중에 누구 한사람 생각해 내지 못했던 사업에 박도일은 과감하게 뛰어든 셈이다. 이러한 사업들은 역시 막대한 돈이 들어가는 분야이다. 개인이 하기보다는 국가에서 마땅히 해야 할 일들인 것이다. 그는 왜 이러한 수익성이 전혀 없는 문화사업에 과감히 뛰어 든 것일까? 이와 관련하여 그와 인터뷰한 내용을 살펴보자.

"박도일사장님께서 막대한 돈이 들어가는 문화사업에 착수하게 된 동기는 무엇입니까?"

"학교교육을 제대로 받지 못하고 어려서부터 돈벌이에만 나섰던 제게도 꿈이 있었습니다. 내가 부자가 된다면 우리나라의 문화재를 다루는 사업에 투자하겠다는 막연한 생각을 갖고 있었습니다. 이제 돈을 좀 벌었으니, 그러한 꿈을 이루기 위하여 구체적으로 문화사업에 체계적으로 투자하게 된 것입니다."

"참으로 대단하십니다. 지금까지 수익금의 전부를 들여서 직업기술학교를 설립했으며, 독거노인이나 고아 등 사회적인 약자들을 지원하는 일에 막대한 자금을 투자하셨는데, 이번에는 우리나라의 문화 창달을 위하여 또 막대한 자금을 투자하고 계시니 사장님의 재산은 과연 얼마나 많으며 언제까지 이런 수익성 없는 일을 계속하시려는 것입니까?"

"과찬의 말씀이십니다. 내가 이 세상에 태어났던 구실을 하기 위한 투자라 할 수 있습니다. 내가 그 동안 수단방법을 가리지 않고 비양심적인 방법까지 동원하여 돈을 많이 벌었는데, 이제는 그것을 전부 사회에 되돌려주어야 내가 이 세상에 태어났던 구실을 하는 것이 아니겠습니까? 안 그렇습니까?"

"우리나라의 재벌기업 총수들이 사장님과 같은 생각을 갖고 그들의 재산을 사회에 환원시키는 사업에 여생들을 바칠 수 있다면 우리 사회는 얼마나 살기 좋은 곳이 되겠습니까? 사장님의 앞길에 행운이 함께 하시기를 바라겠습니다."

세상에는 가끔 전혀 예상하지 못했던 일을 행하는 의외의 사람들이 있어서 우리에게 잔잔한 감동을 주고 있는 경우가 있다. 박도일 사장이 그러한 경우의 한 대표적인 실례라 할 수 있을 것이다. 그가 지금까지 살아온 방식으로 볼 때는 절대로 그러한 행위를 할 만한 사람으로 변신할 수 없을 것 같은데, 예상 밖으로 우리 사회를 위하여 엄청난 일을 해 낸 것을 보면 그는 보통사람은 아닌 것 같다. 그가 우리 사회를 위하여 한 일들은 돈만 있다고 해서 결코 할 수 있는 일은 아닌 것이다. 재벌총수들이 돈이 없어서 이러한 일을 하지 못하는 것은 아닐 것이다. 박도일 사장처럼 사회를 위하여 그러한 일을 하려는 의지가 전혀 없기 때문에 그런 것이 아닐까? 박도일 사장처럼 사회를 위하여 무엇인가 도움이 되는 일을 해보겠다는 의지가 전혀 없다면, 재벌총수라는 것이 무엇이 그렇게 자랑스러운 일이 되겠는가? 돈이 없는 가난한 사람들보다 못한 존재들이 아닌가? 무엇 때문에 사람들 앞에서 거들먹거리고 있다는 말인가? 한심한 인간들이 아니겠는가?

이러한 재벌총수들과 비교할 때 박도일 사장이야말로 자신이 평생 벌어들인 돈을 값지게 쓰고 가는 멋진 사람이라고 할 수 있을 것이다. 이 세상에는 돈을 많이 번 사람이 있는가 하면, 공부를 많이 한 사람도 있다. 돈을 많이 번 사람은 그가 벌어들인 돈을 자손들에게만 나누어주고, 사회에는 아무 것도 기여하지 못하고 가버린다면 돈을 많이 벌었다는 것이 과연 무슨 의미가 있다는 말인가? 마찬가지 이유로 공부를 많이 한 사람의 경우에도 자신만 백과사전에 준하는 방대한 지식을 갖고 있다고 해서 무슨 소용이 있다는 말인가? 그대로 죽어버린다면 그가 지금까지 머릿속에 축적해 두었던 지식이 무슨 소용이 있다는 말인가? 그가 터득했던 지식들을 논문이나 저술로 이 세상에 남겨두고 가지 않는다면 그가 제 아무리 많은 지식을 터득했다 하더라도 누가 그를 알아주겠는가? 그러한 우를 범하지 않기 위하여 학자들은 자신의 지식을 저술이나 논문으로 세상에 알리려 하는데, 그것이야말로 너무나 자연스러운 일이 아니겠는가?

소설가나 시인의 경우도 한 번 생각해보자. 소설가나 시인이라면서, 일생동안 자신이 써놓은 소설집이나 시집 하나 내지를 못하고 죽는다면, 과연 그들을 우리가 소설가나 시인이라고 부를 수 있을 것인가? 이와 같이 사람들은 누구나 자신에게 적합한 일을 할 수 있어야 사람구실을 하는 것이라고 말을 할 수 있을 것이다. 부자는 부자로서의 구실이 있고, 학자는 학자로서의 구실이 있으며, 소설가나 시인은 그들 나름대로의 구실이 있는 것이라 하겠다. 다시 말하면, 부자는 부자로서의 본분을 다해야 하며, 학자는 학자로서, 소설가나 시인은 그들대로의 본분을 제대로 하면서 살아가는 경우에만, 비로소 부자로서, 학자로서, 소설가나 시인으로 불려지게 될 것이 아니겠는가?

우리는 우리가 살아온 과거를 되돌아보면서 '과연 나는 사람구실이나 본분을 다하면서 살아왔는지를 생각해 볼 필요가 있을 것이다.' 우리가 과연 만족한 삶을 살았는지 여부는 우리가 인생을 살면서 최선을 다했느냐 여부도 중요한 일이겠지만, 무엇인가 사회에 기여한 일이 있느냐 여부를 생각해 볼 필요가 있을 것이다. 오직 나 자신만을 위하여 일생을 보냈다면, 제 아무리 어떤 분야에 있어서 성공을 거두었다고 할지라도 사람구실이나 본분을 다하면서 살았다고 감히 말할 수는 없을 것이다. 사회에 기여했다는 무엇인가 작은 흔적이라도 남기고 이 세상을 하직해야 할 것이 아니겠는가?

11 치매

언제부터인가 나는 노인성 질환인 치매를 앓고 있는 것 같다. 얼마 전에 아내가 나를 데리고 대학병원 신경과에 가서 인지능력 검사를 해본 결과 나의 기억력이 아주 나빠진 것을 알 수 있었다. 아주 간단한 그림도 따라 그릴 수 없으며, 간단한 말도 기억해 두었다가 다시 되풀이해서 말을 할 수 없었다. 의사 선생님은 나의 검사결과를 보고 치매일 가능성이 있다면서 치매예방약을 처방해 준다면서 동석했던 아내에게 다음과 같은 말을 해 주었다.

"남편 분의 증세가 현재 치매라고 단정해서 말할 수는 없지만 앞으로 치매로 발전할 가능성이 많기 때문에 부인과 함께 문화원 같은 데에 가서 글쓰는 공부를 하고 책을 많이 읽을 수 있도록 부인께서 도와주세요."

"그렇게 하면 치매를 예방하거나 치매의 진행속도를 좀 지연시킬 수 있나요? 왜 머리가 좋던 제 남편이 치매에 걸리게 된 건가요?"

"치매의 발병원인에 대해서는 아직 정확하게 밝혀진 의학적인 견해가 없는 상태입니다. 다만 머리를 계속 쓰는 사람만이 치매에 걸릴 확률이 비교적 적다는 것밖에는 더 이상 알려진 것이 없습니다."

"문화원에 가서 글쓰기를 열심히 하고 책도 많이 읽으면 치매를 예방하거나 치료할 수 있는 것인가요?"

"남편분의 경우에는 MRI 촬영 결과 기억력 세포가 완전히 없어져버린 상태에 있습니다. 기억력 세포는 재생 가능한 세포이기 때문에 계속해서 이를 생성해서 보충해 주어야 하는 것입니다. 현재 치매는 약만으로는 치료할 수 없으며, 치매환자 본인의 부단한 노력에 의하여 기억력 세포를 계속 생성해서 보충해주지 않으면 아니 되는 만성질환이라고 할 수 있기 때문이지요."

"감사합니다. 남편과 함께 노력해 보겠습니다."

아내는 총명한 여자로서 젊은 시절에 일찍이 식품영양학 분야에서 박사학위를 받고 대학교수로서 65세 정년을 맞이했다. 은퇴한 후에도 명예교수로서 연구를 계속하면서 강연도 다니는 바쁜 생활을 하고 있다. 그녀의 두뇌는 은퇴 후에도 쉴 틈 없이 바쁘게 움직이고 있기 때문에 남편과는 달리 치매에 걸릴 여지가 없는 것이다.

아내와는 달리 남편은 국문학에 석사학위까지 받았지만, 아직까지 신통한 작품 하나 제대로 써낸 것이 없다. 다행히 운이 좋아서 대학의 강사 자리를 유지하다가 동갑인 아내와 함께 65세 정년을 맞이하여 은퇴하고 집에서 쉬고 있으면서 가사를 돌보는 형편에 있다. 남편과 아내의 역할이 뒤바뀐 셈이다. 그는 대작을 쓰겠다는 야심에 불타고 있지만, 능력부족 때문인지 아직까지 그러한 작품을 써내지 못하고 있는 셈이다. 의사가 문화원에 가서 글 쓰는 공부를 하라고 했으니 소설 부문에 등단을 해보겠다는 야심 찬 계획을 마음속에 세워두고 있었다.

그러한 목적을 달성하기 위하여 아내와 함께 동네 문화원에 가서 작가 선생님이 강의하는 문학교실에서 소설공부를 해보기로 했다. 대학에서 문학개론 강의를 하다가 은퇴한 남편이니 문학 전반에 대한 이론은 오히려 강의를 담당하는 작가선생님보다 더 많은 것을 알고 있을지도 모른다. 다만 작가 선생님과 차이가 있는 것은 남편이 이론에 있어서는 강할지 모르지만 실전에 있어서 약하다는 것이다. 왜냐하면 그렇게 오랜 세월을 교단에 서서 학생들을 가르쳤지만 내세울만한 이렇다 할 작품 하나 없다는 것이 남편의 최대 약점인 것이다.

남편은 소년시절부터 작가가 되겠다는 목표를 갖고 어린 나이에 세계문학전집을 독파하여 어른이 되면 유명한 소설가가 되어 보겠다는 꿈을 키웠다. 그러한 목적달성을 위하여 대학도 국문과를 선택했으며, 소설가가 되기 위하여 소설을 써서 신춘문예에 응모하기도 했다. 자신의 생각으로는 충분히 등단을 하고도 남을 작품이라는 생각에서 해마다 신춘문예에 응모했지만 번번이 실패만 하다 보니 실망이 이만저만이 아니었다. 국문학과의 성적은 우수한 편이어서 대학원에 남아서 국문과 교수가 되는 꿈을 키웠다.

그러나 이렇다 할 만한 작품이 없으면 국문과 교수자리를 바라본다는 것은 무리한 일이었다. 그가 신춘문예에만 당선될 수 있다면 당장에 국문과 교수에 임명될 수 있을 것도 같은데, 1천대 1

의 경쟁률을 뚫고 과연 그가 승자가 될지는 참으로 하늘에 있는 별 따기와 같은 것이 아니겠는가? 그는 대학원 졸업 후에 그가 바랐던 대로 국문과 교수는 되지 못하고 시간강사로 이곳저곳을 떠도는 신세가 되어버렸다.

다행히 운이 좋아서 총명한 여인을 아내로 맞이하여 결혼 후에는 아내의 도움을 받아서 살림을 꾸려가는 처지에 놓이게 되었다. 아내는 남편에게 불평 한마디 없이 남편이 작가로 성공할 수 있도록 격려해 주고 있었다.

"당신이 작가로서 성공할 수 있도록 내가 도와드리고 싶은데 어떻게 하면 좋겠어요?"

"내가 운이 나빠서 그런 것인지, 아니면 재주가 없어서 그런 것인지 내가 쓰는 소설마다 신통한 반응을 받지 못하고 있으니 참으로 속이 상하는구려. 할 수 없이 요즘에는 돈벌이 삼아 남의 글이나 대필해 주고 있으니 말이요."

"여보 생활비는 나 혼자라도 충분히 감당할 수 있으니 그런 일은 하지 말고 당신의 창작활동에 정진해서 반드시 작가로서 성공하시기 바라겠어요. 용기를 내세요."

참으로 이해성 많은 아내이다. 그러나 그가 남편으로서의 자존심이 상하는 것은 어쩔 수 없는 일이다. 그가 지금까지 써온 작품도 상당수에 이르기 때문에 몇 권의 소설집으로 출판 할 정도의 분량이 된다. 그는 지금까지 소설을 써오기만 했지 발표한 것은 한 편도 없다. 그러다 보니 자신이 지금까지 써온 작품에 대해서 한 번도 객관적인 평가를 받아본 일이 없었다. 그가 쓴 작품들이 계속해서 신춘문예 등단을 하지 못하고 있는 것을 보면 별로 신통한 작품이 아닌 것 같은 생각이 들면서, 자신이 쓴 작품이 모두 신통하지 않은 작품인 것처럼 여겨질 정도가 되었다.

그런데 다 늙어서 아내와 함께 문화원의 문학교실에 다니면서 자신이 지금까지 써왔지만, 한 번도 빛을 보지 못한 작품을 하나씩 문학교실에서 발표하여 작가선생님의 객관적 평가를 받아보기로 했다. 그런데 작가선생님의 그의 소설에 대한 반응은 의외로 고무적인 것이었다.

"이 선생께서 쓰신 소설들은 소설의 형식도 잘 갖추고 있으며 내용도 재미가 있는 것들이라 좀 손질을 하면, 내가 이사로 있는 문학지에 충분히 등단할 수 있으리라고 믿습니다. 용기를 잃지 말고 끝까지 노력해 주시지요."

남편이 문학교실에 다닌 지 얼마 되지를 않아서 작가선생님의 추천에 의하여 「신용사회」라는 단편으로 그 문학지에 소설 부문 신인으로 드디어 그가 지금까지 꿈꾸어왔던 소설가로 등단을 하게 되었다. 그의 소설내용은 왜 사람들이 빚을 지느냐 하는 문제를 예리하게 파헤친 내용으로서 많은 사람들이 한번 쯤 생각해보아야 할 문제였다. 남편은 드디어 작가가 되겠다는 어린 시절의 꿈을 이룬 셈이다.

남편이 치매를 앓지 않았다면 뒤늦게 문학교실에 다닐 생각도 하지 않았을 것이며 자신이 지금까지 써왔던 작품을 작가선생님에게 보여주어서 객관적인 평가를 받아볼 수 있는 기회도 없었을 것이다. 자신의 작품이 생전 처음으로 작가선생님의 객관적인 평가를 받아서 소설가로서 등단할 수 있는 영광까지 얻을 수 있게 된 것은 참으로 전화위복한 일이었다 아니할 수 없을 것이다.

남편은 이제 정식으로 소설가로서 한국문단에 등단을 했으니 자신이 지금까지 써놓은 작품들을 추려서 소설집을 출판할 일만 남아있었다. 10여 편의 단편을 모아서 등단 후 얼마 되지를 않아서 「신용사회」라는 소설집을 펴낼 수 있었다.

"당신 참 대단하세요. 그간 당신이 써놓은 소설이 당신이 실망했던 대로 결코 별 볼일 없는 소설들이 아니었지 뭐예요. 결국 소설가로 등단하시고 소설집까지 냈으니 여한이 없지 않아요?"

"글쎄 나도 전혀 예상하지 못했던 일이 벌어진 셈이지요. '세상은 좀 더 살아봐야 한다' 는 말이 맞는 것 같은 생각이 드는구려."

"당신이 그동안 오랫동안 꿈꾸어 왔던 소설가가 되었으니 앞으로 당신이 노력해서 좋은 소설을 쓰게 되면 당신의 앞날은 탄탄대로에 놓인 것이나 마찬가지라 하지 않겠어요? 그러다 보면, 당신의 병도 치료되리라고 확신해요. 여보, 사랑해요."

아내는 남편의 기를 한껏 살려주고 있었다. 남편이 창작 활동에 열중하다 보니 기억력 세포도 다시 생성되어 뇌의 기능도 치매를 앓기 이전으로 돌아가서 정상적인 두뇌 활동을 할 수 있게 되었다. 문학교실에 다니기 이전에는 아무 일도 하기 싫어서 그냥 집에서 하루 종일 텔레비전이나 보고 앉아 있으니 무료하기도 하고 살아가는 재미가 없었다. 나이가 들어도 할 일 있는 사람과 할 일 없는 사람은 천양지차가 있다고 하겠다. 지하철을 타고 보면 할 일 없는 노인들이 무임승차를 하고 다니는 모습을 보면서, 남편은 이제 그들에게 측은지심을 갖게 될 정도가 되었다. 왜냐하면 남편은 이제 무한한 창작활동을 할 수 있는 기회를 포착했기 때문이다.

남편이 어느 날 갑자기 이상한 행동을 하기 시작하면서, 일종의 치매증상을 나타내기 시작했을 때에는 이러한 날이 오리라는 것을 전혀 예상할 수 없었다. 이제 부부간의 모든 행복이 하루아침에 사라져버리는구나 하는 두려움을 아내에게 안겨준 시련의 시작이었다. 남편이 어느 날 말로만 듣던 치매환자로 변해버린 것이었다. 아내에게 자상했던 아주 정상적이었던 남편이 이상한 사람으로 변해버렸던 것이다. 아직 작가로서 성공을 하지 못했지만 언제인가는 유명한 작가가 되겠다는 생각으로 열심히 작품 활동을 꾸준히 해왔던 남편이었다. 아무도 읽어주는 사람이 없는 작품일지라도 아내는 그의 작품을 읽고 격려의 말을 아끼지 않았던 것이다.

　남편의 치매증상은 기억력 상실로부터 시작되었다. 조금 전에 방금 했던 그의 행동을 기억해내지 못하는 것이다. 정상인의 경우에도 자신이 필요로 하는 물건을 어디에 두었는지 전혀 기억이 나지를 않아서 사방을 뒤지게 되는 경험은 누구나 한 번 쯤은 체험하게 되는 일이라 할 수 있을 것이다. 그러나 남편의 경우에는 그러한 일이 다반사로 일어나니 문제인 것이다. 심지어 식사를 했는지 안했는지도 기억이 나지를 않는 모양이다. 지금시각이 밤인지 아침인지도 알지를 못하는 경우도 있다. 밖에 혼자 나갔다가는 길을 잃기가 다반사였다. 혼자 나갔던 남편을 경찰차가 여러 번 집에 데려다 준 일도 있었다. 아내가 언제나 남편과 있을 형편이 되지를 못하니 문제인 것이다. 아내는 아내대로 대학교수로 퇴직을 했지만 아직도 할 일이 많은 바쁜 몸이다.

　할 일이 없는 남편은 집에서 하루 종일 혼자 지낼 수밖에 없는 것이다. 혼자 지내면서도 무엇인가 할 일이 있으면 좋을 터인데, 치매증상을 나타내기 시작한 이후로는 작품 활동도하지 않은 채 멍하니 앉아서 있거나 텔레비전만 하루 종일 보면서 시간을 보내고 있는 것이다. 가스 불을 혼자 사용하는 것이 위험하다 하여 아내가 집을 비울 때는 혼자서 식사준비도 할 수가 없다. 가스 불이 위험하다 하여 큰딸이 와서 가스 불이 사용한 후 30분만 지나면 자동정지 되는 장치를 가스회사에서 와서 설치하도록 조치를 취해주었다. 가까이에 사는 큰딸은 바쁜 직장생활을 하면서도 매주 사위와 하나밖에 없는 외손자와 함께 토요일에 찾아와서 저녁식사를 대접해주고 있다. 연료하신 부모님에게 대한 효도를 하는 것이라는 말을 하면서 부모님께서 돌아가시게 되면 그나마 효도할 기회가 없기 때문에 그러는 것이라고 한다.

특히 아버님이 치매증상을 나타내기 시작한 후로는 아버님에 대한 걱정이 태산 같다. 자신이 딸로서 아버님에 대해서 특별히 할 일도 현재로서는 없지만 참으로 신경이 쓰이는 모양이다. 남편은 이전에는 자동차운전을 하고 다녔지만, 치매증상을 나타내기 시작하면서 운전대를 놓고 대신 아내가 운전대를 잡고 있다. 아내도 나이가 많아졌기 때문에 요즘은 자동차를 직접 운전하는 대신에 택시나 대중교통을 이용하고 있는 셈이다. 나이를 들게 되면서 행동범위가 줄어들게 된 남편은 운전까지 하지 않다 보니 그전에는 아내와 함께 자주 시장에 가서 물건들을 이것저것 사들이는 것을 하나의 낙으로 여기면서 살아왔는데, 이제는 그러한 취미생활도 할 수 없게 되었다.

이전에는 아내와 함께 집근처에 있는 공원에 자주 산책을 갔으며, 젊었을 때에는 등산도 많이 했었다. 그런데 차츰 나이 들면서 기력도 쇠해지자 등산과 같은 남편에게 무리한 운동을 하는 대신에 집근처를 산책하는 정도로 만족하기로 했다. 그런데 남편이 발병을 한 후에는 산책하는 일도 포기하기로 했다. 왜냐하면 남편이 병을 앓기 시작하면서 산책 중에 길을 잃어버려서 엉뚱한 방향으로 가버리기 때문에 아내는 남편 혼자 산책을 하는 것을 가급적 못하게 하고 있다. 가능하면 아내가 남편과 산책을 동행하는 것이 좋은 일이겠지만, 아직도 바쁘게 사회활동을 하고 있는 아내로서는 남편과 함께 매번 산책에 동행할 수는 없는 것이다. 아직은 아내를 알아보지 못할 정도로 기억력이 악화된 것은 아니지만 언제인가는 그녀도 알아보지 못할 날이 올 것 같다.

건강보험공단에서 실시하고 있는 인지능력평가에서 5등급을 받은 남편은 복지관에 매주 월요일에서 금요일까지 가서 오전 9시부터 저녁 5시까지 교육을 받고 점심식사도 먹고 오는 프로그램에 소일삼아 다니기로 했다. 복지관에서는 남편을 위해서 복지관에 가고 오는 차량봉사까지 해주어서 남편에게 좋은 프로그램이라는 생각에서 아내가 적극 주선을 해서 남편이 복지관에 다니기로 했다. 비용은 정부에서 85퍼센트를 지원해주기 때문에 15퍼센트의 저렴한 비용으로 복지관에 다니면 되는 것이다.

아내가 남편과 함께 복지관에 가서 보니 연로한 치매환자들이 상당수 강의를 듣고 있었다. 대부분이 할머니들이지만 할아버지들도 몇 사람 있어서 남편과 친구가 될 수 있을 것 같아서 남편의 치료에 도움이 될 것으로 기대했다. 성실한 성격의 소유자인 남편은 학생 때도 모범생이었기에 복지관에 다니기 시작한 후로 하루도 빠지지 않고 열심히 다니고 있었다. 그러나 그의 질병치료에는 복지관의 프로그램이 별로 도움이 되지를 않는 것 같았다. 남편도 복지관의 프로그램에 별다른 흥미를 더 이상 느끼지를 못하게 되어, 몇 개월 다니다가 복지관에 그만 다니기로 하고 집에 그냥 있기로 했다.

한동안 남편이 복지관에 열심히 다닐 때는 아내가 남편에게 차도가 있을 것이라는 희망을 갖기도 했지만, 남편이 복지관에 다니는 것을 그만두고 집에 눌러앉게 되면서 아내의 고심은 깊어만 갔다. 남편이 집에 있으면서 무엇인가 했으면 좋을 터인데 아무 일도 하지 않고 멍하니 앉아서 먼 산만 바라보듯 하는 남편이 측은하게 여겨져서 아내는 안타깝기만 했다. 남편이 아무도 알아주지 않는 소설을 쓸 때만 해도 언제인가는 사람들이 남편의 진가를 알아줄 날이 올 것이라는 희망이라도 갖고 살 수 있었지만, 남편이 나날이 아무 일도 하지 않고 하루하루를 정말 무료하게 보내고 있는 것을 보는 아내는 참으로 견디기 어려웠다. 그러다 보니 남편과의 사이에 이전처럼 정다운 대화는 더 이상 나눌 수가 없게 되었다. 이대로 그냥 우리의 부부생활을 마감해 버리는 것이나 아닌가 하는 생각으로 아내는 불안해지기 시작했다.

남편은 자신이 치매를 앓고 있다는 생각을 하지 않는다. 다만 아침에 일어나면 머리가 좀아프다는 말만 할 뿐이다. 아내가 병원에라도 가보자고 남편에게 말하면, 아프지도 않은데 무엇 때문에 병원에를 가느냐면서 거절 일변도이다. 아내는 남편을 어떤 방법으로라도 설득을 해서 병원에 데리고 가서 신경정신과 전문의의 진찰을 한 번 받게 하고 싶은데 그 방법을 알 수가 없는 것이다. 남편은 고집도 세서 한 번 아니라고 결정을 하면 끝까지 아닌 것이다.

남편은 최근에 와서 이상한 행동을 하기 시작했다. 6개씩 들어 있는 미제 핫도그를 코스트코에 가서 10여 개씩 사다놓고 먹는 중이다. 늘 먹는 것이 아니기 때문에 핫도그를 미리 해동된 채로 냉장 보관하는 대신에 당장 먹어야 할 몇 개만 냉장실에 남겨두고 나머지는 모두 냉동실에 보관했다가 먹기 전에 꺼내서 해동해 두었다가 필요할 때 먹고 있는 중이다. 그런데 남편이 시도 때도 없이 냉동실에 보관해 두었던 핫도그를 전부 꺼내서 아내도 모르게 해동을 시켜버리는 것이다. 위생상으로 볼 때 일단 해동했던 핫도그나 고기를 다시 냉동시키는 것은 그 과정에서 세균이 감염될 수 있는 위험이 크기 때문에, 일단 해동된 것은 그냥 두었다가 먹거나 아니면 폐기해버리는 것이 바람직한 것이다.

남편은 심지어 계란이나 먹다 남은 우유를 우유통째로 또는 컵에 따라서 냉동실에 보관하곤 해서 계란은 얼어 터져서 그냥 버려야 하며, 우유는 녹여서 먹기보다는 버리게 된다. 그 뿐만 아니라 자신이 마셔야 할 우유의 양은 미리 알아서 마실 만큼만 따라서 마시면 될 것을 컵에도 따르고 그릇에도 따라두는 등 여러 곳에 따라서 냉장고에 넣어두기 때문에, 그것을 그냥 마시자니 세균에 감염될 위험도 있고 하여 아내는 이것을 전부 버리게 되다 보니 이렇게 해서 낭비되는 우유의 양도 상당히 되고 있다.

바나나는 먹기 전에 껍질을 벗겨야지 미리 껍질을 벗겨두고 빨리 먹지를 않으면 말라비틀어지게 되어 먹을 수 없게 된다. 핫도그도 먹기 전에 미리 포장에서 꺼내 놓으면 말라버려서 나중에

끓는 물에 가열을 해도 모양은 살아나더라도 맛이 없어서 먹을 수가 없다. 그런데 남편은 이러한 일을 저질러 놓고는 아내가 뭐라고 핀잔을 하게 되면, 자신이 그런 일을 한 일이 없는데 아내가 자신을 몰아붙인다면서 아내에게 이혼을 하자고 대든다. 이러한 남편을 보면서 아내는 참으로 허탈한 느낌이 들게 된다. 남편의 이상한 행동을 지적해 준 아내의 행동이 과연 이혼사유라도 된다는 말인가? 아내는 남편의 이상행동을 보면서 참으로 답답해질 수밖에 없는 슬퍼지려는 느낌이 들게 된다. 남편이 변해도 너무나 많이 변한 것 같다.

정리정돈을 잘 하던 남편이 언제부터인가 자신의 물건도 챙기지 못하게 되었다. 양말도 여기저기 두지를 않나 입지 않는 남자 팬티도 여기저기에 널려 있는 것을 치울 생각도 없다. 입을 옷만 몇 가지 꺼내두면 될 것을 겨울옷이나 여름옷이나 가리지 않고 전부 꺼내서 여기저기 질서 없이 쌓아두었다가 계절 옷들을 얼마 입지를 못하고 여름이 가고 또 겨울이 오면서 세월이 가고 있는데, 남편의 옷들은 그 자리에서 치워지지 않은 채 그대로 놓여 있으니 아내는 속이 터질 지경이다. 남편을 도와서 옷들을 다른 장소로 옮기려 했다가는 남편의 불호령이 터지게 되니 아내로서는 이럴 수도 저럴 수도 없는 노릇이다.

소설을 쓰는 남편이기에 남편의 서재에는 그동안 수집한 소설 책들이 서가에 꽂아두기에 여분의 자리가 없어서 방바닥에까지 산더미처럼 쌓여 있으며, 보고난 일간신문도 남편은 절대로 버리는 일이 없어서 남편의 좁은 서재에 빈틈없이 쌓여있다. 아내의 생각으로는 일간신문 같은 것은 보고 난 후에 쌓아놓지를 말고 그때그때 버리게 되면 남편의 서재도 깨끗해지고 좋을 것 같은데, 남편은 그럴 생각이 전혀 없는 것 같다. 소설만 하더라도 도서관에 가면 얼마든지 빌려다 볼 수 있는 것들인데, 무엇 때문에 소설책을 그렇게 많이 수집해 두고 있는지 알 수가 없는 노릇이다. 그 소설들을 매일 참고로 하는 것도 아닐 터인데 하는 말이다.

남편은 원래 작은 물건 하나라도 자기 손에 들어온 것은 절대로 버리는 일이 없었다. 그런데 발병을 한 후로는 자신이 갖고 있던 무슨 물건을 잃어버렸다고 아내를 자주 족치기 시작했다. 기억력이 감퇴했기 때문에 자신이 그 물건을 어디에 둔 것인지 기억을 해내지 못하게 된 것이다. 아내는 그가 말하는 물건을 본 일이 없기 때문에 남편이 그 물건을 어디에 두었는지는 더욱 더 알 수 없는 노릇인데, 남편은 없어진 물건을 내놓으라고 아내를 족치는데는 참으로 기가 찰 노릇이다. 무엇인지를 알아야 찾아주든지 할 것이 아니겠는가.

남편의 기억상실증은 나날이 심해져가고 있었다. 남편이 정상이 아니기 때문에 아내는 남편을 대하기가 두렵다. 치매가 무서운 병이라고는 하지만 이해성이 누구보다도 많았던 남편이 이렇게까지 변할 수가 있다는 말인가? 작은 물건이 없어졌다면 그냥 체념을 해버리면 될 것을 갖고 아내를 괴롭히는 남편이 아내는 원망스럽게 느껴졌다. 평생을 집안 살림을 책임졌던 아내는 이제부터 좀 쉬고 싶은데, 생각지도 않았던 남편 때문에 마음고생을 하게 될 줄이야 어떻게 예상할 수 있었겠는가? 그것도 현직에서 은퇴하고 여생을 즐겨야 할 이 시점에서 말이다.

남편은 대학에서 은퇴하였기 때문에 시간적 여유가 많아서 이

전보다는 소설을 쓰기 좋을 것 같았는데, 오히려 더 많은 소설을 쓰기보다는 절필을 하다시피 했다. 왜 그랬을까? 사람이 일을 하다가 갑자기 일을 그만두게 되면 허탈해질 수 있다는 것이다. 동시에 교수로 은퇴한 두 사람이 있었다. 한 사람은 은퇴 후에 이제는 쉬고 싶다는 생각에서 책을 읽거나 글쓰기를 갑자기 그마두어 버렸더니 치매에 걸리게 되더라는 것이다. 이에 반하여 다른 사람은 교수로서는 퇴직을 했지만, 소년시절의 꿈이었던 소설쓰기를 소일삼아 하다 보니 마침내 소설가로 등단을 했으며, 뒤이어 소설집까지 출판하고 지금도 계속 소설을 쓰고 있기 때문에 치매에 걸릴 시간적 여유가 없이 열심히 살고 있다고 한다. 결국 분명한 목적의식을 갖고 은퇴 후에도 하나의 뚜렷한 목표를 갖고 열심히 일하는 사람에게는 치매가 끼어들 틈이 없다는 것이다.

아내의 생각으로는 남편의 경우에도 앞에 든 실례에 있어서처럼 남편이 이제는 쉬고 싶다는 생각에서 글 쓰던 일손을 놓고 머리를 쓰지 않다보니 뇌가 녹이 슬어서 남편이 치매에 걸린 것 같았다. 남편의 질병을 치료하기 위해서는 어떠한 방법으로라도 남편이 또 다시 글을 쓸 수 있도록 유도해야 할 것 같은 생각이 들었다. 남편은 그동안 열심히 소설을 써왔지만 단 한편도 정식으로 발표한 일이 없었다. 그러다 보니 자신이 지금까지 써온 소설이 잡문에 불과했다는 자격지심을 갖게 되어 더 이상 소설은 써서 무엇하랴 하는 자기부정의 심리상태에 놓이게 되었던 것이다.

남편과 같은 입장에 놓이게 된다면 누구나 글쓰기를 중단할 수밖에 없다는 결정을 하게 되는 것은 너무나 당연한 일일 것이라는 결론에 아내는 도달하게 되었다. 더욱이 치매증상까지 보이고 있는 남편에게 무조건 글을 다시 써보라고 강권할 수는 없는 것이다. 아내가 이런 생각을 하고 있을 때 남편이 아내에게 자신의 현재의 심정을 고백하게 되었다.

"여보, 내가 요즘 기억력도 없어지고 만사에 의욕이 떨어져서 예전처럼 무엇 하나 제대로 할 수 있는 것이 없어진 것 같은데, 당신 보기에는 내가 어떠한 상태에 있는 것인지 솔직하게 말해줄 수 있겠소?"

"솔직하게 말해서 당신이 요즘 많이 이상해졌어요. 정리정돈도 잘 하지 않고 나도 본 일이 없는 물건을 나에게 찾아내라고 족치지를 않나, 솔직히 말해서 요즘 나는 당신을 대하기가 두렵기까지 하답니다."

"그렇게 느끼게 될 정도로 내가 변했다니 내가 병이 단단히 든 것 같소. 당신이 이전에 말했던 대학병원에 가서 신경과 전문의의 진찰을 받아보도록 합시다. 가급적 속히 의사를 만나 보도록 합시다."

"지금까지 의사 만나기를 강력하게 거부했던 당신이 어떻게 이번에는 순순히 의사를 만나볼 생각을 하게 된 것인가요?"

"그동안 내가 내 자신을 돌아보면서 곰곰이 생각을 해본 결과 병에 걸려도 단단히 걸린 것 같은 생각이 듭디다. 방금 전에 내가 한 행동도 기억을 해낼 수 없을 정도로 나의 기억력이 아주 나빠진 것을 알게 되었기 때문에 전문의의 치료를 받아야 하겠다는 결심을 하게 된 것이오. 너무 늦기 전에 치료를 받아봅시다."

"당신이 그러한 결심을 너무 늦기 전에 해주어서 나는 참으로 기뻐요. 내일이라도 당장 알아보고 신경과 전문의를 만나보러 대학병원에 갑시다."

남편과 아내는 위에서 본 바와 같이 대학병원의 신경과에 예약을 하고 인지능력 검사를 마친 후에 담당의사를 만나보았다. 의사는 치매증상의 진행을 지연시키는 약을 처방해 주면서 문학교실 같은데 가서 글쓰기를 열심히 실천하다 보면 치매를 극복할 수 있을 것이라는 고무적인 말을 해주어서, 이미 본 바와 같이 동네 문화원의 문학교실에 등록하여 남편이 그동안 써놓았던 소설 중에 하나로 작가선생님이 관여하고 있는 문학지에 드디어 소설가로 등단했으며 드디어 소설집까지 출판하게 되었다.

남편의 이러한 성공은 파격적인 것이었다기보다는 남편이 그동안 노력해서 써놓았던 작품들이 뒤늦게 빛을 보게 된 것에 불과했던 것이다. 남편의 성공은 하루아침에 이루어진 것이 아니라 거의 그의 일생을 통하여 써왔던 그의 작품들이 마침내 뒤늦은 감은 있었지만 빛을 보게 되었던 것이다. 남편이 중도에 좌절하여 치매를 앓게 되었지만, 절필하려 했던 글쓰기를 의사의 권고에 따라 문학교실에서 남편이 다시 시작하게 된 결과 그의 질병치료에도 도움이 되고 마침내 소설가로서 입신하는 계기도 되었던 것이다.

치매환자가 가족 중에 있으면 온가족이 신경을 쓰게 된다. 최근에는 부부 둘이만 사는 노부부들이 늘어나서 둘 다 치매에 걸리면 어쩔 수 없지만, 남편이나 아내 중에 한 쪽이 치매에 걸리게 되면 치매에 걸리지 않은 배우자가 치매에 걸린 배우자를 간병할 수밖에 없는 것이다. 의사는 치매에 걸린 배우자를 간병해야 할 배우자에게 치매를 앓는 배우자가 이상한 행동을 하는 경우에도 의례 그러려니 하면서 배우자를 병자로서 너그럽게 대해주라고 하지만, 사람인 이상 환자가 이상한 행동을 계속 할 때에는 짜증도 나고 화도 나게 되어 상대방을 꾸짖어 주거나 심한 말을 내뱉게 된다. 심한 경우에는 치매환자를 간병하다가 살인까지 저지르게 되는 비극을 가져온 경우가 뉴스로 크게 보도되기도 했다.

최근에는 치매를 일으키는 원인물질인 단백질이 발견되어 임상실험 중에 있는데 이 물질이 실용화될 수 있다면 치매치료에 획기적인 성과를 거두게 될 것으로 기대되고 있다. 건강보험공단에서도 치매환자들의 요양치료를 위하여 치매환자에게 5등급을 부여하여 국가지원에 의한 치매환자들의 실비 요양을 가능하게 해주고 있다. 5등급의 판정을 받게 된 치매환자의 경우에는 국가에서 공인하는 요양기관에 다니면서 인지능력 향상을 위한 교육을 받을 수 있는 기회를 제공해 주고 있다. 치매환자들이 일정한 기간 동안 함께 교육을 받게 되기 때문에 공동생활을 통하여 그들의 인지능력을 회복하는데 어느 정도 도움이 되고 있다. 사람에 따라 다르지만 같은 인지능력의 향상을 위한 프로그램이라도 그 차이가 있다고 한다. 열심히 하고 있는 환자들의 경우에는 이러한 집단 교육프로그램을 통하여 인지능력이 상당히 회복될 수도 있다고 한다.

치매환자는 지체장애자가 아니기 때문에 신체는 건강한 편에 속하지만, 다만 인지능력에만 문제가 있는 경우이기 때문에 거동이 불편하다는 점을 참작하여 4등급 이상의 판정을 받게 되는 경우에는 요양사가 4시간 이내의 시간을 직접 환자 집에 방문하여 환자와 함께 대화도 하고, 산책도 함께 하고, 음식도 함께 만들어

먹거나, 시장을 보러 함께 가기도 하여, 치매환자가 정상적인 생활을 할 수 있도록 도와주는 일을 하게 된다. 가정방문의 경우에는 요양사가 치매환자와 1대 1로 대면하여 치료에 임하기 때문에, 집단 교육프로그램의 경우보다 환자에 따라서는 좀 더 효과적일 수가 있는 것이다.

치매는 일반적으로 노인성 질환으로 알려져 있지만, 최근에는 2~30대의 젊은 층에도 치매증상을 나타내게 되는 경우가 있어서 우리 사회를 긴장시키고 있다. 인간이 나이를 먹게 되면 신체의 모든 기능이 제 구실을 하지 못하게 되어서 결국에는 사람이 늙어서 병들어 죽게 되는 것이다. 치매는 뇌질환의 일종이다. 젊었을 때와는 달리 나이가 들게 되면 뇌기능에도 장애가 생겨서 기억력이 극도로 약화되어 치매증상을 일으키게 되는 것이다. 제아무리 젊었을 때는 똑똑했던 사람도 치매에 걸리게 되면 그 영특했던 머리도 제 기능을 발휘하지를 못해서 퇴화되어 버리는 것이다.

레이건 미국 전 대통령도 8년간이나 미국의 대통령으로서 전 세계를 호령했던 그가 말년에 치매에 걸려서 자신이 대통령이었다는 사실도 기억하지 못한 채 치매를 앓다가 사망했다. 영국의 여성 총리로서 막강한 권력을 장악했던 대처수상도 말년에는 치매에 시달렸다 하며, 한국의 제1호 여성변호사로서 여성법률상담소장을 지냈던 이태영 박사도 말년에는 치매를 앓아서 방금 전에 딸을 만나서 식사를 함께 하고 헤어졌는데, 딸에게서 걸려온 전화를 받고 하는 말이 "얘 정말 오래간만이구나. 그래 그동안 어떻게 지냈느냐?"고 말하면서 정말로 딸과 오래 간만에 통화라도 하는 것처럼 천연덕스럽게 말을 하여 딸을 슬프게 했다는 일화까지 있다.

웃기는 이야기로 남자의 경우 치매에 걸리게 되면, 처음에는 소변을 누고 난 후에 지퍼를 올리지 않다가 치매증상이 좀 더 진행하게 되면, 지퍼를 내리지 않은 채 그대로 소변을 보게 된다는 것이다. 치매환자들은 먼 과거에 일어났던 일들은 생생하게 기억하고 있지만, 방금 전에 일어났던 일들을 전혀 기억해 낼 수 없다는 것이다. 냉장고에서 음식을 꺼내서 어디에 두었는지 전혀 기억해 내지를 못한다든가, 음식쓰레기 통과 일반 음식그릇과 구분을 하지 못하고 음식쓰레기 통 뚜껑을 그릇위에 올려놓는 일과 같이 정상인인 경우에는 결코 하지 않는 행위를 버젓이 하게 된다.

치매환자는 자신이 한 행위에 대한 기억이 나지를 않기 때문에 잘못을 지적해 주면 기를 쓰고 그런 일이 없었다고 변명을 하면서 그러한 사실을 지적해 준 사람에게 덤벼들게 된다. 노부부 둘만 살고 있는 가정에서 배우자 한 사람이 치매를 앓고 있어서 이상한 행동을 하는 경우에 그 사실을 지적해주게 되면, 순순히 자신이 저지른 잘못을 시인하려고 하지를 않고 자신은 절대로 그러한 일을 한 일이 없다고 강력하게 부인하면서, 심한 경우에는 자신에게 엉뚱한 소리를 하는 배우자와는 더 이상 살 수 없으니 이혼을 하자고 덤벼드는 데야 어떻게 하겠는가? '뭐한 놈이 오히려 큰 소리 친다'는 말이 있듯이 자신이 저지른 잘못에 대하여 지적해 준 배우자에게 악을 쓰면서 덤벼드는가 하면, 문을 쾅 소리가 나게 닫고 나가면서 자기 방에 틀어박혀서 며칠씩 배우자를 쳐다보지도 않고 말도 걸지 않으려고 한다. 나이가 들게 되면 철이 들

것도 같은데, 마치 자신이 무시라도 당한 듯이 행동하는 데는 정말 기가 찰 노릇이다. 잘못을 하고도 잘못을 인정하려 하지 않는 배우자를 다루는 것은 참으로 어려운 일이다. 더욱이 자신이 한 일에 대하여 전혀 기억이 없는 사람을 다루기는 훨씬 더 어려운 일인 것이다.

세상일을 기억하지 못하는 사람은 오히려 행복한 사람일 수 있을 것이다. 망각이 없다면 우리 인간은 각종 번뇌에서 벗어날 길이 없을 것이다. 아무리 고통스러웠던 일도 인간에게는 망각이라는 것이 있기 때문에 우리는 그러한 고통을 잊고 살 수 있는 것이다. 이 세상에는 잊고 싶어도 쉽게 잊혀지지 않는 일들이 있는 법이다. '원수를 사랑하라'는 말이 있기는 하지만, 내게 큰 잘못을 저지른 사람의 경우에는 세월이 지난다고 하여 결코 잊혀지는 일은 아닐 것이다. 이러한 일이 한두 가지가 아니라 수없이 많다면, 이러한 즐겁지 않은 기억을 갖고 있는 사람은 그러한 기억하고 싶지 않은 일들로 인한 고통 속에서 결코 헤어날 수가 없는 것이다.

이러한 경우에 인간에게 망각이라는 것이 있다는 것이 얼마나 고마운 일인가? 정신병자들의 경우를 생각해 보자. 정신병자들은 자신이 미쳤다는 것을 결코 인정하려 하지 않는다는 것이다. 오히려 정상적인 사람들이 미쳤다고 생각하고 자신들은 아주 정상적이라고 생각한다는 것이다. 정신병자들은 외골수로 생각하려는 경향이 강하다고 한다. 그러다 보니 천재 중에 정신병자들이 상당히 있다는 것이다. 음악, 그림, 글쓰기와 같은 특정 분야에 탁월한 재능을 보여주고 있는 천재들은 한 분야에만 집중된 재능을 보여주는 정신병자와 같다는 이야기가 상당한 설득력을 갖고 있다. 대부분의 천재들은 특이한 성격의 소유자들이었다고 할 수 있을 것이다.

메르스와 같은 전염병이 발생한 경우에 그 방제가 제대로 되고 있지 않은 이유는 메르스를 일으키는 바이러스가 무엇이며, 이를 예방할 수 있는 항체가 무엇이며, 그 전염병은 전염경로를 전혀 알지 못하기 때문에, 메르스의 확산을 효과적으로 막지 못하고 있는 것이 현재의 실정이라 할 수 있을 것이다. 이와 마찬가지로 치매가 노인성 질환이라는 것을 알고 있지만, 치매가 왜 생기며, 치매에 대한 효과적인 치료방법이 무엇인지를 알지 못하기 때문에, 일단 치매에 걸리게 되면 치료하여 완치하는데 여러 가지 어려움이 있게 되는 것이다.

치매가 노인성질환이라고 하지만 누구나 노인이 되면 치매를 앓게 되는 것은 아니다. 노부부가 함께 사는 경우에도 부부가 함께 치매를 앓게 되는 경우는 드물고, 남편이 치매를 앓게 된다고 하여 아내까지 치매를 앓게 되는 것은 아니며, 부부 어느 쪽도 치매를 앓지 않을 수도 있는 것이다. 암이 인간사망의 주요 원인 중에 하나로 되고 있다지만, 암으로 사망하지 않는 사람들도 상당수가 있는 것이다. 교통사고를 포함하는 각종 사고로 사망하는 사람의 숫자가 오히려 암으로 사망하는 사람들의 숫자를 상회하고 있을 정도이다.

성인병의 하나인 당뇨병의 경우 너무나 잘 먹기 때문에 발생하는 질병으로서 잘 먹지 못하던 시절에 폐병과 대조되는 특정한 시대를 반영하는 질병이라 할 수 있을 것이다. 그런데 당뇨병의 경우에는 당뇨 자체만으로 사망하는 것이 아니라 당뇨로 인한 합병증 때문에 사망하는 경우가 대부분이다. 이와 마찬가지로 치매에 걸렸다고 해서 그것이 즉각적인 사망의 원인이 되는 것이 아니라, 당뇨합병증의 경우와 마찬가지로 치매로 인한 사고 때문에 사망하게 되는 경우가 상당히 있는 셈이다.

당뇨병에 걸리게 되면 바람직한 혈당수준을 유지하여 당뇨합병증이 생기지 않도록 당뇨약을 먹거나 인슐린 주사를 맞게 된다. 이와 마찬가지로 일단 치매라는 판정을 받게 되면, 치매증상의 더 이상의 진행을 억제하거나 진행속도를 지연시키기 위한 약을 먹게 된다. 아직까지는 치매증상을 완치할 수 있는 약은 없다고 한다. 마치 고혈압에 걸린 환자가 평생 동안 고혈압을 안고 함께 살아가기 위한 일정 수준의 혈압을 유지해 주기 위하여 필요한 고혈압 약을 먹듯이, 치매환자도 치매증상이 더 이상 악화되지 않도록 신경과 약을 복용해야 하는 것이다.

혈압약이 일정한 수준의 혈압을 유지할 수 있도록 도움이 되는 약은 되지만 고혈압을 완치해 주는 약은 아닌 것이다. 여자 대학동문의 남편 중에 고혈압을 앓다가 완치되었다고 잘못 판단하여 혈압약을 끊었다가 고혈압이 재발되어 그가 샤워를 하다가 욕실에서 고혈압으로 쓰러져 사망한 일도 있었다. 고혈압 약은 일단 먹었다 하면 죽는 순간까지 계속 먹어야 하는 종류의 약인 것이다. 고혈압이 완치되었다는 생각으로 혈압약의 복용을 중단할 성질의 약이 아닌 것이다.

치매의 경우에도 신경과 약을 계속 복용하여 치매가 악화되는 것을 미연에 방지할 필요가 있을 것이다. 우문한 탓인지 치매를 앓다가 완치되었다는 말은 아직 한 번도 들어 본 일이 없다. 그만큼 치매는 일단 걸리게 되면 잘 낫지를 않는 불치의 병이라 할 수 있을 것이다. 우리 인간이 나이 들어 병사하는 것이 가장 바람직한 사망의 한 방법이기는 하지만, 사람이 어떠한 병에도 걸리지 않고 장수할 수는 없는 것인가? 아무런 병에도 걸리지 않는다면 인간이 수백 년을 살 수 있을지도 모르는 일이다. 그렇다고 해서 인간이 죽지를 않고 영원히 살 수는 없는 것이 아니겠는가?

12 특혜

자유민주주의를 지향하고 있는 우리 사회에는 계급이라는 것이 없다고 일반적으로 말해지고 있는데 과연 그럴까? 대학을 졸업한 사람들, 특히 일류대학을 나왔다는 사람들의 경우에도 이제는 원하는 직업을 구할 수 없게 되었다고 한다. 과거에는 공부만 잘하면 팔자를 고칠 수 있다는 말까지 있었는데, 이제는 더 이상 그렇지가 않다는 것이다.

모 재벌회사의 조여인의 경우와 미국 텍사코 석유회사의 부회장 딸인 린다의 경우는 너무나 차이가 나서 한번쯤 생각해볼 필요가 있는 일이라 할 수 있다. 조여인의 경우에는 아버지를 잘 만난 덕택에 젊은 나이에 우리나라 유수의 항공회사 부사장까지 되었다. 보통 사람들이라면 말단직원에 불과할 나이에 말이다. 장녀인 그녀는 어렸을 때부터 안하무인으로 자라왔던 것 같다. 세상에 무서운 사람이 아무도 없다는 식으로 말이다. 아버지는 딸을 귀엽다고 사랑만 했지, 아마도 세상을 함께 살아가는 지혜도 가르치지를 않았나 보다. 우리나라에서 가정교육은 아버지보다는 어머니가 담당하고 있다. 들리는 말에 의하면 조여인의 어머니가 수준미달이었다니 딸이 어머니에게서 무엇을 보고 배울 수가 있었겠는가?

우리나라의 재벌은 재벌기업으로 성장하게 된 것이 몇 10년밖에 되지를 않기 때문에 전통이라는 것이 거의 없는 것 같다. 그 항공사의 경우에도 창업자는 트럭 몇 대를 갖고 운수업을 하던 사람으로 6·25 전쟁으로 돈을 좀 벌었는데, 나중에 항공사를 인수해서 정부의 도움을 받아 독점기업으로 키우게 된 입지전적인 인물이었다. 그러다 보니 그 자식들도 부친의 덕택으로 재벌집안으로 발전했으니, 자식들의 인성교육을 제대로 할 기회가 없었을 것이다. 자식들도 문제이지만 며느리나 사위로 들어온 사람들의 경우가 더 문제가 될 수 있었을 것이다. 사위의 경우보다는 며느리의 경우가 더 문제가 될 수 있었을 것이다. 왜냐하면 며느리들은 자녀들의 교육을 담당해야 하기 때문일 것이다. 오죽했으면 조여인의 어머니의 경우 가정교육을 잘못 시켰다는 구설수에 오를 수 있을 정도가 되었겠는가?

들리는 말에 의하면, 그녀는 아래 사람들을 노예처럼 심하게 다룰 뿐만 아니라, 웬만한 사람은 우습게 아는 안하무인적인 태도를 갖고 사람들을 대했다고 한다. 우리나라의 재벌들은 역사도 짧은데 외국의 거대기업들과는 달리, 기업이 마치 자신의 소유물처럼 착각하고 있는 것 같다. 따라서 기업을 자신의 소유물로 착각하고 있는 그들은 기업의 주요한 결정에 있어서 일일이 입김을 불어넣으려는 경향이 있다. 최근 모 그룹이 보여주었던 바와 같이 기업소유의 주도권을 둘러싸고는 부자지간이나 형제지간의 염치나 의리 같은 것은 전혀 발견될 수 없는 것 같다. 그러다 보니 최근에 재벌기업의 소유권을 둘러싸고 형제간의 꼴불견한 다툼은 한두 건이 아닌 것 같아서 국민들의 눈살을 찌푸리게 만들고 있다. 일반 국민들은 먹고사는 문제도 제대로 해결이 되지 않아서 고심을 하고 있는 형편인데, 재벌기업들은 돈 자랑을 하는 것도 아니고 저희들끼리 물고 뜯고 하는 것이 하나도 아름다운 모습이 아니라 하겠다.

남자형제들 간에는 기업을 더 많이 소유하겠다고 서로 싸우게 되는데, 재벌기업이 소유하고 있는 수십여 개의 기업들을 형제간에 서로 사이좋게 나누어 가질 수는 없겠는가? 아마도 기업을 소유해 보지 못한 순진한 사람의 생각이라 해도 좋다. 그런데 문제는 사람의 욕심이라는 것이 한계가 없기 때문에 만족이라는 것이 없다는 것이다. 재벌기업의 진정한 소유자가 되기 위해서는 재벌기업이 소유하고 있는 모든 기업을 소유해야지 그것을 다른 사람과 나누어가질 수는 없는 것이다. 그러다 보니 기업 전체를 소유하는데 방해가 되는 사람은 아버지라도, 형이라도 상관이 없는 것이다.

며느리의 경우에는 부잣집 딸로 정략결혼에 의하여 재벌 며느리가 된 경우도 있겠지만, 경우에 따라서는 평범한 집안이나 때로는 가난한 집안에 태어난 딸로 재벌가의 며느리가 된 경우도 있을 것이다. 이들은 집안은 별 볼일이 없지만 그들의 머리가 영특하여 학교공부도 잘 하여 대학에 진학하여 재벌가의 자제와 사귈 기회를 갖게 되어 재벌가의 며느리가 된 경우라 할 것이다. 어떠한 배경을 가진 며느리가 겸손하고 인격적으로 다른 사람들을 대할 수 있을까 하는 문제를 한번 생각해 볼 필요가 있을 것이다. 이에 대한 해답은 아마도 부잣집 딸로 정략결혼에 의하여 재벌 며느리가 된 경우가 평범한 집안이나 가난한 집안에 태어났지만 자신의 실력으로 재벌 며느리가 된 사람들의 경우보다 안하무인이 될 가능성이 더 크다고 할 수 있을 것이다. 왜냐하면, 부잣집 딸들의 경우 자신의 어머니가 다른 사람들을 안하무인으로 대하는 것만 보고 자랐으니, 스스로 인성교육을 받을 기회가 없었던 그들이 재벌 며느리가 된 후에 안하무인으로 될 것은 너무나 당연한 일이 아니겠는가?

조여인의 경우에도 어머니를 닮아서 안하무인으로 사람들을 우습게보고 자라왔으니, 재벌 며느리가 되었다고 겸손해지기는 커녕 기고만장하여 안하무인의 도가 좀 더 심각해진 것이 아니었을까? 조여인은 아버지를 잘 만났기 때문에 젊은 나이에 재벌기업의 부사장이라는 높은 자리에까지 올라섰지만, 자기관리를 철저히 하지 못했기 때문에 땅콩 하나 때문에 부하직원을 폭행하고 이륙하려는 비행기를 불법으로 회항시키기까지 해서 형사처벌을 받았으니, 개인에게는 불명예이지만, 회사 자체는 사람들이 그러한 비행기를 더 이상 타지 않기로 했다니 이만저만한 손실이 아니라 할 수 없을 것이다. 그녀의 그러한 교만한 행동은 그녀가 자라온 배경에서 이해할 수는 있지만, 결코 바람직한 행동은 아니었다고 하겠다.

한국의 재벌가의 자녀들과는 달리 미국의 재벌가의 자녀들은 한국의 경우와는 근본적으로 다른 것 같다. 한국에서는 부모들이 부자이면 자녀들도 당연히 부자라고 생각하려는 경향이 있는데,

미국 재벌가의 자녀들은 일반적으로 부모가 부자라고 해서 자식들도 당연히 부자라고 생각하지를 않는 것 같다. 물론 미국에도 재벌가의 자녀들이 아버지의 재벌회사에 취직을 하는 경우, 우리나라에서처럼 처음부터 기획실장, 상무이사, 전무이사, 부사장 등의 높은 자리를 주는 경우는 없다고 한다. 재벌회사의 자녀들도 일반사원들과 마찬가지로 말단사원에서 시작하는 것은 마찬가지라고 한다. 그런데 말단사원의 경우에는 진급의 속도가 느리지만, 재벌가의 자녀들은 그 속도가 1년에 2단계씩 진급을 하여 마침내 몇 년 안에 중역의 반열에 오르게 되는데 차이가 있다는 것이다.

미국에서의 재벌 2세의 교육과정을 보니 우리나라의 경우와는 판이하게 차이가 있는 것 같았다. 기업인이 되기 위해서는 의사소통이 무엇보다도 중요하다는 생각에서 대학은 영문과를 택하여 영어공부를 우선 철저하게 시킨다. 그런 다음에 뉴욕과 같은 대도시에 있는 컬럼비아나 NYU와 같은 경영대학원에서 경영학 공부를 한다. 그런 다음 영국에 반년 또는 1년간 유학을 가서 견문을 넓힌다고 한다. 내가 한국에 있을 때 영어회화반에 끌어들였던 브라운이라는 예일대학교의 영문과를 졸업하고 군인으로 와있던 사람과 알고 지냈다. 내가 미국에 가서 뉴욕시에 있는 브라운 브라더즈라는 월스트리트의 제법 큰 은행에 가서 그를 만나보았다. 그는 방금 영국유학을 갔다 와서 보직은 아직 받지 않았다고 했는데, 그의 책상이 엄청나게 큰 것을 보고 놀랐다. 왜, 이렇게 책상이 크냐고 물었더니, 직책에 따라 책상의 차이가 있다는 것이다. 그가 귀국해서 NYU의 경영대학원에서 MBA를 받은 것은 물론이다.

　미국에 살 적에 실제로 체험했던 일이다. 아내가 미국에서 대학원 공부를 할 적에 사귄 대학 3학년 미국 여학생이 있었다. 외모도 별로이고 입은 옷도 수수하고 그 흔한 차도 갖고 있지를 않아서 무척 가난한 집 출신으로 여기고 있었다. 그녀는 그리니치에 살고 있는데, 집에서 자기를 데리러 오기 때문에 차가 없다고 하면서 하는 말이 놀라웠다. 자기 아버지는 미국 굴지의 석유회사인 Texaco의 부회장이며, 집에는 정구코트가 2개나 있으며 풀장도 있다고 한다. 그리니치는 미국 부자들의 저택이 있는 곳이다. 그녀의 아버지정도 되면 미국에서도 부자 중에 부자라 할 수 있다. 그 집에 가볼 기회가 없어서 그녀의 집을 직접 보고 확인 할 수는 없었지만, 그녀의 말만으로도 그녀가 재벌집 딸이라는 것을 알 수 있었다. 그러나 놀랍게도 그녀는 자신이 부잣집 딸이라는 것을 전혀 내색을 하지 않았으며, 그녀의 처신으로 볼 때 자신의 아버지가 부자이지 자신은 아니라는 것을 분명히 말해주고 있어서 존경스럽기까지 했던 일이 있었다.

　그런데 부모에게 재산을 물려받은 일도 없었고 자신이 자수성가하여 재산을 모은 일도 없이 뇌물을 받아 재산을 불린 한 총리의 경우를 생각해보자. 여자로서 여성부장관, 환경부장관, 국무총리까지 지낸 입지전적인 여성정치인이다. 그런데 운동권출신이었던 그녀는 피땀 흘려서 돈을 벌어본 일이 없다. 운동권출신 정치인들이 다 그러하듯 돈을 벌어본 일이 없었으니 세금을 낸 일도 없어서 돈의 소중함을 알지 못하는 것 같다. 그러다보니 뇌물을 가져다주면 염치없이 받아 챙기게 되며, 자신의 지위에 당연히 따르는 대가라 생각하는 것 같다. 그녀의 경우 운동권생활을 하면서 감옥에도 들락날락 했겠지만, 정치인으로 입신할 수 있었던 것은 정부의 은혜를 입은 셈이라 할 수 있을 것이다. 그녀뿐만 아니라 운동권 정치인들은 모두 운이 좋은 편이라 할 수 있을 것이다. 내가 아는 대학 후배는 서울법대에 입학하여 데모에 주모자로 참석했다가 학적 자체가 말소되어 그 후에 다시 복학할 기회가 없어서 비참한 삶을 산 경우도 있다.

운동권 정치인들 중에는 정부의 지원으로 외국 유학까지 갔다와서 장관도 되고 국회의원도 된 사례가 허다히 있다고 한다. 그러한 결과를 알기 때문에 운동권생활에 열을 올리는 것이 아닐까? 이번에 문제가 된 한 총리의 경우 아마도 자신이 특별취급을 받아야 할 당사자로 착각하고 있는 것은 아닐까? 이 총리는 3,000만 원의 뇌물을 받았다 하여 국무총리직에서 물러났는데, 그보다 30배나 많은 9억 원이나 되는 뇌물을 국무총리 시절에 받았다는 한 총리는 당연히 국민에게 사죄를 했어야 하는 것이 아닐까? 박 모 전국회의원은 뇌물을 받았다는 것을 시인하고 국민에게 머리 숙여 사죄했다. 얼마나 대조적인 모습인가? 한 총리가 양심운운하고 있는데, 과연 양심이 무엇인지 알기나하고 하는 소리인지 묻고 싶다. 그녀가 현직 국무총리로서 9억 원을 받고도 조금도 양심의 가책을 받지 않고 있는 것은 "그 정도를 갖고 왜 야단법석들이냐? 왜, 나만 갖고 못살게 구느냐?" 하는 염치없는 심보인 것 같은데, 아마도 이러한 그녀의 태도는 그녀가 국무총리일 때 받은 9억 원이 처음 받은 뇌물이 아니라, 아마도 여성부장관이나 환경부장관 시절에 더 많은 뇌물을 받아 챙겨서 9억 원 정도는 새발의

피정도로 여기고 있기 때문이나 아닐까? 국무총리까지 지낸 사람이 국민을 너무나 우습게 여기고 있는 오만한 태도가 아니고 무엇이겠는가?

김지혜는 평범한 가정의 맏딸로 태어나서 거의 부모의 도움 없이 자력으로 대학까지 진학하여 대학에서 장래의 남편이 될 김동구를 만나서 사랑을 하게 되어 결혼까지 하는데 성공을 했다. 김지혜의 아버지는 조그마한 회사의 회계과장으로서 평생을 정직하게 살아온 사람으로서 그가 받는 월급만으로는 풍족한 생활을 하기 어려웠다. 심성이 정직했던 그는 회계책임자들이 흔히 범할 수 있는 삥땅 같은 불법행위는 한 번도 저지른 일 없이 충직하게 회사에서 주는 월급만으로 생활해 왔기 때문에 김지혜를 대학에 보내는 것은 실로 벅찬 일이었다.

나중에 알고 보니 김동구는 재벌기업의 장남으로서 후계자의 수업을 받고 있는 사람이었다. 어려서부터 머리가 좋았던 김지혜는 초등학교 때부터 학급에서 상위권에 속하여 대학까지 장학금을 받고 공부할 수 있어서 부모의 부담을 상당히 덜어준 효녀이기도 했다. 대학에서 경영학을 전공하면서 만나게 된 김동구는 훤칠한 키에 미남형인데, 성격도 원만하고 이해심도 많았다. 대부분의 부잣집 자녀들이 부자라는 냄새를 피우는 것과는 달리 그러한 내색을 전혀 하지를 않았기 때문에 지혜도 동구가 이야기를 해주기 전까지는 재벌집 자제라는 것을 전혀 알지를 못했다. 지혜는 중키에 눈이 초롱초롱한 예쁘장한 얼굴을 하고 있는 규수로서 누가 보나 똑똑한 여인이라는 것을 한 눈에 보고 알 수 있을 정도였다. 두 사람은 너무나 잘 어울리는 캠퍼스 커플로서 동급생들의 선망의 대상이 되고 있었다. 동구가 지혜보다 네 살이나 위였지만, 동구가 3년간의 군 생활을 마치고 지혜가 대학에 입학하는 시기에 제대를 해서 복학했기 때문에 두 사람은 동급생이 된 셈이다. 두 사람은 첫 눈에 반해서 상대방을 서로 자신들의 미래 배우자로 점찍어 놓았던 것이다.

경영대학에 다니면서 동구는 경영학을, 지혜는 회계학을 전공하기로 했다. 동구가 경영학을 전공하기로 한 것은 나중에 재벌기업을 인계받게 되는 경우에 많은 도움이 될 것이라는 생각에서였다. 지혜가 회계학을 전공한 것은 나중에 동구와 결혼을 한 후에 기업의 재무구조를 파악하는데 있어서 회계학 공부가 많은 도움이 되었다. 지혜는 회사에 출근을 하지 않고도 집에 앉아서 장부만 갖고 회사의 현황을 한 눈에 꿰뚫어볼 수 있어서, 남편인 동구에게 조언을 해주는데도 많은 도움이 되었다. 지혜의 내조야말로 동구가 유능한 재벌총수가 되는데 결정적인 역할을 했던 것이다.

둘이 처음 만난 것은 경영학개론 시간에서였다. 지혜보다 네 살이나 위였지만, 다른 제대군인들과는 달리 동구는 아저씨로 보이지를 않았다. 지혜에게 처음 말을 건 것은 동구였다.

"여사께서는 무슨 과 학생이세요? 혹시 경영학과 학생이세요?"

자신에게 은근히 말을 거는 친절해 보이는 동구의 첫인상이 무척 좋았다. 여학생을 부를 때 아가씨라든가 미스라 부르는 대신에 여사라고 높여서 불러주니 얼마나 점잖고 정다운 말인가? 지혜도 그에게 아저씨라든가 형씨라는 말 대신에 오빠라는 말을 쓰고 보니 얼마나 정겨운 일인가? 사실 지혜는 아들이 하나도 없는 딸만 셋이나 되는 집안의 장녀였기 때문에 남들처럼 오빠가 있는 것이 늘 부럽게 여겨졌던 터이다. 잘 생긴 오빠가 먼저 말을 걸어 왔으니 얼마나 놀라운 일인가?

"경영학과의 신입생입니다. 오빠도 경영학과 학생입니까?"

"원래는 경영학과를 졸업할 나이이지만, 입학하자마자 군에 먼저 갔기 때문에 3년간의 복무를 마치고 만기 제대하고 보니 다시 1학년생이 된 셈이지요. 함께 공부할 수 있게 되어서 반갑습니다. 내 이름은 김동구인데, 여사님 이름은 무엇입니까?"

"제 이름은 김지혜입니다. 회계학을 전공할 생각입니다. 오빠는 무엇을 전공하시나요?"

"나는 경영학을 전공하려 합니다. 기업경영을 중심으로…."

"경영학개론은 인기 있는 과목인 것 같아요. 이렇게 많은 학생들이 택하는 것을 보니 그런 것 같은데 사실이 그런가요?"

"경영학개론은 아주 인기 있는 교양과목 중 하나이기 때문에 수강하는 학생이 많습니다. 내가 처음 여사님을 만나서 했던 첫 번째 질문도 경영학과 학생이냐 여부에 관한 것이었지요. 다른 과 학생들도 이 과목을 많이 택하고 있기 때문이지요. 기왕에 우리가 이렇게 만났으니 앞으로 대학 4년간 함께 공부하고 싶은데, 여사님을 어떻게 불렀으면 좋겠습니까?"

"저는 그저 지혜라고 불러 주세요. 나이가 어린 저는 오빠를 동구 오빠라고 부르겠어요. 오빠 없이 여형제들만 있는 집에서 자란 제게는 정말 동구오빠 같은 오빠가 하나 실제로 있었으면 좋겠어요. 정말로 제 오빠가 되어줄 수 있나요?"

"왜, 안 그렇겠습니까? 나도 지혜와 같은 여동생이 하나 있었으면 하고 간절히 바라고 있었습니다. 지혜의 집과는 달리 우리 집은 멋대가리 없는 아들만 셋이 있는 집안이라 여동생이 필요한 셈이지요. 기꺼이 지혜의 오빠노릇을 하겠습니다."

지혜와 동구의 사귐은 이렇게 해서 순조롭게 이루어진 셈이다. 둘은 그 순간부터 한시도 떨어지는 일 없이 하루 종일 함께 붙어다니게 되었다. 동구는 겪어보니 생각했던 것보다 훨씬 더 의젓했으며 남을 배려해주는 정신이 탁월했다. 지혜와 함께 하면서 여자를 위해주는데 있어서 나무랄 데가 하나도 없이 지혜를 여러 모로 편하게 해주었다. 우리나라 남성들에게서 흔히 발견할 수 있는 여성비하나 자기 의사를 무리하게 강요하는 것과 같은 비신사적인 행동을 보여준 일은 없었다. 신흥재벌의 후계자이지만 그러한 내색을 전혀 보이지 않았기 때문에 그와 가까이 지냈던 지혜 자신도 그가 신흥재벌의 후계자라는 것을 알지 못했다. 요즘에는 대학생들도 고급자동차를 갖고 등하교를 하는 학생들도 많은데, 동구는 늘 지혜와 버스나 지하철을 타고 다녔다. 가까운 거리는 함께 걸어 다니기로 했다.

그런데 동구가 자신의 신분을 지혜에게 고백하게 된 것은 졸업을 한 학기 앞둔 4학년 1학기의 일이었다. 그때는 동구가 지혜에게 결혼을 하겠다는 의사표시를 분명히 해야 하겠다는 결심을 하게 되었기 때문이다. 대학 졸업 전에 지혜와 결혼을 하고 싶다는 의사표시를 분명히 해두지 않으면, 졸업 후에 지혜가 직장을 구하여 다른 데로 가는 것을 막을 방법이 없겠다고 생각했기 때문이다. 자신이 신흥재벌의 후계자라는 것을 전혀 모르고 있는 지혜에게 자신의 입장을 밝히지 않고 그대로 헤어지고 마는 것은 지혜에게 배신하는 것 같은 느낌마저 들었던 것이다.

"내가 그동안 지혜에게 하지 못했던 이야기가 있는데, 오늘은 지혜에게 더 늦기 전에 그 말을 꼭 해야 하겠어."

"동구오빠, 무슨 이야기인데 그렇게 심각한 표정을 하고 계세요. 편안하게 말씀해보세요."

"실은 내가 정성기업의 후계자가 될 사람이야. 경영대학에 온 것도 사실은 후계자 수업을 받는데 도움이 되기 위해서였어. 나는 정성기업의 후계자가 되더라도 지혜와 결혼을 하고 싶어서 정식으로 청혼을 하겠소. 나의 청혼을 받아주시겠소?"

동구는 준비했던 꽃다발과 반지를 주면서 무릎 꿇고 정식으로 지혜에게 청혼을 했다. 지혜는 동구와 처음 사귈 때부터 동구의 아내가 되겠다는 생각을 갖고 있었는데, 이렇게 동구로부터 정식으로 청혼을 받고 보니 마다할 필요가 있겠는가? 더욱이 동구가 우리나라 유수의 정성기업의 후계자라는 데야 마다할 이유가 무엇이겠는가? 지혜는 마치 신데렐라나 된 듯 마음이 들뜨게 되었다.

"동구오빠, 오빠와 결혼하는 것은 좋지만 재벌가들은 재벌 간에 정략결혼들을 한다고 하는데, 나처럼 아무 것도 내세울 것이 없는 집안의 딸을 며느리로 맞이하게 되는 것을 좋아하시겠습니까? 동구오빠와 나 사이에는 신분의 차이가 너무 크기 때문에 하는 말이에요."

"재벌가들이라고 해서 전부 정략결혼을 하는 것은 아니야. 특히 우리 집안의 경우 아버지가 거의 무에서 출발하여 자수성가하다시피 한 입지전적인 기업인이라 사람을 차별하는 것과 같은 일은 결코 하실 분이 아니시지. 어머니의 경우도 아버님과 고락을 같이 해서 아버지를 성공시킨 내조자이기 때문에 보통 재벌집 사모님처럼 안하무인격인 처신은 안하실 분이셔. 당신이 나와 결혼을 하게 되면 부모님의 극진한 사랑을 받게 될 것이야. 내가 장담하지."

"그러면 나는 동구오빠만 믿고 동구오빠와 결혼하기로 하겠어요. 그 동안 별일 없이 잘 지내왔으니 앞으로의 결혼생활도 행복하게 지낼 수 있게 되기를 바라겠어요."

동구가 지혜를 데리고 처음으로 부모님께 인사차 동구의 집을 방문했다. 동구의 집은 재벌총수의 저택답게 크고 품위가 있어 보였다. 딸이 없던 동구의 부모님들은 지혜를 마치 자신들의 친딸인 것처럼 정겹게 대해 주었다. 그러지 않아도 저택이 주는 위압감 때문에 주눅이 들게 된 지혜에게 부모님들의 친절한 태도는 그녀를 안심시켰으며, 이러한 집안의 며느리로 살 수 있게 된 것을 하느님께 감사드렸다. 둘은 대학 졸업 전에 결혼식을 올리기로 하고, 지혜는 동구의 며느리로서 동구의 집에 들어와서 살지만, 전업주부가 되는 대신에 대학원에 진학하여 MBA공부도 하고 회사일에도 비상근으로 근무하기로 했다. 이것은 전적으로 지혜를 친딸처럼 여기는 시어머니의 특별한 배려에 의한 것이었다.

지혜는 누구에게나 귀염을 받을 수 있는 성격의 소유자였다. 아직 환갑이 되지 않은 시부모님의 경우 멋대가리 없는 아들 셋만 키우다가 큰 아들 동구의 결혼으로 마치 딸 같은 큰 며느리 지혜를 맞이하게 되었으니 집안 분위기가 마치 사람 사는 집처럼 늘 화기애애한 분위기로 변했다. 그러다 보니 시아버님의 사업도 나날이 번창하여 정상기업의 규모가 커지고 이제는 재계에서 막강한 영향력을 미치는 재벌기업으로 성장하게 된 것이다. 사람 하나 잘 들어와서 그렇게 되었다는 말이 맞는 것 같았다. 동구네 집안은 영리한 지혜가 며느리로 들어옴으로써 분위기가 완전히 쇄신된 셈이었다. 지혜가 시부모 대신 집안의 주도권을 잡고 살림을 꾸려나갔기 때문에 동구의 두 남동생들도 결혼을 한 후에 동서끼리 잘 지낼 수 있어서 예의 법도가 선 집안으로서 널리 알려지게 되었다.

동구와 지혜 사이에서는 딸 하나와 아들 하나가 태어났다. 그들의 자녀들도 어려서부터 가정교육을 잘 받고 성장하다 보니 다른 재벌집 자녀들처럼 남을 얕잡아보거나 무시하는 못된 버릇이 그들에게 자리 잡을 기회가 없었던 것이다. 아이들은 부모를 보고 배운다는 말이 있듯이 할머니와 할아버지가 인격적으로 훌륭한 분이신 데다 그들의 친부모인 동구와 지혜도 하나도 나무랄 데 없는 인격자들이었기 때문에 그들의 자녀들 또한 어릴 때부터 인격자로 성장을 할 수 있었던 것이다. 지혜의 시집은 그야말로 요즘 보기 힘든 인격자의 집안이었던 것이다.

결혼을 한 후에도 시어머님의 특별한 배려로 경영대학원에서 MBA공부를 계속하기로 했다. 전공이 회계학이었던 지혜가 MBA 공부를 계속하기로 한 이유는 기왕에 시작한 공부이니 경영학 석사인 MBA까지 마치고 공인회계사인 CPA자격시험까지 합격해 두기 위한 것이었다. 경영학 중에서 회계학은 모든 경영학 과목 중에서 기본이 되는 과목으로서 기업진단을 위해서 절대로 필요한 과목이었다. 이러한 중요한 과목을 전공과목으로 선택한 지혜의 안목도 선견지명이 있는 것이었다고 하겠다. 지혜에게 특별한 배려를 해준 시부모님께 MBA학위를 받고 CPA자격시험에까지 합격한 지혜가 감사의 표시를 했다.

"아버님과 어머님께서 제가 결혼 후에도 집안일을 돌보는 대신에 처녀 때처럼 대학원에 다니면서 계속 공부를 할 수 있게 해주셔서 이렇게 영광스럽게 MBA학위와 CPA자격시험에 합격할 수 있었습니다. 기회가 된다면 남편을 돕고 싶습니다. 제가 하는 일은 반드시 회사에 출근해야만 할 수 있는 일이 아니지요."

"아가, 참으로 훌륭하다. 여자의 몸으로, 그리고 두 아이의 어머니로서 아이들 키우는 일만으로도 벅찰 터인데 이렇게 어려운 공부도 마치고 CPA자격증까지 받아내다니 참으로 자랑스럽구나. 내가 사업을 시작했을 당시만 해도 경영학 이론을 미리 알고 시작한 것이 아니라 그야말로 주먹구구식으로 돈을 따라 다니다 보니 운 좋게 성공을 하여 큰 기업을 일으킬 수 있었던 것이지. 너희들의 세대에는 그러한 일이 가당키나 한 일이겠는가? 그리고 아가, 너도 이제 학문적으로 모든 자격을 갖추었으니 시간 나는 대로 회사에 나와서 아범 일을 도와주려무나."

"어머님, 아버님 말씀대로 그렇게 해도 괜찮겠습니까?"

"아가, 너처럼 영리하고 유능한 사람이 부엌데기로 집안일 하느라 귀중한 시간을 허비 할 수는 없는 일이 아니겠느냐. 집안일은 네가 없어도 할 사람들이 많으니 네가 원하는 시간에 자유스럽게 회사에 출근하여 아범 일을 도와주도록 하거라, 아가."

"아버님, 어머님 감사합니다. 저를 며느리가 아니라 마치 친딸처럼 대해 주시니 정말로 고맙습니다. 두 분 말씀대로 제가 최선을 다해서 아범 일을 돕겠습니다."

"그리고 아가, 친정에도 자주 들르고 있느냐? 연로하신 부모님께서 잘 지내고 계신지 궁금하구나. 자주 만나 뵈올 기회를 마련해 주지 못해서 미안하구나, 아가."

"그동안 공부를 마치는데 전력을 하다 보니 친정 일에까지 신경이 미치지를 못했습니다. 어머님 말씀대로 일간 친정 부모님을 찾아뵈올 생각입니다."

"시집왔다고 해서 친정 부모님께 소홀히 하지 마라. 내가 말을 듣게 된다."

"저희 친정 부모님 생각까지 해주셔서 진심으로 감사드립니다."

지혜는 참으로 오래간만에 친정 부모를 찾아뵙기로 했다. 아마도 결혼식 때 부모님을 마지막으로 만나 뵌 후로는 아직까지 한번도 친정 부모님을 만나 뵈었던 것 같지를 않았다. 정말로 송구한 마음으로 부모님이 살고 계신 역촌동 집을 방문하게 되는 지혜에게는 만감이 교차하는 것 같았다. 집 근처에 다다르면서 어렸을 때 별로 여유가 없는 집안의 맏딸로 자라면서 모든 것을 동생들에게 양보만 했던 어린 시절의 생활이 생각났다. 어려서부터 머리가 좋았던 지혜는 언제나 학급에서 상위권을 차지하여 부모님의 도움 없이 대학까지 장학금으로 마쳤던 사실이 주마등처럼 머릿속에서 흘러가는 것을 느낄 수 있었다. 성격이 곧았던 아버님은 평생을 작은 회사의 회계 일을 담당하면서 양심껏 살아왔기 때문에 평생을 통하여 가난에서 벗어날 수 없었다.

오래간만에 만나 뵙는 친정 부모님들 두 분이 그동안 몰라보게 늙으신 것 같았다.

"제가 재벌집에 시집을 갔으면서도 그동안 공부를 한다는 핑계로 한 번도 찾아뵙지를 못해서 죄송합니다. 남들처럼 부모님을 물질적으로 도와드리지도 못해서 불효막심합니다. 용서해 주세요."

"얘야, 네가 우리에게 용서를 빌 이유가 무엇이냐? 아무리 재벌집에 시집을 갔다고 해도 출가외인인데, 우리가 굶어죽는 것도 아니고 너의 도움을 받을 이유가 무엇이겠느냐? 너만 잘 지낼 수 있다면 우리는 그것만으로 만족한다. 네가 자랄 때도 애비로서 아무 것도 해준 것이 없었는데, 이제 와서 너의 신세를 지다니 가당치도 않은 일이다."

"아버님 무슨 말씀을 그렇게 섭섭하게 하시나요? 딸자식도 자식이기는 마찬가지인데 시집갔다고 해서 더 이상 자식이 아니란 말씀이세요? 어떻게 제가 부모님의 도움 없이 제 힘으로만 대학까지 갈 수 있었다고 하겠습니까? 부모님께서 안 계셨더라면 제가 이 세상에 태어나기나 했겠습니까?"

"너같이 영리하고 똑똑한 딸을 시집에 빼앗긴 듯한 섭섭한 마음이 들어서 그러는 것이니 깊이 마음속에 남겨두지 말아라. 또한 네게 아무 것도 해준 것이 없는 부모의 미안한 마음에서 그러는 것이니 너무 섭섭하게 생각하지 말아라."

정말로 오래간만에 찾아왔던 친정집이었으며, 결혼 후에 처음 만나 뵙는 부모이기는 했지만 아무 것도 변한 것은 없는 것 같았다. 두 여동생이 경제적인 이유로 아직도 결혼을 못하고 직장생활을 해서 돈을 벌어들이고 있는 것 이외에는 별로 변한 것이 없는 것 같았다. 두 여동생들이 살림에 조금 보태주고 있어서 그런 것인지 살림이 좀 여유 있게 변한 것처럼 보였다. 지혜도 연로하신 부모님들을 위하여 자신이 비상근직으로 받는 월급의 일부를 정기적으로 부모님의 생활에 보태주기로 했다.

"아버님께서는 은퇴를 하셨는데 어떻게 소일을 하고 계시나요?"

"내가 환갑도 되기 전에 은퇴를 했지만, 그동안 모아둔 돈도 없으며 특별한 취미생활도 할 것이 없으니 세월을 무료하게 보내고 있는 셈이지. 더욱이 건강도 전처럼 좋지를 않아서 막일이나 경비일이라도 해서 돈을 벌 수 있는 처지가 아니지. 퇴직금은 받았지만 얼마 되지를 않으며, 이전처럼 은행에 맡겨둔다고 해도 이자가 제대로 나오고 있지를 않으니 참으로 난감한 입장에 있는 셈이다."

"그렇다면 생활은 어떻게 하고 계십니까?"

"딸들이 시집을 갈 나이가 지났는데도 시집들을 가지 못하고 돈벌이들을 해서 살림에 보태고 있어서 그 돈으로 이럭저럭 살고 있지만. 딸들도 결국 시집을 가게 되면 먹고 사는 것도 막막한 것이 우리의 처량한 노후가 되어버린 것 같은 생각이 드는구나."

"부모님, 제가 당장 목돈을 만들어서 부모님께 드릴 수는 없지만, 저도 회사에서 월급을 받고 있으니 매달 정기적으로 부모님들을 도와드리겠습니다. 그동안 맏딸로서 부모님께 전혀 도움이 되지 못했던 것 용서해주시기 바랍니다."

"애야, 우리는 오래간만에 너를 반갑게 만나본 것만으로도 기쁜 일이 아니겠느냐? 너무 미안해 하지마라."

"여기 얼마간 부모님께 드리려고 돈을 좀 챙겨왔습니다. 큰 도움은 되지 못하겠지만 받아주세요. 시간 나는 대로 앞으로 자주 들리겠습니다. 부모님 건강하세요."

"시집가서 행복하게 잘 지내고 있는 것 같아서 마음이 놓이는구나. 워낙에 부잣집에 시집을 가는 것인데, 에미로서 네게 아무 것도 해주지 못한 것이 언제나 마음에 걸렸었다. 이렇게 말년에 네 도움까지 받게 되니 에미가 되어서 미안한 생각만 드는구나. 잘 살아라 내딸, 지혜야."

친정에 오래간만에 들렀다가 되돌아서는 지혜의 마음은 무겁기만 했다. 은퇴한 노인들 중에는 건강하고 돈이 있고 할 일이 있는 사람들도 많이 있다는데, 어째서 우리 부모는 옛날이나 지금이나 가난에서 벗어나지를 못하고 있느냔 말이다. 지혜 자신은 그러한 가난 속에서 과감히 벗어나서 재벌집 며느리가 되어 신분 상승을 기했으니 하는 말이다. 사람의 일생은 결코 노력만으로 이루어지는 것은 아닌 것 같다. 지혜가 대학에 갈 처지가 되지를 못했다면 결코 재벌후계자인 동구를 만날 수 없었으며, 동구를 만날 수 없었다면 제 아무리 영리하고 똑똑했던 지혜라 할지라도 재벌집 며느리가 되는 신데렐라와 같은 신분의 획기적인 상승은 기할 수 없었을 것이다.

지혜가 제 아무리 가난한 집안에 태어났다 할지라도 자신에게만 주어진 특별한 운명을 올바로 개척하여 입지전적인 인물이 될 수 있었다는 것은 충분히 이야기꺼리가 될 수 있다고 본다. 지혜의 삶은 어떻게 보면 아무나 살 수 있는 삶이 아니라 할 수 있을 것이다. 왜냐하면 같은 부모에게서 태어난 두 여동생의 경우 지혜처럼 재벌집 며느리가 되기는커녕 시집도 못가고 있으니 하는 말이다. 같은 부모에게서 태어난 형제자매간에도 어떤 형제나 자매는 크게 성공을 하는데 비하여 다른 형제자매들의 경우에는 별볼일이 없는 경우가 많은데 왜 그런 것일까?

그 이유는 사람의 타고난 운명이라는 것이 똑 같지가 않으며, 사람의 능력도 똑같지가 않기 때문이다. 똑같은 내용을 배우는 경우에도 한 사람은 배운 것을 전부 머릿속에 생생하게 기억하고 있는 대신에 대부분의 사람들은 그것을 쉽게 잊어버리게 된다. 배운 것을 제대로 기억해 낼 수 있는 사람만이 언제나 공부를 잘할 수 있는 것이다. 인간의 두뇌는 미묘한 것으로 인간의 기억력은 거의 무한대라 할 수 있을 것이다. 옛날에 공부할 때 알고 있는 지식을 남겨두는 방법으로 카드를 사용했던 적이 있었다. 요즘에는 컴퓨터가 크게 발달해서 거의 무한대에 가까운 자료를 컴퓨터에 저장할 수 있어서 카드의 필요성은 더 이상 없게 된 셈이다. 그런데 컴퓨터보다 안전한 자료의 저장방법은 인간의 두뇌에 저장하는 것이라 할 수 있을 것이다.

치매와 같은 노인성 질환에 걸려서 기억력이 완전히 상실되는 경우가 아니라면 두뇌 속에 저장된 자료는 컴퓨터와 같은 해킹의 대상도 되지를 않아서 대단히 안전한 방법이라 할 수 있을 것이다. 아직까지 나는 모든 자료를 두뇌 속에 저장해 두고 있기 때문에 필요한 경우에 자료들을 끄집어내서 활용하면 되는 것이다. 어떻게 그런 일이 가능할 수 있느냐 하는 질문을 자주 받지만, 어렸을 때부터 그렇게 하다 보니 자연스럽게 그렇게 되더라는 대답을 할 수밖에 없다는 것이 솔직한 고백이라 할 수 있을 것이다.

이처럼 사람의 능력은 같은 것이 아니다. 모든 사람들이 자신이 필요로 하는 자료를 전부 우리의 두뇌 속에 저장해 두었다가 필요한 경우에는 언제나 자유스럽게 꺼내서 쓸 수 있는 것은 아닐 것이다. 만일 모든 사람들이 그렇게 할 수 있다면 컴퓨터가 존재할 필요가 없다고 해도 과언이 아닐 것이다. 그러나 우리의 기억력이 제아무리 뛰어나다 할지라도 모든 자료를 두뇌 속에 저장해 둔다는 것은 거의 불가능한 일이라 할 수 있을 것이다. 그러한 의미에서 볼 때 우리는 여전히 컴퓨터를 필요로 한다고 보면 될 것이다.

우리나라에서 지혜의 시집과 같은 재벌가도 많지는 않은 것 같다. 대부분의 재벌가들은 돈벌이에만 정신이 없는 몰염치한 집단 같이 느껴지는 것이 일반국민의 재벌가에 대한 통상적인 인상이라 할 수 있을 것이다. 재벌기업들이 우리나라의 경제발전에 기여한 공로를 결코 과소평가 할 수는 없을 것이다. 그런데 그들이 돈을 벌어 재벌기업으로 성장할 수 있게 되었던 것은 기업의 제품들을 사준 국민이 있었다는 것을 재벌기업들은 결코 잊어서는 아니 되리라고 본다. 재벌기업의 제품들을 사주는 소비자인 국민이 없었다면, 어떻게 그들이 재벌기업으로 성장할 수 있었겠는가? 재벌기업은 저 혼자 커온 것은 아닐 것이다.

재벌기업들은 자신이 돈을 잘 벌어서 재벌기업이 되었다고 착각을 해서 국민을 결코 우습게 여겨서는 아니 될 것이다. 재벌기업이 국민을 어렵게 생각할 수 있게 되려면, 기업구성원의 의식구조에 관한 검토를 해보아야 할 것이다. 일부의 재벌 사모님들의 안하무인적인 태도가 획기적으로 고쳐지지 않으면 재벌기업들이 제아무리 돈을 잘 벌 수 있다 하더라도 더 이상의 재벌기업의 발전은 기대할 수 없다고 해도 과언이 아닐 것이다. 우리의 일부 재벌 사모님들은 왜 교만해지는 것일까? 돈이 많다는 것이 자랑이 될 수 있는 시절은 이미 지나갔다고 해야 할 것이다. 지금이 노예를 부리는 이조시대는 아닌 것이다. 밑에 있는 사람은 더 이상 노예가 아니다. 재벌 사모님들이 밑에 있는 사람들을 노예취급하고 있는 전근대적인 관행이 없어지지 않는 한, 재벌기업들은 몰상식한 일부 재벌 사모님들 때문에 국민의 사랑을 더 이상 받을 수 없게 될 것이다.

돈 벌어 좋은 일을 하고 있는데 국민의 비난을 받을 이유가 무엇이 있겠는가? 일부 사모님들의 몰상식한 처신이 빚은 결과라할 수 있을 것이다. 모든 사람들에게 인격자가 되라고 요구할 수는 없는 일이다. 우리나라 사람들은 남에 대한 배려가 지나치게 부족한 것 같다. 남을 위주로 생각하지를 않고 자신을 중심으로 생각하기 때문에 발생하는 일이 아닐까 한다. 자동차를 운전하는 사람들에게 상식이 되다시피 한 도로규칙 중에 하나는 우회전 해야 하는 위치나 집으로 들어가는 입구에 차를 주차하지 말라는 것이다. 자신이 편리하다 하여 다른 사람의 권리를 침해하는 이러한 몰염치한 행위는 마땅히 지양되어야 할 것이다.

차를 운전하다 보면 얌체 같이 끼어드는 차가 있는가 하면, 창문을 열어놓고 한 손으로 담배를 피우면서 운전을 하는 것도 불안한데 재를 차안에 있는 재떨이에 털지를 않고 왜 길에 재를 터는 것이며, 꽁초는 차안에 있는 재떨이에 버리지를 않고 길에 마음대로 버리느냔 말이다. 차안의 재떨이는 모양을 내기 위하여 설치해 둔 단순한 장식품은 결코 아닐 것이다. 휴지도 사용한 차 안에 있는 휴지통에 버리면 될 것을 왜 길에 마구 버리는 것일까? 한 때는 사람들이 아무데서나 가래침을 뱉고 씹다 버린 껌들을 도로 위에 마구 버려서 도로청소원들이 그것을 제거하는데 애를 먹곤 하는 모습을 볼 수 있었다. 한국 사람들은 식사 후에 시도 때도 없이 트림을 해대서 외국인들에게 야만인이라고 멸시를 당했던 일까지 있었다.

우리 국민의 도덕관념은 가히 땅에 떨어졌다고 할 수 있을 것이다. 공민이나 민주시민과 같은 교과목이 우리의 학교에서 사라진 후로는 도덕교육을 받을 기회가 전혀 없어져서 그렇게 된 것은 아닐까? 재벌기업에만 요구하는 특별한 요구사항은 없다고 해도 과언이 아닐 것이다. 그러면 왜 우리 국민들은 고도의 도덕률을 재벌기업에게만 요구하고 있는 것일까? 아마도 재벌기업은 우리나라의 경제를 이끌어가는 지도자적인 입장에 있다고 일반국민들이 생각하고 있기 때문에 그런 것이 아닐까 싶다.

우리 국민들이 모두 군자처럼 된다면 우리 사회가 얼마나 살기 좋은 곳이 될 것인가? 그것은 우리의 너무 지나친 욕심이라 할 수 있는 것이 아니겠는가? 미래에 대한 희망을 갖고 사는 사람만이 행복한 삶을 살 수 있다고 할 수 있을 것이다. 희망이 없다면 죽은 목숨이나 마찬가지 일 것이다. 우리는 우리의 현실이 제아무리 비관스럽다하더라도 비관만 하면서 살 수는 없을 것이다. 우리는 오늘보다 내일이 좀 더 나아질 수 있으리라는 희망을 갖고 열심히 살아가야 할 것이 아니겠는가?

13 행동대원

　과격한 시위현장에는 제일 앞자리에 예외 없이 행동대원들이 자리를 차지하고 있는 모습을 우리는 쉽게 발견할 수 있다. 그들은 시위를 주도하는 세력일 수도 있으며, 시위의 진행사항을 예의 주시하고, 시위의 향방이 유리하게 작용하고 있느냐 여부를 시위주도세력에게 보고할 임무를 갖고 있는 사람들일 수도 있다. 아무튼, 행동대원이라고 부를 수 있는 광범위한 집단으로 분류할 수 있는 일단의 집단이 시위현장에는 언제나 나타나고 있는 세력이라 할 수 있을 것이다. 따라서 우리는 이러한 행동대원의 존재를 무시하고 시위현장을 점검한다는 것은 처음부터 성립할 수 없는 일이라고 해야 할 것이다. 그렇다면, 이러한 행동대원들은 어떻게 조직되며, 시위와 관련하여 과연 누구의 지시를 받고 있는 것일까?

　김종수는 각종 시위를 연구 대상으로 하고 있는 대학원학생이다. 그가 이러한 문제에 관심을 갖게 된 것은 군사정권 때의 학내 시위에 경찰이 발포한 최루탄 때문에 하도 시달렸기 때문에, 시위를 하지 않고는 자신의 의사를 표시할 수 없느냐 하는 문제에 의문을 갖기 시작하면서부터였다. 대학원에서 정치사회학을 전공하고 있는 종수는 우리나라에서 지금까지 일어났던 각종 시위에 관한 자료를 체계적으로 수집하고 분석하는 일부터 착수하기 시작했다. 그가 이러한 연구에 착수하면서 특히 유심히 살펴보게 된 사항은 행동대원이라고 불려지는 일단의 사람들이 어떠한 시위 현장에도 예외 없이 나타나고 있다는 사실의 발견이었다. 그들은 왜 시위 현장에 예외 없이 나타나는 것일까? 그들의 존재가 없으면 시위가 제대로 이루어질 수 없다는 말인가?

　그는 시위와 관련된 행동대원의 존재에 특히 흥미를 갖고, 이 문제에 체계적으로 접근하기 시작했다. 시위주도세력은 자신들의 의사를 상대방에게 강요하여 자신들의 목적을 달성하려 한다. 이러한 시위의 근본목적을 가능하게 해주는 도구가 바로 행동대원이라 할 수 있을 것이다. 수천 명 또는 수만 명이나 되는 시위 군중들은 다분히 군중심리에 좌우될 수 있는 무질서한 집단이지만 시위를 주도하는 세력의 의도대로 끌고 갈 수 있게 해주는 핵심세력이 바로 행동대원이라 할 수 있을 것이다. 그런데 문제는 시위 군중에게 군중심리가 작용하게 되는 경우에는 시위가 주최측의 의도와는 전혀 다른 엉뚱한 방향으로 전개되어 시위 주최자들도 어쩔 수 없이 손을 놓고 방관할 수밖에 없게 된다는 것이다. 그 대표적인 예가 이대통령 재임시의 미국산 소고기의 불매시위였던 것이다. 이 시위는 잘 알다시피 공영방송사가 국민들에게 거짓말을 한 것이 국민들을 자극시켜서, 군중심리가 작용하여 전국을 엉뚱한 시위의 물결 속으로 말려들어가게 했던 대표적인 실례가 되고 있는 셈이다.

군중심리가 작용하여 사실이 아닌 문제를 갖고 시위가 그 정도로 전국적인 규모로 확산되어버리는 경우에는 비록 행동대원이라 하더라도 그러한 시위가 자연적으로 수습될 때까지 두 손 놓고 지켜볼 수밖에 없는 것이다. 이러한 경우에 행동대원들이 적극적으로 개입해보았자 시위주최자들의 의도대로 시위가 방향수정을 하는 것이 전혀 불가능하게 되기 때문이다. 시위를 하지 않고 대화로 문제를 해결하는 풍토가 우리 사회에 정착될 수 있다면 얼마나 좋겠느냐마는 야당국회의원들까지 툭하면 국회를 뛰쳐나가서 무식한 사람들처럼 시위로 자신들의 의사를 강요하려는 우리나라의 후진적인 정치풍토에서 그러한 불필요한 정치인들의 시위문화가 없어지기를 기대하는 것은 국민들의 순진한 발상이라고 할 수 있을 것이다.

서울시청 앞 광장은 각종 단체들의 시도 때도 없는 시위로 몸살을 앓고 있다. 이 광장은 원래 시위 군중들에게 개방된 공간이 아니라 시민들의 휴식을 위하여 마련되어 있는 공간인 것이다. 그렇게 본다면 시위 군중들은 엄밀한 의미에서 시청 앞 광장을 사용할 법적인 권한이 없다고 해야 할 것이다. 시위 군중들은 엉뚱한 문제를 갖고 시위를 하는 경우가 있다. 최근에 있었던 민주노총의 불법시위 중에 노동문제와 관련된 사항이라면 충분히 시위의 대상이 될 수 있지만, 노동문제와는 전혀 관련이 없는 정부의 한국사의 국정교과서 채택방침에 반대하는 내용을 시위의 내용으로 내걸고 있는데, 이것은 노동조합의 시위대상으로는 정말로 웃기는 일이라 아니할 수 없을 것이다.

국정교과서 채택문제와 같은 사항을 노동단체와 같은 집단이 다수의 힘을 믿고 밀어부칠수 있는 사항이 될 수 있다고 시위 주도세력들이 진지하게 생각하고 있는 것인가? 불법시위에 정치적인 의도가 개입되지 않았다면, 그러한 엉뚱한 문제를 시위의 한 중요한 주제로 거론하고 있는 이유는 무엇인가? 노동자단체가 순수한 노동단체에서 정치세력으로 변질되지 않았다면, 국정교과서문제와 같은 학자들이 해결할 문제를 일개 노동단체가 감히 관여하겠다는 건방진 발상을 어떻게 할 수 있다는 말인가? 우리나라의 노동운동이 이 정도의 수준밖에 되지 않는다는 것을 생각할 때 참으로 통탄할 노릇이라 아니 할 수 없을 것이다. 노동운동의 수뇌들이 그 정도의 정신연령밖에 갖고 있지 않다면, 우리나라의 노동문제의 정상화는 아직도 그 해결이 요원한 문제라 할 수 있을 것이다.

이렇게 본다면, 시청 앞 광장을 시도 때도 없이 점거하고 불법시위를 하고 있는 시위주최측이 주장하고 있는 것은 그들의 목표 달성을 위한 시위라기보다는 시내 한 복판에서 시끄럽게 굴어서 시민들을 불편하게 만든 후에, 그의 시위목표가 전혀 먹혀들지 않는 경우에도 '아니면 그만'이라는 무책임한 태도로 일관하고 있는 것이 대부분의 시위 주최 측의 정신상태라 할 수 있을 것이다. 노동단체들은 툭하면 총파업을 감행하여 국민을 불편하게 만들겠다는 발상을 갖고 있는데, 그들의 문제가 총파업을 할 정도로 절실한 생존권의 문제라고 할 수 있겠는가?

일반적으로 시위를 통하여 자신들의 의사를 관철하려는 발상은 최하위에 속하는 해결방법이라 할 수 있을 것이다. 가장 성숙한 문제해결방법은 대화를 통하는 것인데, 시위주도자들은 대화가 통하지 않기 때문에 시위를 하는 것이라는 변명을 하겠지만, 그들이 과연 상대방과 진지한 대화를 해보려는 시도는 해보았는가 묻고 싶다. 자신들의 일방적인 주장만 되풀이 하다가 대화가 되지 않는다고 핑계를 대는 것은 아닌지 의심이 난다. 전혀 타협할 수 없는 문제를 갖고 대화를 하겠다고 나섰다가 상대방의 이야기는 듣지 않고 자기 이야기만 일방적으로 하다가 대화가 안된다고 자리를 박차고 나와서는 시위로 자신의 의사를 관철하려하고 있으니, 그들의 의도가 시위를 통하여 관철될 수 있는 문제라 할 수 있겠는가?

시위문화의 정당성을 인정할 수 없는 입장에서는 행동대원의 문제는 별의미를 갖지 못하고 있다고 하겠다. 시위문화가 합법적으로 인정되는 사회에서만 행동대원의 문제가 거론될 수 있는 문제라 할 수 있다. 그런데 우리나라에서는 합법적인 시위보다는 불법시위가 더 많이 성행하고 있는 우리의 현실에서 볼 때, 행동대원의 문제는 합법적인 시위의 경우보다 훨씬 더 문제가 될 수 있다고 보아야 할 것이다. 왜냐하면, 행동대원의 존재야말로 시위의 향방을 좌우하는 결정적인 요소로 작용할 수 있기 때문이다.

그러면 행동대원은 일반적으로 어떠한 조직을 갖고 있는 것일까? 김종수의 행동대원에 관한 연구는 행동대원의 조직은 행동대장 밑에 공격조, 보충조, 및 대치조로 구성되어 있다고 한다. 공격조는 시위현장에서 직접 시위에 투입된다. 보충조는 공격조의 인원이 부족한 경우에 필요에 따라 충원된다. 대치조는 필요한 경우에 공격조와 보충조를 전부 새로운 인원으로 대치할 수 있는 예비군이라 할 수 있을 것이다. 이러한 조직을 갖고 있는 행동대원은 항상 시위수뇌부와 밀접한 관련을 가지면서 시위의 진행에 따라 그들의 역할이 적절하게 활용될 수 있는 것이다. 여하튼, 행동대원 조직의 방식이 시위의 성패에 결정적인 역할을 하고 있다고 보아야 할 것이다.

모든 시위는 상대방을 힘으로 밀어부쳐서 시위의 목적을 일방적으로 달성하려는데 있기 때문에 행동대원은 일단 시위가 시작된 경우에는 시위수뇌부의 지시에 따라 시위의 수시로 변화되어가는 양상에 효율적으로 대응할 수 있어야 할 것이다. 이러한 행동대원의 역할로 볼 때 행동대장은 시위수뇌부가 믿을 수 있는 간부 중에서 임명되어야 할 것이다. 그는 시위수뇌부의 일원처럼 시위에 대한 책임을 질 수 있는 인물이어야 할 것이다. 행동대원은 지원제에 의하여 선발하는 것이 바람직할 것이다. 그 이유는 시위의 목적에 대한 뚜렷한 의식을 갖고 있는 사람들만이 행동대원으로서 시위에 적극적으로 임할 수 있기 때문이다.

최근에 일어났던 노조의 불법시위를 계획하고 지시했던 최고 책임자인 노조위원장은 비겁하게도 사찰의 경내로 도피해버렸다. 노조부위원장을 비롯하여 행동대원들은 위원장과 행동을 같이 할 수 없게 되었지만, 그들 나름대로 불법시위를 계속해 나가기로 결정을 보았다. 위원장이 원래 계획했던 대규모 시위는 폭력시위로 시작하여 폭력시위로 끝났기 때문에 많은 문제점을 갖고 있었다. 폭력시위 자체가 이제는 더 이상 국민들의 호응을 받지 못하여 여론이 노조에게 불리하게 작용하자, 표면적으로는 폭력시위를 포기하고 평화적인 방법으로 시위를 하겠다는 공언을 하고 사실상 평화적인 행진으로 폭력에 의한 경찰과의 충돌 없이 일단 시위는 마무리 되었던 것이다. 이러한 평화적인 시위가 사찰에 피신하고 있는 위원장의 지시사항인지, 아니면 부위원장이 중심으로 된 행동대원들의 적극적인 참여로 이루어진 것인지 여부는 분명하지가 않다.

만일 이러한 평화적인 시위가 위원장의 결단에 의하여 이루어진 것이 아니라, 부위원장과 행동대원의 공동작품이라면 시위문화에 있어서 앞으로 참신한 자극제가 될 수 있을 것이다. 왜냐하면, 시위를 바라보는 국민들은 이제는 더 이상 폭력시위를 용납하려 하지 않고 있다고 해야 할 것이다. 자신들의 의사를 관철하겠다는 핑계로 경찰저지선을 넘어서 진출할 뿐만 아니라 폭력으로 경찰차를 때려 부수면서 경찰의 강제진압 운운하는 말을 서슴없이 하고 있는 시위주도자들의 주장이 시위현장을 텔레비전을 통하여 생생하게 목격하고 있는 선량한 일반국민들의 공감대를 얻어낼 수 있다고 기대한다면, 이것이야말로 적반하장과 같은 엉뚱한 처신이라 아니할 수 없을 것이다.

김종수는 그의 연구에서 시위문화와 대화문화의 상관관계를 구체적인 사례를 통하여 비교 고찰해 보았다. 시위문화는 자신의 주장을 상대방에 강요하기 위하여 수단방법을 가리지 않으며, 경우에 따라서는 폭력적인 방법을 사용하게 된다. 이에 비할 때 대화문화는 상대방의 입장을 충분히 들어보고 자신의 의견을 발표하여, 서로 다른 의견 간에 타협점을 찾아서 문제해결을 하려는 민주적인 방식이다. 우리나라에서는 대화문화보다는 시위문화가 기승을 부리고 있는 것 같다. 정치 분야에 있어서는 물론 노사 관계에 있어서도 정당한 대화를 거쳐서 문제해결을 하기보다는 폭력을 수반하는 시위에 의하여 자신의 의사를 일방적으로 상대방에게 강요하려는 경향이 훨씬 더 농후하게 나타나고 있다. 따라서 문제의 해결보다는 갈등만 증폭되었던 것이다.

　사람들이 공동생활을 하려면 자신의 주장만 내세워서는 함께 살기 어려운 것이다. 상대방에게 양보해야 할 필요성이 있는 경우에는 과감하게 양보하여 타협점을 도출해 내도록 하는 것이 공동생활을 현명하게 대처하는 방법이 될 것이다. 영미를 비롯한 선진제국에서는 대화문화가 착실하게 자리를 잡아서 모든 문제를 대화를 통하여 합리적으로 해결해 가는 모습을 뉴스를 통하여 자주 접할 수 있다. 그런데 우리나라의 경우는 대화의 장인 신성한 국회에서도 국회의원들이 장시간의 대화에 의하여 이견을 좁히려는 노력을 하는 대신에, 시정잡배들처럼 윗저고리를 벗어부치고 의장석을 점령하기 위한 몸싸움을 하는 꼴불견의 모습을 텔레비전에서 심심치 않게 보여주고 있으니 참으로 한심스러운 모습이라 아니할 수 없을 것이다. 우리나라가 10대 경제대국으로 발전했다고 제아무리 선전을 해보아도 우리 국회의 이러한 야만적인 모습을 보고 우리의 발전상을 인정해줄 수 있는 국가가 어디에 있을 것인가?

　우리나라가 대화문화를 정착시키지 못하고 시위문화에 휘둘리게 되어버린 원인은 무엇일까? 우리 국민이 서로 풀지 못할 한이 많아서 그렇게 된 것일까? 살다보면 그렇게 풀지 못할 한 많은 일도 별로 없을 것 같은데, 국회에서도 그렇고, 시위현장에서도 악을 쓰면서 자신의 주장을 내세우려고 안간힘을 쓰고 있느냔 말이다. 이렇게 상대방에게 열을 내고 악을 써서 얻을 수 있는 것이 과연 무엇이 있겠는가? 이러한 사람들을 보면 측은지심이 들게 된다. 오죽했으면 그러한 방법밖에 택할 수 없었겠는가.'목소리가 큰 자가 이긴다'는 말이 있기는 하지만, 이러한 방법은 문제해결의 정도가 아닐 것이다.

시위현장에 있는 행동대원의 문제를 다시 한 번 생각해 보자. 시위현장에서 그들의 모습을 발견하게 되는 것은 하나도 이상할 것이 없다. 그들의 모습이 보이지 않는 시위현장이 있다면, 그러한 모습이 오히려 낯설게 느껴지고 있다. 김동탁은 처음에는 행동대원으로 그리고 나중에는 행동대장으로 20여 년 간을 각종 시위현장을 누비고 다녔던 경력의 소유자로서 그와 인터뷰를 할 기회를 가졌다.

"김선생님께서는 어떻게 시위현장에 행동대원으로 참석하게 되었습니까?"

"20여 년 전에 한 노동단체에서 직업적으로 시위현장에 행동대원으로 참가하기를 원하는 사람을 모집했는데, 내가 그 모집에 선발되어 행동대원이 된 것이지요."

"노동단체의 시위현장에 행동대원으로 참가했다면 시위현장에서 구체적으로 무슨 일을 했습니까?"

"나는 행동대원 중에 공격조에 속했기 때문에 시위현장에서도 가장 앞자리를 차지하고 있다가 시위수뇌부의 지시에 따라 마치 그들의 수족처럼 행동을 해야 했지요. 그들이 내리는 무슨 명령이라도 절대 복종해야 했습니다."

"시위현장에서 폭력을 사용한 경우도 있습니까?"

"행동대원의 임무가 그런 것이니 필요한 경우에는 당연히 폭력시위에 가담할 수밖에 없었습니다."

"폭력시위의 용의자로 경찰에 구속된 경우도 있었습니까?"

"물론이지요. 그런데 시위주최세력이 관련기관과 연계가 되어 있어서 그런지 쉽게 풀려나곤 했습니다."

"직업적인 행동대원으로 20여 년 간을 종사하셨다고 했는데, 소속은 애초에 지원했던 노동단체였습니까?"

"네 그렇습니다. 그런데 일단 한 단체의 행동대원으로 적을 두고 있는 경우에도 시위는 끊이지 않고 일어나기 때문에, 거의 편히 쉴 틈도 없이 다른 단체에서 요청해 오는 시위현장에 투입되다 보니 결국에는 직업적인 행동대원이 되어버리고 말더군요."

"행동대원으로서, 그리고 행동대장으로서 20여 년이라는 긴 세월동안 시위의 현장에 직접 참여하면서 특히 느끼시게 된 일은 무엇입니까?"

"내가 직업상 그런 생활을 해오기는 했지만, 우리나라에서 시위문화라는 것은 가급적 빠른 시일 내에 없어져야 한다는 것을 느끼게 되었습니다. 왜냐하면, 시위를 주도하는 당사자들도 시위는 문제를 해결하는 정도가 아니라는 것을 분명히 깨닫고 있기 때문이지요. 그들도 가능하면 시위가 아닌 다른 합리적인 방법, 예컨대 대화을 통한 해결책을 강구해 보고 싶어하는 것이 사실이기 때문이지요."

"김선생님, 인터뷰에 응해주셔서 감사합니다. 건투를 빕니다."

김동탁의 희한한 인터뷰를 접한 일반국민들은 놀라움을 금할 수 없었다. 시위라는 것이 여러 다른 단체에 의하여 수시로 산발적으로 일어나는 것이라는 정도로 알고 있던 일반국민들은 시위를 전문으로 하면서 살고 있는 김동탁과 같은 사람들이 있다는 말을 듣고는 실로 아연해질 수밖에 없었다. 전문가시대라고 하더니 김동탁과 같이 시위를 전문으로 하여 먹고 살고 있는 사람까지 생기는구나 하는 사실을 상기할 때 마음속에 잔잔한 감동 같은 것이 일기 시작했다. 오직 할 일이 없어서 시위를 전문으로 먹고 사는 사람까지 되었다니 하는 말이다.

김동탁은 자신이 행동대원으로 20여 년간 종사하면서 체험했던 각종 시위현장의 실태를 회고록으로 작성하여 책으로 출판하기로 했다. 자신이 시위 현장에서 직접 느끼고 체험했던 각종 시위의 양상을 책으로 엮는다면 시위에 관한 일반 국민들의 이해에도 많은 도움이 될 수 있으며, 시위문화를 종결시킬 수 있는 유용한 자료가 될 수 있다는 확신을 갖게 되었기 때문이다. 젊었을 때 구직활동을 하다가 우연한 기회에 노동단체의 시위 행동대원의 모집광고를 보고 행동대원에 몸을 담은 것이 인연이 되어 20여 년이라는 오랜 기간 동안 각종 시위현장에서 행동대원으로 전국의 크고 작은 시위현장을 누비면서 때로는 목숨의 위협을 받았던 적이 한 두 번이 아니었다.

시위라는 것이 폭력적인 요소를 수반하기 때문에 모든 시위가 평화적인 방법으로 진행되기를 언제나 바랄 수는 없는 것이다. 시위에 참가하다 보면 시위수뇌부의 지시로 폭력시위를 해야 할 경우가 가장 견디기 어려웠다는 점을 실토하고 있었다. 왜냐하면, 시위가 폭력적인 양상을 띠게 되는 경우에는 그러한 시위를 진압하려는 경찰도 강력한 방법으로 나오기 때문에 양자 간에 물리적 충돌로 때로는 사상자까지 나올 수 있게 되기 때문이다. 경찰벽을 형성하는데 사용되고 있는 경찰버스를 때려 부수거나 불을 질러야 할 때는 그러한 행동을 해서 아까운 국가의 재산에 손해를 끼쳐가면서 과연 시위라는 것을 진행해야 하느냐 하는 문제를 갖고 양심의 가책을 받게 되는 경우도 수없이 체험했다. 이러한 폭력적인 방법으로 과연 얻을 수 있는 것이 무엇이냐 하는 자괴감까지 느껴질 정도였다.

김동탁의 회고록을 읽다보면 대화로도 충분히 해결할 수 있는 문제를 갖고 무엇 때문에 시위를 통하여, 그것도 폭력시위를 통하여 자신이 원하는 목적을 달성하려고 하는지 참으로 답답한 느낌까지 들 때가 있다는 것이다. 김동탁은 시위에 있어서 이래라저래라 자신의 의견을 낼 수 있는 입장에 있는 것은 아니지만, 어떤 시위의 경우에는 정말 이런 문제까지 시위를 통하여 해결하려하느냐 하는 한심한 생각마저 들 때가 있다는 것이다. 행동대원인 김동탁은 시위 주최 측에서 시위에 참여하여 자신들이 원하는 사항을 대행해주기를 원하면 그들이 원하는 대로 일처리를 해주면 되는 것이지 주제넘게 감 놔라 배 놔라 하지 않아도 되며, 또한 그렇게 해서는 아니 되는 입장에 있는 것이다. 만일 이러한 일이 견디기 힘이 들면 그 일을 그만두면 되는 것이 아니겠는가?

김종수의 연구결과도 그렇고, 김동탁의 회고록도 시위라는 것이 필요한 악이냐 하는데 대해서는 의문의 여지가 있다는 결론에 도달하고 있기는 마찬가지다. 김종수의 경우에는 학문적으로 다양한 시위의 사례를 비교 고찰해 본 후에 얻게 된 이론적인 결론이었다. 이에 반하여 김동탁의 경우에는 김종수의 경우처럼 심오한 이론적인 배경은 없었지만, 각종 시위의 실제현장에서 행동대원으로 활동하면서 체득한 산 경험에 근거하여 내려진 결론이라는데 양자의 차이점이 있기는 하지만, 시위문화의 현주소에 대한 동일한 결론이 나왔다는 것은 참으로 신기한 일이라 아니할 수 없는 것이다. 그 둘이 내린 결론에 의하면, 시위 주도세력 이외에는 그 누구도 시위가 문제해결의 방법으로 인정하고 있지 않다는 것이다. 그 이유는 시위가 치러야 하는 대가가 시위로 얻을 수 있는 실제적인 결과와 비교할 때 엄청나게 크기 때문에 그렇다는 것이다. 시위문화는 우리 사회에서 점차적으로 배제해 나아가야할 대상이라는 것이다. 서울시청 앞 광장만 하더라도 각종 불법 시위단체들 때문에 서울시민의 조용히 살고 싶은 권리가 얼마나 많이 희생을 당해야만 했던 것일까?

각종 시위단체들은 무슨 권한으로 시민들의 평온한 생활을 해치면서까지 시청 앞 광장에서 시도 때도 없이 한풀이와 같은 시위를 한다는 말인가? 시위를 주도하는 세력들의 뻔뻔한 태도와 의식구조를 도저히 이해할 수가 없는 일이다. 자신들만 시민의 광장에서 목소리를 높이면 자신들의 문제가 해결된다고 착각을 하고 있는 것은 아닌지 그들에게 묻고 싶다. 무엇 때문에 자신들의 엉뚱한 주장만을 애꿎은 시민들에게 앵무새처럼 되풀이 하고 있다는 말인가?

시위의 문제는 집시법과 같은 법으로 해결할 수 있는 문제가 아니다. 초등학생인 경우에도 비뚤어진 생각을 갖고 있는 학생은 선생님이 제 아무리 벌을 주고 혼을 내주어도 절대로 선생님의 말을 들으려 하지 않는다. 마찬가지로 시위주도세력은 정부에서 아무리 엄포를 놓아도 정부의 방침에 따르려 하지 않는 것은 선생님의 말을 듣지 않으려는 초등학생의 경우와 마찬가지라 할 수 있을 것이다. 이 문제를 해결하기 위해서는 사회의 분위기가 시위를 통해서는 더 이상 그들의 문제가 해결될 수 없다는 사실을 시위주도자들이 뼈저리게 느낄 수 있도록 만들어야 한다는 것이다.

어린이들도 자신이 원하는 목적을 달성하기 위해서는 부모에게 어떻게 하면 되는지를 잘 알고 있다. 처음에는 말로 자신의 의사를 표시하다가 그것이 잘 먹혀들지 않는다는 것을 깨닫게 될 때 울음으로라도 부모에게 졸라서 결국에는 그가 원하는 것을 얻어내려 할 것이다. 이와 마찬가지로 시위를 주도하는 세력들도 처음에는 대화로 자신의 목적을 달성하기 위하여 노력하는 모습을 보여주는 척하다가 결국은 시위를 통하여 문제를 해결하려 할 것이다. 그런데 문제는 불법시위를 억제해야 할 책임을 지고 있는 경찰당국이 그들에게 약한 모습을보이거나 그들의 요구사항을 들어주게 되면 결국은 시위주도세력에게 끌려 다니는 결과를 가져오게 되어 우리 사회에서 시위문화를 영원히 없애버리는 문제가 요원해질 수밖에 없는 것이다.

어린이의 경우에도 울어보았자 부모가 끄떡도 하지 않는다는 것을 알게 되면 자신의 부모에게 대한 요구사항을 단념해버리듯이, 시위 주도세력의 경우에도 경찰당국에서 그들의 요구사항을 어떠한 경우에도 들어주지 않는다는 것을 분명히 인식하게 되는 경우에는 시위를 포기하고 다른 방법을 강구하려 할 것이다. 그런데 문제는 불법시위에 대해서는 정치권도 한목소리를 내서 시위 주도세력의 엉뚱한 요구사항을 들어주지 말아야 하는 것이 원칙임에도 불구하고, 야당 정치인들은 그들의 표를 의식해서 그러는 것인지는 알 수 없지만 불법시위를 주도하는 세력에게 면죄부를 주는 듯한 언행을 무책임하게 서슴지 않고 내뱉고 있으니 참으로 한심한 노릇이라 아니할 수 없을 것이다. '야단치는 시어머니보다 말리는 시누이가 더 밉다'는 말이 있듯이 이러한 야당 정치인들의 몰상식한 작태는 과연 무엇을 노리고 있는 것일까? 과연 불법시위 주도세력들이 그러한 야당 정치인들의 고무적인(?) 발언에 감격하여 그들의 표를 몰아줄 것인가? 아니면 그러한 야당정치인들의 엉뚱한 행동을 오히려 의심의 눈초리로 바라보게 되는 것은 아닐까?

우리 사회가 밝은 사회가 되기 위해서는 하루속히 현재의 무책임한 시위문화가 사라져야 할 것이다. 시위문화라는 것은 일부의 시위 주도세력을 제외하고는 아무도 이를 인정하려 하지 않는다. 대부분의 국민이 원하지 않는 것을 일부의 시위 주도세력이 원한다 하여 우리가 방임해야 할 것인가? 시위문화에 대해서는 국민 전체가 적극적으로 나서서 국민대토론의 방식을 통해서 우리 사회에서 시위를 영원히 추방해버릴 수 있는 방법을 강구해야 할 단계에 이르렀다고 본다. 현재처럼 불법시위를 소수의 시위 주도세력에게 그대로 방임해 둘 수는 없는 것이 아니겠는가? 우리 사회에서 시위문화를 영원히 추방해버리는 것이야말로 우리나라가 선진국가로 가는 지름길이 된다는 것을 분명히 인식해야 할 것이다.

시위를 주도하는 세력을 우리의 선량한 국민처럼 동일하게 대우해 주어서는 아니 될 것이다. 그들은 분명히 대한국민이기는 하지만, 엄밀하게 보면 그들이야말로 불법시위를 통하여 대한민국의 기본질서를 파괴하려고 시도하고 있는 불순세력이라 할 수 있을 것이다. 이러한 세력을 그대로 방치해두었다가는 대한민국의 존립 자체가 위협을 받게 될지도 모르는 일이다. 우리나라에서는 아직까지 반사회 세력에 대하여 관대한 편인 것 같다. 불법시위 주도세력에 대한 나약한 대처만 보아도 그러한 사실을 알 수 있을 것이다. 이러한 정부의 태도를 보면 우리나라에서 정의사회를 구현한다는 것은 아직도 요원한 일인 것 같다.

김종수와 김동탁은 우리 사회에서 불법시위를 추방하기 위한 조직을 구성하기 위하여 '시위추방협의회'를 발기하기 위한 창설모임을 갖기로 했다. 이미 50여 명이 그들의 취지에 동조하여 창설모임에 참석했다. 김종수가 이 모임의 간사로 창설모임의 취지를 설명했다.

"그동안 우리나라의 시위문화를 학문적으로 연구해 본 결과는 우리나라와 같은 환경 여건에서는 합법시위이든, 불법시위든 간에 시위 자체를 우리 사회에서 영원히 추방해야만 선진국의 문턱을 넘어설 수 있다는 결론에 도달하게 되었습니다. 시위현장에서 행동대원으로 종사해 오셔서 누구보다도 우리나라의 시위문화에 통달하고 계신 김동탁 선생님을 '시위추방협의회'의 회장으로 모시고 일을 적극 추진해보기로 했습니다."

"앞으로 협의회의 활동을 국민운동과 같은 방법으로 전개해 가실 생각이십니까?"

"중요한 점을 지적해주셨습니다. 우리 사회에서 시위문화를 영원히 추방하기 위해서는 우리나라 국민 전체가 시위 자체를 역겹게 생각하고 있다는 인식을 일반국민에게 널리 알릴 필요가 있을 것입니다. 앞으로 협의회의 조직은 전국적인 조직과 지역조직으로 세분해서 전국적으로 조직망을 확대시켜나갈 생각입니다."

'시위추방협의회'의 활동은 날이 갈수록 일반 국민들의 호응을 받아서 단시일 내에 전국적인 조직으로 그 규모가 확산되기 시작했다. 이러한 현상은 그동안 국민들이 시위문화에 얼마나 식상했었느냐를 잘 보여주는 증거라 할 수 있을 것이다. 우리나라의 경우 해방직후부터 소위 좌우의 대립으로 대표되는 시위가 시도 때도 없이 세상을 시끄럽게 하더니, 국민에게 집회의 자유가 허용되자 이제는 시도 때도 없이 각종 시위가 거의 매일 전국 각지에서 행하여져서 국민들을 정말 피곤하게 만들고 있다. 우리나라 국민이라면 누구나 이러한 지나친 시위문화에 대하여 철퇴가 내려지기를 은근히 기대하고 있었다고 해도 과언이 아닐 것이다.

시의적절하게 김종수와 김동탁이 '시위추방협의회'를 발족시켜서 시위추방을 하나의 전국적인 규모의 국민운동으로 전개하게 된 것은 참으로 바람직한 일이며, 이러한 운동은 좀 더 일찍이 착수되어야 했던 국민숙원사업이라 할 수 있을 것이다. 시위는 소수의 국민만이 즐길 수 있는 특권이 아니다. 시위를 싫어하는 일반 국민들은 당연히 시위를 반대할 수 있는 그들의 당연한 권리를 주장할 수 있는 것이다. 이제까지는 시위현장에는 시위 주도세력의 목소리만 요란했지 시위를 반대하는 일반국민들의 목소리는 시위 주도세력의 큰 목소리 속에 파묻혀서 찍 소리를 못하고 있었던 것이 사실이었다 할 수 있을 것이다.

이제는 시위를 반대하는 국민들이 시위군중과 몸싸움이라도 하기 위하여 나설 때가 된 것 같다. 시위반대 국민들은 그들의 세력을 조직화해서 시위 주도세력에 대하여 필요한 경우에는 물리력으로 그들을 제압할 수 있어야 할 것이다. 시위 주도세력을 단순히 경찰의 처분에만 맡길 것이 아니라 자경대가 한 때 그러했던 것처럼 우리 국민들이 직접 나서서 시위 주도세력과 꾸준히 싸워나가야 할 것이다. 우리 국민은 지금까지 국민의 당연한 권리 위에서 잠자고 있었다고 해도 과언이 아닐 것이다. 왜 시위 주도세력의 국민을 무시하는 무례한 행위를 그대로 방관만 하고 있었다는 말인가?

시위 주도세력의 만행에 대해서는 국민의 여론을 환기시킬 필요가 있을 것이다. 그들이 무슨 일을 하더라도 그대로 방치해두다 보니 그들은 어느 사이엔가 안하무인적인 행동을 거침없이 하게 된 것이다. 그들은 불법시위를 통하여 자신들의 이익만 추구했을 뿐 그들의 시위를 무력하게 지켜보아야 하는 일반국민들에게는 아무런 혜택도 가져다 준 것이 없었다. 누구를 위한 시위었다는 말인가? 그들만을 위한 시위를 왜 일반국민들이 묵인해 주어야 한다는 말인가? 너무나 불공평한 일이 아니겠는가?

이제는 우리 국민들도 차츰 깨기 시작한 것 같다. 자신에게 부여된 시위를 거부할 수 있는 당연한 권리위에 이전처럼 잠만 자고 있는 대신에 과감히 시위 주도세력에게 맞서서 용감하게 싸워나갈 의지와 능력을 갖게 될 정도로 큰 사회세력으로 커져야 할 것이다. 이러한 일반국민들의 의식변화에 박차를 가하기 위해서는 여론의 조성에 의하여 국민의 의식을 깨우쳐주는 일에 박차를 가할 필요가 있는 것이다. 국민들의 시위에 대한 일반적인 의식 수준이 지금까지의 방관자적인 태도에서 벗어나서 시위 추방운 동에 적극적으로 참여할 의사를 갖게 된 현 단계에 있어서 시위 반대여론의 조성은 다른 무엇보아도 선행되어야 할 주요사항이라 할 수 있을 것이다. 여론의 힘은 처음에는 미미하며 우습게 보일 수 있지만, 시간이 지날수록 그 위력이 눈덩이처럼 커져서 막강한 위력을 발생하게 된다는 것을 깨달아야 할 것이다.

시위문화에 대한 반대여론이 형성되기 시작한 초기에는 시위 주도세력들이 그러한 여론이 있어봐야 무슨 힘을 발휘할 수 있으랴 하는 안이한 생각에서 별것 아니라고 무시해 버리려 할 것이다. '개미구명과 같이 작은 구멍도 거대한 댐을 무너뜨릴 수 있다'는 말이 있듯이 시위 주도세력에 대한 국민들의 여론조성을 별것 아닐 것이라는 안이한 생각으로 그냥 방치해 두었다가는 시위문화 자체가 우리 사회에서 추방되어 버리고 말게 되는 것을 모면하기 위해서라도 문제가 더 커지기 전에 이에 대한 적절한 대처를 강구해야 할 것이다. 그러나 문제는 이 문제에 대하여 제 아무리 실효성이 있는 대책을 강구한다고 해도 시위문화에 대하여 부정적인 입장으로 돌아서 버린 일반국민들을 이전의 원위치로 되돌리기는 거의 불가능한 일이라 할 수 있을 것이다.

시위문화에 대하여 자세한 것을 알지 못했던 일반 국민들은 여론의 환기에 의하여 시위문화의 자세한 내용을 차츰 알게 되면서, 더 이상 지금까지의 방관자적인 태도만 취한 채 소극적인 태도로 일관하지는 않을 것이다. 어떻게 보면 시위 주도세력들은 지금까지 일반국민의 존재를 무시한 채 자신들만의 편의를 위하여 시도 때도 없이 시위를 주도해 왔던 것이다. 이러한 그들의 안하무인적인 태도가 여론의 조성으로 백일하에 들어나게 된다면, 시위 주도세력들이 서야 할 자리도 차츰 줄어들게 될 것이다. 이러한 사실을 여론의 조성으로 잘 알게 된 일반국민들도 이제는 시위 주도세력들이 멋대로 행동하라고 더 이상 그대로 방치해 두지는 않을 것이다. 일반국민들도 이제는 시위문화에 대하여 자신의 의견을 제시하게 되고 시위를 우리 사회에서 추방하기 위하여 좀 더 적극적인 자세로 임하게 될 것이다.

여론의 힘은 실로 놀라운 힘을 갖고 있는 것이다. 여론이 시위를 우리 사회에서 추방하는데 막강한 위력을 발휘할 수 있다는 것을 어떻게 예상이나 했겠는가? 일반국민들은 지금까지 우리 사회에 시위란 당연히 있는 것이라는 생각을 갖고 시위에 관하여 별 관심 없이 의례 그러려니 하면서 살아왔던 것이다. 그러다 보니 느닷없이 시위를 우리 사회에서 추방해야 한다는 말을 처음 들었을 때 얼마나 생소하게 느껴졌겠는가? 시도 때도 없이 맨 날 행하여지는 시위를 겪고 살면서, 시위라는 것이 이전부터 존재해 왔던 것이니 그냥 참고 지내야할 수밖에 없는 것이 아니겠느냐고 자포자기한 채, 자신의 힘으로는 어쩔 수 없는 일이라는 생각을 갖고 살아왔을 것이다. 그러다가 최근에 와서 '시위를 우리 사회에서 추방해야 한다'는 말을 듣게 되면서 처음에는 무슨 소리를 하는 것인지 감이 잡히지를 않아서 대부분의 국민들이 의아한 생각을 갖고 있었을 것이다.

그러나 시위추방을 위한 여론이 차츰 수면으로 떠오르면서 그

것이 과연 무엇을 말하는 것인지 차츰 뚜렷해지기 시작했다. 시위는 우리 사회에서 불필요한 문제해결의 방법이므로 이 방법을 버리고 대화에 의한 좀 더 합리적이며, 민주적인 방법을 강구해야 한다는 것을 차츰 깨닫기 시작한 것이다. 그러다 보니 시위가 없는 세상이 된다면, 우리 사회가 정말로 살기 좋은 세상이 될 것이 아니겠는가? 이렇게 살기 좋은 세상이 온다고 하는데 그것을 마다할 사람이 어디에 있겠는가? 그러한 사회를 건설하려면 현재와 같이 시도 때도 없이 행하여지는 불법시위를 우리 사회에서 추방해야 한다는 것인데 이를 반대할 사람이 누가 있겠는가?

　시위추방문제와 같은 사회적으로 중요한 영향을 미치게 되는 문제는 하루아침에 이루어 지는 간단한 문제가 아닌 것이다. 시위 주도세력의 입김이 워낙에 드세기 때문에 '시위추방협의회'와 같은 단체가 결성되었다는 것을 그들이 처음 들었을 때는 코웃음을 쳤지만, 차츰 여론몰이를 통하여 시위 주도세력을 궁지에 몰아넣게 되면서, 그들의 반발도 나날이 거세어지기 시작했다. 협의회 간부들에 대한 폭력을 가하겠다거나 심지어 암살까지 감행하겠다고 협박까지 했지만, 시위추방협의회는 이에 굴하지 않고 좀 더 조직적으로 여론몰이에 박차를 가하게 되면서 판도가 바뀌기 시작했다. 이제는 시위 주도세력들도 이전처럼 시도 때도 없이 툭하면 시위를 벌려서 자신들의 의사를 실현하려는 방법을 버리고 가급적 시위를 자제하고 국민들의 눈치를 보기 시작하게 되었다.

　시위 주도세력의 이러한 변화는 그들에게서 일찍이 발견할 수 없었던 태도의 변화로서 그들에게 별로 바람직한 일은 아니지만,

일반국민에게는 아주 바람직한 일이 되었다. 지금까지는 안하무인적인 태도로 일관했던 그들이 이제부터는 국민들의 눈치를 보게 되었다는 것은 협의회의 활동이 달성한 큰 성과라 할 수 있을 것이다. 협의회를 이끌어가고 있는 김종수와 김동탁은 이러한 눈에 보이는 협의회가 거둔 성과를 보고 한층 고무되었다. 이제는 시위추방이 현안문제로 되었으며, 결국에는 시위를 우리 사회에서 추방하는데 성공하게 되리라는 밝은 전망을 갖게 되었다. 협의회도 이제는 전국적인 조직으로 변화하게 되어 시위추방운동에 박차를 가할 수 있게 되고, 우리 사회의 모습도 차츰 밝은 사회의 모습을 되찾게 되었다.

아직 시위가 없는 사회를 완전히 달성한 것은 아니었지만, 시위 주도세력들이 자제를 하였기 때문인지 이전처럼 시도 때도 없이 시위를 벌리던 모습은 차츰 우리 사회에서 자취를 감추게 되었다. 이러한 현상이야말로 협의회가 의도했던 일이며, 이 정도로 시위 주도세력이 시위를 자제하게 된 것도 이전과는 비교도 되지 않을 정도로 상당한 성과를 거둔 것이라 할 수 있을 것이다. 그러나 김종수와 김동탁은 이 정도로 만족하지 않고 끝까지 밀어부쳐서 시위를 우리 사회에서 완전히 추방하는 것을 협의회의 최종목표로 설정하기로 했다.

김종수는 시위문화에 대한 이론적인 사례연구를 통하여 문제에 접근했으며, 김동탁은 장기간에 걸쳐서 시위를 주도했던 행동대원으로 활동하면서 각종 시위현장을 직접 누비고 다님으로써 우리나라의 시위문화에 통달하게 된 점이 다르기는 하지만, 협의회의 활동을 통하여 시위추방운동에 적극 참여하고 있다는 점에서는 차이가 없다고 하겠다. 시위를 우리 사회에서 영원히 추방해버리는 문제는 우리나라가 선진국으로 진입하기 위하여 반드시 거쳐야 하는 수순인 것이다. 현재와 같은 무질서한 시위문화를 그대로 방치해 둔 채 어떻게 선진사회로 진입했다고 감히 강변할 수 있다는 말인가?

김종수와 김동탁이 시위를 우리 사회에서 영원히 추방하는데 성공할 수 있다면 역사에 남을 일을 성취하게 되는 셈이다. 그 둘이 없었다면 우리나라의 시위문화가 지금과 같은 추방의 대상은 결코 되지를 않았을 것이다. 무질서한 시위문화가 그대로 잔존하고 있어서 우리 사회가 후진적이며 낙후된 사회로 그대로 남아 있게 했을 것이다. 다행히 두 사람의 선각자들이 있었기 때문에 시위를 우리 사회에서 영원히 추방하는 일이 가능하게 되어 마침내 선진사회에 진입할 수 있게 되었던 것이 아니겠는가?

아무리 불가능해 보이는 어려운 문제도 선각자들의 깨우침과 이에 따른 노력이 수반하게 된다면, 해결되지 않는 문제는 우리 사회에 더 이상 존재할 수 없다고 해야 할 것이다. 행동대원의 문제를 다루다가 우리나라의 시위문화의 문제점을 살펴보게 되었다. 그런데 이 문제를 해결하는 데는 시위를 우리 사회에서 영원히 추방하는 것이 바람직하다는 생각에서 시위추방운동에까지 언급하게 되었지만, 너무 지나친 비약은 아니었을까? 그런데 인간은 현재의 제반여건을 좀 더 나은 방향으로 이끌어가려는 시도를 끊임없이 하게 되는 것이다.

이러한 점에서 볼 때 김종수와 김동탁 두 사람의 시위추방운동과 같은 것은 결코 엉뚱한 발상이 아니며 우리 사회가 필요로 하는 올바른 방향설정이었다고 할 수 있으며, 실제에 있어서도 그들의 시도가 그들이 계획했던 대로 성공할 수 있었다는 것은 참으로 고무적인 일이라 아니할 수 없을 것이다. 시도 때도 없이 무책임하게 행하여지는 우리나라의 시위문화를 보고 얼마나 짜증이 났으면, 시위추방운동과 같은 극단적인 방법까지 생각해 보았겠는가? 이러한 방법을 동원하더라도 우리 사회에서 시위가 영원히 추방될 수 있다면 얼마나 바람직한 일이겠는가?

신현덕 제4소설집

초판인쇄   2016년 04월 01일   **초판발행**   2016년 04월 07일

지은이   **신현덕**
펴낸이   **이혜숙**   펴낸곳   **신세림출판사**
등록일   1991년 12월 24일 제2-1298호

04559 서울특별시 중구 창경궁로 6, 702호(충무로5가, 부성빌딩)
전화 02-2264-1972   팩스 02-2264-1973
E-mail : shinselim72@hanmail.net

정가   **15,000원**

ISBN   **978-89-5800-170-6, 03810**